Woede

Jeff Abbott bij Mynx:

Paniek
Angst
Woede

www.mynx.nl

Jeff Abbott

Woede

Oorspronkelijke titel: *Collision*
Vertaling: Fanneke Cnossen
Omslagontwerp: Studio Jan de Boer

Eerste druk november 2008
ISBN 978-90-8968-002-0 / NUR 330

Voor Bill en Mildred Groth

Mensen sterven omdat ze begin en eind niet met elkaar kunnen verenigen.

— ALCMAEON

Twee jaar geleden

'Einde huwelijksreis,' zei Emily. 'Heb je al genoeg van me?'

'Zonder meer.' Ben Forsberg keek naar haar, zoals ze bij de gootsteen in de keuken van het huurhuisje stond te lachen terwijl het zonlicht van Maui over haar gezicht speelde. 'Ik heb al contact gehad met een paar advocaten. Het is misschien beter als we op de terugvlucht niet naast elkaar gaan zitten.'

'En ik maar denken dat het alleen aan mij lag.' Ze wierp hem een blik over haar schouder toe en beet op haar lip om niet te grijnzen. 'Dit huwelijk was een gigantische vergissing.'

'Ik heb spijt als haren op mijn hoofd.'

Ze spatte water in zijn richting en liep naar de keukentafel, waar hij aan zat. Ze glipte op zijn schoot en hij nam haar in zijn armen. Hij gaf haar een lange, trage, bedaarde kus. Ze kuste hem terug, wreef met haar voet langs zijn kuit en stond op.

'Ik maakte maar een grapje,' zei hij.

'Dat weet ik, Einstein. Je moet onder de douche. Je stinkt naar golf.'

'Waar stinkt golf naar?'

'Zweet, gras, zon en frustratie. Meestal in die volgorde.'

'Hoe ruikt frustratie?' vroeg hij lachend.

'Daar kom je gauw genoeg achter,' zei Emily, 'als je niet onder de douche gaat. Dan zul je een hogelijk gefrustreerde echtgenoot zijn.' Ze gaf hem een ingetogen kusje en toen hij opstond tikte ze hem even op de billen.

'Ik vind het heerlijk als je me bedreigt,' zei Ben en hij kuste haar nogmaals.

'Geen bedreiging, liefje, ga je wassen. Ik ben aan de beurt om de lunch klaar te maken. Dan hebben we nog een toetje voor we naar het vliegveld moeten.' Ze beroerde met een vinger even zijn lippen en glimlachte.

'Ik wil niet naar huis,' zei hij. 'Ik ben nog niet zover dat ik je weer kan uitleveren aan de Koningin der Spreadsheets.'

'Of dat jij weer Koning der Contracten wordt,' zei ze. 'We blijven hier en gaan gewoon nooit meer naar ons werk.'

'Arm en dakloos op Maui. Schitterend idee.' Hij leunde iets achterover. 'Werken wordt schromelijk overschat.'

'Behalve dat het ons bij elkaar heeft gebracht. En nu we het er toch over hebben, voor we naar het vliegveld gaan moet ik Sam bellen.'

'Weet je nog? Geen telefoontjes naar het werk. Ik heb me aan mijn deel van de deal gehouden.'

'Ja, nou ja, ik hou me aan m'n huwelijksbelofte aan jou, maar over al het andere valt te onderhandelen. Ga douchen.' Ze kuste zijn vinger met de spiksplinternieuwe gouden ring. 'Ik hou van je als je niets anders aanhebt dan je trouwring.'

Hij liep naar de douche, keek nog even om terwijl ze haar handen waste. Zijn vrouw. Hij glimlachte breed maar wendde zijn hoofd af zodat ze zijn grijns niet kon zien. Ze zou hem maar mal vinden.

Hij douchte snel, probeerde niet te denken aan de echte wereld die in Dallas weer wachtte. Hij droogde zich af, hoorde haar praten met haar baas, een lach in haar stem. Hij hoorde haar ophangen, toen stromend water in de gootsteen. Hij deed zijn eenvoudige gouden trouwring om, het lichte gewicht was een welkom gevoel om zijn vinger, en wikkelde een handdoek om zijn middel. Met een twinkeling in haar ogen had ze het over het toetje gehad. Misschien konden ze voor de lunch nog even uitpakken, vrijen in de keuken, krankzinnig uit de band springen, zoals twee anders zulke fatsoenlijke workaholics alleen nog op de valreep tijdens hun huwelijksreis deden.

Hij streek zijn haar in de spiegel glad. Hij hoorde glas breken, een luid gerinkel. 'Liefje?' Hij moest denken aan haar kietelende tenen langs zijn kuit toen ze elkaar kusten. Als ze een glas had laten vallen, moest ze oppassen met haar blote voeten. 'Liefje? Heb je iets laten vallen?' Hij schoot zijn sandalen aan.

Ben haastte zich naar de keuken. Emily lag languit op de tegelvloer, alsof een hand haar door het raam had neergeslagen en op de vloer had geschoven, een natte, rode, reusachtige vingerafdruk op haar voorhoofd achterlatend.

'Emily.' Ben knielde naast haar neer, zijn stem zo zacht alsof hij een gebed prevelde. Hij was kalm, schreeuwde niet, want dit kon niet waar zijn. Ze moesten nog vrijen, lunchen, naar het vliegveld. 'Emily. Alsjeblieft. Word wakker...'

1

Nicky Lynch lag languit op het dak van het gebouw met zijn scherp-schuttersgeweer in de aanslag te kijken hoe zijn twee prooien in de laatste ogenblikken van hun leven stonden te ruziën. Hij keek door het dradenkruis, wachtte op het schot waarmee hij zowel de nerd als de grote kerel in een snelvuur te pakken kon nemen. Hij werd zenuwach-tig van haastklussen, had niet genoeg tijd gehad om zich voor te berei-den. Hij had nog Belfast-tijd in zijn lijf zitten, zes uur later dan Austin, Texas. Hij knipperde met zijn ogen. Bij de les blijven, zei hij tegen zich-zelf.

'Krijgen we vandaag nog een schot?' fluisterde Jackies stem in zijn oortje. Zijn broer stond in de hal van het kantoorgebouw aan de over-kant van de straat, acht verdiepingen onder zijn schietschijven, ge-jaagd te wachten op het moment dat Nicky zijn dubbelschotsmagie zou demonstreren zodat Jackie Adam Reynolds' kantoor in kon en het karwei kon afmaken.

'Radiostilte,' zei Nicky in zijn microfoontje.

'Schiet dan op.' Jackies ongeduldige zucht veroorzaakte een elektro-nisch gekraak in Nicky's oor.

'Stilte,' zei Nicky weer in zijn microfoon, zijn ergernis onderdruk-kend. Je kon iemand in een seconde vermoorden, maar de voorzorgs-maatregelen waarmee de klus netjes moest worden afgewerkt kostten tijd. Jackie was te onrustig, hij was koortsachtig ongeduldig.

Nicky concentreerde zich weer op de moorden. De hoek in het kan-toor waar de twee mannen ruziemaakten was niet ideaal, maar de klant was heel specifiek geweest in hoe hij de klus geklaard wilde heb-ben. De grote kerel, die bij het raam stond, stond nog te ver weg… en

13

Nicky's eerste schot moest raak zijn. Jackie zou in minder dan een minuut na de dood van de mannen het kantoor in lopen en hij wilde niet dat een van de twee nog ademde wanneer zijn broer binnen kwam wandelen en de spullen afleverde. Zeker die grote vent niet. Nicky wilde dat Jackie nog geen tien meter bij die kerel in de buurt kwam.

Als die twee nou maar niet bewogen. Negen verdiepingen onder hem stuiptrekte het toeterende, optrekkende en remmende verkeer in het centrum van Austin. In de verte rommelde het in de lucht, een lentestorm die al dan niet op het punt stond een verkoelende regenbui los te laten. Hij sloot zich voor het geluid af, want de uitgelezen kans voor het moordende schot kon nu elk moment komen. Het was een groot kantoor waarin de smalle ramen werden gescheiden door kalkstenen muren. Hij was op gelijke hoogte met zijn doelwitten, maar moest zich vlak achter een airconditioninginstallatie op het dak schuilhouden en de hoek was lastig.

Hij fronste zijn voorhoofd. Het zou het beste zijn als de twee in hetzelfde smalle raamkozijn zouden staan, dicht bij elkaar, maar ze stonden een eindje uit elkaar, als een paar behoedzame leeuwen. De nerd fronste angstig zijn voorhoofd alsof hij alle nummers en feiten in zijn oversized hersenpan opzijschoof en nieuwe moed aan het verzamelen was. De nerd had alle reden om bang te zijn, dacht Nicky. Nicky had de rapporten over de grote kerel met een mengeling van bewondering en schok gelezen. Hij kreeg niet elke dag de kans om zo'n interessante man te vermoorden. Nicky had zesendertig mensen vermoord maar geen van hen had het zover geschopt. Hij wenste bijna dat hij met de grote man een biertje kon gaan drinken, een beetje babbelen, van hem kon leren, zich kon laven aan zijn wapenfeiten. Maar de allerbesten, bedacht hij, hielden hun geheimen altijd voor zichzelf.

En toen griste de nerd een pistool van het bureau en richtte dat op de grote man. Nicky hield zijn adem in. Misschien knapten ze zelf zijn klusje voor hem op, vermoordden ze elkaar en hoefde hij alleen maar toe te kijken.

'Hou je gedeisd,' zei Adam Reynolds. Het pistool voelde zwaar aan in zijn hand, hij had het nog maar drie dagen geleden gekocht, een noodzakelijke voorzorgsmaatregel. Hij had vijf uur lang op internet naar het juiste pistool gezocht. Maar hij had bij lange na niet genoeg tijd gehad om ermee te oefenen. Adams longen persten zich samen van angst, zijn rug prikte van de warmte, zijn tong leek wel een zandvlakte.

Dit gebeurde er dus wanneer je op gevaarlijke mensen jaagde. Soms vonden zij jou. Hij hoefde hem alleen maar op afstand te houden, bedacht Adam. Hulp was onderweg.

De grote man bij het raam leek niet zenuwachtig te worden van het pistool. 'Geef mij dat maar, voor je een teen, vinger of iets waardevollers afschiet, Adam.'

'Nee,' zei Adam. Hij tikte tegen het visitekaartje van de man op het bureau en gooide hem een ingebonden voorstel voor de voeten. 'Hou je rekwisieten maar, klootzak. Je bent gewoon een oplichter.'

De grote man haalde zijn schouders op. 'Oké, ik heb tegen je gelogen. Maar jij bent ook een leugenaar. Laten we dat liegen dan nu maar overboord gooien.'

'Jij eerst. Wat is je echte naam?'

De grote man lachte. 'Ik ben niemand.'

'Nee, meneer, het probleem is dat je juist te veel verschillende mensen bent.' Adam hield zijn pistool recht en verstevigde zijn greep. 'Je hebt meer namen dan een kat vlooien heeft. Ik heb ze allemaal gevonden. Elke alias die je in de afgelopen paar maanden hebt gebruikt. Ik wil weten wie je werkelijk bent.'

De grote man kneep zijn starende ogen tot spleetjes. Hij deed een stap bij het raam vandaan en een stap in de richting van Adam. Hij hield zijn handen langs zijn zij. 'Dit is de deal, Adam. Ik vertel je wie ik werkelijk ben en voor wie ik werk, en jij vertelt mij wie jou heeft ingehuurd om mij op te sporen.'

'Ik heb het pistool, dus ik stel de vragen en jij geeft antwoord.'

'Ja, Adam, je hebt inderdaad het pistool,' zei de grote man, alsof dat feit hem niet echt iets kon schelen.

Adam slikte. 'Hoe heet je echt?'

'Mijn naam doet er niet toe. Wat er wel toe doet is waarom je naar me op zoek bent, wie je daarvoor heeft betaald. Dat is de enige reden waarom ik naar je toe ben gekomen, Adam, omdat jij naar me op zoek was.' Hij sloeg zijn armen over elkaar. 'Is het wel eens bij je opgekomen dat ik aan de goede kant sta?'

'Ik... ik weet aan welke kant je staat.' Adams stem brak. 'Je bent een

15

terrorist. Of je maakt deel uit van een groep terroristen.'

'O, god, erger kon je de plank niet misslaan,' zei de grote man. Hij lachte. 'Je hebt een soort boekenwijsheid en een hoop straatrommel in één, hè?'

Adam schudde zijn hoofd. Hij legde beide handen om de greep van het pistool om zich op zijn doel te concentreren.

'Adam, daarom zit je in de problemen. Je hebt nogal wat wetten aan je laars moeten lappen om mij en mijn aliassen te vinden: bankwetten, privacywetten, federale verordeningen, die geheim materiaal beschermen. Al die gegevens die je hebt gebruikt om me op te sporen, her en der in allerlei databases waarvoor je geen toestemming of waartoe je geen toegang hebt. Iemand heeft jou die toegang verschaft. Jij vertelt me wie en ik beloof je dat je veilig bent en beschermd zult worden.'

'Ga op de grond zitten, leg je handen op je hoofd,' zei Adam. 'Ik heb al een vriend van me gebeld, van de Binnenlandse Veiligheidsdienst. Ze komen nu hiernaartoe, dus als je me iets aandoet...'

'Je iets aandoen?' De grote man fronste zijn voorhoofd. 'Dat betwijfel ik. Jij hebt het pistool.' Hij deed een stap naar voren. 'Briljante computerprogrammeurs gaan niet plotseling mensen opzoeken die niet gevonden willen worden. Voor wie werk je?'

'Ik schiet, hoor. Alsjeblieft. Hou ermee op.' Adam klonk niet overtuigend, zelfs niet in zijn eigen oren. 'Alsjeblieft.'

De grote man waagde nog een stap in de richting van Adam. 'Je bent een veel te aardige vent om me neer te schieten en ik ga jou geen kwaad doen. Dus, knappe kop, geef me het pistool en laten we praten.'

Nicky keek door zijn dradenkruis. De grote man liep langzaam naar voren en de nerd onderging de martelingen der zwakkeren, hij wilde geen medemens neerschieten. Verdomme. Toen schoot er plotseling iets door Nicky heen. Stel dat de nerd die grote vent inderdaad zou neerschieten? Krijg ik eigenlijk wel betaald als niet ik ze neerschiet maar de een de ander vermoordt?

Van die gedachte raakte hij in paniek. Hij plakte zijn oog tegen het vizier. Schiet gewoon en laat voor de cliënt geen speelruimte om over betaling te argumenteren, of te kissebissen of er wel of geen diensten waren geleverd. Hij had het geld nodig.

De grote vent liep kalm in de richting van de nerd naar voren.

De nerd liet het pistool een fractie zakken.

Beide mannen stonden nu in hetzelfde raamkozijn. Nu stak de grote man zijn hand uit naar het trillende pistool. Niet aarzelen. Binnen twee seconden had Nicky Lynch de afwijkingen berekend die werden veroorzaakt door de veranderlijke wind, die stevig waaide vanuit de bocht van de rivier waarin het centrum van Austin genesteld lag, hij berekende de breking van het glas, legde zijn tong tegen zijn verhemelte en schoot.

De grote man ging neer. Nicky draaide de loop een fractie, vuurde en zag de nerd stuiptrekken en vallen. In de kamer heerste stilte, twee gaten in het raam. Hij wachtte tien seconden en trok zich toen van de dakrand van het kantoorgebouw terug. Onder hem haastten mensen zich om op de late middag hun boodschappen te doen, zich niet bewust van de doden in hun midden; mannen en vrouwen in pak die te voet op weg waren naar de hoofdstad van de staat Texas, de meesten met mobieltjes aan het oor. Een straatmuzikant sloeg op zijn gitaar en balkte een liedje van Bob Dylan, naast een kistje met een paar muntjes erin, een groep arbeiders stond op de bus te wachten. Niemand keek omhoog toen de gedempte schoten weerklonken.

Het was goed gegaan, gezien de moeilijkheidsgraad van de schoten. Hij dook achter de airconditioninginstallatie en veegde zijn handen af aan het onderhoudsuniform dat hij droeg. Hij haalde het geweer met geoefende elegantie uit elkaar. Hij stopte de geweerdelen in een plunjezak en liep naar de daktrap. 'Alles veilig,' zei hij in zijn microfoontje tegen Jackie.

'Ik ga naar binnen,' zei Jackie. 'En op stilte.'

'Stilte.' Nicky zette hem af. Jackie had de neiging om te gaan kwebbelen en Nicky wilde niet dat hij werd afgeleid.

Een donderend onweer brak los, de treuzelende storm deed zich nu gelden en de bries raakte door de plotseling verschuiving statisch geladen.

Bizarre eisen, dacht Nicky, maar de cliënt had het karwei heel specifiek als volgt uitgevoerd willen hebben: vermoord de doelwitten vanaf een veilige afstand en leg een bruine envelop op het bureau van de nerd. Het geld was goed voor kaviaar met champagne, genoeg om een paar maanden in St. Bart op zijn lauweren te rusten. Hij was aan vakantie toe. Jackie zou met zijn deel van het geld op jacht gaan naar zeldzame Johnny Cash-lp's en nog meer slechte liedjes gaan schrijven. Jackie en zijn muziek. Tijdverspilling. Misschien kon Nicky zijn broer ompraten om zijn geld niet zo over de balk te gooien, hem overhalen een borrel te pakken in de Caribische zon. Na een moord had je warmte nodig, bedacht Nicky toen hij bij de straat aankwam.

Jackie hoorde van Nicky het 'alles veilig'-sein in zijn oortje en drukte op het liftknopje. Een groep advocaten in krijtstreep kwam binnen, ze zwermden om hem heen, wachtten kletsend tot de liftdeuren opengingen.

Verdomme, dacht hij. Hij wilde niet dat ze zich hem zouden herinneren dus liet hij de menigte advocaten in de lift voorgaan. Hij drukte weer op het knopje en wachtte nog eens negen seconden tot er een lege lift kwam. Hij was in zijn eentje toen de lift naar de bovenste verdieping ging. De gang was verlaten. Niemand had de gedempte schoten gehoord, althans, niemand was in paniek uit de naburige kantoren de gang op gerend. Mooi, niemand zou zich zijn gezicht nog herinneren als hij zijn vrachtje had afgeleverd. Hoewel het een haastklus was, ging het om een reusachtige opdracht: de doelwitten om wie het ging waren belangrijk. Doe het goed, dacht hij, dan houdt Nicky tenminste op met zeuren.

Jackie naderde het kantoor, op het bord stond: REYNOLDS DATA CONSULTING. De kantoordeur zat op slot en in nog geen tien seconden had hij hem open. Hij trok zijn stalen mes uit zijn jas, voor het geval een van de mannen nog een laatste stuiptrekking maakte. Maar hij was niet van plan het te gebruiken, alleen als het nodig was. Zelfs niet voor de lol. Een meswond zou de politie alleen maar in verwarring brengen.

Hij liep naar binnen en sloot de deur achter zich. Er heerste stilte in het kantoor. Jackie stopte de grote envelop onder zijn arm. De nerd lag met een verbaasde uitdrukking op zijn gezicht languit naast het bureau, het bloed stroomde uit zijn hoofd, de mond hing slap, de ogen eindelijk bevrijd van hersenspinsels.

De opdracht was om de verzegelde envelop op het bureau te leggen. Maar eerst gluurde Jackie achter het bureau naar de grote kerel.

Aan de overkant van de straat drong Nicky Lynch zich langs techneuten die van het talud van de parkeergarage stroomden en op weg waren naar een vroege borrel in het Warehouse District. Hij liep het talud op en sloeg links af. Hij drukte op de elektronische deuropener van zijn Mercedes en de kofferbak piepte open. Hij legde de plunjezak met het geweer erin en sloeg het deksel dicht. Toen hij achter het stuur gleed, de motor startte, zijn oortje kraakte en Jackie iets riep, begreep hij er niets van. 'Hij is weg!'

Nicky keek net op tijd in de achteruitkijkspiegel om te zien dat de grote man achter de auto naar hem toe rende terwijl hij van onder zijn jack een pistool trok. Een halve seconde was hij verlamd van schrik. Toen dook hij naar de geladen Glock die hij onder zijn stoel verborg en sloot zijn vingers eromheen. Het raam aan de bestuurderskant explodeerde, pijn schoot door zijn schouder.

Dit was niet echt. Onmogelijk. Dat schot was echt door...

'Wie heeft je gestuurd?' vroeg de grote kerel.

Nicky's mond deed het nog, zijn arm niet meer. Met zijn goede hand rommelde hij met zijn pistool.

'Laatste kans. Geef antwoord,' zei de grote kerel.

Nicky stak het pistool met een woedend gegrom omhoog. Als antwoord sproeide het spervuur zijn bloed over het dashboard en tegen de voorruit.

Jackie, vlucht, dacht Nicky, terwijl hij naar de rode mist staarde, en toen stierf hij.

De grote man stond bij het kapotte raam en vuurde voor de zekerheid vier keurig nette schoten in Nicky Lynch' borst en hoofd. Het pistool van Adam Reynolds werd warm in zijn hand.

'Altijd zorgen dat je het zeker weet, meneertje,' zei de grote man. Hij slikte de gal in zijn keel weg. Deze dag was alles misgegaan. Het werd tijd om die hele puinhoop de rug toe te keren. Laat de politie dit maar regelen.

Laat de politie maar op een niemand jagen. Hij haalde een visitekaartje uit zijn zak en stopte dat in Nicky Lynch' jaszak. Dat had hij niet meer nodig. Hij haastte zich bij de auto vandaan, verborg zijn pistool onder zijn lichte jack en nam de trap. Binnen een paar minuten zou iemand de met kogels doorboorde auto in de gaten krijgen.

Hij liep de stoep op toen het uit de marmergrijze hemel zachtjes begon te regenen.

Een straat verder rende Jackie halsoverkop het gebouw uit, hij racete naar de garage, het verkeer, oude, winkelende dames en koffiedrinkende mensen in de hal ontwijkend. Automobilisten stonden boven op hun rem, claxons toeterden hatelijk terwijl hij de straat over sprintte. Hij stopte zijn mes in zijn jaszak, sloot zijn hand stevig om de Glock onder zijn windjack en zocht angstig de gezichten achter zich af. Hij klemde de map met foto's onder zijn arm. Hij hoorde een vrouw gillen toen hij het talud op snelde. Hij bleef staan en gluurde van achter de betonnen pilaar. Een vrouw en twee mannen groepten om de Mercedes, er zat een rode vlek op de voorruit. Een van de mannen belde met zijn mobieltje het alarmnummer. De vrouw had haar hand over haar mond geslagen alsof ze een schreeuw wilde onderdrukken.

Jackie kwam zo dichtbij dat hij kon zien dat hij niets meer kon doen.

Nicky was dood.

Jackies keel kneep zich dicht. Hij bedacht dat hij moest ademen. Hij draaide zich om en wankelde het talud af. De politie kon er nu elk moment zijn. Hij weerstond elke aandrang om naar zijn broer te gaan en hem in zijn armen te nemen, slikte zijn behoefte in om op zijn knieën te vallen en in huilen uit te barsten.

De grote man was niet dood.

Maar, dacht Jackie met een withete woede in zijn hart en terwijl de tranen hem in de ogen sprongen, dat zou hij gauw genoeg zijn.

2

'We zitten diep in de problemen,' zei Sam Hector. 'Vanochtend is ons een contract van tien miljoen dollar door de neus geboord.'

'Dat spijt me, Sam,' zei Ben Forsberg in zijn mobieltje.

'Het gaat om de deal met de Engelse regering in verband met de aanvullende beveiliging voor hun ambassades in vier Oost-Afrikaanse landen,' zei Hector. 'Ik mag niet nog zo'n groot contract verliezen, Ben. Ik heb je de details gestuurd en ik wil dat je vanavond nog de informatie doorneemt. Aan alle vakanties komt een einde.'

'Natuurlijk.' Ben was bijna thuis. Hij had de kap van zijn BWM-cabrio dicht want toen hij Austin naderde, trokken regenwolken zich in de lentelucht samen. Hij wilde dat Sam het geen vakántie had genoemd. Ben ging niet meer op vakantie, hij nam alleentijd, weg-zijntijd. Hij was maar zes dagen weg geweest. 'Ik ga gewoon weer aan het werk.'

'Godzijdank, want de deals beginnen op te drogen,' zei Hector. 'Ik wil dat je weer fulltime voor me gaat werken. Ik heb je nodig.'

'Hoe staat het met de onderhandelingen met het ministerie van Buitenlandse Zaken?' Ben had geen zin om dat gesprek nog eens dunnetjes over te doen, hij vond het fijn dat hij nu freelance werkte en in Austin woonde. Het kantoor in Dallas deed hem te veel aan Emily denken.

'Nog zo'n hachelijke toestand. We zijn het op vijf of zes punten oneens. Staatssecretaris Smith is behoorlijk halsstarrig als het gaat om het trainingsniveau dat ons beveiligingspersoneel moet hebben voor de aankomende missie in Kongo, terwijl ze niet de daarbij horende prijs wil betalen. Wat natuurlijk idioot is. Kongo is momenteel ongelooflijk gevaarlijk. Ze hebben ons nodig en zij is alleen maar obstinaat, zij denkt dat ze het wel afkan met het gewone overheidspersoneel.'

'Ik praat wel met haar.' Ben verwachtte niet dat de onderhandelingen nog veel langer zouden duren, de veiligheidssituatie in Kongo verslechterde, het terrorisme verspreidde zich. Het daar gestationeerde personeel van Buitenlandse Zaken moest beter beveiligd worden, en een contract met de professionele soldaten van Hector Global was daar een snel en goedkoop antwoord op. Met de zaken die Hector Global jaarlijks met het ministerie van Buitenlandse Zaken deed waren miljoenen dollars gemoeid voor de gewapende beveiliging van zijn werknemers. Het oplaaiende conflict in Kongo was tragisch, maar ook een kans. Iemand moest de diplomaten beschermen en niemand kon dat beter dan Hector Global. 'Als de situatie daar verslechtert, krijgen we daardoor de deal misschien rond... Ze wordt vast bang.'

'Ik hou van bange mensen, het is onze zaak die angst weg te nemen,' zei Hector.

'Je wil dat nog steeds als motto gebruiken,' zei Ben lachend. 'Angst is geen goede slogan.'

'Wat maakt 't uit. Ik verdenk haar er ook van dat ze de boel ophoudt zodat ze jou weer een keer naar Washington kan halen.'

Ben veranderde van rijbaan, reed in noordelijke richting de Mopac over, de belangrijkste noord-zuidader van West-Austin. Hij sloeg bij de voorstad van West Lake Hills af zodat hij via achterafweggetjes naar zijn huis midden in Austin kon rijden, het notoire trage verkeer in Austin was al aan zijn dagelijkse moeizame schuifelgang begonnen.

'Ben? Heb je me gehoord?'

'Sam. Niet doen, kerel, je weet dat ik nog niet toe ben aan...'

'Je kunt niet in de luchtbel blijven zitten die je voor jezelf hebt gecreëerd.' Nu klonk Sam Hector eerder als een vader die iemand een standje geeft dan als een cliënt. 'Je bent net vijf dagen in je eentje geweest, Ben, in een vakantieoord waar mensen naartoe gaan die twee keer zo oud zijn als jij. Emily zou niet willen dat je je isoleert.'

Ben zei niets. Hij had gemerkt dat hij dit soort advies maar het beste in beleefde stilte kon ondergaan.

'Mevrouw Smith heeft me naar je interesses gevraagd, hoe vaak je in Washington komt, welk eten je lekker vindt. Zodra de onderhandelingen achter de rug zijn, verwacht ik dat ze je de volgende keer dat je weer in Washington bent, mee uit vraagt.'

'Weet ze dat ik weduwnaar ben?'

'Dat heb ik haar verteld. Maar niet alle details. Dat laat ik aan jou over.'

'Mail me Smith' kanttekeningen bij het contract en ik draai wel een antwoord in elkaar.'

Sam Hector viel aan de andere kant van de lijn even stil. 'Sorry. Ik probeer alleen maar te helpen. We maken ons allemaal zorgen om je...'

'Sam, het gaat prima met me. Ik spreek je morgenochtend.'

'Hou je haaks, Ben.' Sam verbrak de verbinding.

In de twee jaar sinds Emily's dood had geen enkele vrouw hem mee uit gevraagd, en hij was niet van plan zelf een vrouw mee uit te vragen. Hij probeerde zich voor te stellen hoe hij op een uitnodiging zou re-ageren. Hij had niets te bieden, niets uit te wisselen, niets te zeggen. Een licht koud afgrijzen streek over zijn huid. Hij deed het autoraam-pje omlaag, liet frisse lucht over zijn gezicht stromen terwijl hij van de snelweg richting huis afsloeg. Hij zette de radio aan: 'Bij een bizarre schietpartij in het centrum van Austin zijn twee doden...' zei de nieuwslezer en Ben zette de radio af. Hij wilde liever niets over schiet-partijen horen. Twee jaar na de dood van zijn vrouw draaide het woord alleen al als een mes in zijn ruggengraat, bracht die verschrik-kelijke herinnering boven dat Emily languit dood op de keukenvloer lag, met midden op haar voorhoofd een kogelgat.

Lukraak, zinloos, om geen enkele reden, had een of andere onbe-kende idioot op lege huizen geschoten. Hij ontspande zijn greep op het stuur en probeerde er niet aan te denken.

Ben woonde in Tarrytown, een wat oudere en dure buurt in het westen van Austin. Naar de steeds hoogdravender wordende maatsta-ven van zijn buren was zijn huis klein – Tarrytown was overspoeld door megalandhuizen, die uittorenden boven de oorspronkelijke hui-zen op hun benauwde stukjes grond – maar de kalkstenen bungalow beviel hem wel. Hij reed net de garage in toen de pruttelende storm in een zachte regen overging. Zijn bloembedden hadden de lenteregen nodig en het grasveld kon ook wel een buitje gebruiken, dacht hij.

Ben ging zijn huis binnen en zette zijn tas op de keukenvloer. Hij griste een blikje frisdrank uit de koelkast en liep naar achteren naar zijn kantoor. Hij klapte de laptop open en downloadde e-mails van vijf dagen. De meesten van zijn cliënten wisten dat hij een week weg was dus er waren er minder dan anders. Hij zag een versleutelde notitie met de specificaties van Sams precaire Engelse deal. Bij een paar berichten fronste hij zijn voorhoofd: een verzoek van een verslaggever van een zakenblad om te reageren op de aantijgingen over een bedrijf dat contractmalversaties had gepleegd terwijl hij daar nooit zaken mee had gedaan, drie e-mails van mensen die hij niet kende en die protesteerden tegen het gebruik van particuliere veiligheidsdiensten in Irak en Afghanistan, en e-mails van zes mensen met een militaire en veiligheidsachtergrond die met Hector wilden werken en hem om raad en hulp vroegen.

Waar miljoenen op het spel stonden en wapens bij betrokken waren, dreigden altijd controverses. Hij begreep wel dat mensen bezorgd waren wanneer in de oorlog particuliere bedrijven werden ingezet. Maar het was nu eenmaal de realiteit dat de regering enorme contracten aanbood en mensen met zowel een dubieuze als vlekkeloze integriteit kwamen daar op af. Hector Global was een van de alleen al driehonderd particuliere bedrijven die in Irak veiligheids- en trainingsdiensten uitvoerden. Ben zorgde ervoor dat hij alleen maar met die bedrijven werkte die een goede reputatie hadden en over uitermate professioneel personeel beschikten. In tegenstelling tot zijn grootste klant waren er veel nieuwelingen tussen, die ex-militairen in dienst hadden en niet gewend waren tussen overheidscontracten door te navigeren. Met zijn begeleiding konden ze makkelijker gunstige voorwaarden bedingen.

Op Iraaks grondgebied opereerden meer dan honderduizend particuliere veiligheidsbedrijven die veiligheidstroepen en politie opleidden, gebouwen en hoogwaardigheidsbekleders beschermden. Ze werden uitstekend betaald. Ben had Sam Hectors beveiligingsbedrijf tot een kolos van drieduizend werknemers helpen opbouwen, met nog eens duizenden onafhankelijke contractanten op afroep, om van alles te kunnen leveren, van veiligheid tot computerexpertise tot het verzorgen van voedselvoorraden.

Op zijn antwoordapparaat gloeide zacht een rode 6 op. Hij zou na een douche de rest van de wereld wel afhandelen. Technisch gesproken zat hij nog steeds in zijn alleentijd, zei hij tegen zichzelf.

Ben nam een douche en wreef met een handdoek stevig over zijn huid. De spiegel liet een vroege lentekleur op zijn neus en wangen zien, opgedaan tijdens zijn wandelingen langs het meer. Hij was van Zweedse afkomst en de zon was niet altijd zachtzinnig voor zijn lichte, enigszins sproetige huid. Hij fatsoeneerde zijn dikke bos blond haar door er met zijn vingers als een kam doorheen te gaan, poetste zijn tanden en besloot dat hij de rood geworden huid niet zou scheren. Hij trok een spijkerbroek aan, tennisschoenen en een poloshirt met lange mouwen. Toen hij de frisdrank pakte die hij op het buffet had laten staan ging de bel, een laag, lang, bijna smartelijk geklingel.

Er stonden twee mensen op zijn bakstenen stoep. Ben had tijdens zijn werk genoeg overheidsagenten gezien om die te herkennen: de houding, de zorgvuldig neutraal gehouden gezichtsuitdrukking. De een was een kleine, donkerharige vrouw van begin dertig die een duur grijs maatpakje droeg. Ze had bruine ogen en haar mond stond streng, en toen Ben de deur openmaakte keek ze hem zo fel aan dat hij bijna een stap achteruit deed. De man naast haar was mager, had zilvergrijs haar en zijn gezicht was uitdrukkingsloos.

Achter hen zag Ben een auto met twee mannen in pak met dikke nek en zonnebril op die waakzaam bij de passagiersdeur stonden.

'Meneer Forsberg?' zei de man.

'Ja.'

Beiden lieten hun ID met foto zien. Binnenlandse Veiligheidsdienst, afdeling Strategische Aangelegenheden. Het was geen divisie van de Veiligheidsdienst die Ben vanuit zijn werk als consultant herkende, zoals de Federal Emergency Management Agency (FEMA) of de geheime dienst. 'Ik ben agent Norman Kidwell. Dit is Joanna Vochek. We willen graag met u praten.'

Ben keek met knipperende ogen naar de badges. Kidwell was in de veertig met een uitgemergeld gezicht dat voor een glimlach onbekend terrein was, donkere ogen die eerder berekenend dan vriendelijk keken en onder de huid van zijn kaken zweemde een vleug graniet.

'Oké. Waarover?' vroeg Ben.

'Het is beter als we binnen praten, meneer,' zei Kidwell.

'O, oké.' Hij vroeg zich af of een van zijn cliënten er soms een puinhoop van had gemaakt of had gesjoemeld met een contract met de Veiligheidsdienst. Maar waarom hadden ze hem dan niet gebeld? Hij deed de deur verder open. De twee agenten kwamen binnen.

'Wat kan ik voor u doen?' Ben deed de deur dicht.

'Laten we gaan zitten,' zei Kidwell.

'Goed.' Hij liep naar de keuken en ze liepen achter hem aan, Vochek bleef heel dicht bij hem. Hij merkte hoe ze de kamer rondkeek, alsof ze elke uitgang registreerde. 'Wilt u wat fris of water?'

'Nee,' zei Kidwell.

'Gaat u op reis, meneer Forsberg?' Vochek wees op zijn tas.

'Nee, ik kom net thuis.' Hij ging aan de keukentafel zitten. Kidwell ging tegenover hem zitten. Vochek bleef tussen hem en de achterdeur in staan.

'Waar bent u geweest?' vroeg ze.

'Marble Falls.' Dat was een stadje op een uur rijden van West-Austin. 'In de flat van mijn ouders.'

'Waren uw ouders bij u?' vroeg Kidwell.

'Nee. Die zijn overleden.'

'Was u alleen?' Ze sloeg haar armen over elkaar.

'Ja. Gaat u me nog vertellen waar dit over gaat?'

Kidwell opende een opschrijfboekje en ratelde Bens volledige naam, geboortedatum, sofinummer, adres en thuistelefoon op. 'Klopt dat allemaal?'

Ben knikte.

'Hebt u een zakelijke telefoon?'

'Ik werk vanuit huis, mijn mobiele nummer is ook mijn kantoornummer.'

Kidwell hield zijn blik vast, alsof er een draad van zijn ogen naar die van Ben liep. 'Hebt u nog andere mobiele telefoonnummers?'

'Nee.' Hij was bang dat hij in een bureaucratische modderpoel gesleept werd, het was duidelijk dat een cliënt een contract met de Binnenlandse Veiligheidsdienst had verprutst en hij zou eindeloze protocollen over zich heen krijgen voordat deze twee droogstoppels ter zake kwamen.

'U geeft adviezen inzake contracten met de overheid,' zei Kidwell.

Ben knikte en waagde een voorzichtig glimlachje. 'Zit een van mijn cliënten soms in de problemen?'

'Nee. Dat zit u.' Kidwell legde zijn kin op de V tussen duim en wijsvinger.

'Want?'

Vochek leunde tegen de muur. 'Hebt u een cliënt genaamd Adam Reynolds?'

'Nee.'

'Kent u hem?' vroeg Vochek.

Door de nadruk die ze op het woord 'kent' legde, werd hij voorzichtiger. 'Als ik meneer Reynolds al heb ontmoet, dan kan ik me dat niet herinneren.'

'Hij ontwerpt software voor de regering. Een eenmanszaak, maar uitermate effectief,' zei Vochek. 'Ongelooflijk slimme vent.'

'Dan spijt het me dat ik hem niet ken.' Het zweet brak Ben uit, op zijn benen, rug en handpalmen. Hij probeerde nogmaals een onbeholpen glimlachje. 'Hoor eens, ik wil u graag van dienst zijn, maar tenzij u me vertelt waarom ik in de problemen zit, ga ik mijn advocaat bellen.'

Kidwell haalde een foto uit zijn jaszak tevoorschijn en schoof die over de tafel naar Ben. 'Herkent u deze man, meneer Forsberg?'

Ben vermoedde dat de foto van een afstand was genomen en met de computer was bijgewerkt, de kleuren waren scherper gemaakt en de details contrastrijker. Er stond een kleine, gedrongen man op die achteromkijkend door een drukke straat liep. Hij had een hoed laag over zijn voorhoofd getrokken en van de rand druppelde regen. Hij hield zijn jas dicht tegen de nattigheid en zijn vingers waren verrassend sierlijk en lang.

Ben bekeek de foto nog eens goed, inspecteerde het gezicht van de man, pijnigde zijn geheugen. 'Ik herken hem niet, sorry.'

Kidwell zei: 'Nicky Lynch.'

'Ik ken hem niet.'

Kidwell krabde aan zijn lippen. 'Hij ziet eruit als een watje. Dat is hij niet. Zijn vader was voor hij stierf beul en huurmoordenaar voor de IRA en Nicky heeft de zaak overgenomen. Toen Noord-Ierland na de ontwapening een saaie bedoening werd, bood Nicky zichzelf te huur aan. Hij is een van de meest gevreesde huurmoordenaars ter wereld. We vermoeden dat hij allerlei akelige klussen in de aanbieding had: het trainen van Al Qaida-scherpschutters in Syrië, elimineren van politieke oppositieleiders in Tadzjikistan en Pakistan, het vermoorden van rechters en getuigen in Mexico en Columbia in opdracht van drugskartels.'

'Nou, ik ken hem absoluut niet,' zei Ben.

'Weet u het zeker?' vroeg Vochek op vertwijfelde toon.

'Jezus, dat weet ik zeker, ja. Waar gaat dit verdomme over?'

'We denken dat Nicky Lynch vanmiddag hier in Austin Adam Reynolds heeft vermoord. Meneer Reynolds had me rond het middaguur in Houston opgebeld om te vragen of ik onmiddellijk naar Austin kon komen, vanwege een zaak van nationale veiligheid,' zei Kidwell.

Ben keek van het alledaagse gezicht van de moordenaar op de foto op en schudde zijn hoofd. 'Wat heeft die klootzak met mij...'

'Dat mag u ons vertellen, meneer Forsberg,' onderbrak Vochek hem. Nu boog ze zich naar voren, legde haar handen op tafel en bracht haar gezicht dicht naar het zijne. 'Omdat Nicky Lynch is doodgeschoten en uw visitekaartje in zijn zak zat.'

3

Uw visitekaartje zat in zijn zak. De plotselinge stilte won aan gewicht. 'Legt u eens uit waarom Nicky Lynch uw visitekaartje in zijn zak had, meneer Forsberg,' zei Kidwell.

Ben hervond zijn stem. Hij had het gevoel dat zijn longen vol lood zaten. 'Dat moet een vergissing zijn...'

'Ik kan twee mogelijkheden verzinnen. Ten eerste, u hebt banden met Lynch. Ten tweede u bent een doelwit van hem.' Vochek schokschouderde. Welke is het?'

'Dit is een misselijke grap, hè? Dit is echt niet grappig, hoor.'

'Geen grap,' zei Kidwell. 'Wij geloven dat Lynch met een uitermate krachtig sluipschuttergeweer Reynolds door zijn kantoorraam heeft neergeschoten, vanaf de overkant van Colorado Street.'

Door een raam. Sluipschuttergeweer. Emily op de grond. De woorden, de herinnering, de wereld begon voor zijn ogen te zwemmen. Hij kneep zijn ogen dicht en haalde diep adem. 'Nee... dat heeft niets met mij te maken...'

'We troffen een voorstel met uw briefhoofd aan op de vloer van Reynolds' kantoor,' zei Vochek. 'Doe jezelf een lol, Ben. Werk een beetje mee.'

'Maar ik kende hem niet.' Ben zonk achterover in de stoel.

'Geef me je telefoon,' zei Kidwell. Ben schoof het mobieltje naar hem toe en Kidwell gaf het aan Vochek. 'Kijk met wie hij pas geleden heeft gebeld.' Ze klikte door de menu's.

Ben wreef met zijn vingertoppen over zijn voorhoofd. Een trage vlam woede ontstak in zijn borst, drong door de mist van de schok heen. 'Als ik hem niet ken, uw tweede optie... is dat iemand me om zeep wil helpen. Daar is gewoon geen reden voor.' Hij wilde plotseling dat Kidwell knikte, ermee instemde, maar zijn pokerface gaf geen krimp.

'Hebt u vijanden?' vroeg Kidwell.

'Vijanden? Nee.' Dit was het soort afgedraaide vraag die de politie hem had gesteld na de dood van Emily, en toen hij hun in het gezicht keek, zag hij de bekende vlek: achterdocht. De politiemensen in Maui en later in Dallas hadden net zo'n gefronst voorhoofd gehad toen ze hem na de moord op Emily hadden ondervraagd. Achterdocht had zijn leven al eerder in zuur ondergedompeld. Niet weer. Niet wéér.

'Wie heeft Lynch vermoord?'

'We hebben nog geen verdachte.' Vochek keek op van de lijst met recente telefoontjes in Bens telefoon. Ze hield zijn blik vast met haar indringend starende ogen en ging toen verder zijn lijst bestuderen.

Ik ben de verdachte, realiseerde hij zich.

Kidwell schoof een andere foto naar Ben toe: een opname van Bens visitekaartje. Aan de randen zaten bloedvegen. Het zakelijke nummer dat erop vermeld stond was niet van zijn mobieltje, maar zijn thuisnummer was er met pen naast gekalkt.

Hij klopte met een vinger op de foto, hoop gloorde in zijn borst. 'Dat is niet mijn zakelijke nummer.'

'Volgens het telefoonbedrijf hebt u vorige week een nieuw nummer aangevraagd, dit nummer,' zei Vochek.

Ben schudde zijn hoofd. 'Om de dooie dood niet. Hoe zit dat met dat voorstel dat ik volgens u zou hebben gedaan?'

'Dat schetst de financiering van Reynolds' ideeën voor nieuwe softwareproducten door overheidscontractmakelaars, met inbegrip van uw cliënten.'

'Dat heb ik nooit geschreven.' Ben schoof de foto naar Kidwell terug. 'Iedereen kan mijn logo van mijn website kopiëren, een voorstel in elkaar draaien en doen alsof het van mij komt, of een vals visitekaartje printen.'

'Dat zou kunnen. Maar waarom?'

Daar had hij geen antwoord op en zijn schok ging in woede over. Hij draaide de rollen om. 'Als dit een onderzoek is, waarom ondervraagt de politie van Austin of de FBI me dan niet?'

Ben ving een glimp op van de blik die Vochek en Kidwell met elkaar wisselden en die hij niet kon duiden. 'Vanwege de uitermate gevoelige aard van deze zaak en hoe die van invloed kan zijn op de nationale veiligheid, zijn wij gemachtigd u te ondervragen,' zei Kidwell.

'En hoe is die dan precies van invloed op de nationale veiligheid? Ik denk dat ik beter...' Maar Vochek onderbrak hem.

'Deze week sta je ingepland in Adam Reynolds' elektronische agenda, drie keer. Leg uit.'

Ben schudde zijn hoofd. 'Ik heb u al verteld dat ik in Marble Falls was.'

'Dat is maar een uurtje rijden,' zei Kidwell. 'Je kunt met gemak heen- en terugrijden.'

'Had gekund, maar dat heb ik niet gedaan.'

'Dus Reynolds' agenda is compleet uit de lucht gegrepen?'

'Als het om de afspraken met mij gaat wel, ja.'

Tien lange seconden bleef het stil. 'Ik geef u nog één kans om schoon schip te maken, meneer Forsberg. Weet u of Adam Reynolds een of andere terroristische dreiging heeft ontdekt?' vroeg Kidwell.

'Nee. Geen enkele. Ik zweer bij god dat ik dat niet weet.'

'U begrijpt mijn probleem toch wel?' Kidwell ging staan. 'Adam Reynolds deed belangrijk werk voor onze regering, en hij is vandaag vermoord door een man met terroristische connecties. U bent de enige die we aan de moordenaar kunnen koppelen en de enige naam die overal in Reynolds' kantoor en zijn agenda opduikt is die van u. Welnu, in onze simpele, maar effectieve logica betekent dat dat u een verdachte terroristische connectie bent.'

Bens adem stokte, alsof er een strik om zijn hals werd aangetrokken. 'U vergist zich.'

'Ik wil graag uw huis doorzoeken.'

Ben schudde zijn hoofd. 'Van welk kantoor van de Veiligheidsdienst bent u... Strategische Aangelegenheden?' Hij herinnerde zich de vermelding op hun badges. 'Ik heb nooit van uw groep gehoord, of van de mensen aan wie u me probeert te koppelen. Ik wil mijn advocaat en dat u met een huiszoekingsbevel komt.'

'Dat is niet nodig,' zei Kidwell.

Vochek knielde vlak bij Bens stoel. 'Werk met ons samen, Ben, dan stel ik alles in het werk om je te helpen.'

'De enige hulp die ik wil is van mijn advocaat.' Hij ging staan en wilde de telefoon pakken. Kidwell wrong hem uit zijn handen, trok een pistool en richtte dat op Bens voorhoofd.

Ben stapte achteruit, struikelde bijna over zijn stoel. 'O, god… zijn jullie gek geworden?' Hij stak zijn handen op, de palmen omhoog in een gebaar van overgave, plotseling bang om een beweging te maken. Dit kon hem toch zeker niet overkomen?

'Je belt helemaal niemand.' Kidwell zag het knipperende antwoordapparaat en drukte op de afspeelknop. Zes berichten. De eerste drie waren van verschillende vrienden, die Ben dit weekend uitnodigden voor een etentje, om mee te gaan naar een UT-baseballwedstrijd en naar de film; verder was er een bericht van een telemarketeer over een onderzoek naar de autobranche, een herinnering van de bibliotheek dat Ben te laat was met een boek en daarna zes berichten, ingesproken door een enigszins nasale, gespannen stem van een vreemde.

'Hi, Ben, met Adam Reynolds. Even ter bevestiging van onze afspraak vanmiddag om vier uur. Ik zie je op mijn kantoor. Bel me op 555-3998 als je hem wilt verzetten.'

Stilte in de kamer, alleen de piep en de computerstem van het apparaat die 'einde berichten' zei.

'Ben.' Kidwell keek langs zijn pistool naar Ben. 'Je weet hoe je deals moet sluiten. Ik raad je dringend aan het met ons op een akkoordje te gooien.'

Paniek zoefde door Ben heen. 'Ik zweer dat ik de waarheid spreek. Ik weet niets. Echt niet.'

'We nemen hem mee naar het bureau, agent Vochek. En laat een forensisch computerteam uit Houston elke centimeter van dit huis doorzoeken. Ik wil alles hebben… papieren, computerbestanden, telefoonlijsten, alles waar die klootzak met zijn vingers aan heeft gezeten.'

'Ik ga helemaal nergens met u mee naartoe.' Ben deed een stap bij het pistool vandaan.

Kidwell liet het wapen tot Bens kniehoogte zakken. 'Dan schiet ik je in de knieschijven en halen we je er op een stretcher uit.' Hij zwaaide met het pistool. 'Aan jou de keus.'

Ben staarde naar het pistool, draaide zich langzaam om en liep achter Vochek aan naar de voordeur.

Buiten wachtten de twee bewakers achter in de overheidswagen. De wind en regen van de korte onweersbui waren overgewaaid, de wind was overgegaan in een koele bries.

Ben stapte in de auto. De bewakers gingen aan weerskanten van hem zitten. Vochek kroop achter het stuur en Kidwell ging naast haar zitten. Terwijl Vochek met de sedan wegreed, keek Ben door de getinte ramen achterom, de grassproeiers schoten tot leven en hulden zijn huis in een mist, als een vervagende herinnering.

Een van de bewakers porde met een pistool in zijn ribben. 'Rechtop zitten, ogen naar voren, geen beweging.'

Dit klopt niet, dacht Ben en door de schok heen schoot er een afschuwelijke gedachte door hem heen: misschien waren deze mensen toch niet van de Binnenlandse Veiligheidsdienst.

Khaleds verslag: Beiroet

Niets is wat het lijkt. Een grotere waarheid bestaat in deze armzalige wereld niet. En nu ga ik deze waarheid beleven, want mijn hele leven wordt een zorgvuldig in elkaar gezette leugen.

Waarom?

Omdat ik deze woorden opschrijf met het bloed van mijn broers op mijn gezicht.

O, ik heb de vlekken weken geleden al weggewassen. De resten van hun dood zijn voor niemand meer op mijn huid te zien. Maar hun bloed is er wel. Altijd, als een onzichtbaar litteken voor mij.

Hen wreken is de enige remedie.

Mijn bazen willen dat ik mijn verhaal opschrijf, waarom ik zulk gevaarlijk werk doe. Ik vermoed dat mijn woorden en mijn handschrift geanalyseerd zullen worden, om te kijken of ik voldoe, om te bepalen hoe loyaal ik ben, om me psychologisch te evalueren en te kijken of ik uit – om een Amerikaanse term te gebruiken – het juiste hout gesneden ben.

Ik ben geen voor de hand liggende kandidaat om een strijder te worden, dat weet ik wel. Ik was de benjamin van het gezin, mijn broers Samir en Gebran probeerden me altijd te beschermen, me op weg naar school af te schermen zodat ik niet gepest werd, me raad te geven zodat ik mezelf niet voor joker zette. Waar ik, en ik zal het maar bekennen, wel een handje van heb. Ik geloof niet dat ik nou zo slim of dapper ben. Ik ben kwaad.

Mijn bazen zouden precies moeten weten wat voor vlees ze in de kuip hebben. Ik heb een tijdje scheikunde gestudeerd en ben toen overgestapt naar bedrijfseconomie. Wiskunde is rechttoe, rechtaan, en daar hou ik van; het is lang niet zo'n rommeltje als het echte leven. Ik ben te vormelijk in het sociale leven (en waarschijnlijk in wat ik opschrijf) maar weer te gemakkelijk in de omgang met mijn dierbaren. Ik hou niet van luidruchtige mensen. Ik ben dol op oude westerns. Ik kan me als een dwaas gedragen, maar ik ben niet achterlijk. Ik kan kwaad zijn, maar niet razend.

En nu denk ik dat ik zonder een traan te laten kan moorden.

Laat ik dit over mijn broers zeggen: ik neem het ze niet kwalijk. Ze hebben allebei in deze wereld altijd gedaan wat zij dachten dat het beste was. Gebran was muziekleraar, een getalenteerd gitarist. Samir werkte op een bank en was overdreven gul. Ik vermoed dat ze geen idee hadden welk gevaar ze liepen, maar ik loop er met open ogen in, treed het paradijs tegemoet.

Samir was twee en Gebran vijf jaar ouder dan ik, en ze hadden andere vrienden. Politieker, feller. Ik maakte me drukker om videospelletjes en meisjes dan de minachting voor Israël, de Palestijnse staat of de islamitische strijd. Het verbaast niemand in Beiroet dat ik waarschijnlijk in Europa zal gaan studeren, niet na wat er met mijn familie is gebeurd.

Niemand komt ooit te weten dat ik feitelijk naar Amerika ga om daar te werken.

Dit is er gebeurd: Samir en Gebran hadden, zoals ik al zei, verschillende soorten vrienden, veel ontvlambaarder dan mijn luie, lanterfantende kliek.

Ik wilde niet mee toen mijn broers me uitnodigden om een maatje van hen op te zoeken die Hoessein heet en in de buurt van Rue Hamra woont. Maar mijn broers drongen aan en ik heb, helaas, niets beters te doen.

Tijdens de autorit erheen, vanuit de zuidelijke voorsteden van Beiroet waar we met onze ouders woonden, draait Samir zich naar mij op de achterbank om en zegt: 'Hoessein werkt voor een speciale groep.'

We rijden langs de gebombardeerde gebouwen uit de laatste strijd met Israël, de puinhopen worden langzaam opgeruimd, zodat de gebouwen weer opgetrokken kunnen worden, totdat ze weer tot aan hun fundamenten worden weggebombardeerd. Een eindeloze cirkel. Duurt het twintig dagen of twintig jaar? Het maakt niet uit, het zal opnieuw gebeuren. De cirkel gaat maar door. 'Een speciale groep,' zeg ik. Ik geloof niet dat mijn broer het speciale olympisch team bedoelt of dat hij vrijwilliger is bij bejaarden of iets anders nuttigs. 'Ja, een groep. Die heet Bloed van Vuur.'

'Klinkt als een liefdadigheidsinstelling,' zeg ik sarcastisch.

Samir negeert het sarcasme in mijn stem. 'Die heeft een paar jaar een sluimerend bestaan geleid. Hoessein stookt het vuurtje van Bloed van Vuur en zijn ideeën weer op. Ze doen niet aan liefdadigheid, maar ze doen... goed werk.' Samir gluurt naar me door zijn brillenglazen, alsof mijn reactie als een nieuwsfeit op mijn voorhoofd gedrukt staat.

Goed werk. Die term heb ik wel vaker gehoord, een rechtvaardiging voor bommen, moorden en terreur. Angst kruipt door mijn ingewanden. Op die zonnige middag had ik geen behoefte aan geweld. Maar dan ook helemaal niet. Wat is er ooit mee bereikt? Je koopt geen veiligheid met een mes in je hand als het mes van de ander groter is. Misschien kun je één steek toebrengen en dan is het met je gedaan... tenzij die steek recht door het hart gaat.

Maar op die achterbank ben ik een andere jongen terwijl we naar het noodlot voortrollen, en ik zeg grappend: 'En dan, is Hezbollah soms niet goed genoeg voor hem?'

Samir en Gebran lachen niet.

'Wat is je vriend, een terrorist?' Probeer die woorden maar eens in één zin uit te spreken, 'terrorist' en 'vriend'. De lucht die met die woorden meekomt voelt aan als een pijp die langzaam door je keel kruipt.

'Nee, geen terrorist, dat is niet het juiste woord,' zegt Gebran, met die geduldige stem waarmee hij gitaarakkoorden aan tienjarigen leert. Hij komt niet met een ander woord.

'Jij hebt gezegd dat je vrede wilt in Libanon,' zegt Samir, me aankijkend. 'Dat willen wij ook. Vrede in de hele Arabische wereld.'

Het zweet ligt koud op mijn ribben. Ik dacht dat we naar zijn vriend gingen om wat te eten, verder niets. Maar dit is meer. Een heel nieuwe wereld meer, en ik wil daar geen deel van zijn.

Ik wil zeggen: mama en papa vermoorden je omdat je je hiermee inlaat, wat ook zo is, maar ik zeg het niet. Misschien móet ik juist deze vriend van mijn broers ontmoeten. Om te kijken hoe hij ze heeft gemanipuleerd om ze voor zijn zaak te winnen, en vervolgens zijn redenering te ontmantelen met argumenten en een dosis broederlijk schuldgevoel, ze er beiden van te overtuigen dat het een slecht plan is.

Vreemd hoe een gedachtespinsel, een onuitgesproken woord, een bevlieging, je wereld kan veranderen. Als ik tegen Gebran had gezegd dat hij moest stoppen. Als ik tegen ze had gezegd: nee, keer de wagen, ik wil naar huis. Als ik een beetje moed had gehad om stante pede tegen ze in opstand te komen.

Hoessein woont in een klein appartement, een paar straten van Rue Hamra af met zijn drukke winkels en massa's toeristen. Het appartement ruikt naar ui, kaneel en sigarettenrook, maar is goed gemeubileerd. Er zijn planken vol boeken, in het Arabisch, Frans en Engels. Hoessein lijkt een man die zijn norse blik in de spiegel oefent. Hij is zo mager als een lat, donker, met een zachte, vlezige mond. Maar in zijn ogen smeult vuur, een vuur waarvan je botten onder je vel gaan trillen. Ik vraag me af of hij high is of krankzinnig.

Er zijn maar acht of negen mensen in het appartement, de enige met wie ik langer dan vijf minuten praat is een jongeman met een litteken om zijn mondhoek, zijn lippen staan vertrokken. Hij zegt dat hij Khaled heet, net als ik. Hij ziet er zenuwachtig uit, net als ik. Er is eten en drinken, en ik word aan iedereen voorgesteld, de benjamin. Of ben ik een veelbelovende kandidaat? Ik knik en glimlach en schud handjes en probeer mijn handen stil te houden.

Ze praten, maar ze zeggen niets over complotten, bommen of vergelding. Ze hebben het over politiek, de haat jegens de Israëli's, minachting voor Syrië, ergernis en woede jegens het Westen. Ze lijken wel oude mannen, geen jonge onruststokers. De sigarettenrook wordt een dikke wolk want de ramen moeten van Hoessein dicht blijven. Na een minuut of twintig merk ik dat er allerlei zijdelingse blikken op me worden geworpen.

Dit is een test.

Prima. Ik wil dat ik zak. Ik rook mijn laatste sigaret, nip van mijn thee en zeg tegen Samir dat ik even naar de hoek loop om meer sigaretten te kopen.

'Ik heb sigaretten,' zegt hij terwijl hij in zijn zak frunnikt.

'Die vind ik niet lekker.' Welk merk hij me ook aanbiedt, ik heb er ogenblikkelijk een hekel aan.

'Arme studenten horen niet kieskeurig te zijn,' zegt Hoessein. Naast hem staat de jongen met de verminkte mond te knikken, hij glimlacht nerveus naar me en biedt aan om met me mee te lopen.

'Nee, ik ben zo terug,' zeg ik. Ik geef hem een onecht, onbeholpen glimlachje. Ik wil die kamer uit. Misschien pak ik een bus en vertel ik aan mama en papa dat hun twee oudste zoons hun verstand hebben verloren. Ik verontschuldig me en loop de regen in.

De winkel is op de hoek. Ik koop sigaretten en ga onder een winkelluifel staan. De warme honingrook kalmeert me, ik heb geen haast om terug te gaan, kijk naar de voetgangers op de chique Rue Hamra een straat verderop. Mijn broers. Laten zich in met een zogenaamde terrorist annex boekenwurm die in een duur appartement woont. Waanzin. Ik begin argumenten te bedenken, woorden waarmee ik ze zal vertellen dat ze fout zitten. Bloed van Vuur, hoe verzin je het. Ik stel me de rit naar huis voor terwijl mijn broers me ervan zullen proberen te overtuigen dat ze de gerechtigheid dienen. Misschien doen ze dat ook wel. Ja, ik begrijp hun frustraties over het politieke systeem, over het Westen, over de rest van de Arabische wereld, en…

De knal klinkt meer als een truck die een ton grint ophoest, eerder als het gerommel van een machine dan als de dood. Ik heb vaker ontploffingen gehoord. Deze klap gaat me door merg en been. Ik blijf als aan de grond genageld staan en raak vervuld van afgrijzen. Ik ren de straat door, een verpulverde sigaret tussen mijn vingers, en voel niet hoe de as in mijn hand schroeit.

De jongen met het litteken om de mond, de andere Khaled, komt recht op me af, loopt me omver, zet al rennend een voet op mijn borst. Ik krabbel overeind en ren naar het appartementengebouw.

Rook uit Hoesseins pand wervelt de regen in. Op de derde verdieping, waar Hoesseins appartement is. Was.

Een brandende man verschrompelt in het raam. Hij valt, zwaait met zijn armen, stort neer op de stoep vol puin en ik ren ernaartoe.

Gebran. Ik begin te gillen. Zijn armen die me hebben gedragen branden, zijn vingers die Bach en volksliedjes speelden branden, zijn donkere krullen branden. Hij komt drie meter voor me neer. Ik laat me boven op hem vallen om de vlammen te smoren. Ik voel zijn vlammen niet, ik voel geen pijn, ik voel hoe zijn dood door me heen gaat.

Ik word door handen vastgegrepen die me van Gebran wegtrekken.

Een masker van verbazing ligt op zijn dode gezicht. Rook slaat van zijn schouders, zijn haar. Sirenes loeien. Ik vlieg de trap op, worstel me door een stroom paniekerige huurders die uit het gebouw wegvluchten.

De vloer is een puinhoop. Hoesseins en het ernaast gelegen appartement zijn verwoest. Het vuur woedt in beide woningen, maar vanaf de trap zie ik de fragmenten van de dood: een over de grond uitgesmeerde arm. Een hoofd en de schouders van een van Hoesseins vrienden, verbrand en uiteengerukt. Een verkoold lijk in foetushouding dat eens een mens was.

En Samir. Hij werd door de rand van knal gegrepen, misschien ging hij net het appartement uit om me op te halen bij de sigarettenwinkel, om me de les te lezen dat ik zo onbeleefd was te vertrekken en niet snel weer terug te komen. Hij ligt verschrompeld tegen een wankele muur achterin, zijn benen geknakt als door de wind afgebroken twijgen, zijn gezicht bleek, geronnen bloed sijpelt uit hem weg alsof hij aan het smelten is, hij is één bloederige massa.

Ik kniel bij hem neer, wil hem optillen, en hij valt uit elkaar. Hij is erger dan gebroken.

'Vermoord… vermoord ze…' Zijn lippen weten de woorden nog te vormen, hij kijkt me aan alsof hij me niet kent en sterft dan.

Het plafond staat op het punt het te begeven en ik ren de trap af. Op straat gekomen ren ik langs de sirenes, de brandweerwagens en, besmeurd met het bloed van mijn broers, naar huis.

Papa en mama staan in de deuropening, zien hoe ik naar ze toe strompel. Op de tv gaat het over niets anders dan de bomaanslag. Ik moet de woorden zien te bedenken om ze te vertellen dat Samir en Gebran dood zijn. Ik weet niet eens meer wat ik zeg. Waarschijnlijk: 'Samir en Gebran zijn dood.'

Papa schudt zijn hoofd, blijft zijn hoofd schudden. Mama schreeuwt. Ze zijn radeloos in hun smart en shock, ze klemmen zich aan me vast, plotseling hun enige kind.

Wanneer ze kunnen praten – wanneer ik kan praten – stellen ze vragen. Nee, ik weet niet waarom het appartement het doelwit was. Nee, ik had Hoessein nooit eerder ontmoet, hij was een vriend van mijn broers. Nee, ik ging alleen maar sigaretten halen, ik was maar een paar minuten weg. Papa begint in shock te hyperventileren.

'Wie heeft dit gedaan?' vraag ik terwijl ik voor de televisie kruip om naar het nieuws te kijken. 'Wie eist de verantwoordelijkheid op?' Want welke politieafdeling of andere terroristische groepering Bloed van Vuur ook heeft vermoord, die zou zeker victorie kraaien.

Papa schudt zijn hoofd door zijn tranen heen. Niemand heeft het nog opgeëist.

Dan zijn het de Israëli's, de CIA, misschien een rivaliserende cel geweest. Ik bedenk hoe Hamas en Fatah elkaar in het Palestijnse kamp vrolijk vermoorden.

'Wie is die vreselijke vriend, die Hoessein?' vraagt mama. Dan gilt ze het opnieuw uit van verdriet, omdat papa met zijn hand zijn shirt vastgrijpt, er ligt teleurstelling in zijn ogen maar verrassend genoeg ook opluchting. Hij valt in een stoel neer.

We bellen een ambulance. Aan de telefoon ben ik kalm. Ik zit onder het bloed, ben verschroeid en bont en blauw, papa dood in zijn stoel, mama hangend aan mijn arm. Daar staan we dan, we kijken naar papa in zijn ligstoel, mijn haar stinkt naar verbrand bloed, mama snikt.

Er is niets meer over van onze wereld. Verdwenen, in nog geen uur tijd. Voor het eerst van mijn leven kan ik wel iemand vermoorden maar ik weet niet hoe. Op wie moet ik jagen? Wie moet ik haten?

In de dagen en weken daarna ondervraagt de politie me. Ik word urenlang verhoord. Ik heb niets te vertellen. Ik spreek de woorden 'Bloed van Vuur' nooit hardop uit. De kranten beweren dat de vermoorde mannen tot een vreedzame groepering behoorden, neergesabeld door de Mossad of de CIA. Er worden geen arrestaties verricht.

Niemand weet wie de jongen met het litteken om de mond is. Geruchten doen de ronde: de jongen was een Amerikaanse agent, een door de Israëli's omgekochte verrader die de bom heeft gelegd en is ontsnapt, niets kon worden bewezen. Maar nu ken ik de waarheid.

Mama zit bij het raam te weeklagen en te huilen, en ik word langzaam gek van het geluid. De klanken van haar verdriet snijden langzaam diep door me heen, alsof er voortdurend een zwaard over mijn rug wordt gehaald, waardoor al mijn pijn, haat en woede bloot komen te liggen.

Die avond zweer ik een eenvoudige eed. Degenen die mijn familie hebben vernietigd, zullen ervoor boeten, met duizend keer meer bloedvergieten. Mijn belofte lijkt ouderwets. Maar is modern. Tijd-loos. Haat lijkt geen uiterste houdbaarheidsdatum te hebben.

Daarom ga ik naar Amerika en wil ik zo graag mijn plicht vervul-len.

4

Teach legde moederlijk een hand op de schouder van de grote man, streelde met haar andere over zijn bos haar. 'Je hebt letterlijk een kogel ontweken.' De opluchting was van haar gezicht af te lezen. 'Pelgrim.' Teach ging dicht tegen hem aan staan. Het was niet zijn echte naam maar zo had ze hem in de afgelopen lange, donkere tien jaren dat ze samenwerkten genoemd, dus hij was net zo reëel als al het andere in haar verbrokkelde leven.

Pelgrim knikte. 'Toen hij schoot moet ik net een beweging hebben gemaakt en dat heeft me gered. Ik voelde het schot langs mijn hoofd fluiten. Ik liet me op de grond vallen en de scherpschutter dacht dat hij me te pakken had.' Pelgrim liep langs Teach het huurhuis in dat aan een rustige bocht aan Lake Travis stond, vlak bij Austin. Teach en haar assistent Barker hadden de schaarse apparatuur in hun schuilplaats afgebroken: de harde schijf van de laptop gewist, kabels opgerold. Ze hadden altijd weinig bagage bij zich zodat ze snel konden verdwijnen. Ze zei Barker dat hij de auto's moest inpakken.

Pelgrim ging aan tafel zitten, wreef over zijn achterhoofd alsof de kogel een spoor in zijn haar had achtergelaten. 'Ik had Adam gewoon moeten kidnappen, hem moeten dwingen te vertellen hoe hij ons heeft gevonden, voor wie hij werkte.' Hij schudde zijn hoofd. 'Ik hou er niet van te verliezen, Teach.'

'We konden hem niet eerder verraden dat we hem in de gaten hielden. Jij kon het onmogelijk op een andere manier aanpakken.'

'Voor wie hij ook werkte, diegene wilde niet dat hij zijn mond opendeed.'

'Je had hem hierheen moeten brengen.' Dit kwam van Barker die

42

het huis weer binnenkwam om een doos afluisterapparatuur op te halen. Pelgrim vroeg zich af of de jongen wel droog achter de oren was. Hij kon niet ouder zijn dan drieëntwintig of zo, droeg een bril en was mager. Hij had meer meningen dan ervaring. Pelgrim negeerde hem. 'Adam dacht dat ik een terrorist was. Joost mag weten wat hij de Veiligheidsdienst heeft verteld.'

'Dat laat ik wel met een paar telefoontjes in het honderd lopen.' Teach had normaal gesproken een blozend gezicht, een beetje mollig, maar nu was haar huid bleek en was haar mond een bezorgde streep. Ze was in de vijftig, lichtgebouwd, las graag en had een soepel zuidelijk accent. 'Die scherpschutter...'

Pelgrim zei: 'Ik herkende hem. Nicky Lynch. Naar verluidt heeft hij drie jaar geleden in Istanbul twee CIA-agenten vermoord.'

'Dat weet ik nog,' zei Teach. Ze stond naast hem, inspecteerde zijn hoofd zoals een moeder dat met een schaafwond doet. Hij wuifde haar weg. 'Schatje, wat weet je van zijn auto?'

Pelgrim beschreef de auto, gaf haar het kenteken. 'Ik weet zeker dat het een huurauto was en betaald onder een valse naam. Of voor de gelegenheid gestolen.'

'Barker, trek als we hier weg zijn dat kenteken na.' Ze knikte naar Barker die nog altijd in de hoek stond. 'Zet die tassen in de auto, schat. We gaan terug naar New York.'

Barker knikte. Hij bleef bij de deur treuzelen. 'Fijn dat je niks mankeert, Pelgrim.'

'Bedankt.'

Teach wachtte tot Barker buiten was en sloot de deur achter hem. 'Je bent bijna doodgeschoten en je belt me niet gelijk?'

'Er komt echt iets heel akeligs bij me op. Alleen jij, Barker en ik wisten van de operatie af. En op plekken als Austin duiken niet zomaar buitenlandse scherpschutters op. Iemand is over onze operatie getipt.'

'Barker deugt.' Teach liep naar het raam alsof ze Barker met een nieuwe blik wilde bekijken terwijl hij de auto inlaadde. 'Heeft Reynolds voor hij stierf nog iets gezegd over hoe hij ons heeft gevonden?'

'Nee.' Hij liep zijn slaapkamer in en pakte een paar hoogstnoodzakelijke spullen in zijn tas.

Teach wreef zich over de slapen. 'Voor wie Adam Reynolds ook heeft gewerkt, hij heeft zijn sporen gewist. Barker heeft niets ongewoons in Reynolds' leven ontdekt: geen onverklaarbaar geld, geen rekeningen, geen verdachte e-mails of telefoontjes, niets. En dat beangstigt me. We hebben het over heel slimme, heel gevaarlijke mensen.'

'Kennelijk. Ze hebben hun eigen genie vermoord omdat hij met me praatte.'

'Dat verkleint wel het aantal verdachten.' Ze haalde haar schouders op. 'Terroristische organisaties. Georganiseerde misdaad. Drugskartels. Buitenlandse inlichtingendiensten.' Ze liet een flets glimlachje zien. 'Meer dan genoeg mensen die een bloedhekel aan ons hebben, schat.'

Pelgrim liep de badkamer in en liet koud water over zijn gezicht stromen. Een spookachtige hitte tintelde in zijn haar, overgebleven van de kogel, alsof zijn rakelingse pad zijn schedel had verschroeid. Inbeelding, zei hij tegen zichzelf en hij stak zijn vingers onder de koele waterstraal. Hij wilde niet dat Teach zag dat zijn handen trilden. Het was vreemd te bedenken dat bijna de muren, het bureau en het verbaasde gezicht van Adam Reynolds met zijn hersens besmeurd waren geweest. Die arme hoop grijze cellen.

Pelgrim droogde zijn gezicht af. 'Reynolds. Hij wilde alleen maar goed doen.'

'Ons verraden is niet in het nationaal belang,' zei ze. 'Om ons werk te kunnen doen, is het noodzakelijk dat we onbekend blijven.'

Pelgrim schudde zijn hoofd. 'Ik ben moe van noodzakelijk. Noodzakelijk deugt niet. Ik wil doen wat fatsoenlijk is.'

Ze legde haar handen op zijn schouders. 'Pelgrim, dat doe je ook. Elke dag. Je bent moe en van slag. Je zult je beter voelen als we weer thuis zijn. We hergroeperen en bedenken onze volgende zet.'

'De pot op met de volgende zet. Stel dat er in zijn kantoor bewijzen te vinden zijn over de Kelder? Iets wat ik niet heb kunnen vinden? Wat doen we dan? Ons verstoppen? Ons weer een nieuwe naam en een nieuw leven aanmeten?'

'Je wist waar je aan begon toen je dit werk ging doen. Je wist dat er offers gebracht moesten worden…'

'Begin tegen mij niet met een preek over offers. Offers zijn eenvoudigweg een keus.'

'Vandaag had je een keus.' Teach sloeg haar armen over elkaar. 'Je had Nicky Lynch in de waan moeten laten dat het hem gelukt was.

Hem moeten volgen en kijken wie hem verdomme heeft ingehuurd. In plaats daarvan trek je je hersenloze machobullshit open. Vond je het waarschijnlijk wel lekker dat hij zich realiseerde dat hij gemist had.'

'Ja. Ik verlangde naar die heerlijke verbazing op zijn gezicht voor ik hem neerknalde.'

'Laat je sarcasme maar zitten. Je hebt de situatie niet geanalyseerd en ik wil weten waarom niet.'

Hij ging op de rand van het bed zitten. 'Ik dacht niet na omdat... ik dit werk niet meer wil doen.' Het besef drong duidelijk tot hem door, onverwacht maar vlijmscherp.

Ze liep naar hem toe, raakte hem aan, en het deed Pelgrim aan vroeger denken, toen ze hem had gevonden, hem een uitweg had geboden uit een levenslang verblijf in de bedompte hel van een gevangenis die naar oud steen, tranen en bloed stonk. 'Je bent alleen maar geschrokken...'

Pelgrim schudde haar hand van zich af. 'Ik heb het gehad. Adam Reynolds heeft me gevonden, terwijl niemand dat ooit is gelukt. Hij wist de aliassen die ik tijdens de klussen in India, Canada en Syrië heb gebruikt. Hij had de nieuwszenders achter ons aan kunnen sturen. We kunnen ons niet meer verbergen.'

'Mis. We hebben eenvoudigweg degene gevonden die ons heeft opgespoord.'

'Ik wil niet meer voor de Kelder werken. Ik wil een normaal leven.'

De frons in haar voorhoofd werd dieper. 'Hou op met die onzin. Je neemt geen ontslag, Pelgrim.' Teach was als een moeder die niet luisterde naar wat ze niet wilde horen, bedacht hij. 'We zijn ten dode opgeschreven als onze aliassen bekend kunnen worden. Ik ken je wel zo goed dat je ons niet in de steek laat als we worden aangevallen.' Ze pakte haar telefoon en toetste een nummer in.

Hij hoorde nogmaals zijn eigen woorden: ik wil een normaal leven. Hij voelde even aan zijn zak, het aantekenboekje was er nog, waar hij het altijd bewaarde. Hij wilde naar de oever van het meer gaan, een potlood slijpen, het gezicht tekenen zoals hij het zich herinnerde, zoals hij erover droomde. Maar niet nu.

Pelgrim zette de tv aan en zapte naar een nieuwszender. CNN toonde een luchtopname van een gebouw in het centrum van Austin, politie die het gebied afzette. De verslaggever zei dat was bevestigd dat één man gedood was bij een scherpschuttersactie en een ander, die ermee in verband kon staan, dood was aangetroffen in een parkeergarage in de buurt. Er werd niet vermeld dat de dode kerel in de garage een bekende huurmoordenaar was. Reynolds' naam werd nog niet genoemd, daar was het te vroeg voor. De pratende hoofden gonsden verder, de verslaggever ter plaatse kwam met waardeloze feiten en probeerde haar woorden gewichtig en relevant over te laten komen.

Teach was klaar met de telefoon. 'We hebben een plek op de avondvlucht naar La Guardia.'

Pelgrim maakte een afwerend gebaar met zijn vingers. 'Goede reis.'

Barker stapte door de deuropening van de slaapkamer. Hij zette zijn bril recht. 'Mijn hemel. Hou je ermee op?'

'Vals alarm. Het komt door de schrik omdat er op hem geschoten is.'

'Je timing is waardeloos.' Barker toonde een merkwaardig glimlachje.

'Dat zei ik al, hij kan ons nu niet in de steek laten…' Ze draaide zich naar Barker om en hield op. Ze blokkeerde Pelgrims zicht op de jongeman en hij ging staan.

Barker hield een Glock 9mm in zijn hand. Op hen gericht.

Pelgrim was in de war, knipperde nog steeds met zijn ogen van verbazing dat hij een scherpschuttersschot had overleefd, en de tengere, bebrilde Barker deed hem denken aan de arme, dwaze Adam Reynolds, en hij dacht: nerds en wapens. Toen greep zijn overlevingsinstinct in, een motor in zijn borst, en hij berekende: bijna drie meter om bij Barker te komen, met Teach tussen hen in. Hij kon niet bij Barker komen zonder dat Barker Teach zou neerschieten.

'Wat teleurstellend,' zei Teach.

'Het spijt me,' zei Barker. 'Niet persoonlijk bedoeld.'

Pelgrim zweeg. Barker was stom, speelde zijn troef te snel uit. Daardoor zou hij nog iets stoms gaan doen. Pelgrim zette het afgetrokken, vermoeide gezicht weer op waar Barker zijn neus voor zou optrekken.

Teach sprak met kalme stem, maar Pelgrim, die achter haar stond, zag een verschuiving in haar houding, ze balanceerde met haar gewicht naar voren.

Pelgrim zei: 'Jij werkt voor dezelfde baas als Adam Reynolds.'

'Wauw. Een onthutsend staaltje intelligentie. Geef me even de tijd om mijn respect op me in te laten werken.' Het pistool gaf Barker een machtsgevoel, dat straalde van zijn aanmatigende glimlach af. 'Jij gaat in de nabije toekomst absoluut met pensioen.' Barker hield het wapen op Pelgrim gericht.

'Leg dat pistool neer. Ik betaal je beter dan degene voor wie je nu werkt,' zei Teach.

'Hou je bek,' zei hij terwijl hij zijn ogen ten hemel sloeg.

Pelgrim zei: 'Waar wacht je nog op?' omdat er geen goede reden was dat de jongen hen niet allebei zou doodschieten. Hij waagde een stap naar links. Teach bleef staan. 'Ik ben ongewapend en toch word je nerveus van me.'

'Beschouw dat maar als je laatste compliment,' zei Barker.

Er naderden voetstappen, laarzen knerpten over het grind. Teach had met opzet een huurhuis met een oprijlaan met grind genomen... de steentjes kondigden knerpend voeten of banden aan.

'Ze willen Teach levend,' zei Barker. 'Dus als je meewerkt overkomt haar niets.'

Te veel informatie, bedacht Pelgrim. 'En ik dan?' vroeg hij.

'Met jou is 't afgelopen,' zei Barker en Teach stormde op hem af, waardoor ze in het schootsveld van het pistool kwam. Barker aarzelde een fractie van een seconde, wilde niet op haar schieten, wilde zijn orders opvolgen. Teach gooide zich tegen Barker aan, ving hem in de deuropening op. Pelgrim griste het pistool met een snelle neerwaartse ruk uit Barkers hand waardoor Barkers pols met een misselijkmakend gekraak brak.

Barker schreeuwde het uit en viel op zijn knieën.

Teach nam het pistool van Pelgrim over en rende naar de zitkamer. Hun wapens waren weg, verstopt door Barker. Ze deed de achterdeur op slot. 'Nog drie pistolen, boven in de kast,' zei Teach.

Pelgrim rende de trap op. In een kast vond hij twee semiautomatische pistolen en een geweer. Beneden klonk oorverdovend geraas, brekend glas, een deur die uit zijn hengsels werd getild. Hij greep het geweer en stommelde tot een derde van de trap naar beneden. Overal chaos.

Barker lag nog altijd languit op de grond, zijn gezicht was vertrokken van pijn.

Teach vuurde een schot op de eerste man door de deur, maar miste op een haar na. Voor ze nogmaals kon schieten, sloeg een donkerharige krachtpatser van een schurk haar met de achterkant van zijn geweer op de arm. Ze liet het pistool vallen en hij greep Teach vast terwijl ze achteruitwankelde, duwde haar de deur door en liep achter haar aan.

Twee andere mannen hielden de kamer met semi's onder schot. Pelgrim hief zijn geweer, probeerde vanuit de lastige hoek over de trapleuning te schieten.

Barker schreeuwde: 'Op de trap!'

De mannen zwaaiden hun wapen in zijn richting en openden het vuur.

De leuning versplinterde om Pelgrim heen terwijl hij zich naar boven terugtrok. Bloed liep over zijn slaap, een snee door het rondvliegend puin. Hij kwam op de eerste verdieping, hield de trap met het geweer onder schot en trok zich tot naast het raam terug. Hij gluurde door het glas.

Terwijl hij haar over het gras meesleepte, worstelde Teach met haar overweldiger en ze plaatste een goedgemikte klap op zijn keel. Maar hij was met zijn vijftig kilo zwaarder en twintig jaar jonger dan zij in het voordeel, en met de rug van zijn hand als een kolenschop sloeg hij haar de struiken in. Ze voelde zich als een marionet zonder touwtjes op het natgeregende gras.

Stilte beneden. Geen kreet van Barker, geen stommelende voeten op de trap. De mannen in het huis wachtten hem op.

Pelgrim zag hoe de krachtpatser de bewusteloze Teach over zijn schouder gooide en naar het eikenbos achter het huis rende.

Pelgrim verbrijzelde het raam met de kolf van zijn geweer, richtte zorgvuldig en schoot. De krachtpatser schokte en viel, hij en Teach stortten in het gras neer. Pelgrim wist dat hij nu zijn ogen op de trap moest houden, op het onmiddellijke gevaar in het huis, maar hij hield zijn blik op Teach gericht.

Hij hoorde beneden een woedend gebulder.

Sta op. Vlucht, wilde hij haar dwingen.

Ze bewoog niet. Jezus, misschien had hij haar geraakt. Zijn hart verkilde bij dat idee. Hij zag geen bloed, maar zoals ze daar lag, geblokkeerd door de krachtpatser, kon hij haar niet duidelijk zien.

Hij hoorde iemand woedend blaffen, een half gevloekt commando: 'Je kunt toch wel een wapen vasthouden, idioot?' in rap Engels met een zwaar accent, de leider moest het tegen Barker hebben, en toen: 'Neem dan je positie in en wacht tot die hond in paniek raakt.' In het Arabisch. Eerst een ex-IRA-scherpschutter en nu deze klootzakken. Een heel internationaal gezelschap ging hem vermoorden. Hij slikte de dikke droogte in zijn mond weg en er kwam een merkwaardig sereen gevoel over hem, hij dacht: jullie hebben een allemachtig lange reis gemaakt om te sterven.

Hij keek de kamer rond. Het enige meubilair was een tafel en een kantoorstoel, die boden niet veel dekking.

Hij berekende hoe lang hij ervoor nodig zou hebben om de trap af te komen als beide mannen zich van de trap naar het raam wendden. Niet lang genoeg, niet als ze renden. Hij liep naar rand van de trap, die was verlaten. Dat betekende dat Barker en de twee gewapende mannen verdekt opgesteld stonden, wachtten tot hij in de val van de trap zou lopen, waar zijn opties beperkt waren. Zij hadden daarentegen een hele kamer waarin ze zich konden bewegen en hem met hun kruisvuur konden raken.

Hij draaide zich weer naar het raam en zag Teach' borst ademend op en neer gaan. Ze was oké, alleen buiten westen. Maar twee mannen kwamen uit het dichtbegroeide eikenbos tevoorschijn en renden naar haar toe. Als hij op hen zou schieten, dan wisten de drie beneden wachtende mannen dat hij zijn wapen naar buiten richtte, druk met verschillende doelen bezig was en niet op de trap lette. Het trio zou in een oogwenk naar boven stormen en hem met de semi's wegvagen.

Patstelling.

Een van de mannen, met geblondeerd en met gel in pieken gemodelleerd haar, gooide Teach, nog steeds bewusteloos, over zijn schouder. Hij hief zijn pistool, legde de loop tegen haar hoofd, waar in het grijzende haar twijgjes hingen. Pelgrim begreep het. Als je op ons schiet, is zij er geweest. De man draaide zich om rende onbeholpen weg terwijl Teach over zijn schouder hobbelde. De andere man, met een opzichtige omslagzonnebril op zijn neus, gaf dekking terwijl ze zich in het bos terugtrokken. Ze lieten de dode krachtpatser in het gras achter.

Hij had een afleidingsmanoeuvre nodig. Hij had alleen de tafel, de stoel… Hij zag dat de stoel wieltjes had. Hij maakte zijn pistolen klaar, liet het geweer op de grond liggen.

De hardhouten vloer was een mijnenveld, en één verkeerde kraak zou zijn positie aan de gewapende mannen verraden. Hij maakte langzaam het raam boven het portiekdak open, recht boven de plek waar de gewapende mannen binnen waren gekomen. Hij hees de stoel door het raam, heel voorzichtig, en zette hem op de vensterbank, half binnen, half buiten, en de wieltjes tegen de rand van het kozijn. Hij raapte de Glocks op en gleed zo stil als een kat over de hardhouten planken tot boven aan de trap.

De gewapende mannen en Barker stonden nog steeds niet op de trap op hem te wachten. Lafaards, dacht hij.

Pelgrim had twee Glocks vast, hief er een op, richtte en vuurde.

De kogel sloeg in de rug van de stoel in. Door de inslag wentelde de wankelende stoel op zijn wieltjes het raam uit. Hij landde kletterend op de aflopende dakspanen van het portiek. Het lawaai was oorverdovend. Beneden hoorde hij een kreet, hij stelde zich voor dat de mannen naar het raam zouden rennen, in de waan dat hij in een wanhopige ontsnappingspoging over de dakspanen zou krabbelen.

Pelgrim gooide zich de trap af, zijn haar streek langs het plafond. Hij negeerde de te verwachten pijn bij het neerkomen. In de flits van de val zag hij een magere gewapende man bij het raam staan die zich verbaasd met een ruk omdraaide toen de stoel op het gras dreunde. Barker was onder het raam gekropen, zijn goede hand beschermend om de gewonde pols. Een andere gewapende man zat op zijn hurken met een semi in de aanslag, maar die richtte hij op de trap zelf, een kleine meter lager dan het spoor van Pelgrims val. De andere man vuurde en de traprand barstte in splinters uiteen.

Pelgrim schoot drie keer met de twee pistolen in de schaarse seconden voor hij op de grond stortte. De eerste kogel raakte de magere gewapende man in het gezicht, de tweede doorboorde Barkers voorhoofd, de laatste zwaaide af in het been van de tweede gewapende man.

De andere man strompelde zijn kant op en probeerde met een van pijn vertrokken gezicht nogmaals te richten.

Pelgrim negeerde de pijn en schoot, raakte de gewapende man in de keel. Die schokte naar achteren en zijn laatste kogelregen sloeg in de muur boven Pelgrim in. De man stortte neer.

Pelgrims hele lijf deed pijn. Sta op, ze ontvoeren haar, sta op. Hij had net een kletterende val op een stenen vloer achter de rug. Zijn linkerarm raasde van de pijn maar toen hij er even mee schudde wist hij dat hij niet gebroken was. Hij werkte zich overeind en testte uit of hij zijn gewicht kon dragen. De magere gewapende man en Barker waren dood, de andere man ademde nog, gorgelde en staarde met verwarde ogen naar hem omhoog.

Pelgrim wankelde het huis uit. Hij sprong langs het pad dat de kidnappers door het dichtbegroeide eiken- en cederbos hadden genomen. Hoe lang was het geleden dat ze haar hadden meegenomen? Een minuut? Twee? Hij hoorde een auto starten, banden over het grint, een accelererende motor. Hij kon de auto niet zien. Hij sloeg een achterafweggetje in en zag een zilverkleurig bestelbusje uit de berm wegspurten.

Hij rende naar het huis terug.

Hij richtte zijn wapen op de stervende gewapende man. 'Waar brengen ze haar naartoe? vroeg hij in het Arabisch.

De stervende man spuugde speeksel en bloed naar hem.

'Ik haal een dokter voor je... je kunt het nog halen. Je familie weer zien. Waar brengen ze haar naartoe?'

De ogen van de man verstarden.

Pelgrim doorzocht als een uitzinnige het lijk. Alleen een luciferboekje en een geplet pakje Amerikaanse sigaretten. Het luciferboekje was zilverkleurig en rood, met in zilver de woorden *Blarney's Steakhouse* erop geprint, met een adres in Frisco, Texas, en een telefoonnummer. Frisco, herinnerde hij zich, was ten noorden van Dallas, een snelgroeiende voorstad.

Hij haastte zich naar Barkers lijk. Stomme, stomme knaap, maar hij wilde dat hij hem in de kogelregens niet had gedood. Barker had op al zijn vragen antwoord kunnen geven. Maar je kon niet altijd schieten om te verwonden. Hij vond een mobieltje en portefeuille met rijbewijs in Barkers zak en nam beide weg... misschien kon hij een spoor openbreken naar degene die van Barker een verrader had gemaakt. Op de magere man vond hij niks, op een portefeuille met een zuinig bewaarde foto van net zo'n magere vrouw en twee kleine magere kinderen na, een verlegen glimlach op de gezichtjes. Hij liet de foto op de grond vallen, zijn maag draaide van misselijkheid om.

In deze branche moest je er geen gezin op na houden.

Pelgrim zette het op een lopen. Hij zou de bende wel opruimen als hij het overleefde, maar als Teach verdwenen was, zou de Kelder ook verdwenen zijn, dus wat maakte het uit wat de politie zou vinden? Dode mannen in een leeg, gehuurd, contant betaald huis aan de oever van het meer, een gewiste laptop, wapens, geen verklaringen, geen aanwijzingen.

Hij sleurde zichzelf in de auto en reed met brullende motor de afrit af.

Er liep maar één weg in deze buurt van het meer. Lake Travis was een uitgestrekte watervlakte op een steenworp afstand van Austin, met langs de hele oever huizen, appartementen en havens. In deze buurt was het redelijk rustig, een paar woningen stonden te huur en daar was doordeweeks niet altijd iemand. De auto had misschien vier minuten voorsprong. Hij was bijna doorgedenderd bij een stopbord naar Highway 620, een grote, bochtige weg die de noordwestkant van de stad met de zuidwestelijke grenzen verbond.

Welke kant waren de kidnappers op gegaan?

Rechts van hem, aan het eind van een bocht stonden een paar auto's voor een rood verkeerslicht. Een ervan was een zilverkleurige bestelbus.

Een afschuwelijke, verraderlijke gedachte kwam bij hem op. Hij wilde ermee stoppen. Hij hoefde alleen maar links af te slaan, de andere kant op te rijden. Er waren maar weinig kansen die zich zo luid en duidelijk aandienden om eruit te stappen. Een normaal leven leiden, een leven uit de schaduwen, een leven in de zon. En niemand die hem door het hoofd wilde schieten.

Hij kon het bier bijna proeven. Hij was in geen tien jaar dronken geweest, niet omdat hij zo toegewijd of sober was maar omdat dronken gelijkstond aan traagheid en hij kon het zich nooit veroorloven traag te zijn, hij moest zich voortdurend bewust zijn van elke beweging om zich heen. Hij had het gehad. Hij zou naar het vliegveld gaan, zijn wapens in de vuilnisbak gooien, een ticket kopen, de verste bestemming vanaf de luchthaven Austin uitkiezen en dronken worden van de miniwodka's die ze in het vliegtuig serveerden.

Misschien kon hij zelfs zijn oude leven weer oppakken. Nee. Hij liet de gedachte varen zodra die bij hem opkwam. Dat was onmogelijk. Sla dus gewoon links af. Rij weg. Deze hele klus was een valstrik, een val om jou en Teach uit de tent te lokken. En het heeft verdomme gewerkt. Ze hebben haar te pakken. Dus stap eruit. Nu. Hij had genoeg offers gebracht.

Het licht sprong op groen. De zilverkleurige bestelbus trok op.

Hij moest denken aan de eerste keer dat hij Teach zag. Hij lag op een koude stenen vloer in Indonesië, zichzelf vervloekend omdat hij zo'n stomme fout had gemaakt, hoe absurd het was dat hij was gepakt. Hij was een week lang, af en aan met rubberen knuppels geslagen. Hij had omhooggekeken en zij stond voor de tralies. Eerst dacht hij: waarom komt een bibliothecaresse me hier opzoeken? De cipier opende de celdeur voor haar en liep toen met een smak geld weg. Ze stapte de cel in en inspecteerde die met gefronst voorhoofd. Ze knielde naast hem en zei: 'Luister. Als ik klaar ben, zeg je ja of nee, verder niets. Voor de CIA ben je niets, ze erkennen je bestaan niet eens. Ik zat ooit in dezelfde puinhoop als jij nu. Ik zat in een gevangenis in Moldavië. Het eten was nog niet half zo eetbaar als hier. Heb jij even geluk.'

Hij probeerde iets te zeggen, maar zijn mond wilde niet meewerken. Ze zei: 'Je kunt of in de gevangenis blijven of voor mij komen werken. Het moeilijkste werk dat je je maar kunt bedenken. Waarschijnlijk word je vermoord. Maar het is allemaal voor een goed doel. Het moeilijkste goede doel dat we maar kunnen bereiken. Maar dan moet je wel helemaal veranderen. Van de man die je nu bent zal niets overblijven.'

Hij hield zijn adem in. Dit was een zinsbegoocheling, een aanbod om daar weg te komen. Kon niet waar zijn. Ze raakte zijn gezicht aan zodat hij wist dat ze echt was.

Ze wachtte om te zien of hij begreep wat haar aanbod betekende, de prijs die hij moest betalen.

'Of je kunt blijven waar je bent en de rest van je leven van deze aangename cel genieten. Ja of nee.'

Hij keek haar tien seconden zwijgend aan. Beslissing van zijn leven. Hij besloot haar te geloven en fluisterde: 'Ja.'

'Dan haal ik je hieruit,' zei ze. 'Heb geduld. Ik kom je morgen opzoeken. Ik moet hier en daar een paar mensen omkopen. En we moeten je dood ensceneren.' Ze kondigde deze waanzin aan alsof die eenvoudigweg de laatste saaie mededeling van een lange lijst was. Tot zijn verbazing streek ze het doffe, vieze haar uit zijn ogen, een vriendelijk en lief gebaar. Ze stond op, liep de cel uit de bedompte stenen gang in, en hij knipperde met zijn ogen alsof ze een droom was geweest.

Maar ze deed alles wat ze had beloofd.

Zijn maag draaide om van schaamte omdat hij nu weifelde. Noodzakelijk, had ze gezegd. Je deed altijd wat noodzakelijk was.

Hij moest opnieuw de beslissing van zijn leven nemen, bedacht hij, en wel nu.

Tien seconden later sloeg Pelgrim rechts af en voegde zich achter de auto's tussen hem en de bestelbus van de kidnappers die richting Austin reden.

5

Vochek zat achter het stuur van de auto waarmee Kidwell, Ben en de twee bewakers naar het centrum reden. Het verkeer werd drukker, noordwaarts waren een paar straten door de politie afgezet – Ben herinnerde zich het bericht op de radio over een schietpartij – en het stuk tussen het dure gedeelte van Second Street en het van restaurants en clubs wemelende Warehouse District in Austin zat verstopt vanwege bezoekers aan een bluesfestival.

Bij Second Street zette Vochek de auto neer op een plek naast een verlaten, plomp bakstenen hotel, het Waterloo Arms genaamd. Elk ander gebouw in de straat was tijdens de laatste stuiptrekking van het stadsherstel gerestaureerd of afgebroken. Een paar vroege, welgestelde muziekliefhebbers en borrelaars zwierven over straat tussen de bars, restaurants en muziekpodia. Een draadstalen hek sloot het perceel van het hotel af en een bord kondigde aan dat het Waterloo Arms werd omgebouwd tot een chic kantoor en restaurant.

Duizenden woorden verdrongen zich achter in Bens keel, argumenten om zijn goede naam te verdedigen, maar hij besloot zijn mond te houden. Niets meer te zeggen tot hij een advocaat had. Zwijgzaamheid was de toevlucht van de kalmen en onschuldigen. Toen ze het Waterloo naderden, ontmoette Joanna Vocheks ogen de zijne in de achteruitkijkspiegel en hij wist niet zeker wat hij in haar bruine ogen las: medelijden, verwarring of afkeer.

De bewakers stopten hun pistool in de holster onder hun donkere jasje.

Kidwell wendde zich tot Ben. 'We stappen nu uit de auto. We gaan dat gebouw binnen. Daarbinnen is niemand. Als je schreeuwt, sla ik je zo hard op je nekgewricht dat je levenslang verlamd kunt raken. Begrijp je wat ik zeg?'

Ben zag weer een glimp van Vocheks blik in de spiegel alsof Kidwell over de schreef ging, maar ze zei niets.

'Ja.' Ben zag de ambitieuze schittering in Kidwells ogen. Uiteraard. Een opvallende zaak als deze was koren op zijn molen. Een vriend die persoonlijk om Kidwells hulp had gevraagd, een man die bedrijven helpt om uitermate lucratieve contracten binnen te halen, en een berucht moordenaar die die twee aan elkaar knoopte. Alle ingrediënten waren aanwezig voor een diepgravend en groot schandaal. En het was een ideale kans voor Kidwell om zijn carrière een fikse impuls te geven.

Ze stapten uit de auto. Vochek en Kidwell liepen aan weerskanten van Ben terwijl de bewakers de hekken openmaakten. De groep liep onder de rollen prikkeldraad door die vandalen en nieuwsgierigen buiten de deur moesten houden. De twee mannen in pak splitsten zich op en betrokken hun posten bij het hek.

Er was niemand in het Waterloo, zo te zien was het kantoor nog niet eens klaar voor huurders. Kidwell, Vochek en Ben namen de lift naar de vijfde, verbouwde verdieping. Ze liepen een korte gang door en betraden een vensterloos vertrek. Er stonden een tafel en drie stoelen in. Een recorder ter grootte van een handpalm stond op de tafel.

'Ga zitten,' zei Kidwell en Ben gehoorzaamde.

Kidwell zette de recorder aan, vermeldde datum en tijdstip en verklaarde dat Ben daar vrijwillig praatte. Kidwell begon met zijn handen op de rug te ijsberen. Vochek stond in de hoek. Ze keek Ben niet aan.

'Leg uit wat voor zaken je met Adam Reynolds deed,' zei Kidwell.

Ben boog zich dicht naar de recorder toe. 'Ik ben Ben Forsberg en ik protesteer tegen de manier waarop ik word behandeld. Ik ben onschuldig. Mij is een raadsman geweigerd…'

Kidwell sloeg Ben. Eén keer. Van achteren, een gebalde vuist kwam neer achter zijn oor en Ben sloeg met zijn gezicht op de tafel. Kidwell wiste de opname, deed opnieuw de intro en zette de recorder op stop.

'Kidwell…' Vochek gaf Ben een zakdoek voor zijn bloedneus.

'We gaan hem breken, agent Vochek.' Kidwell verklaarde dit als vaststaand feit. 'Nu.'

'Je hoeft hem niet te mishandelen,' zei ze. 'Ons mandaat...'

'Ons mandaat zegt dat we de klus moeten klaren en later om vergiffenis moeten vragen.'

Vochek bleef in de hoek staan, haar gezichtsuitdrukking nog hetzelfde, maar Ben zag dat haar wangen langzaam rood kleurden van woede.

Kidwell boog zich dicht naar Ben toe. 'Ben, ik help jou net zoveel als jij mij helpt. Ik zet die recorder aan en je gaat praten, je praat tot je een schorre keel hebt of ik zet de recorder weer stil, haal een van die zware jongens van beneden en laat hem je compleet in elkaar slaan. Ik durf te wedden dat je nog nooit echt in elkaar geslagen bent, Ben. Ik durf te wedden dat je niet echt weet hoeveel pijn het doet als een paar vuisten een kwartier lang op je lijf inbeuken.' Hij zette de digitale recorder weer aan. 'Het slachtoffer, Adam Reynolds, belde je thuis om een zakenafspraak te bevestigen. Vertel waar die afspraak over zou gaan.'

'Jullie bedreigen de verkeerde,' zei Ben. Zijn cliënten waren belangrijke mensen, zij zouden zijn bondgenoten zijn bij het oplossen van deze nachtmerrie. 'Sam Hector is mijn grootste cliënt. Hij is de baas van Hector Global in Dallas.'

'Ik weet wie Sam Hector is,' zei Kidwell.

'Hij heeft miljoenencontracten lopen met de Binnenlandse Veiligheidsdienst. Hij zal voor me instaan. Ik ben al heel lang met hem bevriend.'

'Je hebt gelijk. De Binnenlandse Veiligheidsdienst doet veel zaken met meneer Hector. Dus als ik hem bel en hem vertel dat hij jou als consultant moet laten vallen, dan doet hij dat.' Kidwell keek naar Vochek. 'Joanna, zoek even het telefoonnummer van meneer Hector op. We bellen hem op Bens eigen telefoon.'

'Ik denk dat we meer te weten komen door het Ben te vragen...'

'Doe alsjeblieft wat ik zeg.'

'Ja... sir.'

Met gefronst voorhoofd scrolde ze door de nummers op Bens mobieltje.

'Je raakt je grootste cliënt kwijt, Ben. Ik beloof je dat Hector wel een boekje over je open zal doen. Vertel me over je afspraak met Adam.'

'Als ik kon helpen, zou ik het doen. God mag weten dat ik dat zou doen.' Ben kreeg een brandende kriebel in zijn keel.

'Ik ga elk bedrijf bellen dat contracten heeft met de Binnenlandse Veiligheidsdienst en vertel ze dat je ervan wordt verdacht banden te hebben met een bekende terrorist. Dan word je overal uit gekinkeld. Dan kun je dit werk voortaan wel vergeten.'

'Ik kan je niet iets vertellen wat ik niet weet.'

'Ik ga ook je bankrekeningen bevriezen. Je spaarrekeningen. Dan kun je je rekeningen niet meer betalen. Je hypotheek.' Kidwell sloeg zijn armen over elkaar. 'Dan sta je op straat. Heb je een vriendin?'

'Nee.' Emily's gezicht doemde voor zijn ogen op en hij knipperde met zijn ogen.

'Ik vind wel iemand van wie je houdt. Iemand om wie je geeft. Minnares, tante, oom, buren, kamergenoten op college, beste vriend. Hun rekeningen ga ik ook bevriezen.'

Woede golfde door Ben heen, overstemde de angst die hij voelde. 'Dat kan niet. Dat kan absoluut niet.'

'Wat ik ook doe, jij krijgt het allemaal voor je kiezen.' Kidwell stak zijn handen in spottende overgave op.

Ben wendde zich tot Vochek. 'Jij lijkt me een weldenkend mens, agent Vochek. Alsjeblieft. Je kunt toch niet goedkeuren wat hij aan het doen is.'

'Ik keur niet goed wat jij aan het doen bent, Ben, je zit ons tegen te werken. Vertel hem wat hij wil weten.' Ze reikte Kidwell de telefoon aan. 'Ik heb Sam Hectors nummer gevonden. Zullen we hem bellen?'

'Wacht nog even.' Kidwell zette de recorder aan. 'Zullen we dat doen, Ben?'

Ben slikte. 'Ik wil weten of er enig ander bewijs tegen me is.'

Kidwell hield op met ijsberen en haalde een opgevouwen stuk papier uit zijn zak. 'Je hebt nog drie andere mobiele telefoonnummers.'

'Nee.' Ben schudde zijn hoofd.

Kidwell las drie nummers voor, allemaal met netnummer 512 van Austin en omstreken.

'Dat zijn mijn telefoonnummers niet.'

'Ze zijn een week geleden op jouw naam aangevraagd.'

'Vertel me dan maar welk bedrijf ze heeft aangevraagd. Ik wil dat iemand me identificeert als degene die de aanvraag heeft gedaan.'

'Vorige week heb je kantoorruimte gehuurd, vlak bij North Lamar.' Kidwell las een adres voor.

'Niet waar.'

'Het kantoor was gehuurd via een tussenpersoon: Sparta Consulting.'

'Nooit van gehoord. Ik heb geen tussenpersoon ingehuurd. Misschien gaat dit wel om een identiteitsdiefstal.'

Vochek zei: 'Mensen die een identiteit stelen kopen tv's, golfclubs en diamanten ringen, die gaan geen kantoorruimte huren.'

'Staat soms ook in je rapport dat ik nieuwe creditcardrekeningen heb?'

Kidwell knikte. 'Drie. Vorige week.'

'Schitterend. Controleer mijn kredietgeschiedenis maar. Ik open geen nieuwe rekeningen. Ik heb al zes jaar dezelfde creditcard en ik betaal die elke maand af.' Hij keek weer naar Vochek. 'Ik heb helemaal geen reden om Reynolds te vermoorden.'

'Praat tegen mij, niet tegen haar,' zei Kidwell.

'Dan kan ik net zo goed tegen een baksteen praten.'

Kidwells gezicht vertrok van woede.

'Wijst een van die nieuwe telefoonnummers in de richting van Adam Reynolds of Nicky Lynch?' vroeg Ben. Hij moest ze, bedacht hij, in de verdediging drukken, ze dwingen te erkennen hoe zwak ze stonden. Want ze hadden het mis.

Vochek zei tegen Kidwell: 'De gegevens zijn net naar ons toe gefaxt. Adam Reynolds heeft alleen vandaag naar Bens nieuwe nummer en zijn huis gebeld, naar je kantoor in Houston en een paar telefoontjes naar een nummer in Dallas.' Vochek liet Kidwell twee uitdraaien zien. 'Met Bens nieuwe telefoonnummer zijn een paar telefoontjes naar Reynolds' kantoor gepleegd.'

'Fantastisch,' zei Ben. 'Dan wil ik weten hoe laat ik die telefoontjes zogenaamd heb gepleegd. Want ik durf te wedden dat ik kan bewijzen dat ik dat niet heb gedaan.' Vochek wilde hem de lijsten geven maar Kidwell weerhield haar daarvan.

'Nee. Niet laten zien.'

Ben wendde zich tot Vochek, ontmoette haar blik. 'Voor jullie mij gaan bedreigen of mijn cliënten gaan intimideren, moeten jullie je bewijs maar eens beter controleren. Zorg maar dat dat waterdicht is. Want Sam Hector kan wel aan een paar touwtjes trekken in Washington en ik betwijfel of jullie zijn vrienden willen beschuldigen. En zeker mij. Hij is onder anderen door mij zo rijk geworden. En zo machtig.'

Kidwell trok zijn lippen strak. Ben wilde de scherpe kantjes van het gesprek weghalen, wilde Kidwell de gelegenheid geven zijn gezicht te redden, voor zijn eigen bestwil.

'Mag ik alsjeblieft van het toilet gebruikmaken?' vroeg Ben. Kidwell schakelde de recorder uit en knikte instemmend, alsof een paar minuten denkpauze hem wel uitkwamen.

Vochek begeleidde hem de gang door. Ben waste zijn gezicht twee keer, waste het bloed van zijn neus. De pijn was tot een zeurend kloppen afgenomen. Hij was tenminste niet gebroken. Hij liep weer naar de gang. Daar stond Vochek met over elkaar geslagen armen.

'Speel je op dit soort momenten soms de goede smeris?'

'Nee.'

'Erger dan Kidwell kun je niet zijn. Je weet dat het tegen de wet is, zoals hij mij behandelt. Ik kan me niet voorstellen dat de Binnenlandse Veiligheidsdienst op die manier opereert. Ik ken te veel goede en toegewijde mensen die daar werken om te geloven dat Kidwell er zo eentje is.' Hij schudde zijn hoofd. 'Afdeling Strategische Aangelegenheden. Ik kan me niet herinneren dat ik dat ooit op een organogram van de Veiligheidsdienst heb zien staan. Wie zijn jullie eigenlijk?'

Ze keek hem zwijgend aan.

'Prima, dan vertel je het niet. Waarom zou ik je helpen?'

'Om jezelf te helpen.'

'Je draait de rollen om. Als burger heb ik grondrechten. Ik ben in principe onschuldig,' zei hij. 'Tot ik een advocaat heb zie ik niet in waarom ik Kidwell over me heen zou moeten laten walsen.' Hij schudde zijn hoofd. 'Ik dacht dat er met jou wel te praten viel. Ik zag hoe je naar hem keek toen hij me te lijf ging.'

'Ben…' Maar ze zweeg en Ben liep bij haar vandaan. Ze gingen de kamer weer binnen.

'Ga zitten,' zei Kidwell.

Ben ging zitten. Hij keek weer naar Vochek, die bij de deur bleef staan.

'Ik ga controleren wat je beweert. Maar denk nog maar eens na over wat er met je gebeurt als je tegen me gelogen hebt. Denk daar maar lang en diep over na, Ben. Klop maar op de deur als je iets te vertellen hebt en ons tijd kunt besparen.'

Kidwell stond op, deed de lichten uit en liep naar buiten. Vochek keek nog even naar Ben achterom. De deur sloeg achter hen dicht, daarmee het stukje gedempte licht uit de gang afsnijdend, en Ben zat in het volslagen donker.

'Hij is een watje,' zei Kidwell terwijl Vochek bij de laptop ging zitten. 'Hij doet precies wat we verwachten. Ontkennen, om een advocaat smeken, maar wanneer hij met meer bewijzen wordt geconfronteerd, slaat hij wel door.'

'Dat weet ik zo net nog niet,' zei ze.

'Hoezo?'

'Daar zit het gat in deze hele puinhoop. Ben komt als een intelligente vent op me over, maar je kunt niet zeggen dat hij zijn sporen heeft uitgewist.'

'Mensen zijn idioot. Of zo arrogant dat ze denken dat ze niet gepakt worden,' zei Kidwell. 'Ik wil elke link tussen hem en Adam Reynolds vinden. Zoek dat Sparta Consultingbedrijf op dat die kantoorruimte voor hem heeft gehuurd, kijk hoe Forsberg daarmee in verband kan worden gebracht. Ik wil weten wat Forsberg allemaal heeft gedaan of gekocht, of met wie hij in de afgelopen paar dagen heeft gepraat.'

Ze maakte haar laptop open, zag een nieuwe e-mail van hun kantoor in Houston, met als onderwerp: DOSSIER FORSBERG. Ze maakte het open, las het door en zei: 'Norman, dit moet je lezen.' Haar keel werd droog.

Norman Kidwell boog zich naar voren, las de e-mail en glimlachte. 'Mijn hemel. De onschuld zelve heeft een belangrijk detail weggelaten.'

6

De bestelbus van de kidnappers reed op hoge snelheid over de FM Road 2222, een meanderende weg die doorsneden werd door kalkstenen kliffen.

Ze hebben me in de smiezen, wist Pelgrim.

De bestelbus slingerde tussen het verkeer door, stuiterde door de bochten van de weg.

Pelgrim bleef erachter, slalomde om een kleine bestelwagen en een Porsche om de afstand tot de bestelbus te verkleinen. De kidnappers waren niet gaan kijken hoe het hun landgenoten was vergaan na de kogelregen bij het huis aan het meer. Wat betekende dat ze of aannamen dat Pelgrim dood was of orders hadden niet achterom te kijken. Kennelijk was het voor hen eerste prioriteit om Teach daar weg te halen.

Als hij haar terug kon krijgen, kon hij een eind maken aan deze nachtmerrie.

Zijn ogen prikten… bloed stroomde over zijn wenkbrauw zijn oog in. Zijn lichaam deed zo'n pijn dat het leek of hij met buizen was bewerkt.

Auto's schoten aan de kant toen de chauffeur van de bestelbus op zijn claxon drukte en als een speer door rood licht reed, op een haar na een toeterende Lexus miste en een BMW zijdelings raakte waardoor de laatste in een slip terechtkwam. Pelgrim ontweek beide auto's en bleef dicht achter de bestelbus.

De bestelbus reed brullend de glooiing op, vonken spatten op toen hij de vangrail raakte. De bestelbus overcompenseerde, schoot op de linkerrijbaan en corrigeerde dat net op tijd om een uit tegengestelde richting komende pick-up vol middelbare scholieren te omzeilen. Pelgrim zag dat de monden van de tieners in een O vertrokken waren, aan hun gezichten zag je dat ze schreeuwden toen de bestelbus ze op een haar na miste.

Hier moet nu een eind aan komen. Pelgrim gaf gas en ging aan de passagierskant naast het busje rijden.

De man met het blonde piekhaar hing uit het passagiersraampje en opende het vuur. Pelgrim liet zich terugvallen. Een kogelregen ketste af op de voorruit.

De bestelbus schoot weer op de verkeerde weghelft en slalomde als een dronken danser om drie auto's te ontwijken. Pelgrim zag de ongelovige gezichten van de chauffeurs, allemaal op hun weg terug naar het comfort van de voorstad na een extra lange dag van heen en weer schuiven van papier, telefoontjes of een keten aan e-mails, terwijl de dood plotseling maar een paar centimeter weg was, toen hij de bestelbus manoeuvreerruimte probeerde te geven.

De weg voor hem was nu leeg, aan de andere kant van de heuvel moest een verkeerslicht zijn, waarvoor de rij auto's moest stoppen. Pelgrim deed het elektrische raampje aan de passagierskant open, reed met de BMW plankgas langs de bestelbus en koos midden op de rijbanen positie. Hij richtte zijn wapen op de voorbanden van de bestelbus en vuurde door het open raam. De op de wieldoppen en bumper afketsende kogels vertelden hem dat hij had gemist. Hij had pijn, zijn arm was niet stabiel.

De bestelbus ploegde weer langs hem, de blonde met de piekharen leunde langs de bestuurder en vuurde op de voorkant van de BMW. Pelgrim dook weg toen zijn voorruit aan diggelen ging. Hij ging rechtop zitten toen de bestelbus voorbij was en gaf plankgas, probeerde hem in te halen, maar hij voelde dat een van de beschadigde banden van de velg liep en kwam in een bocht van de weg in een slip terecht. De gehavende BMW schoot door de vangrail op een scherp aflopende heuvelrug, gleed in een stofwolk van kalksteenpuin tien meter naar beneden en botste tegen de cederbomen die aan een landschappelijke achtertuin grensden.

Hij knipperde met zijn ogen. Glassplinters zaten in zijn haar en lagen op zijn schoot, de passagiersdeur was door een boom verkreukeld. De motor hield ermee op. Hij opende zijn portier en wankelde de auto uit.

Hij was ongedeerd, maar met de BWM kon hij niet meer rijden. Pelgrim struikelde en hervond toen krabbelend zijn evenwicht. Hij rende naar het huis dat bij de tuin hoorde en schopte de achterdeur open. Een gezin zat aan de eettafel en ze keken allemaal naar de tuin: een vader, moeder en twee tienerdochters. Ze staarden hem over hun bord braadstuk, salade en gegratineerde aardappelen aan. Het eten rook heerlijk. Hij hief zijn pistool en richtte dat op de vader.

'Sorry voor de onderbreking,' zei hij. 'Ik heb uw auto nodig.'

De man liep naar het keukenbuffet en gooide hem de sleutels toe. Pelgrim ving ze met één hand op en zei: 'Bedankt.' Het volgende gedeelte haatte hij. Hij beval het gezin plaats te nemen in een dicht werkhok. Hij sloot de deur en zette stevig de rugleuning van een stoel onder de knop. 'Jullie blijven hier de komende twee uur zitten. Ik heb een politieradio, dus als jullie de politie bellen, kom ik terug en dat willen jullie niet,' riep hij door de deur. Ze moesten doodsbang zijn, hij moest genoeg tijd krijgen om weg te komen. Hij hoorde hoe de ouders de meisjes fluisterend troostten.

De sleutels waren van een kastanjebruine Volvo-stationwagen. Hij denderde de afrit af en sloeg af naar de FM Road 2222. Er stond een politieauto op de plek waar de BMW door de vangrail was geschoten en hij reed er op maximumsnelheid langs zonder naar de agenten te kijken, die waarschijnlijk binnen tien minuten het gezin zouden vinden en bevrijden. Hij reed de volgende heuvel over en gaf plankgas. De bestelbus was allang weg. Hij reed een paar kilometer, in de hoop dat hij toch een wiel had geraakt en dat de bestelbus een lekke band had. Maar ze waren weg. Hij hield rechts aan toen de FM Road 2222 uitmondde in een splitsing, reed naar de kant van de weg, stopte op een parkeerplaats naast een Chinees restaurant en probeerde zijn hersens weer op orde te krijgen. Waar zouden ze Teach heen brengen en wie zou hem kunnen helpen?

Hij kon niemand bellen. Dat was het mooie van de Kelder: je wist nooit de echte namen van de andere veldspelers of hoe je die kon bereiken. Barkers echte naam was niet Barker en waarschijnlijk had hij onder nog twee of drie andere namen geopereerd. Pelgrims naam werd alleen in de Kelder gebruikt, aangezien hij ook onder een hele reeks valse namen door het leven ging. Niemand kon je verraden.

Behalve Teach, die was de enige die elk detail van elke klus wist.

Haar hersens waren goud waard. Haar brein kon de Kelder breken, elke veldspeler van de groep naar de gevangenis sturen of tot doelwit van een paar dradenkruisen maken.

Dit was geen alledaagse tegenstander, bedacht hij, als hij een ex-IRA-moordenaar en een groep Arabische schutters had ingehuurd om in Texas het vuile werk op te laten knappen. En Barker had beweerd dat hij niets vreemds op Reynolds' bankrekeningen of in zijn e-mail had aangetroffen. Maar aangezien Barker in de zak van de vijand zat, had hij net zo goed kunnen liegen en elk bewijs kunnen vernietigen waarmee Adam Reynolds en hij met de vijand in verband konden worden gebracht.

Pelgrim bladerde door de lijst telefoontjes van Barkers mobieltje. Als Barkers dag had moeten eindigen met een ontvoerde Teach en een dode Pelgrim, dan hoefde de verraderlijke jongeman niet zorgvuldig zijn sporen uit te wissen. Wat in het logboek stond was voorspelbaar aangezien ze de afgelopen drie dagen aan de zaak-Reynolds hadden gewerkt: telefoontjes naar Teach, naar Pelgrims telefoon. Maar er was er ook een bij naar een lokaal nummer in Austin, dat Pelgrim niet herkende.

Pelgrim reed naar het centrum van Austin. Op Koenig Lane zag hij wat hij wilde: een klein koffiehuis met een bord op het raam waarop stond dat je daar gratis toegang tot internet kon krijgen. Hij liep naar binnen. Het was nog vroeg in de avond en het was er niet druk. Drie gestroomlijnde computers stonden naast elkaar op de verste toonbank, hij ging zitten en startte een browser op. Die opende met een nieuwspagina en hij zag de verschillende koppen: senaatscommissie wil van CIA meer human-intelligencebronnen in het Midden-Oosten in de Strijd tegen Terrorisme; een footballster moet revalideren; een schietpartij met een scherpschutter in Austin, Texas.

Hij las het nieuwsverslag. Nog geen namen van de dode mannen. Geen vermelding dat getuigen iemand van de plaats delict hebben zien weggaan.

'Meneer? Gaat het wel?'

Hij keek naar de *barista* achter de toonbank en besefte dat hij eruit moest zien alsof hij uit een treinwrak was gekropen. Ze was een knappe vrouw en niet ouder dan een studente, en ze wees naar zijn voorhoofd. 'U bloedt.'

'O ja?' Hij liep naar een koffiestatafeltje, griste er een paar servetten van af en depte zijn voorhoofd. Bloedvlekken verschenen op het papier. 'Ik ben gevallen. Maar het gaat wel, hoor.'

'Weet u het zeker?' vroeg ze.

'Prima in orde. Een medium latte, graag, daar kikker ik wel van op.' Hij wist een glimlach tevoorschijn te toveren.

De barista knikte naar hem en draaide zich naar het koffieapparaat om. Hij ging zitten en googelde het telefoonnummer in Austin dat hij op Barkers mobiel had aangetroffen.

Geen vermelding.

Hij wachtte tot de barista riep dat zijn koffie klaar was, maar ze bracht die naar hem toe. 'Van het huis,' zei ze toen hij opstond om zijn portemonnee te pakken.

'Nee, dat…'

'Meneer,' zei de barista, 'volgens mij hebt u een rotdag gehad. Dit is van het huis.'

Hij was niet gewend aan vriendelijkheid en even wist hij niet wat hij ermee aan moest. 'Nou, bedankt,' zei hij. 'Heel erg bedankt.'

Ze glimlachte en hield zich weer met de koffiebar bezig. Hij nipte van de latte, die gaf energie, kikkerde hem op en bevatte calorieën, waar hij allemaal behoefte aan had. De deurbel klingelde, een man en zijn tienerdochter kwamen binnen, het meisje streek haar kastanjebruine haar glad tegen een vlaag wind. Hij zag ze lachen en kissebissen over wat ze zouden bestellen, en hij werd overvallen door een drukkend gevoel in buik en borst.

Dat had jij moeten zijn, dacht hij. Misschien kan dat nog. Als deze puinhoop voorbij is. Hij keek weer op zijn computer.

Met de browser verschafte hij zich toegang tot een online database van de regering, waar de telefoonbedrijven verplicht waren om een lijst van elk nummer van zowel mobiele als vaste telefoons bij te houden. Hij logde in met het wachtwoord dat Teach van een CIA-agent had gestolen en daarna aan hem had gegeven, en zocht het nummer op.

De database vermeldde niet de locatie van de telefoon, maar er stond wel dat de eigenaar McKeen Property Company was met het factuuradres in Second Street in het centrum van Austin. Hij sprong naar de googelmappen terug en zocht naar het adres.

Hij dronk zijn latte op en haastte zich naar zijn gestolen auto, zonder naar de vader en het meisje te kijken, die lachend koffie zaten te drinken.

Jackie Lynch zat ineengedoken aan de bar, het graniet voelde koel aan onder zijn handpalmen. Hij was door de straten in het centrum gestrompeld toen hij zich realiseerde dat hij de baas moest vertellen dat de klus op een volslagen ramp was uitgedraaid en dat Nicky dood was.

Hij had in het raam van een bar een neonreclame van Guinness gezien, was naar binnen geschuifeld en had schor fluisterend een pint besteld. Die sloeg hij snel achterover, hij haalde diep adem en maande zichzelf niet in huilen uit te barsten. Hij bestelde nog een pint want op één been kun je niet lopen, zoals zijn vader altijd zei.

Thuis. Hij had zijn broer en mentor verloren. Nicky was het brein achter hun zaken geweest, Jackie wist nauwelijks hoe hij met gevaarlijke klanten moest omgaan, contracten op waarde moest schatten evenals de risico's ervan, ontsnappingsroutes moest uitstippelen, moest omgaan met geld op genummerde rekeningen. En nu was een karwei voor een heel machtig man mislukt. Hij sloeg zijn ogen neer.

Hij hield nog steeds de verzegelde envelop onder zijn arm geklemd. Hij had hem op Adam Reynolds' bureau moeten achterlaten nadat Nicky de doelwitten had vermoord, maar door de schok dat hij slechts één lichaam in plaats van twee in het kantoor had aangetroffen, had hij zich eenvoudigweg omgedraaid en was de deur uit gerend.

Hij liet zijn half leeggedronken pint Guinness staan en liep naar het raam van de bar. Een paar blokken verderop waren de straten rondom de parkeergarage en Reynolds' kantoorgebouw door een politiekordon afgesloten. De smerissen zouden Nicky's aangepaste Heckler & Koch-PSGI-geweer in de kofferbak aantreffen, als dat niet al was gebeurd. Iemand zou de kogelgaten in het raam van het gebouw zien of Reynolds' lichaam ontdekken en de bewijzen aan elkaar knopen.

Onmogelijk om de envelop er nu neer te leggen. Geen sprake van. De klant moest het maar begrijpen.

Op een klein podium in de hoek begon een band zijn instrumenten te stemmen, een gitarist en een pianospeler die de eerste akkoorden van zijn favoriete Johnny Cash-liedjes speelden, 'The Tennessee Stud'. Van muziek hield hij bijna net zo veel als van zijn broer, en een ogen-

blik kwam hij in de verleiding om de klant niet te bellen en te verdwijnen. Terug te gaan naar Belfast, opgekruld in bed naar zijn platen te
luisteren.

Maar nee. Dat was egoïstisch, als hij vluchtte zou Nicky's moordenaar vrij rondlopen. Jackie zat nu ook in het familiebedrijf, hij moest
zich als een man gedragen. Nicky was vroeger altijd al de wijste van de
twee geweest, maar die tijd lag in een mist. Muziek was niet te vergelij-
ken met bloed.

Hij verhuisde naar een hoektafeltje, ver uit de buurt van mogelijke
luistervinken, en toetste het nummer in dat hij en Nicky moesten bellen als de klus geklaard was. De telefoon was voor hen in hun hotelka-
mer klaargelegd en ze mochten maar één keer bellen. Het netnummer
was 972 en Jackie wist dat het Dallas was. Dat had hij de vorige avond
uit nieuwsgierigheid in de Gele Gids opgezocht.

Hij ging drie keer over voor een man opnam: 'Ja?'

Eerst kon hij niets uitbrengen. Toen zei hij: 'Het is spaak gelopen.
Nicky is dood.' Hij legde het uit.

Hij voelde hoe een ingehouden woede zich aan de andere kant begon op te bouwen. 'Als je eerder had gebeld, had ik mijn andere team
kunnen waarschuwen.'

Jackie beet op zijn lip. 'Andere team?'

'De man die jullie als eerste hadden moeten doden, wordt Pelgrim
genoemd. Het karwei had nog een tweede aspect, namelijk de ontvoering van Pelgrims baas, een vrouw. Doordat jullie Pelgrim gemist hebben, zijn nog vier van mijn mannen gedood, nadat hij je broer heeft
vermoord.'

Ja zeg, ga een beetje zitten klagen, terwijl mijn broer dood is, dacht
Jackie. Nee, meneer, vandaag niet. 'Dat is mijn probleem niet,' snauw-
de hij. 'Je hebt me niet het hele plaatje verteld, dus kun je me er ook
niet op afrekenen. Dat is jouw fout, niet de mijne.' Hij probeerde het
staal in zijn stem te brengen dat hij Nicky tegen een lastige klant had
horen gebruiken. Het was nooit slim om een huurmoordenaar af te
bekken, wie je ook was.

Er viel een pijnlijke stilte. Jackie dacht: de eerste hand die je in je
eentje speelt weet je al te verprutsen.

'Heb je het pakketje op Reynolds' kantoor afgeleverd?' De stem van
de klant was ijskoud.

'Nee, meneer.'

'Lever dat pakje af.' Nu was hij duidelijk woedend.

'Absoluut niet,' zei Jackie. 'Bij dat kantoor wemelt het van de politie, het lijken verdomme wel vlooien.' Je kon maar het beste open kaart spelen met iets wat onomstotelijk vaststond. 'Ik kan ze van hieraf zien.'

Het duo speelde nu een treurig Willie Nelson-liedje, en de stem zei: 'Waar zit je?'

'Eh... in een bar.'

'Een bar.' Ongeloof en woede spatten van die twee woorden af.

'Ik zit heus niet te drinken, hoor.'

'De resterende leden van het andere team komen je oppikken. Als je het rendez-vous mist, zeg ik tegen ze dat het jouw schuld is dat de helft van hun team het loodje heeft gelegd. Ik weet niet wat ze er het eerst afsnijden: je tong of je hand.'

Jackie slikte de steen in zijn keel weg. 'En dan?'

'Dan help je ze Pelgrim te vermoorden en de boel af te ronden.'

Jackie stond niet te springen om het op te moeten nemen tegen een man die Nicky's kogel had ontweken en daarna vijf man had vermoord. Maar hij had geen keus, zei hij tegen zichzelf. Bij dit karwei ging het niet om betaling, dit ging om vergelding. Nicky zou deze klootzak van een Pelgrim dag en nacht op zijn huid zitten als hij Jackie moest wreken.

Jackie probeerde weer staal in zijn stem te leggen. 'Waar tref ik je mannen?'

7

Sam Hector zat aan zijn bureau, vijf mobiele telefoons voor zich uit-
gespreid, wachtend op het telefoontje dat zijn leven zou veranderen.
Met een hand speelde hij met een antieke Chinese abacus. Hij bezat
een aanzienlijke verzameling telramen uit de hele wereld: ivoren telramen uit Afrika, jaden calculators uit China, een onschatbare set uit India waarmee ooit de huishoudrekeningen van een maharadja waren
opgeteld. Hij genoot van de zachte aanraking van de kralen, de klik
wanneer ze langs de roedes tegen elkaar botsten. Het exemplaar waarmee hij nu zat te spelen had hij van Ben Forsberg gekregen, een souve-
nir van een reis naar Peking die Ben en zijn arme overleden vrouw
Emily voor hun huwelijk hadden gemaakt. Het was zijn favoriet.

Met de andere hand bladerde Sam Hector door zijn e-mail. Het was
een lange lijst en ze kwamen uit de hele wereld. Communiqués uit
Irak, waar hij bijna duizend militairen onder contract had die van Kir-
kuk tot Basra veiligheidsdetails uitwerkten. Uit Ethiopië, waar een se-
lect team van zijn werknemers het regime adviseerde om met een opstand in het zuiden af te rekenen. Uit Afghanistan, waar zijn teams
bescherming boden aan zowel Afghanen als hoogwaardigheidsbekleders van de coalitie, en hij er mede voor had gezorgd dat een zelf-
moordaanslag op een school werd verijdeld: een van zijn huurlingen
had de zelfmoordenaar doodgeschoten. Helaas had hij daarbij ook
een plaatselijke bewaker gedood die de zelfmoordenaar had willen
overmeesteren. Spijtig. Hij stuurde een notitie door naar zijn Afghaanse directeur operaties en raadde hem aan wat geld aan de onge-
lukkige familie van de bewaker te geven. Uiteraard anoniem, Hector
Global kon niet worden afgerekend op het feit dat het zijn werk deed.

Oorlogen zaten vol tragische ongelukken en het werk dat Hector Global deed was in het algemeen belang. Niet alleen in dat van Amerika, dacht Sam, maar dat van de hele wereld.

Bij de volgende e-mail fronste hij zijn wenkbrauwen: een manager in Bagdad met de boodschap dat veel van zijn veiligheidsmensen hun onvrede hadden geuit over hun detachering en het geweld waarmee ze te maken kregen. Als ze niet voor Hector Global wilden werken, konden ze op het vliegtuig naar huis stappen, was Sams vaste overtuiging. Middenpad of raam, kip of pasta, je zegt het maar, dacht hij. Maar het waren een paar zware weken geweest: hij had bij drie verschillende incidenten vijf man verloren. Het was een opluchting dat hij geen ongevallen- of levensverzekeringen hoefde te betalen, daar waren degenen die bij hem onder contract stonden zelf verantwoordelijk voor.

Wat erger was, was het feit dat de laatste zeven contracten waarvoor hij voor Irak een offerte had uitgebracht aan zijn neus voorbijgegaan waren en de contracten voor binnenlandse veiligheid begonnen op te drogen. Hij had drieduizend man op de loonlijst, hij had elke deal nodig waar hij de hand op kon leggen.

Hij zette het telraam opzij en typte een e-mail naar die mevrouw Smith van Buitenlandse Zaken die meer dan professionele belangstelling had getoond voor Ben:

Ben zal je morgen zeker bellen, hij is geloof ik vandaag van vakantie teruggekomen. Ik weet zeker dat we tot overeenstemming zullen komen.

Groeten, Sam

Hij verstuurde het en dacht: god, als Ben meteen op het moment dat ze een hint had gegeven met die idiote bitch van BZ naar bed was gegaan, dan zou dat contract getekend zijn en kon hij de paar miljoen die hij zo wanhopig nodig had in zijn boeken bijschrijven.

Maar Ben ging niet meer met iemand naar bed.

De laatste e-mail in zijn inbox kwam uit New Orleans en bevatte een link naar een plaatje in een googlemap. Hij bestudeerde de map een paar lange, stille ogenblikken. De map was de eerste sleutel tot zijn toekomst. Hij sloeg hem in zijn geheugen op en voelde een kleine rilling van opwinding.

Een van de vijf telefoons ging over, hij keek naar de nummerdisplay. 'Hallo?'

'Binnenlandse Veiligheidsdienst heeft Ben Forsberg gearresteerd. Er zijn bewijzen die in verband kunnen worden gebracht met een dode buitenlandse huurmoordenaar die vandaag in Austin is vermoord.'

Maar... Jackie had de envelop nog niet afgeleverd. Het net rondom Ben was nog niet compleet. Maar hij protesteerde niet tegen een kleine speling van het lot. 'Waar is Ben nu?'

'In een nieuw pand van de Veiligheidsdienst, in het centrum, in het oude Waterloo Arms. Ze ondervragen hem nu.'

'Geen politie?'

'Geen politie.'

'Je hebt een bonus verdiend,' zei hij en hij verbrak de verbinding. Handig als je door de hele overheid heen mensen had zitten die bereid waren om tegen betaling informatie te lekken.

Hector stond op en liep naar het raam. Hij had in geen jaren een moord gepleegd, hij had het wel gehad om zijn handen vuil te moeten maken, dacht hij, maar als de Lynches en het team uit Libanon er allemaal niet in slaagden om Pelgrim te vermoorden, nou ja, dan werd het tijd om de messen weer te slijpen. Een warme rilling liep over zijn huid, er vloog een blos over zijn gezicht. Het zou heerlijk zijn om het spel weer mee te spelen.

Een andere telefoon ging en hij griste hem van het bureau.

'Met Jackie, sir.'

'Ga je gang.'

'Ik ben nu bij je andere teamleden en we hebben geluk.' Jackie klonk bijna opgewekt. 'Die klootzak van een Pelgrim zit twee straten bij het hotel vandaan dat je als ontmoetingsplek had uitgekozen.'

'Weet je zeker dat hij het is?'

'Met een Volvo stationwagen, hij rijdt rond alsof hij het perceel aan het verkennen is. Ik zat op de achterbank van de bestelbus en ik zag hem door de voorruit. We kunnen hem zo omleggen.'

Hij dacht na. En toen zag Sam Hector een oplossing – een onplezierige, dat wel – maar een die meer dan één doel zou dienen. Hij bekeek het idee snel van alle kanten, testte het op sterke en zwakke kanten, en risico's. Ben Forsberg en de Binnenlandse Veiligheidsdienst waren in het Waterloo. Pelgrim wilde bij het Waterloo naar binnen om uit te zoeken hoe dit in verband stond met de ontvoering van Teach.

'Jackie. Laat Pelgrim het gebouw binnengaan. Dan ga je achter hem aan en vermoord je iedereen. Iedereen. Begrepen?'

'Ja, sir.'

'Een van jullie blijft bij Teach. Wanneer iedereen daarbinnen dood is, bel je me terug. Jullie krijgen allemaal honderdduizend extra uitbetaald. Behalve jij, Jackie, want jij hebt je eerste opdracht niet afgemaakt. Bovendien kan geen geld je méér motiveren dan de wraak voor je broer.'

De boodschap is duidelijk: niet klagen. Of ik vertel ze dat jij degene was die ze niet had gewaarschuwd en daardoor zijn hun vrienden nu dood. Jackie hield zijn mond.

Sam Hector hing op. Hij kreeg weer wat lucht, had het gevoel dat hij zojuist een leger het bevel had gegeven om een vernietigende aanval in te zetten, hij was bijna duizelig bij het idee van de slachting die hij had ontketend. Hij had zojuist het bevel tot een groot aantal moorden gegeven. Maar het was noodzakelijk. Het was de enige manier.

Het was slechts een klein offer voor een gigantische opbrengst – een onmeetbare opbrengst – die alles voor hem zou veranderen.

Hij stond zichzelf een glimlach toe terwijl hij ging zitten wachten.

Jackie en de drie gewapende mannen luisterden naar de instructies van Sam Hector over hoe ze het Waterloo binnen moesten gaan en toen klapte Jackie zijn telefoon dicht. De drie mannen in de bestelbus staarden Jackie aan, twee met een uitdrukkingsloos gezicht, een liet duidelijk zijn afkeuring blijken. Jackie keek omlaag naar de oudere vrouw – Teach, zo had Hector haar genoemd – die de mannen hadden ontvoerd, bewusteloos, handen gebonden voor zich, slapend door een injectie die haar nog een paar uur onder zeil moest houden.

'Je hebt de man gehoord,' zei Jackie. 'Een extra honderdduizend voor jullie.' Hij kondigde dit met een achteloze bravoure aan alsof het geld uit zijn eigen zak kwam.

De Arabische leider was niet onder de indruk. 'Jij, Ier, jij blijft bij de vrouw.' Een grote moedervlek ontsierde zijn kin. Hij porde met zijn voet tegen de bewusteloze vrouw. De andere twee wiebelden op de bal van hun voeten. Een had een wilde bos met grijs doorstreept haar, de ander droeg een omslagzonnebril. Voor hem waren het allemaal freaks.

'Nee,' zei Jackie. 'Pelgrim heeft mijn broer vermoord. Ik dood hem.'

'Nee. Wij zijn als team aan elkaar gewend. Daar pas jij niet bij.'

'Ik ga mee.'

De leider schudde zijn hoofd. 'Drie tegen één.'

Hij kon deze stomme pummels het gevaarlijke werk laten opknappen. Zolang Pelgrim maar de dood vond, wat maakte het dan uit wie hem zou vermoorden? Hij schaamde zich voor die gedachte. Hij begon weer tegen te stribbelen.

De leider toverde een glimlach met enigszins gebarsten tanden te voorschijn en richtte een Beretta op Jackies borst. 'We haten die Pelgrim meer dan genoeg. Hij zal een verschrikkelijke dood sterven. Dat beloof ik je. Jij bewaakt de vrouw.' Jackie hoorde een verholen belediging in de woorden, alsof Jackie nergens anders goed voor was dan het bewaken van een bewusteloze vijftigjarige.

De gewapende man met de omslagzonnebril kreeg medelijden met hem en kneep Jackie in de schouder. 'We zullen voor die broer van je een kogel in die Pelgrim pompen.'

Jackie slikte zijn woede in en knikte. Laat hen de klus maar klaren. Hij vond het maar niks dat ze zijn gezicht hadden gezien of hem als een ondergeschikte commandeerden. Hij had zijn mes nog tegen zijn been zitten en hij stond nu te popelen om het te gebruiken. Hij bedacht hoe het heft zou glanzen wanneer het zich in hun keel zou graven.

Hij glimlachte en schudde ze de hand om ze geluk te wensen.

8

Het Waterloo Arms was een tactische nachtmerrie. Hekken, bewakers, midden in een stedelijke omgeving. Pelgrim reed drie keer langs het gerenoveerde gebouw en parkeerde de Volvo in een nabijgelegen parkeergarage in Second Street. Cafégangers en muziekliefhebbers groepten in de avondstraten. Podia met blues spelende bands torenden er op twee kruispunten boven uit. Uit bijna elke bar klonk nog meer muziek. Pelgrim wilde dat hij zo'n bar kon binnengaan, een koude Shiner Bock kon bestellen, zich kon onderdompelen in de warmte van de muziek, en even niet hoefde te denken aan geweld of wapens, tenzij die voorkwamen in de jaloerse tekst van een liefdesliedje. In plaats daarvan vond hij een uitkijkpost, een tafeltje buiten een jazzbar, en dronk een cola. Een oudere vrouw die was uitgedost alsof ze naar de kerk ging, compleet met bloemetjesjurk en roze hoed, bewerkte energiek en nauwkeurig de pianotoetsen en zong over een nietsnut van een man die ze niet kon verlaten, maar die ze net zo nodig had als de lucht die ze inademde.

Hij nam een slokje cola. Hij droeg een feloranje Longhorns-pet van de universiteit van Texas en een windjack dat hij in de gestolen Volvo had gevonden. Hij had de pet laag over zijn hoofd getrokken, het jack zat te ruim om zijn tengere lichaam, maar het verborg zijn pistool.

Hij observeerde het hotelterrein. Hij wist niet eens zeker of Teach wel binnen was. Een bord op het hek vermeldde dat het terrein eigendom was van McKeen, dat het binnenkort het Waterloo Arms Court zou heten dat honderden vierkante meters kantoor- en winkelruimte besloeg en waar een Blarney's Steakhouse gevestigd zou worden. Opening over twee maanden.

Blarney's. De naam van hetzelfde steakhouse in Dallas die hij had aangetroffen op het luciferboekje in de jas van een van de gewapende mannen. Kon geen toeval zijn.

Hij keek naar de twee mannen die voor het hek heen en weer liepen, één steeds in het zicht van de achteringang van het gebouw. Op wacht. De pakken leken niet op de andere kidnappers. Deze twee waren blanke Amerikanen, lang, zwaargebouwd, militair kapsel, en droegen jassen waaronder ze ongetwijfeld wapens verborgen. Ze zagen eruit als chique huurlingen.

De twee bewakers liepen niet gezamenlijk op. De een liep met de klok mee om het met hekken afgesloten terrein heen, de ander deed dat in tegengestelde richting. Ze waren minstens een minuut uit elkaars gezichtsveld, bij de rand van het hek. De zuidkant van het lege gebouw stond tegenover de drukkere Second Street, aan de oostkant bevonden zich een juwelier en designfirma's, Third Street grensde aan de noordzijde en aan de westkant was ook een bouwput, eveneens met een hek eromheen. Een smalle doorgang liep dwars tussen de beide bouwterreinen door.

Hij hield Barkers telefoon tegen zijn oor – hij deed hem niet aan – en begon een zogenaamd gesprek met een denkbeeldige vriend, liep heen en weer, de zoveelste kerel die zich bediende van dat zelf uitgevonden telefoontaaltje.

'Ja, absoluut, ik vermoord die klootzakken,' zei hij tegen zichzelf. 'Dan zorg ik dat Teach me op een steak trakteert en mijn ontslagbrief accepteert. Ja, ja.'

Hij knikte, hield de stille telefoon vast en sloeg de bewakers gade, die hun rondje vervolgden. Op straat kon hij ze niet neerschieten, te veel mensen in de buurt. En als ze achter het hotel via de telefoon of een oortje contact met elkaar hadden, kon dat misschien de anderen binnen alarmeren. Dus hij moest langs ze zien te komen.

Het houten hek op het belendende bouwterrein was niet voorzien van prikkeldraad. Het was de weg van de minste weerstand. Hij wachtte tot de bewaker die het dichtst bij hem was de hoek om wandelde. Pelgrim haastte zich naar het hek van het kale bouwterrein. Het doemde dreigend op en hij stopte de telefoon in zijn zak, begon te rennen en sprong. Zijn vingers haalden de bovenkant van het hek maar net, en hij kreunde hevig toen hij zichzelf erop en eroverheen werkte en zijn armen pijn deden van de inspanning. Aan de andere kant van het hek liet hij zich op de grond vallen en hij rende naar de oostkant. Hij bleef staan om te luisteren.

Pelgrim hoorde een bewaker aan de andere kant van het hek kuieren. Eerst dacht hij dat die vent tegen zichzelf praatte, maar toen realiseerde hij zich dat hij door middel van een oortje communiceerde.

'Ja,' zei de bewaker. 'Heel wat beter dan Bagdad. Ik verdiende er negentig ruggen, maar mijn vrouw klaagde voortdurend en huilde zichzelf elke avond in slaap. Ik doe nu alleen nog maar binnenland, of misschien Afrika, maar niet Somalië, die lui daar zijn volslagen gek. Ja...'

Pelgrim keek op zijn horloge. Luisterde of de volgende bewaker eraan kwam of dat degene die hij had gehoord terugkeerde. Ze hielden zich strikt aan hun schema, één keer per minuut, het scheelde misschien tien seconden.

Die tien seconden konden voor hem het verschil uitmaken tussen leven en dood.

Hij keek het lege terrein rond. Aan één kant stond een bouwkeet, bijna midden op het terrein. Een vorkheftruck stond er als een kloeke bewaker naast. Hij haalde een *lockpick* uit zijn zak en had de bouwkeet binnen vijf seconden open. Er ging geen alarm af.

Het was een rommelig kantoor. Hij zag de sleutels van de vorkheftruck aan een haak naast het bureau hangen.

Hij luisterde naar de regelmatige stappen van de bewaker en toen die voorbij waren rende hij naar de vorkheftruck, startte de motor en richtte hem op een geschikte plek in het hek waar dat aan het hotelterrein grensde. Hij zette hem stil en zette de motor af. Het muziekfestival overstemde het geluid dat hij had geproduceerd. Hij keek op zijn horloge: nog tien seconden.

Twintig seconden later hoorde hij de bewaker langskomen.

Pelgrim klom op het dak van de heftruck en ging er plat op zijn buik op liggen. Hij gluurde over het hek, dat nu ongeveer dertig centimeter hoger was dan het dak van de minilift. Hij zag de bewaker bij hem vandaan lopen.

Er zat ruim een meter tussen de beide hekken. Hij werkte zichzelf door het gat.

Net genoeg, en met zijn voeten zette hij zich op het draad van het hotelhek af. Hij sloeg tegen de grond en sprintte naar de dichtstbijzijnde deur, die zich in een overschaduwde nis bevond.

Hij probeerde de deur. Niet op slot.

Hij maakte hem met het pistool in de aanslag open. Hij kwam in een dienstgang terecht, slechts verlicht door de vage gloed van fluorescerende lampen die in een rechte rij aan het plafond bungelden.

Hij sloot de deur. Hij luisterde naar de stilte. Geen alarm.

Hij voelde aan de deurknoppen. De derde deur kwam uit op een spookachtig verlicht trappenhuis. Halverwege de betonnen treden hoorde hij de voetstap achter zich. Met een ruk draaide hij zich om en een van de pakken met dikke nek stond in de gang en hield een geweer op hem gericht. 'Blijf staan!'

Pelgrim dacht: ik ga me niet laten omleggen door een huursmeris. 'Mag ik mijn handen opsteken?'

'Vingers tegen elkaar, handpalmen omhoog. De trap af, op de grond.' De huursmeris klonk niet als een huurling. Er klonk een tikkeltje gezag in zijn stem door.

Pelgrim kwam de trap af. 'Waar is Teach?'

'Op de grond. Op je knieën. Laatste waarschuwing. Anders schiet ik.'

Absoluut geen huursmeris. Pelgrim maakte aanstalten om te knielen. Hij boog zijn knieën tot hij zo veel hefboomeffect kon produceren dat hij hard naar de man kon uithalen, hij gaf de man een kopstoot in diens maag terwijl ze tegen de betonnen muur sloegen.

Die vent was één bonk spieren. Hij sloeg met een korte, scherpe klap op Pelgrims kin, maakte gebruik van muay Thai Boran, een vorm van Thaise vechtkunst. Pelgrim was verbaasd en hij ontdook de tweede klap, sloeg met zijn vuist tegen de slaap van de man, een keer, twee keer, en bewerkte toen zijn achterhoofd met een pistoolkolf. De man wankelde even, en meer had Pelgrim niet nodig. De man stortte op de grond neer en Pelgrim sloeg hem opnieuw met de pistoolkolf zodat hij daar ook bleef. Maar toen hij het oortje in het oor van de man zag zitten, wist hij dat de andere bewaker het zou horen en actie zou ondernemen. Hij fouilleerde de man op nog een wapen. Hij vond alleen een plat plastic kaartje in de zak van de bewaker. Een ID-card: Hector Global Security.

Hij liet de kaart op de bewusteloze borst van de man vallen.

Wachten tot de andere bewaker in actie zou komen of wegwezen?

Hij drukte zijn rug tegen de muur en deed het licht uit.

Tien seconden later vloog de deur open en stormde de andere bewaker de gang in. Pelgrim schopte de man tegen het achterhoofd.

9

De lichten flakkerden weer tot leven en na het aardedonker moest Ben hevig met zijn ogen knipperen tegen de verblindende schittering. Hij had in de duisternis gezeten, volkomen stil, geprobeerd zich schrap te zetten tegen wat er nu komen ging.

'Lekker om een tijdje rustig te kunnen nadenken.' Kidwell sloot de deur achter zich.

'Van in het donker zitten word ik heus niet slimmer.'

'O nee? Ik dacht dat je het wel over Emily wilde hebben.'

Er kwam een trage, allesomvattende woede bij Ben op. Hij zei niets. Tien seconden. Dertig seconden.

Kidwell gaf geen krimp. 'Je hebt echt een heel naar karaktertrekje. Dat zie ik nu.'

'Je bent een schoft.'

'Is het niet fascinerend' – hij vormde met zijn vingers kleine pistolen – 'dat, nou ja, twee jaar geleden je vrouw is doodgeschoten en dat die zaak nooit is opgelost? En dat vandaag jouw visitekaartje in de zak van een scherpschutter is aangetroffen? Want ik geloof niet in toeval.'

Ben staarde naar de vloer.

'Blijf je daarom zo over een advocaat doorzeiken, Forsberg? Wilde je niet met me praten over hoe je vrouw aan haar eind is gekomen? Je was toch zeker niet zo stom te denken dat wij dat verband niet zouden leggen?'

Ben stond van de stoel op.

'Ga zitten, verdomme.' Kidwell knipte met zijn vingers en wees naar de stoel.

De vingerknip raakte hem waar de dreigementen dat niet hadden gedaan. 'Hou je kop,' zei Ben. 'Je gaat het niet over Emily hebben.'

'Ik zie dat de wond nog steeds openligt.'

'Ik heb het gehad hier. Mijn vrouw werd vermoord tijdens een willekeurige schietpartij, de politie heeft me niet als verdachte aangemerkt. Jullie hebben me niet gearresteerd en ik zeg geen woord meer tegen jullie. Ik vertrek, neem een advocaat in de arm en ga jullie persoonlijk aanklagen zodat je bankrekening nog leger raakt dan je hersens.'

Kidwell hief in een trage beweging zijn pistool op. Hij richtte op Bens borst. 'Ik zei dat je moest gaan zitten. Ik ga de politie in Maui en de FBI bellen om ze te informeren dat ik een nieuwe ontwikkeling heb ontdekt inzake de moord op je vrouw.'

'Je doet je best maar.'

'O, laat toch zitten. Je hoeft me alleen maar te vertellen hoe jij, Reynolds en Nicky Lynch met elkaar in verband staan.'

'We hebben niets met elkaar te maken.' Ben voelde aan de deurknop, die was op slot. Hij draaide zich naar Kidwell terug en het pistool werd tegen zijn voorhoofd gedrukt.

'Jij gaat helemaal nergens heen.'

Ben was te woedend om bang te zijn. 'Ik heb genoeg van je dreigementen en insinuaties. Prima. Bel de politie maar. Want zij zorgen er tenminste voor dat ik een advocaat krijg.'

Kidwell sloeg met het pistool tegen de zijkant van Bens hoofd en Ben stortte in de stoel neer.

'Je hebt haar laten vermoorden, hè, en nu haalt de hele zaak je in.'

'Nee…'

'Jij hebt twee jaar geleden door Lynch je vrouw laten vermoorden, en vervolgens heb je hem vandaag Adam Reynolds laten doodschieten.'

'Nee.' Ben stond op. 'Hou je kop!'

Een vrouwenmoordenaar, dacht Vochek. Ben leek daar niet het type voor, hoewel een psychopaat zichzelf in de normale maatschappij schitterend kon camoufleren, zo veel schuld en berouw kon tonen dat een lichtgelovig type er zo in zou trappen. Ze had zichzelf voor gek gezet door die klootzak te verdedigen, voordat ze het rapport had gelezen dat de dood van zijn vrouw verdacht veel leek op die van Adam Reynolds.

Ze bekeek het politierapport nogmaals. Een paar ramen van huizen in de buurt van Lahaina waren in veertig minuten stukgeschoten, een schelmenstreek was vreselijk misgegaan toen Emily Forsberg een kogel in haar hoofd kreeg. Er waren geen arrestaties verricht, het wapen werd nooit gevonden.

Doordat Nicky Lynch Bens visitekaartje op zak had was ze er behoorlijk zeker van dat Emily's schietpartij geen ongeluk was.

Vochek boog zich over haar laptop, plakte de gevonden informatie aan elkaar, vastbesloten om te kijken of ze gaten kon schieten in Ben Forsbergs verhaal en meer linken tussen hem en Adam Reynolds kon vinden. Via de Binnenlandse Veiligheidsdienst had ze toegang tot een grote kredietdatabase. Eén telefoontje zorgde ervoor dat een lijst met uitstaande bedragen van alle rekeningen van Ben Forsberg naar haar computer werd gemaild. Bens creditcards waren bij twee gelegenheden in Marble Falls gebruikt, waar hij volgens hem was geweest, beide keren 's avonds, aankopen bij een drankwinkel en een kruidenier. Maar ze waren in de afgelopen drie dagen ook gebruikt in Austin. Ze vergeleek de tijdstippen, een van de bedragen in Marble Falls was om kwart over zeven 's avonds uitgegeven, dat in Austin om veertien voor acht die avond, wat bovendien in Adam Reynolds' agenda samenviel met een eetafspraak met Ben. Je kon niet in minder dan een uur van Marble Falls in Austin zijn.

Dus één bedrag kon heel goed vals zijn.

Hier zou Kidwell niet blij mee zijn.

Ze klapte haar mobieltje open, keek door de uitdraaien van het telefoonbedrijf en keek naar de bellijst van Adam Reynolds. Hij had één nummer vier keer gebeld. Ze belde het nummer. Het antwoordapparaat zei: 'Hallo, hier maanbasis, ben niet thuis, je weet hoe het werkt.'

Maanbasis? Ze riep de overheidsdatabase met telefoonnummers op. Het nummer was van Delia Moon. Ze googelde de naam, niets. Keek naar een crimineel verleden. Niets. Vond Delia Moons rijbewijsfoto in de database van de Texaanse afdeling van de Public Safety Database. Achtentwintig, een meter tweeënzeventig, knap, een adres in Frisco, een voorstad van Dallas. Wat had deze vrouw met Adam Reynolds te maken?

Vochek liet een bericht achter, zei wie ze was en vroeg Delia Moon terug te bellen, en dat het belangrijk was. Ze klapte de telefoon dicht.

Ze hoorde de bewakers beneden door een luidspreker mompelen, zette die zacht en belde. Haar moeder zou nu wel thuis zijn.

'Hallo?'

'Mam?' zei ze. 'Hoi, moet je horen. Ik moest snel naar Austin voor een klus, ik kan vanavond niet komen eten, het spijt me echt.'

'O, liefje. Oké. Nou, dit weekend dan misschien, ben je dan terug?' Mam snifte, een geheugensteuntje dat ze deze lente voortdurend door haar allergieën werd bestookt. Deed nog eens een extra schepje op het schuldgevoel dat ze al had.

'Dat weet ik nog niet.'

Haar moeder kon of wilde de teleurstelling in haar stem niet verbergen. 'Nou, oké. Goed…'

'Ik weet dat het moeilijk is, mam.' Haar moeder was van Long Island, waar Vochek als enig kind was opgegroeid, naar Houston verhuisd. Haar moeder had zich moeilijk in Houston kunnen aanpassen. Het was een vriendelijke stad, maar haar moeder had haar draai nog niet kunnen vinden. Kunnen of willen, dacht Vochek nogmaals. 'Het spijt me echt dat ik het eten dat je voor me hebt gekookt nu misloop.'

'Nou, ik zal niet van honger omkomen.' Haar moeder stiet een schelle en gekunstelde lach uit. 'Bel je me als je weet wanneer je weer terug bent? Ik maak pas plannen als ik dat weet.'

'Nou, misschien moet je dat juist wel doen,' zei Vochek, en ze realiseerde zich met een steen in haar maag dat dat wat onnadenkend overkwam. 'Ik bedoel alleen maar, mam, als je iets wilt doen, doe dat dan. Ga naar de film, het museum of winkelen. Wacht niet op mij.' Alsjeblieft, dacht ze. Zoek een vriend. Doe eens iets geks. Laat je leven niet door je vingers glippen, mam.

'Ik vind het niet erg om te wachten.' En toen kreeg ze van mam een hele litanie van kritiek over Houston over zich heen: hoe vochtig het er wel niet was, het verkeer, dat er geen goede New York-pizza's te krijgen waren, dat ze haar vriendinnen in Oyster Bay miste. Vochek gaf haar twee minuten waarin ze zich van haar dochterlijke schuldgevoel kon bevrijden en zei: 'Ik Hou van je mam. Sorry. Ik moet ophangen. Oké, doei.'

'Fijn dat je zo van je moeder houdt.'

Vochek zei geen woord. Ze omklemde haar telefoon steviger.

'Ik wil niet dat mammie een doodskist voor je hoeft uit te kiezen,' zei de man. 'Waar is Teach?'

Door het pistool in haar gezicht kon ze niet goed praten, maar ze wist uit te brengen: 'Ik ben een federaal agent. Laat je wapen zakken.'

'Leuk geprobeerd, maar die soldaten beneden waren huurlingen, zag ik. Waar is ze?' vroeg hij weer.

'Ik ben de enige zij hier. Ik ben een agent van de Binnenlandse Veiligheidsdienst. Laat alsjeblieft je wapen zakken.' Ze wist dat ze geen alsjeblieft zou moeten zeggen, ze moest autoriteit in haar toon leggen, maar het woord ontglipte haar voor ze er iets aan kon doen. Het pistool was een paar centimeter van haar gezicht en ze dacht: als hij me van zo dichtbij neerschiet, herkent mam mijn gezicht niet eens meer.

Naast haar tas lag een telescoopknuppel klaar voor het geval Ben Forsberg zonder dodelijk geweld beteugeld moest worden. De man kon hem niet zien omdat haar tas ervoor stond. Er was geen sprake van dat ze haar pistool uit de holster onder haar jasje kon pakken.

'Mijn badge zit in mijn tas,' zei ze. 'Mag ik die eruit halen? Dan zie je het zelf.'

'Nee. Leg je handen op je hoofd.' De man tastte onder haar jas, bevrijdde Vocheks dienstpistool en deed een stap achteruit. Hij had nu in beide handen een pistool.

Ze gooide haar telefoon naar zijn hoofd.

Die raakte hem op zijn voorhoofd maar hij negeerde hem. Hij haalde met haar pistool naar haar uit en raakte haar op de schouder. Ze viel hard tegen de tafel. En greep de knuppel beet.

Met een klik werd hij ruim een halve meter lang, ze draaide zich vliegensvlug om en sloeg naar zijn gezicht. Hij ontweek haar. Ze zwaaide nogmaals met de knuppel, raakte bijna zijn kruin toen hij bukte. Hij sloeg hard op haar pols en de pijn joeg als een vlam door haar botten. De knuppel viel krachteloos uit haar vingers.

O, god, dacht ze. Hij schakelde haar zonder één schot te lossen uit. Een onverhoedse steek van vernedering sneed door de angst en pijn heen.

De man stopte haar pistool op zijn rug achter zijn broekband. Hij deed een paar stappen achteruit bij Vochek vandaan en hield zijn wapen nog steeds op haar hoofd gericht. 'Ik neem 't je niet kwalijk dat je 't probeert.'

'Ik ben van de Binnenlandse Veiligheidsdienst,' zei ze nogmaals. 'Als je me vermoordt, krijg je een dubbele straf.'

'Draai je om.'

'Ga je me in de rug schieten? Leuk.' Vochek stak haar kin uitdagend in de lucht. 'Ik draai me niet om.'

'Maak dit niet nog erger.' De man gebaarde met het pistool.

Vochek draaide zich om. Ze wilde geen angst tonen, maar terwijl ze haar gezicht naar de muur wendde vertrok ze haar lippen en haar keel kneep zich dicht. Ze dacht aan haar moeder en dat ze nooit meer bij haar ging eten.

'Sorry,' zei hij en ze dacht: mijn god, hij gaat me werkelijk neerschieten. Nu is het afgelopen.

De klap, rechtstreeks op de zenuwknoop in haar nek, deed haar op haar knieën belanden.

'Sorry,' zei hij nogmaals. Toen werd het zwart voor haar ogen terwijl de tegelvloer op haar afstormde.

Pelgrim viste de ID uit de tas van de bewusteloze vrouw.

Binnenlandse Veiligheidsdienst. Afdeling Strategische Aangelegenheden. Joanna Vochek.

Het was of een goede vervalsing of ze vertelde de waarheid. Pelgrim liet de badge op haar buik vallen. Hij pakte haar telefoon, zette die uit en stopte hem in zijn zak, telefoons konden nuttige informatiebronnen zijn. Als de Veiligheidsdienst de Kelder aanviel, was de situatie nog veel erger, omdat hij het dan tegen de Amerikaanse regering moest opnemen.

Wat betekende dat hij de strijd tegen een veel en veel gevaarlijker en machtiger vijand moest voeren dan een stelletje met wapens rondrennende kidnappers die een wrok tegen de Kelder koesterden. Bij de gedachte alleen al kreeg hij een droge mond.

Hij sleurde de bewusteloze Vochek naar een voorraadkast en sloot haar erin op. Eén persoon minder om zich zorgen over te maken.

Hij ging naar de gang terug en sloot de deur achter zich. Hij haastte zich door de gang, pistool in de aanslag en luisterde.

Pelgrim hoorde achter een deur ruziënde stemmen.

10

Kidwell duwde Ben in de stoel terug. Pijn vonkte als een zevenklapper op Bens schedel.

Kidwell richtte het pistool op Ben. 'Verbazingwekkend hoe een kogel in de knie de tongen losmaakt.'

'Ik geloof niet dat je van de Binnenlandse Veiligheidsdienst bent,' zei Ben, 'en...'

Boem. Een ogenblik dacht Ben dat Kidwell zijn pistool had afgevuurd. De deur werd opengeschopt.

Er stond een man met een revolver. Hij richtte op Kidwell, die zijn pistool ophief om te vuren.

De man schoot eerst. Hij raakte Kidwell in het been. Kidwell stortte met een schreeuw neer. De man snelde op Kidwell af en schopte het pistool uit Kidwells hand.

Kidwell keek stomverbaasd.

De man keek naar Ben, die aan de stoel bleef vastgenageld. Kidwell bleef maar schreeuwen. Ben dacht: hij heeft gelijk, met een kogel in je been ga je inderdaad praten. Hij had het gevoel dat hij zichzelf een klap moest geven om zijn gedachten weer op een rij te krijgen.

'Waar is Teach?' vroeg de man.

'Ik weet niet wat je bedoelt.' Ben fronste zijn wenkbrauwen naar hem alsof hij koeterwaals praatte.

'Identificeer je,' zei de man. Hij keek eerst naar Kidwell, die op de grond lag te kronkelen van de pijn, bloed sijpelde tussen de vingers die zijn been omklemden door.

Ben wist uit te brengen: 'Dat is agent Kidwell, Binnenlandse Veiligheidsdienst. Zogenaamd.'

'Waar is de vrouw die jullie uit het huis aan het meer hebben ontvoerd? Zeg het me of ik schiet.' De man stond over Kidwell heen gebogen. 'Werkte Barker voor jou? De Arabieren?'

'Weet niet... waar je 't over hebt...' Kidwell tandenknarste, legde zijn hand op de vleeswond in zijn been.

'Jij. Sta op. Tegen de muur.' De man volgde met het pistool zijn bewegingen toen Ben gehoorzaamde.

'Ik heb geen vrouw gezien,' zei Ben. 'Ik ben niet van de Binnenlandse Veiligheidsdienst, hij heeft me hiernaartoe gebracht.'

De man keek weer beurtelings naar Ben en Kidwell. 'Wie ben je?'

'Ben Forsberg.'

Het wapen trilde even en pure schrik vloog over het magere gezicht van de grote man. 'Zeg dat nog eens.' Alsof Ben Latijn had gesproken.

'Ik heet Ben Forsberg,' zei Ben nog eens. Toen rolden de woorden als in paniek uit zijn mond: 'Ze denken dat ik een of andere huurmoordenaar ken en dat is niet zo, ik hoor hier helemaal niet te zijn...'

De man legde Ben het zwijgen op door zijn pistool als een sussende vinger tegen zijn lippen te leggen. Hij knipperde met zijn ogen alsof hij nadacht. Toen zag Ben dat hij een besluit genomen had, want vastbesloten zei hij: 'Ik heet Pelgrim. Kom met me mee. Help me haar te vinden.'

'Geen... andere gevangene hier.' Kidwell had zichzelf in een zittende houding gewerkt en leunde tegen de muur, zijn gewonde been nog altijd vastgrijpend. 'Alleen deze man, en je hebt een federaal agent neergeschoten dus je zit dik in de shit.'

Ben had er bepaald geen behoefte aan om Kidwell in te ruilen voor deze idioot, maar hij had geen keus. Hij liep achter de man aan de gang in. Pelgrim rende naar de andere deuren, riep ondertussen 'Teach!' en luisterde naar een antwoord.

'Wie ben je?' vroeg Ben.

Pelgrim keurde hem geen blik waardig. 'Ik ben degene die je hier als de donder gaat weghalen.'

Halverwege de gang, tussen de kamer met Kidwell waar ze zojuist vandaan gekomen waren en henzelf in, klingelde de lift en gingen de deuren open.

'Ga achter me staan,' zei Pelgrim.

Khaleds verslag: Beiroet

Ik werd verleid om me te laten rekruteren. Niet in fysieke zin, daar was natuurlijk helemaal geen sprake van. Maar in de lange, verwarrende weken nadat mijn broers en vader waren gestorven, werd ik me ervan bewust dat ik gevolgd werd. Door een man die ik nu ken als J.

Eerst was ik heel bang. Niemand was voor de bomaanslag aangeklaagd en ik vroeg me af of de vijanden van mijn broers – of die nu uit binnen- of buitenland kwamen – het op mij hadden voorzien. Het is niet gezond als je paranoia bent, maar ik zag J vaak, op de markt, als ik vanaf de universiteit naar huis ging, met mijn moeder thuiskwam als we bij mijn tante waren geweest. J sloeg ons gade, volgde ons. Ik zei niets tegen mama, zij werd al door zorgen verteerd.

Hij spreekt me aan in de schoolbibliotheek. Gaat tegenover me aan tafel zitten. We zijn alleen.

'Hallo, Khaled.'

Ik zeg niets.

'Ik weet wie je broers en hun vrienden heeft vermoord,' zegt hij.

Ik kijk weer naar mijn leerboek over financiële analyse. De grafieken en tabellen dansen voor mijn ogen.

'Wil je weten wie?' zegt hij na een ongemakkelijke stilte van mijn kant.

'Ja,' zeg ik.

Dan verrast hij me. 'Waarom wil je dat weten?'

'Omdat ik tegen wie ze ook vermoord heeft wil terugvechten. Ik wil ze dood hebben. Ik wil dat ze lijden.'

Nu was het zijn beurt om te zwijgen.

'Je lijkt me nogal een saai type en je bent mager. Ik weet niet of ik je wel kan gebruiken.' J legt zijn handen plat op tafel.

Ik verzamel alle kracht die ik in me heb. 'Ik wil me wel graag nuttig maken.'

'Kom mee,' zegt hij.

Dat doe ik. De dag daarop laat hij me het bewijs zien… financiële sporen, foto's, een foto van de Khaled met de misvormde lip, maar nu op een brancard in het lijkenhuis.

'Ik heb hem gedood,' zegt J. 'Hij huilde voor ik hem neerschoot. Ik mocht hem niet erg. Hij wilde zijn vrienden niet verraden, hij wilde niet met ons samenwerken.'

Het luchtte me totaal niet op toen ik de dode man zag, ook al had hij de bom geplaatst. Hij is maar een radertje, ik wil de machine kapotmaken. 'Je zou al dit bewijs aan de politie kunnen geven.'

'Die doet toch niets,' zegt J. 'Jij zou wel iets kunnen doen.'

'Wat dan?'

J leunt achterover in zijn stoel, steekt zijn sigaret aan. 'Sluit je bij ons aan.'

'Nee.'

Hij biedt me een sigaret aan en ik schud mijn hoofd. 'Ik verwachtte dat je ja zou zeggen.'

'Ik ben niet gek.'

'Nee, dat ben je niet, Khaled. Daarom doe ik je dit aanbod. Jij bent ideaal. Je bent jong, slim en gemotiveerd.'

'Ik ben maar één man.'

'Verschillende jonge mannen staan in de rij voor dit soort gevaarlijk werk.'

'Waar moet ik naartoe?'

'Amerika.' J zegt het bijna grommend.

Ik weet niet goed wat ik moet antwoorden. Ik wil de moordenaars te pakken nemen. Ik wil dat ik iets kan doen waardoor een ander gezin deze afschuwelijke dingen niet hoeft mee te maken. Ik leg mijn hoofd in mijn handen. Als papa niet was gestorven… misschien kon ik nee tegen J zeggen. Maar door de dood van mijn broers heb ik gezien hoe de rimpels zich in de vijver uitbreiden nadat je er een steen in hebt gegooid. De moordenaars van mijn broers hebben meer dan zichzelf vermoord. De vijanden van Bloed van Vuur blijven ongestraft. En als ik J's aanbod afwijs… word ik dan plotseling, nou ja, gevaarlijk voor J en zijn mensen? Ik weet nu wie ze zijn. Ik krijg de rillingen bij die gedachte.

Het is het grootste ogenblik van mijn leven, en het enige: zal ik mijn familie wreken of zal ik me ervan afwenden en de veiligheid opzoeken? Maar in deze wereld bestaat geen veiligheid.

'Wat moet ik doen?' vraag ik.

'Om te beginnen? Je moet Amerika binnenglippen, Khaleid,' zegt J.

'Helpt u me?'

'Ja. Maar als je gepakt wordt, doen we niets voor je. Je hebt nooit van ons gehoord. Als je over ons praat, dan denk ik niet dat je in een Amerikaanse gevangenis goed wordt behandeld.'

Ik slik. De beslissing wordt voor me genomen. Ik knik. 'Wanneer vertrek ik?'

11

Ben zag twee mannen: harde gezichten, bleek, in spijkerbroek en donkere T-shirts. Een had een halfronde zonnebril, de ander een punkachtige bos zwart-met-grijs haar. Hij zag de wapens niet, tot de man met de zonnebril een pistool ophief en de andere gewapende man een geweer in de aanslag hield.

'Vlucht,' zei Pelgrim terwijl hij tussen Ben en de gewapende mannen in ging staan en al vurend wegrende. Ben draaide zich om en sprintte de smalle gang door. Daar brak de plotselinge uitbarsting van schoten los als een uitzinnig onweer vlak boven de aarde.

Ben liep naar de trap aan het eind van de gang. Boven de deur hing een EXIT-bordje en toen hij op de deur afstormde spatte dat uit elkaar, een verdwaalde kogel was dwars door de X gegaan.

Toen hij zijn hand naar de deur uitstak, scheerde een golf hitte langs zijn oor. Hij probeerde de deur. Op slot. Pelgrim trok Ben bij de deur vandaan en schoot met een klap van vuur en metaal een kogel door het slot. Pelgrim schopte de deur open en duwde Ben het trappenhuis in. Een zwak, zieltogend peertje verlichtte de trap.

'Blijf staan,' zei Pelgrim. 'Onder aan de trap kunnen er meer zijn. Ik weet zeker dat ik er minstens drie heb gezien. Ik vermoord deze twee hierboven.'

Oké, ook goed, vermoord ze hier maar. Ben vond het ongelooflijk dat Pelgrim zo kalm bleef. Ben deed een stap achteruit naar de trap. 'Ze zullen op ons schieten…'

'We moeten naar de begane grond zien te komen.'

Ze hoorden een man in de gang smeken: 'Nee', toen de knal van een schot.

Kidwell, dacht Ben. Waar was Vochek? De twee bewakers? Hij bleef hier niet als schietschijf staan. De oplossing was dat hij bij die kerels met pistolen vandaan moest zien te komen. Met inbegrip van deze.

Hij wil zijn positie niet verraden… hij zal je heus niet neerschieten. Wat was logica toch mooi.

Ben draaide zich om en rende naar de deur van het dak.

'Nee,' fluisterde Pelgrim. 'Verdomme, kom terug…' Maar Ben sloeg de dakdeur open.

Hij rende de betonnen vlakte van het dak op. De dag was aan het wegsterven, de zon was halverwege zijn trage gang naar de heuvels. Hij zag aan de overkant een andere toegang naar het dak, met daartussenin een wirwar van bedrijfsairconditioningunits en ventilatieapparatuur. Hij rende regelrecht naar de deur, een ontsnappingsluik, een uitweg uit deze nachtmerrie.

De deur ging open.

Pelgrim kon geen idioot beschermen als voornoemde idioot niet naar hem wilde luisteren. Hij had een bloedhekel aan reddingsoperaties, die had hij al ruim tien jaar niet meer gedaan. Het was knap lastig als je een over z'n toeren geraakte burger in de hitte van een smerig karwei in leven moest houden. Maar hij moest Ben Forsberg in leven houden. Want wilde hij begrijpen wat er verdomme aan de hand was, met Teach, met de Kelder, met deze aanval, dan was Ben Forsberg duidelijk de sleutel.

Eerst het een dan het ander. De twee gewapende mannen in de gang. Een van hen in leven zien te houden, zodat die hem kon vertellen waar ze Teach naartoe hebben gebracht.

Hij dacht na. Het trappenhuis was van beton met een stalen trapleuning. Hij tuurde de schemering in. Het trappenhuis besloeg zes verdiepingen en er waren geen hoekjes of gaatjes waar iemand zich kon verbergen. Geen dekking.

Maar er zaten bochten in de trappen. Waar de trap zich op de overloop splitste kwam de gladde metalen leuning samen met het stoffige beton. De paal van de leuning stond dicht bij het trapgat.

Hij kon zich in het gat verstoppen, net onder de overloop.

Pelgrim werkte zichzelf over de leuning, probeerde of hij met zijn voeten bij de leuning daaronder kon komen. Nee. Als hij zichzelf in het gat verschool, zouden zijn hoofd en schouders nog uitsteken en zouden ze binnen een paar seconden zijn hersens aan flarden schieten. Maar als hij zich met één hand aan de leuning vasthield…

Hij probeerde het. Alleen de vingers waarmee hij de metalen leuningpaal vasthield waren te zien. Hij hield de Glock in zijn rechterhand, hij kon de overloop niet zien, maar als de gewapende mannen door de deur kwamen, zouden ze daar staan – hij stelde zich hun positie voor – en hij riep met een hysterisch Arabisch accent: 'Ik geef me gewonnen, ik geef me over, wapenstilstand, laten we praten.'

Ze zouden weten dat hij op de overloop stond, en ze zouden hem van de overloop schieten voor ze een voet in het trappenhuis zetten.

Hij hoorde dat de kapotte deur werd opengetrapt, een kogelregen ketste af op de treden waar iemand zich zou kunnen bevinden. Als ze zagen dat hij zich met zijn vingers aan de paal vastklampte, zouden ze eenvoudigweg de botten uit zijn vingers wegschieten en zou hij vallen. Het trappenhuis werd in donker gehuld, de lichten waren stukgeschoten.

Toen hield het schieten op.

Pelgrim hief zijn pistool tot boven de rand van de overloop, schoot zijn magazijn leeg op een hoek in de hoop dat hij een paar knieën zou raken. Kogels sloegen in huid en botten in, en schreeuwen weerkaatsten tegen het beton. Hij liet zijn greep om de paal los toen er een kogel op afketste, de kreten stierven weg en hij landde, raakte met zijn voeten de leuning onder hem, stuiterde ervan af en kwam als een onbeholpen kat op de treden neer.

Pelgrim krabbelde overeind, trok het pistool dat hij van Kidwell had afgepakt en rende naar de overloop. De blonde man met het punkhaar was dood, zijn ingewanden opengescheurd, een gat in zijn hart. De man met de goedkope omslagbril was in de borst en lies geraakt. Hij hield een hand op zijn spijkerbroek waar bloed doorheen sijpelde terwijl hij het pistool van de blonde probeerde te pakken.

Pelgrim schoot hem in de hand en de man gilde het uit.

'Waar is de vrouw die jullie hebben meegenomen?' zei hij.

De man vervloekte hem en Pelgrim antwoordde in het Arabisch: 'Ik zorg dat je een dokter en bescherming krijgt als je me het vertelt.'

'Ze is dood,' gilde hij. Hij trok zijn knie op tot zijn bebloede kruis.

'Jullie zouden haar niet ontvoeren om haar te vermoorden. Waar is ze?'

Hij mompelde een antwoord, hapte uitzinnig van pijn naar adem.
'Voor wie werk je?'

Een van de brillenglazen van zijn zonnebril was versplinterd, in het vuur van de strijd of door de val op de grond, en een niets ziend oog staarde naar Pelgrim terug. De man vertrok zijn gezicht en fronste zijn wenkbrauwen, en blies huiverend de laatste adem uit.

Toen donderde er een schot op het dak. Pelgrim herinnerde zich weer dat hij een man in leven moest zien te houden.

De deur naar het dak ging open en Ben zocht duikend dekking achter de dichtstbijzijnde airconditioningunit. Hij was al weggedoken voordat degene op het dak de deur achter zich had dichtgedaan.

Ben kroop tegen het metaal van de unit en probeerde zo geluidloos mogelijk te ademen. Hij luisterde, probeerde te horen naar welke kant de man zich bewoog. In plaats daarvan hoorde hij het gedruis van de gewone wereld: piepende remmen, muziek van het naburige festival, een toeterende auto, het gesuis van de airconditioning zelf.

Toen hoorde hij een voetstap. Vlakbij. Alsof de jager de wind inschatte, Bens angst inademde.

Ben was ongewapend. Hij had niets. Hij had de kleren aan zijn lijf, schoenen, een riem… Hij bedacht zich en haalde voorzichtig de riem van zijn broekband. Hij greep hem bij het uiteinde, aan de andere kant van de gesp. De zilveren gesp was niet zwaar maar zou genoeg pijn doen als hij er een gezicht, neus of mond mee zou raken.

Een moordenaar te lijf gaan met een riem? Hij was gek. Hij probeerde niet te beven.

'Jou hoef ik niet te hebben,' riep een stem met accent.

Ben bewoog niet. Het had geen zin… de man wist waar hij was. Hij wist alleen niet of Ben een wapen had, probeerde hem liever uit zijn tent te lokken dan te vechten.

'Als je me vertelt waar Pelgrim is, spaar ik je leven. Tegen jou koester ik geen wrok. Ik wil hem. Hij heeft mijn neven vermoord.'

De man kwam om de hoek van de unit tevoorschijn, hij had een zwaar pistool in zijn hand. Ben zwaaide met de riem boven zijn hoofd, zo hard alsof hij met een bijl zwaaide. De gesp sloeg tegen het polsgewricht, het schot ketste op de grond af, vlak bij Bens voet.

De man – Ben zag een paar stevige schouders, een moedervlek op zijn kin, de tanden bloot in een vertrokken grijns – greep automatisch naar zijn pols, eerder verbaasd dan omdat hij pijn had, en Ben zat boven op hem voordat hij het pistool op Bens borst kon richten.

Pelgrim rende de trap naar het dak op. Het schot betekende waarschijnlijk dat Ben Forsberg dood was. Jezus, iemand moest in leven blijven om hem te vertellen wat er verdomme aan de hand was. Hij ging op zijn hurken de deur door, pistool in de aanslag, en halverwege het uitgestrekte dak zag hij Ben met een andere man worstelen. De gewapende man probeerde Ben door het hoofd te schieten, maar Ben weerde zich kranig, zelfs heel goed, door het pistool van de man in de lucht te richten. Maar Ben was al snel aan de verliezende hand.

Pelgrim hief zijn pistool en richtte op de schouder van de gewapende man terwijl de twee mannen met elkaar vochten.

Opeens zag de gewapende man Pelgrim en gaf Ben een kopstoot. Maar toen hij achteroverviel liet Ben zijn greep op de gewapende man niet verslappen, en de grotere man tuimelde om. De twee verdwenen achter een elektriciteitshuisje.

Pelgrim rende ernaartoe. De gewapende man had Ben in de houdgreep, het pistool op zijn slaap gericht, een dikke arm om Bens keel. Hij hield Ben als een schild voor zich. Pelgrim richtte op het hoofd van de man. 'We moeten praten,' zei hij in het Arabisch.

'Blijf staan of ik vermoord hem,' zei de gewapende man in het Engels.

Pelgrim haalde zijn schouders op. 'Doe maar. Kan mij 't schelen.'

De gewapende man trok zich naar de andere deur terug en sleepte Ben met zich mee.

'Als het moet schiet ik dwars door Ben heen,' zei Pelgrim.

'Nee!' riep Ben.

'Ga je gang maar, praatjesmaker,' zei de gewapende man.

'Maar jij…' zei Pelgrim, '… blijft leven als je me vertelt wie de vrouw uit het huis aan het meer heeft ontvoerd. Waar is ze?'

De gewapende man zei: 'Je bent naar het dak gegaan om deze man te redden, dus je wilt hem levend.'

'Laat hem niet…' begon Ben maar de gewapende man sloeg hem op de keel en Ben zag een paar ogenblikken sterretjes. Hij hield zijn mond.

Pelgrim schokschouderde. 'Schiet hem maar neer, hij loopt me voortdurend voor de voeten.' Als Ben Forsberg nou maar de moed had of zo stom was om te vechten, zich los te werken en op de vlucht te slaan, dan kon Pelgrim de gewapende man in de knieën schieten en de informatie krijgen die hij nodig had. 'Ik heb iedereen die je vandaag op me af hebt gestuurd vermoord. Maar jou laat ik lopen als je me vertelt waar ze is.'

Ben hield zich stil, maar Pelgrim zag in zijn ogen dat de woede het won van zijn angst, en hij dacht: als Ben gaat knokken, kan het nog interessant worden. Wees paraat.

'Je enige uitweg is met me praten,' zei Pelgrim.

Tien seconden verstreken, ze leken wel tien dagen te duren, en de gewapende man zei: 'De vrouw. Ze zit in de zilveren bestelbus, een paar straten verderop. Met een Ier.'

'Nee. Ik heb de Ier vermoord.'

'Je hebt een andere Ier in leven gelaten. Een broer.'

'Hoe heet hij?'

'Jackie.'

'Voor wie werken jij en Jackie?'

De gewapende man schudde zijn hoofd. 'Ik heb je genoeg verteld. Jij, klootzak, doe de deur open.' Hij draaide Ben een fractie om – hij kon zijn hand niet vrijmaken zonder Ben of zijn pistool, dat op Pelgrim gericht was, los te laten – en hij draaide Ben naar de deur zodat die de kruk kon pakken.

Twee hoofden bij elkaar en plotseling was ruim twee vierkante centimeter van een slaap naar hem toegekeerd, en van die open ruimte maakte Pelgrim gebruik. Een donderend schot doorboorde schedel, bot en hersens. De gewapende man zakte in elkaar, Ben zonk met het lijk op zijn knieën.

Pelgrim staarde naar de gewapende man, zijn pistool op hem gericht, zich ervan verzekerend dat de man dood was.

Ben greep het pistool van de gewapende man. En richtte dat op Pelgrim.

'O, hállo,' zei Pelgrim. 'Je leven. Net gered. Door mij.'

'Oké, bedankt. Dank je wel. Dat waardeer ik.' Ben liet het pistool niet los. Zijn spieren voelden zo pezig en gespannen als een draad.

'Ben. Leg dat wapen neer.'

'Nee. Ik verdwijn. Jij houdt je gedeisd. Ik ga naar beneden en bel de politie…' Het pistool begon te trillen.

'En die levert je weer uit aan de Binnenlandse Veiligheidsdienst,' zei Pelgrim. 'Zij verdenken je ervan dat je betrokken bent bij de moord op Adam Reynolds. Ze hebben je visitekaartje in Nicky Lynch' zak gevonden. Toch?'

Het pistool trilde in Bens hand. Elke zenuw waarschuwde hem dat hij moest vluchten, dat hij ver bij deze nachtmerrie vandaan moest zien te komen. Maar hij moest niet iets stoms doen. Niet nu. Hij moest de waarheid weten over de afgelopen dag als hij tenminste nog mocht bidden om zijn naam te zuiveren. 'Wie ben je?'

In de verte klonken sirenes. De politie was in aantocht.

Pelgrim liet zijn pistool zakken en stak een hand op. 'Ik kan antwoord geven op jouw vragen en jij op de mijne. We kunnen elkaar helpen. Maar niet als we allebei opgepakt worden. En dat gaat binnen vijf minuten gebeuren als we nu niet in beweging komen.'

'Dit is één grote vergissing.'

'Dit, Ben, is dubbelspel. Een valstrik, speciaal voor jou gespannen, en voor mij. Dit is voor ons beiden opgezet zodat we hier aan ons einde zouden komen. We zijn er allebei in geluisd.'

'Ik begrijp het niet.'

'Ik werk voor de regering maar ik kan niet naar de politie. En jij ook niet. Nog niet. Niet voordat we weten wie jou erin geluisd heeft, wie mij wilde vermoorden. Die Teach naar wie ik op zoek ben, zij is mijn baas. En wie haar ook heeft ontvoerd,' zei Pelgrim, 'het is dezelfde persoon die jou te pakken heeft genomen en mij wilde laten vermoorden.'

'We moeten wel naar de politie.'

De sirenes kwamen dichterbij. Iemand had de schoten boven het gedruis van het nachtleven uit gehoord. 'De politie zal het hoofd buigen voor de Veiligheidsdienst, voor Kidwells speciale eenheid. Wil je je door een vriendje van Kidwell opnieuw in elkaar laten slaan?'

'Nee…'

'Kom dan met me mee. Nu. We moeten erachter zien te komen wie het op ons heeft voorzien en waarom. Daarna laat ik je gaan, dan mag je naar de politie. Maar nu moeten we maken dat we wegkomen.'

'Het lijkt erger als we op de vlucht slaan.'

'Vergeet de schijn. Maak je maar zorgen over de werkelijkheid.'

Ze renden de trap af naar de bovenste verdieping. 'Vochek,' zei Ben. 'Er was een vrouw bij Kidwell…'

'Ik heb haar buiten westen geslagen en in een kast opgesloten. Zij is vast veilig. Ik geloof niet dat ze haar gevonden hebben.' Ze bleven staan in de kamer waar Kidwell lag. Niets meer aan te doen… de gewapende man had hem één keer door het hoofd geschoten. Het granieten gezicht was bewegingsloos.

'Laat Vochek vrij.'

'Dat doet de politie wel. Dat komt goed.' Hij greep Ben bij de arm en nam hem snel mee de gang door.

Ze renden de trap af naar de eerste verdieping.

De gang was leeg op de bewaker na die Pelgrim bewusteloos had geslagen. De man was dood, twee kogels markeerden de huid achter zijn oor. Een andere bewaker lag dood bij de dichte achterdeur, ogen open, twee kogels in het gezicht.

'Jezus maria,' zei Ben.

'De gewapende mannen moesten zeker iedereen vermoorden,' zei Pelgrim. Hij draaide zich naar Ben toe en keek hem recht aan. 'Luister. Die Jackie kan ons buiten staan op te wachten, om iedereen die naar buiten komt neer te knallen. Buk je, blijf achter me en als ik word neergeschoten blijf je doorrennen.'

Ben knikte. 'En als ik word neergeschoten?'

'Dan blijf ik doorrennen,' zei Pelgrim.

Aan de andere kant van het gebouw kondigden de sirenes gierend aan dat ze er waren. Pelgrim en Ben renden naar het harmonicahek en liepen de poort door.

Geen spoor van waar Teach zou kunnen zijn. Maar er was bijna geen parkeerruimte, en de dichtstbijzijnde parkeergelegenheid was de garage waar Pelgrim de Volvo had neergezet.

'Kom mee.' Hij greep Ben bij de arm en ze renden door Second Street naar de parkeergarage. Een paar straten verderop, had de gewapende man gezegd. Misschien had hij gelogen. Misschien ook niet. Pelgrims ogen gingen langs de verdiepingen in de garage… Als Jackie Lynch hier geparkeerd stond, zou hij drie gewapende mannen verwachten. Hij wist hoe Pelgrim eruitzag. Jackie Lynch kon op dit moment hem en Ben gadeslaan, hen zien naderen, wetend dat wanneer zij het hadden overleefd de gewapende mannen hadden gefaald.

'Misschien halen we het niet tot mijn auto. In dat geval moeten we een auto stelen.'

'Een auto stelen. Neem je me in de maling? Ik ga geen auto stelen.'

'Lenen dan. We gaan bumpersurfen.' Hij zei het op volmaakt kalme toon tegen Ben. Leid hem af van het feit dat hij kan worden neergeschoten door hem zich over een ander probleem zorgen te laten maken. 'Een makkie. Je jaagt op van die kleine magnetische doosjes waarin een reservesleutel zit, zodat mensen zichzelf niet kunnen buitensluiten...' Terwijl ze navigeerden tussen de meanderende menigte die uit de cafés en op de straten liep, minderde Pelgrim vaart en hield Ben dicht bij zich.

'Wat gaan we doen?' zei Ben. Hij was nu rustiger.

'We gaan naar een auto, dan ga ik mijn baas zoeken terwijl jij blijft wachten.'

Ze werkten zich door de mensenmassa, liepen twee straten naar het westen en renden naar het trappenhuis van de garage. Ze liepen de trap op naar de verdieping waar Pelgrim had geparkeerd.

'Wacht hier,' zei Pelgrim bevelend tegen Ben. Pelgrim liep met getrokken pistool kalm en waakzaam langs de rij auto's. In de garage was het rustig. Hij keek langs de geparkeerde auto's. Geen spoor van een zilverkleurige bestelbus. Veel plekken waren bezet, mensen werkten nog laat door of bezochten het muziekfestival in het centrum. Maar hij zag niemand bij een auto weglopen of ernaartoe gaan.

De gestolen Volvo stond waar hij hem had achtergelaten. Pelgrim draaide zich naar de deur van het trappenhuis om en gebaarde dat de kust veilig was.

Hij zag de deur dichtgaan. Ben Forsberg was ervandoor.

12

Ben rende de betonnen trap af. Weg van die krankzinnige klootzak, en nu een politieman zien te vinden en alles vertellen. Ja, misschien zou hij uiteindelijk weer in handen komen van die krankzinnige, achterlijke afdeling van de Binnenlandse Veiligheidsdienst, maar hij was getuige geweest van een moord. Hij ging geen auto stelen en hij wilde ook niet op de vlucht slaan. Dat simpele voorstel – we gaan een auto stelen – was de spreekwoordelijke ijskoude druppel die de emmer deed overlopen en had Ben wakker geschud. Dit was geen verantwoordelijke manier om met de situatie om te gaan. Hij moest om zijn bedrijf denken, zijn reputatie, en deze afschuwelijke avond kon hem als mens niet veranderen. Als hij eenmaal een advocaat had, dan zou de wereld zijn natuurlijke loop weer nemen. Sam Hector zou met zijn enorme netwerk van overheidsconnecties Bens goede naam zuiveren.

Met de trap was hij sneller op de begane grond dan Pelgrim in een auto kon stappen.

Hij hoorde de deur van het trappenhuis openslaan, één verdieping boven hem. 'Ben!'

Vlucht.

Ben ging niet verder over de trap, die was leeg. Pelgrim kon omlaag schieten of hem inhalen, die vent was duidelijk een soldaat of een ruige officier. Maar op een van de verdiepingen waren misschien mensen. Bezoekers. Cafégangers. Iemand die hem kon helpen.

Hij beukte tegen de deur. De tweede verdieping was leeg. Geen mensen, alleen auto's op plekken die bijna allemaal bezet waren.

Hij rende de etage over en schoot pijlsnel naar de tegenoverliggende trap. Vlucht zo ver weg als je kunt, zei hij tegen zichzelf, blijf doorrennen...

Een bestelbus schoot met een vaart op de glooiing tussen hem en de deur van het verste trappenhuis door. Hij stak zijn hand op, gebaarde om hulp terwijl de bestelbus de hoek afsneed en brullend op hem af reed. Ben zag een jonge man met een onnozel gezicht en vlassig donker haar achter de voorruit.

De bestelbus stopte niet. Plotseling stak de knul een arm uit het open raam aan de bestuurderskant en Ben zag een verblindend rood licht. Maar eerst zag hij dat de jongen een pistool vasthield.

Een zilveren bestelbus, had de gewapende man op het dak gezegd.

Ben gooide zichzelf tussen een Saab en een BMW. Een schot sloeg in, verbrijzelde het raam van de BMW boven zijn hoofd. De remmen van de bestelbus piepten alsof de bestuurder boven op zijn rem stond. Ben schoof onder de sedan, rolde onder twee ernaast geparkeerde SUV's, zijn shirt en broek kwamen onder de olie te zitten terwijl hij zijn uiterste best deed doodstil te blijven liggen.

Hij kon nergens heen. Geen ontsnappen mogelijk. De jongen hoefde alleen maar uit de bestelbus te stappen en hem dood te schieten, hoefde zich maar te bukken en naar Ben te glimlachen in zijn tijdelijke fort van ijzer en beton.

Ben wachtte tot hij de deur van de bestelbus hoorde opengaan. Maar in plaats daarvan hoorde hij een explosie van pistoolschoten.

Pelgrim scheurde de trap af – hij ving een glimp van Ben op toen die de trap af rende en tegen de deur van de tweede verdieping sloeg – en zag hoe Ben een bestelbus ontweek, zag een dansend laserlichtje, een gloeiend stipje op zoek naar een prooi, en toen een schot dat de achterruit verbrijzelde van een auto waarachter Ben had gestaan.

De bestelbus. Jackie Lynch. Als de gewapende man gelijk had, zat Teach in die bestelbus.

Toen zwaaide de laser naar Pelgrim, gevangen tussen de deur van het trappenhuis en een geparkeerde auto, terwijl de bestelbus onhandig, halsbrekend tot stilstand kwam.

De schoten floten de tonen van een liedje en Pelgrim trok zich achterwaarts terug, brandende steken verscheurden het vlees in zijn schouder en arm. Hij wankelde, miste de deur terwijl Jackie uit het raam leunde om zijn doelwit te consolideren en de klus af te maken.

Blindelings trok hij zich terug, hij kon nergens heen en gooide zichzelf over de betonnen rand van de garagemuur. Hij viel de leegte in. Hoe hoog zat hij eigenlijk? vroeg hij zich af. En dan de pijn, verder kon hij zich niets meer herinneren.

De bestelbus schoot in vliegende vaart langs de plek waar Ben zich verborg.

Die vent kon hem makkelijk vermoorden, waarom vloog hij weg?

Omdat hij zojuist op degene had geschoten op wie hij het werkelijk had voorzien. Pelgrim.

Ben kroop onder de wagen vandaan. In de muur naast de deur naar het trappenhuis zaten kogelgaten, op de betonnen rand prijkte een bloedvlek. Waar Pelgrim waarschijnlijk tijdens zijn achtervolging had gestaan.

Hij wilde naar het andere trappenhuis rennen. Hij hoorde piepende remmen. Hij bleef staan. Pelgrim kon daar wel ergens liggen, dood, stervende.

Hij leunde tegen een geparkeerde truck. Pelgrims leven en dat van hem waren op een of andere manier met elkaar verweven, zaten aan elkaar vast, vanwege de moord op Adam Reynolds en het feit dat Ben daarvoor moest opdraaien. Ik kan jouw vragen beantwoorden, had Pelgrim gezegd, en jij de mijne. We kunnen elkaar helpen. Maar niet als we allebei opgepakt worden. Als Pelgrim stierf, kon Ben misschien nooit bewijzen dat hij onschuldig was. De Binnenlandse Veiligheidsdienst kon hem opnieuw bedreigen, zijn reputatie zou aan barrels liggen, hij zou de waarheid nooit te weten komen. Pelgrim wist vast waarom Bens leven onder vuur lag en verwoest werd.

Pelgrim had hem uit de klauwen van Kidwell gered, uit die van de gewapende man op het dak.

Ben rende naar de rand van de garage terug en gluurde omlaag. Pelgrim lag anderhalve verdieping lager in een groepje geplette hulststruiken, bewoog zijn armen, was verdwaasd, tilde nauwelijks zijn hoofd op.

Halverwege de glooiing naar de begane grond stond een groep schoolkinderen te lachen terwijl ze in hun auto's stapten en door de open raampjes delibereerden over naar welke club ze zouden gaan. Jackie vermoedde dat ze de gedempte schoten niet hadden gehoord of dat ze dachten dat het geluid bij het festival hoorde. Maar de kinderen deden alles in hun eigen aangename, trage tempo, riepen elkaar vanuit de auto toe terwijl ze stapvoets van hun parkeerplaats wegreden en de doorgang blokkeerden. Jackie trapte op zijn rem om te voorkomen dat hij op ze in zou rijden.

Jackie draaide zijn raampje omlaag. 'Schiet op, verdomme!'

'Hé, wees een beetje beleefd, man.' Een jongen van zijn eigen leeftijd zat in een van de auto's, hij sprak de lettergrepen slepend uit en schonk Jackie een dronkenmansglimlach. Jackie wilde ze wel allemaal doodschieten of neersteken, maar de auto's zaten vol, in elke wagen zes kinderen. Het waren er te veel, het zou te lang duren.

'Alsjeblieft,' zei Jackie. 'Alsjeblieft. Sorry dat ik schreeuwde. Maar ik heb vreselijke haast. Wil je alsjeblieft opzijgaan?'

'Zie je wel, als je maar beleefd bent,' zei de praatjesmaker. De auto schoof zo ver op dat Jackie erlangs kon scheuren.

Jackie rukte zijn broekspijp omhoog en trok het twintig centimeter lange mes uit de schede. Als Pelgrim gewond op de grond lag, kon hij hem met het mes uitschakelen. Stilletjes, zonder dat het de aandacht trok zoals dat met een pistool het geval was. Als een getuige Pelgrim zou helpen, was het mes snel. Hij had in nog geen halve minuut een kwartet te laat betalende drugdealers in een kamertje in Dublin vermoord.

Nicky, ik ga de boel rechtzetten, dacht hij.

Ben sprintte de trap weer af, zijn handen gleden over de leuning. Hij ramde de buitendeur open en de koele nachtlucht blies over zijn smerige en bebloede gezicht. Hij sloeg de hoek om en Pelgrim probeerde zo op te staan dat hij zijn been ontzag. Hij bloedde, een schot in de schouder.

'Kom mee.' Ben gooide Pelgrims arm over zijn schouder. Pelgrim was maar een paar centimeter langer dan hij, maar het leek alsof hij veel zwaarder was. Pelgrim – gewond – leunde zwaar op hem. Ze konden niet de straat door rennen, de bestelbus zou hier binnen een paar seconden zijn, en de schutter in de bus wilde absoluut zeker weten dat Pelgrim dood was.

'Ik ben beschóten...'

'Ik weet het, kom nou maar.' Ben draaide Pelgrim half slepend, half dragend naar de garage terug. Ze moesten zich verbergen. Snel. Anders zou die maniak in de bestelbus ze beiden de hals doorsnijden.

Aan de overkant van de garage knalde het gekraak van een brekende slagboom. Ze renden, Pelgrim naar adem happend, naar de lift. Ben drukte op de knop. De deuren gleden onmiddellijk open en beiden vielen de lift in.

Ben kwam op zijn knieën overeind en ramde op de knoppen. Het gebrul van een auto kwam dichterbij en hij had verkeerd gegokt, ze zaten in de val. Hij sleepte Pelgrim in de verste hoek van de lift, waar ze niet te zien waren.

De liftdeuren gleden dicht terwijl een bestelbus met hoge snelheid de straat op reed, de koplampen zwaaiend over de geknakte struiken en de verlaten stoep.

Pelgrim was weg. Jackie Lynch reed twee keer de parkeergarage rond, tuurde naar de ingangen, liet zijn koplampen langs de straten glijden, verlichtte de stelletjes en singles die naar de restaurants en nachtclubs liepen. Aan de vernielde struiken te zien kon hij wel raden waar Pelgrim terecht was gekomen, maar de klootzak was er niet. Wat betekende dat hij niet gewond was en op de vlucht geslagen was.

Hij keerde om de garage weer in te rijden, maar een grote groep voetgangers – festivalgangers, vermoedde hij – stroomde de garage in toen het zacht begon te regenen. Te veel mensen, te veel getuigen.

Misschien waren ze niet naar de garage teruggegaan.

Hij reed de naburige straten op en neer, woede kropte zich binnen in hem op. Hij zocht de mensenmenigte af op een hinkende, bebloede man.

Nicky zou hem niet gemist hebben, niet van zo dichtbij. Verdomme, dacht hij, schop Nicky toch eens van zijn voetstuk. Nicky had verschrikkelijk gemist toen het erop aankwam.

De telefoon ging. Hij legde het mes op de zitting en nam op.

'Rapporteer.' Het was Sam Hector.

Verdomme.

'Ze zijn dood, ze zijn allemaal dood...' begon Jackie.

'Je bedoelt dan toch zeker Forsberg en Pelgrim.'

De naam Forsberg zei hem niets, maar hij zei: 'Nee, ik bedoel je verdomde Arabische huurlingen. Allemaal dood. Pelgrim heeft ze allemaal vermoord.'

'Ben jij als enige over?' Hector toonde geen enkele emotie en door die ijzeren beheersing kreeg Jackie een nog grotere hekel aan hem.

'Ja, en ik ga die klootzak opzoeken en vermoorden… Hij is verdwenen, ik heb hem geraakt, maar hij is weg, weg.'

'Maak dat je daar wegkomt. Nu. Breng Teach naar me toe. Ik stuur je een sms hoe je er moet komen.'

'Maar Pelgrim is nog steeds…'

'Doe wat ik je zeg of anders kun je betaling wel op je buik schrijven.'

Misschien hou ik de vrouw wel, eens kijken wat hij daarvan vindt, dacht hij in blinde woede. Maar nee. Hector was een extreem gevaarlijke vijand. Hij kon de vrouw maar beter afleveren. Hij zou z'n geld gaan halen. Dan eens kijken of hij Hector op een of andere manier kon gebruiken om die verdomde Pelgrim te pakken te krijgen.

Jackie reed tot hij het bord naar de IH-35 zag en een oprit naar Dallas vond, vier uur rijden naar het noorden. Hij verliet de stad waar zijn broer was gestorven en voor het eerst vroeg hij zich af wat er met Nicky's lichaam zou gebeuren, waar het begraven zou worden, hoe hij dat ooit naar Noord-Ierland zou kunnen krijgen. Hij dacht dat dat wel niet zou lukken. Hij begon te trillen, niet van verdriet. Van woede.

Hij had zijn dag niet vandaag.

Een paar straten naar het westen kroop een Volvo-stationwagen door de menigte.

13

'Pijn betekent niets,' kreunde Pelgrim gemarteld. 'Pijn is een vriend. Als je geen pijn voelt, ben je dood.' Hij herhaalde de woorden als een mantra.

'Pijn betekent dat je een dokter nodig hebt.' Ben reed in westelijke richting via Sixth Street het centrum uit, keek in zijn achteruitkijkspiegel, probeerde zich ervan te verzekeren dat hij niet werd gevolgd. Hij maakte een scherpe bocht, reed een paar straten naar het noorden en sloeg toen weer naar het oosten af. Het Brackenridge-ziekenhuis was in East Fifteenth Street... hij kon er binnen een paar minuten zijn.

'Geen dokter. Geen ziekenhuis,' zei Pelgrim tandenknarsend.

'Doe niet zo stom. Je bent gewond.'

'Nee. Ik heb geluk gehad. Ben nog nooit eerder neergeschoten. Ben nog nooit van een gebouw af gevallen. Wat een klotedag, zeg.'

'Ik breng je naar het ziekenhuis.'

'Nee. Kan niet. Dan zijn we weer terug bij af. Jij wordt opgepakt en ik zal...'

'Waarheen?'

'Praten doet te veel pijn. Rij nou maar door.' Pelgrim drukte zijn vuist stevig tegen zijn schouder. 'Een federaal agent richt zijn pistool op je en een moordenaar had jouw naam in zijn zak, en een andere moordenaar heeft net geprobeerd je hoofd eraf te schieten. Wellicht wil je wat uit beeld blijven.'

'En toch breng ik je naar een ziekenhuis.'

'Als je in leven wilt blijven, rij dan naar Dallas. Als ik bewusteloos raak, breng me dan naar een goedkoop motel, en haal een verbanddoos.'

'Een verbanddoos. Voor een schotwond.'

'En iets waarmee je de kogel eruit kunt halen. Niet vergeten.'

'Ik ga geen kogel uit je wurmen. Word eens wakker.' Hij draaide het parkeerterrein van het Brackenridge-ziekenhuis op, het bord van de Eerstehulp was als een baken.

Pelgrim greep het stuur vast. 'Nee. Ik smeek je. Alsjeblieft. Als je me daarheen brengt, zijn we allebei zo goed als dood.'

Ben aarzelde terwijl hij onder de overkapping van de ingang wilde stoppen.

'We zijn gegarandeerd dood. We moeten naar Dallas.'

'Wat moeten we in Dallas?'

'Omdat het luciferboekje dat ik op de gewapende man heb gevonden uit een restaurant in Dallas komt. Barker heeft me verraden en in zijn rijbewijs stond een adres in Dallas. Dat zijn mijn enige aanknopingspunten.' En toen voegde hij eraan toe: 'Die bewaker die ik bewusteloos had geslagen, had een ID van Hector Global op zak. Op de achterkant van die badge stond een adres in de buurt van Dallas.'

Ben pakte het stuur steviger vast. 'Waren de bewakers geen agenten van de Veiligheidsdienst?'

'Nee. Dus ik denk dat dit bedrijf Hector iets te maken heeft met deze puinhoop.'

Ben moest slikken. 'Sam Hector, hij is de eigenaar van Hector Global, hij is een cliënt van me. Hij is een van mijn beste vrienden. Hij zou zich niet inlaten met louche of illegale praktijken. Ik heb hem nog geen drie uur geleden gesproken...'

Pelgrim staarde hem aan. 'Wel ongelooflijk toevallig. Onze vriend Kidwell zou agenten van de Veiligheidsdienst als bewakers moeten hebben, geen huurlingen.'

Twee verpleegkundigen kwamen naar buiten en liepen naar de Volvo toe.

'We kunnen hier niet blijven, Ben, schiet op!'

'Hector Global heeft vast een contract met Kidwells groep... Sam kan ons helpen, ons vertellen wat er verdomme aan de hand is...'

'Misschien.' Pelgrim leunde tegen de deur, legde druk op zijn schouderwond. 'Als hij echt je vriend is, oké, dan vragen we hem om hulp. Maar niet hier. Breng ons naar Dallas, Ben, alsjeblieft.'

Een auto achter hen toeterde en Ben reed weg, langs de verpleegkundigen. Hij sloeg in oostelijke richting naar Fifteenth Street af en reed vervolgens over de IH-35 naar het noorden, naar Dallas.

'Dat is de eerste slimme zet die ik je heb zien doen.'

'Ik doe dit alleen maar omdat... Kidwell impliceerde...' Ben slikte. 'Twee jaar geleden is mijn vrouw om het leven gekomen. Vermoord. Tijdens onze huwelijksreis. Doodgeschoten. Een willekeurige schietpartij.'

'Verdomme. Wat een zootje. Wat erg.'

Ook al kwam het er wat merkwaardig en onbeholpen uit, het was een van de oprechtste betuigingen van medeleven die hij had gehad. De meeste mensen zeiden alleen maar 'wat naar voor je'. Een paar afschuwelijke clichés als 'ze heeft tenminste niet geleden of je bent nog jong, je trouwt wel weer'. De meesten zeiden niets, wat ergens nog erger was, alsof Emily nooit had bestaan. 'Kidwell suggereerde dat ik haar had laten vermoorden. Alsof ik ooit iets te maken heb gehad met huurmoordenaars als Nicky Lynch.'

Pelgrim keek naar de langsrollende weg, ademde gelijkmatig om de pijn draaglijk te houden. Een paar minuten verstreken.

Ben verbrak de stilte. 'Laat me Sam bellen. Hector Global is een enorm bedrijf. Sam weet misschien niet eens dat zijn mensen voor Kidwell werken. Hij kan ons vertellen wie Kidwell is.'

Pelgrim draaide zich iets in zijn stoel naar hem toe. 'We gaan het zo doen, Ben.'

'Ik luister.'

'Ik kan je helpen je naam te zuiveren, Ben. Maar alleen als jij mij helpt.'

Ben dacht erover na. 'Wat houdt me tegen om niet gelijk naar een politiebureau te rijden? Zij krijgen je wel aan de praat.'

'Als de politie me te pakken krijgt, word ik aan de regering overgedragen en dan zie je me nooit meer terug... en dan zit je in de val, dan word je van het ergste verdacht. Ik besta officieel dan niet meer. Als we worden gepakt kan ik je niet helpen. Dan wordt het nog knap lastig om je naam te zuiveren. Waarschijnlijk lukt dat nooit meer.' Hij staarde uit het raam terwijl ze langs de uitgestrekte voorstad Round Rock reden en Ben het gewicht van de woorden op zich liet inwerken.

Bens huid tintelde bij de gedachte. Na Emily's dood had hij die hele molen van verdachtmakingen al eerder doorgemaakt, want de echtgenoot werd altijd als eerste verdacht. 'Wat ben je eigenlijk, een overheidsagent of een stille?'

'Ik ben van een apart ras.'

'Wat betekent dat?'

'Dat betekent dat ik niet vertel wat ik doe. Pas als je me helpt. Ik heb je hulp nodig, Ben, ik vraag je erom.'

Ben slikte. 'Waarom ik? Waarom gebeurt dit allemaal?'

'Ik kan er een slag naar slaan. Je vrouw.'

'Ik…'

'Ben. Jij werd van haar dood verdacht, toch? Dat is alleen maar logisch.'

Zijn keel kneep zich dicht en hij kuchte. 'Even maar. Maar de politie heeft me gevrijwaard. Ik had er niets mee te maken.'

Hij had in zijn eentje van zijn huwelijksreis moeten terugvliegen naar zijn huis in Dallas, de ergste vlucht van zijn leven. Haar stoffelijk overschot lag in de vrachtruimte van het vliegtuig. Hij was alleen thuisgekomen in hun huis en haar ouders, verscheurd door hun eigen verdriet, hadden hem de schuld gegeven omdat de wereld wreed en onvoorspelbaar was, en hadden hem niet van het vliegveld opgehaald. Sam was op reis en kon niet op tijd terug zijn. In de paar dagen daarna realiseerde hij zich dat Dallas voor hem dood was en hij was naar zijn geboorteplaats Austin verhuisd, waar minder achter zijn rug over hem werd gefluisterd.

'Als je iemand in de val wil lokken, is iemand die al eerder verdacht is geweest een makkelijker prooi. Voor de politie. Voor de media.'

'Maar waarom ik…'

'Ik zal je uitleggen waarom je erin geluisd bent. Lap me alleen op en breng me naar Dallas.' Zijn woorden kwamen er slepend uit, zijn ogen stonden troebel van de pijn. 'Dat is een eerlijke deal. Ik vertrouw je, Ben. Zijn we het eens?'

'Ja, je hebt mijn woord,' zei Ben. 'We hebben een deal.'

'Ik moet wat water drinken.'

Ben nam de volgende afslag en bleef op de parallelweg tot hij bij een benzinestation was. Hij liep naar binnen. De kassier zei hoi en hij zei hoi terug. Hij kocht twee flessen water. Hij haastte zich terug naar de Volvo. Ben maakte een fles voor Pelgrim open en keek toe hoe hij gulzig van het water dronk.

'Ik had er eerder aan moeten denken dat je water nodig had. Sorry. Ik ben niet zo gewend aan schotwonden.'

'Ik haal Dallas niet als ik niet eerst word opgelapt.'

Ben reed de snelweg weer op. 'Ik ga op zoek naar een Wal-Mart, en dan een motel. Daar kunnen we de boel schoonmaken en de bloeding stoppen.'

'Bedankt.'

'Kan ik een creditcard gebruiken? Is de politie of de Binnenlandse Veiligheidsdienst naar me op zoek? Kidwell zei dat hij mijn rekeningen zou bevriezen.'

Pelgrim zei: 'Ik heb een creditcard die je kunt gebruiken.' Hij lachte. 'Kun je een handtekening vervalsen?'

'Eh… dat heb ik nooit geprobeerd.'

'Geloof me. Je leert het zo. Volgens mij ben je een snelle leerling.' Pelgrim zakte tegen de deur, zijn ogen op halfelf. 'Ik ben niet zo in vorm, man…'

Ben racete over de snelweg.

14

Jackie Lynch' keel deed pijn van het zingen. Uit de kapotte radio van de bestelbus kwam alleen statisch geruis en hij kon de stilte niet verdragen dus zong hij, traag en laag, het hele *At Folsom Prison*-album van Johnny Cash. De nieuwe release was de favoriet van Nicky en hem. Hij begon met 'Folsom Prison Blues', en baande zich vervolgens zingend een weg door de dichtkunst van de andere achttien songs. Hij kende overal de tekst van, maar hij moest knokken om Nicky's lievelingsliedjes tot een goed einde te brengen, de woorden aan elkaar te breien. Hij zong het album in een uur, luisterde weer vijf minuten naar de stilte, en begon weer van voren af aan, als een defecte jukebox die gedoemd was tot in eeuwigheid dezelfde noten te spelen. Zijn maag begon te knorren toen hij bij het stadje Hillsboro kwam, anderhalf uur ten zuiden van Dallas. Hillsboro ging prat op een reusachtig winkelcentrum en een grote verzameling fastfoodketens en benzinestations. Hij bedacht dat niemand hem in de steeds wisselende mensenmassa zou opmerken. Jackie vond het klote dat hij honger kreeg, het herinnerde hem eraan dat hij leefde en Nicky niet.

Hij kocht zijn avondmaaltijd bij een McDonald's-drive-in, hield een oogje op de languit liggende gedaante van Teach, die achter in de bus vastgebonden lag. Hij bekeek haar met hernieuwde haat. Hij kocht geen eten voor haar, mocht ze wakker worden... van hem mocht het kreng verhongeren.

Hij zette de auto helemaal aan de rand van het parkeerterrein en at zijn hamburger met frites. Hij nam een gulzige slok frisdrank om zijn keel te laten afkoelen en nam een hap van de hamburger. Hij kon de gedachten aan Nicky niet van zich afzetten. Ze zouden nu kreeft en biefstuk moeten eten, een mooie wijn moeten drinken, genieten van een moord waardoor hun ster nog verder zou rijzen. Nu Nicky dood was, zou hij altijd alleen moeten eten, en bij dat besef vertrok zijn gezicht.

Jackie legde de hamburger en frites op de passagiersstoel. Hete tranen stroomden over zijn wangen en hij boog zijn hoofd over het stuur, gelukkige beelden dwarrelden voor zijn ogen. Nicky die hem leerde fietsen omdat pa het altijd te druk had met ondervragingen en vergaderingen; Nicky die hem liet zien hoe je een balletje moest trappen, hoe je met een semiautomatisch wapen moest schieten, hoe je met een mes moest steken zodat je in één keer de halsslagader opensneed. Zijn broer mocht, kon niet dood zijn. Met zijn servetten veegde hij de tranen en het snot weg, daarna met zijn mouw en zag toen, van het stuur opkijkend, dat een stel jongens hem stond uit te lachen.

Ze waren met zijn drieën, maar een fractie jonger dan hij, negentien of zo. Ze stonden vier parkeerplekken bij hem vandaan, stapten in een oude, gehavende sedan, maar hadden hem als een baby zien huilen. Een geneerde zich en de andere twee lachten, leedvermaak om zijn verdriet.

De vrouw bewoog en kreunde achter hem. Hij keek naar haar achterom, ze lag weer stil.

Nu waren twee van de drie jongens in hun auto gestapt maar een bleef staan en wreef spottend met een gekromde hand over zijn wang, alsof hij tranen wegveegde.

Jackie opende de deur van de bestelbus en stapte de koelte in. De dreun van de snelweg was als het gemurmel van keelgeluiden en in de nachtelijke hemel schitterden sterren in de duisternis. Hij had zijn gebalde vuist klaar om toe te slaan, zijn voeten paraat om te schoppen. Hij had geen pistool nodig. Of het mes.

'Heb je een probleem, of zo?' vroeg Jackie.

De jongen zei, nog altijd grijnzend, scherp: 'Waar zit je trots, man?'

'Mijn broer is vandaag gestorven.' Hij liep nu sneller naar de lachende jongen toe, en de grijns verdween. 'Zal ík eens een beetje lachen? Verdomme de horlepiep dansen?'

De jongen dook weer in de auto en wilde het portier dichtslaan.

Maar Jackie ving hem bij de hendel op. De woede gaf hem kracht, hij stak zijn hand uit en sleurde de jongen op het asfalt. De jongen kronkelde en schreeuwde. Jackie sloeg hem hard op de mond, de tanden in de verdwenen glimlach kraakten onder zijn vuist.

De twee andere jongens stapten nu als een speer aan de andere kant uit de auto. Een was groter dan Jackie, atletisch gebouwd, maar Jackie zag geen spieren of snelheid, hij zag alleen dat hij zwak was door een teveel aan zelfvertrouwen. Een onbeschermde keel, een kruis dat op een schop stond te wachten en een oog dat erom vroeg uitgestoken te worden. Hij gleed langs de kofferbak om de atleet te pakken te nemen. Je moet de grootste het eerst te pakken nemen, had Nicky hem verteld. Jackie schakelde hem uit met een harde schop in de ingewanden. De atleet sloeg dubbel en Jackie sloeg hem tegen de zijkant van de auto. De autodeur stond open en Jackie schoof het hoofd van de atleet door de opening en sloeg de deur keihard tegen hem aan. De atleet kromp ineen en bloedde uit beide oren.

'Zie je,' zei Jackie tegen de laatste jongen toen hij om de auto naar hem toe liep. 'Dat is nou trots, klootzak.'

Hij sprong, terwijl de jongen roekeloos uithaalde. Hij dook onder de uithaal door en trakteerde hem op drie stompen van dichtbij: in de liezen, maag en op de kaak. Nicky had hem die uithalen geleerd. De knul sloeg dubbel, zijn mond stond hijgend open. De atleet lag bewusteloos op het asfalt. Jackie rende om de auto heen en kwam bij de jongen die had geglimlacht en nu verdwaasd op de bestuurdersstoel probeerde te kruipen, terwijl er bloed uit zijn mond en langs zijn kin droop.

Jackie sleurde de jongen uit de auto. Greep de sleutels uit het contact en gooide de jongen op de grond.

'Huil,' zei Jackie.

'Niet doen, alsjeblieft!' De tranen, echte, sprongen de jongen van pure angst in de ogen.

Hij drukte het hoofd van de jongen op het asfalt en stak de contactsleutel in de zachte ooghoek. De jongen gilde zijn keel stuk. Jackies verdriet ging in de vlammen van zijn woede op.

Maak hem blind, dacht hij. Het andere oog ook. Maar hij keek op, zag dat een paar mensen hem in shock vanuit hun auto in de drive-inrij aanstaarden.

Tijd om te gaan. Hij draaide zich om, en toen was de bestelbus verdwenen.

Hij liet de sleutels vallen en zijn adem stokte. Toen zag hij de bestelbus met gierende banden op de uitgang afstormen, de vrouw kon alleen maar slingerend over de weg rijden. Alsof de drugs nog in haar hersens rondwaarden, alsof ze nog niet het verband tussen versnellen en ontvluchten snapte.

Jackie rende, liet de jongen schreeuwend en kronkelend op het asfalt achter. Nog een kleine honderd meter en de bestelbus zou op een doorgang terechtkomen die de snelweg in tweeën splitste. Een kleine honderd meter om haar in te halen, en bij god, laat haar niet plankgas geven. Hij stak schuin over om aan de rechterkant van de bus te komen en probeerde zich te herinneren of hij de passagiersdeur op slot had gedaan. Hoopte dat zij, verdwaasd door de drugs, dat niet had gedaan.

De bus stuiterde over de weg, reed het lentegras plat, slingerde van het McDonald's-terrein af de weg op.

Dertig meter. Hij rende de weg op, stak zijn hand uit naar de hendel en greep die. De bestelbus voegde in het verkeer in. Hij friemelde met de hendel, klikte de deur open terwijl de vrouw de bestelbus zijn kant op stuurde, hem van zich af probeerde te slaan en hem bijna op het asfalt deed belanden. Hij sprong door de deur, kwam op zijn vergeten eten terecht, een restje vlees, sla en augurk.

Nu trapte Teach op het gaspedaal, ze negeerde het uitzinnige getoeter terwijl ze het verkeer ontweek. Ze schoot de verkeerde rijbaan op, scheerde gierend langs een andere auto. Jackie greep haar met één hand bij de arm en probeerde met de andere het stuur te grijpen. Haar hoofd wiebelde heen en weer alsof ze nog maar half wakker was.

Hij sloeg zijn deur dicht. 'Nee, dame.' Jackie nam het stuur van haar over en stuurde in rechte lijn naar de vluchtstrook. Hij sloeg haar, hard en doelgericht. Ze viel slap voorover. Hij drapeerde haar op de passagiersstoel en voegde met razende motor weer in het verkeer in.

Idioot, zei hij tegen zichzelf. Geen zelfbeheersing. Wat kon hem het schelen als een paar opgeschoten provincieknullen hem zagen huilen? Doordat hij de zaak verkeerd had aangepakt was hij nu gezien, had hij snijwonden en was hij bont en blauw, en het had hem bijna Teach gekost. Hij reed de IH-35 weer op. Hij moest een andere auto zien te vinden, de bestelbus dumpen en snel een andere wagen stelen. Hij beeldde zich in dat Nicky's geest op zijn schouder kroop en teleurgesteld op

Jackies hoofd bonkte. Geen stommiteiten meer. Daardoor kwam hij nog in de gevangenis of het zou zijn dood worden.

De eerste fout, besloot hij, was dat hij verdriet voelde. Voortaan zou hij dat alleen nog maar anderen aandoen. Doordat hij in het oog van de jongen had gestoken, had hij minder pijn. Zo moest je met verdriet omgaan: jezelf in je werk verliezen.

Twee uur later parkeerde Jackie een andere bestelbus in een winkelcentrum aan de rand van Frisco, de groeiende voorstad van Dallas. Hij had de bus van de gewapende mannen achtergelaten en een andere gestolen, naast een appartementencomplex in Waxahachie, tussen Hillsboro en Dallas. De gestolen bus stonk naar wiet en Jackie kreeg prompt zijn eerste, psychotische hysterielachbui van die dag. Een joint zou zo gek nog niet zijn, maar toen herinnerde hij zichzelf eraan dat hij een familiebedrijf runde en dat CEO's nuchter moesten blijven.

En zeker nu hij met een uitermate prikkelbare klant te maken had.

Dus wellicht was het wel zo verantwoordelijk en slim – allebei aspecten van de volwassen, leidinggevende Jackie, zei hij tegen zichzelf – om een beetje pressie op meneer Sam Hector uit te oefenen.

Hij parkeerde in de hoek van het parkeerterrein, ver van de paar andere winkelende mensen en ver van het licht. Teach lag op de grond van de smerige bus hem half en half aan te kijken. Hij staarde haar aan en zij deed haar ogen dicht. Maar aan de blik in haar ogen kon hij zien dat de drugs uitgewerkt raakten.

'De meeste oude dames die worden ontvoerd, zouden in de bestelbus gaan gillen. Hun keel schor om hulp schreeuwen. Maar jij wilde er ongezien tussenuit knijpen, ongehoord.'

Nu deed Teach haar ogen open. Onder de knevel, onder de gemene blauwe plekken op haar gezicht, verscheen een heel vage glimp van een glimlach. Toen een aarzeling en hij was weer verdwenen. Hij liep naar de achterkant van de bus en trok de knevel omlaag.

'Wat ben je, dame? In welke branche zit je?'

'Ik zal het met je afmaken,' fluisterde ze. 'Een miljoen dollar als je me laat gaan.'

Hij lachte. 'Een miljoen. Aardig aanbod. Maar mijn broer is dood. Dus ik speel het spel nu niet voor het geld, sorry.'

'Het aanbod is een minuut geldig.'

Die was gewend het hard te spelen, dacht hij. 'Ik heb nog geen tien seconden nodig om nee te zeggen.'

'Oké,' zei ze bijna met respect. Hij was onder de indruk dat ze niet smeekte.

'Die Pelgrim is een vriend van je.'

Teach deed haar ogen open. 'Hij gaat je vermoorden, reken daar maar op.'

'Ik heb hem neergeschoten en hij is van een parkeergarage gevallen, dus grote kans dat hij dood is.' Beter dat ze geen hoop koesterde.

'Vanmiddag dacht een man dat hij hem had vermoord. Dat was niet zo.'

Jackie bracht zijn mond dicht tegen haar oor. 'Als hij niet dood is, dan ga ik hem vermoorden, en als ik met hem klaar ben en jij leeft nog, breng ik zijn hoofd naar je toe en kun je hem een afscheidskus geven.'

'Waar zijn die kerels die me hebben ontvoerd?' vroeg ze.

Jackie trok zijn mond in een dunne streep. Hij gaf geen antwoord en dat klerewijf schudde haar hoofd.

'Laat me raden. Pelgrim heeft iedereen met wie je vandaag gewerkt hebt gedood. Denk je werkelijk dat je tegen hem op kunt, knulletje?'

Typisch de assertieve hoer. Hij negeerde de steek woede en besloot niet haar tanden haar keel in te slaan. Hector wilde haar ongedeerd. Hij liep weer naar de bestuurdersstoel en zij vroeg: 'Waar breng je me naartoe?'

'Ik hoop naar een verschrikkelijk pijnlijke dood.'

In de achteruitkijkspiegel zag hij dat haar ogen iets groter werden. Ja, dacht hij. Haar de waarheid zeggen was beter dan een schop in haar gezicht.

Chique tent heeft die vent, dacht Jackie. Het complex stond aan de glooiende westkant van Prosper, een stadje dat op het punt stond in een groeistuip uit te barsten, maar nog zo landelijk was dat je ruimte had om te ademen. Jackie was door de stenen poorten gereden, er stond een lange stenen afscheiding rondom het hele terrein. Er waren stallen, een privélandingsstrook met een hangar en Lear-vliegtuig, een drie verdiepingen tellend herenhuis van Toscaanse stenen en bogen met een garage voor zeven auto's aan het eind van de bochtige oprijlaan, niet te zien vanaf de weg.

Sam Hector en Jackie stonden in de garage. De achterdeur van de bestelbus stond open en Hector stond Teach aan te staren.

Sam Hector was niet wat Jackie van hem had verwacht. Hector was langer dan Jackie, zeker een meter drieënnegentig, in de vijftig, grijzend, kortgeknipt haar, een gespierd lichaam door gewichtheffen, een gezicht als uit steen gehouwen. Zijn ogen deden Jackie denken aan de grijze wolken vlak na een bliksemflits. Het was het soort gezicht waartegen Jackie zich wilde wapenen.

'Bijna had ik Pelgrim en die andere…'

'Ben Forsberg,' zei Sam Hector zacht en bedaard.

'Forsberg. Maar ze zijn ontsnapt. Pelgrim is zwaargewond.' Trots sloop weer in zijn stem terug.

'De envelop, alsjeblieft.'

Jackie gaf hem die. Hector keek naar het zegel, verzekerde zich ervan dat dat nog intact was.

'Ik zou mezelf maar niet zo op de borst slaan. Hoe moeilijk is het om een envelop af te leveren?' zei Hector. 'Het enige goede wat je hebt gedaan, is dat je haar naar me toe hebt gebracht.'

Door een vreemde kronkel achter in Jackies hoofd zei hij: 'Ja, sir, maar ze is er mooi wel en we kunnen haar als lokaas gebruiken voor die klootzak van een Pelgrim.'

Teach keek hem niet aan.

'Dat is zo, Jackie.' Hector glimlachte ijzig naar hem. 'Pelgrim zal achter haar aan komen.'

'Dat hoop ik.' Jackie stak geconcentreerd een sigaret op zodat zijn hand niet ging trillen. 'Ik wil die schoft vermoorden.'

'Ik heb Pelgrim al een keer vermoord,' zei Hector. 'Ik weet zeker dat dat nog een keer lukt. Als je haar nu het huis in wilt dragen, zou ik dat zeer op prijs stellen. Loop maar achter me aan.'

Jackie droeg Teach bungelend over zijn schouder naar binnen en liet haar op een stoel in een vergaderruimte vallen. De tafel was van glad graniet, daarop was een ultramodern presentatiesysteem bevestigd en aan de muur hing een reusachtig plasmascherm.

Jackie draaide zich om en wilde vertrekken.

'Nee, Jackie, blijf hier,' zei Hector. 'Je wilt het hoogtepunt toch zeker niet missen?'

Jackie wilde op zichzelf zijn, zijn gescheurde en vuile kleren verschonen, hoewel hij zich realiseerde dat hij niets had om aan te trekken, zijn koffer stond in Nicky's achterbak, maar hij bleef en ging achter Teach' stoel staan.

Hector zat op de rand van de granieten tafel.

'Ik wil een deal met je maken,' zei Hector.

Ze wachtte.

'Je hebt me vandaag een hoop gekost,' zei Hector. 'Geld, bloed en risico's.'

'Misschien moet je je investeringen heroverwegen,' zei ze op effen toon.

'Denk maar niet dat ik contact opneem met je mensen en losgeld ga eisen. Ik benader je mensen en eis loyaliteit. En jij gaat me helpen.'

'Dat doe ik niet.'

'Adam Reynolds heeft tien van jouw mensen gevonden. Ik wil weten hoeveel er in totaal zijn. Ik schat zo'n twintig of dertig. Je hebt voormalige en in diskrediet geraakte CIA-agenten gerekruteerd, misschien een paar vroegere KGB-klanten die in Europa en Azië willen wonen en werken, en nog een hacker en een dief op de koop toe.'

Ze keek naar het tafelblad.

'Ik zou je kunnen martelen,' zei hij, 'maar dat is zo smakeloos en weinig effectief. En dat eindigt er wellicht mee dat ik je vermoord... je zou me verschillende keren de verkeerde kant op sturen, dat weet ik zeker, en ik ken mijn eigen drift goed genoeg om te weten dat ik je in een woedeaanval zou doden.' De glimlach die hij haar schonk deed Jackie denken aan een gebarsten raam.

'Wat wil je?' zei ze ten slotte

'Ik wil de namen en details van iedereen die in je kleine privé-CIA voor je werkt, Teach. Elk contact dat je hebt. Elke bron die je hebt.'

'Ik ga je nu geloof ik meedelen dat je naar de hel kunt lopen,' zei ze.

'Het is verschrikkelijk druk in de hel,' antwoordde hij. Hij klikte op de laptop en opende een video-chatbestand.

Het scherm kwam tot leven. Het toonde een jongeman van achter in de twintig, aan een stoel vastgebonden, de mond gekneveld. Zijn ogen waren donker, alsof hij al geslagen was, een gestolde bloeddruppel hing aan zijn kin, onder de prop. Hij knipperde met zijn ogen in de camera, kromp ineen door het felle licht op zijn gezicht.

'Dit was vroeger Antonio De La Pena,' zei Hector. 'Ex-CIA veldoperaties, vermist en vermoedelijk dood nadat hij een klus tegen de narcoterroristen in Columbia had verprutst. Zijn dekmantel was opgeblazen en hij kon nergens heen, behalve in een getuigenbeschermingsprogramma, maar jij hebt hem een beter aanbod gedaan. Hij heeft onder drie verschillende aliassen voor je gewerkt, het meest recent in Mexico-Stad.' Hector boog zich dichter naar Teach. 'Jij gaat meewerken, anders zal hij ervoor boeten.'

'Meewerken.' Ze zei het woord alsof ze de smaak ervan in haar mond proefde.

'Je gaat voor mij werken, Teach. Jij en iedereen binnen de Kelder. Je volgt zonder vragen mijn orders op. Je laat geen van je agenten weten dat er in de leiding een wisseling van de wacht heeft plaatsgevonden. Als je niet meewerkt, hang ik je hele illegale operatie aan de grote klok. De regering zal jullie als lepralijders behandelen en waarschijnlijk zullen je mensen in een van die schitterende buitenlandse gevangenissen terechtkomen in die prachtige landen waar je in de afgelopen jaren zo hebt huisgehouden.'

Teach' schouders verstrakten niet, ze beefde niet.

'Zeg welke tien je kent,' zei ze.

Hector ratelde een lijst namen af. Teach deed haar ogen dicht en beet op haar lip. Ze knikte naar het scherm. 'Waarom heb je hem te pakken genomen?'

'Hij is de jongste en het minst ervaren. Als ik er een moet vermoorden om jou voor mijn zaak te winnen, kan hij het makkelijkst gemist worden.' Hector haalde zijn schouders op. 'Puur een zakelijke beslissing.'

'Ik krijg mijn orders van slechts een handvol mensen,' zei ze. 'Ik kan ze niet om de tuin leiden wanneer ik orders uit een andere bron krijg.'

'Laat me raden. De president.'

Ze schudde haar hoofd. 'Nee. De president weet nooit van ons af, zodat hij ons bestaan kan ontkennen. Een kader van hoge senior officieren binnen het agentschap, ik sta onder hun bevel.'

'Je blijft onder hun bevel en je rapporteert alle orders die je uit Washington krijgt. Maar je werkt voor mij. Niet voor hen.'

'En als ik weiger?'

'Dan sterft De La Pena. Nadat ik zijn hele familie heb uitgemoord.'

Hector sloeg zijn armen over elkaar. 'Hij heeft een moeder, twee zussen met hun echtgenoten, die samen vijf kinderen hebben.' Hij keek naar Jackie. 'Jackie, kun je een kind vermoorden?'

'Ik hou niet erg van kinderen,' zei Jackie. 'Het zou een spelletje worden. Levert waarschijnlijk minder op omdat het makkelijker is.'

'Ik geef je gezinskorting.' Hector wendde zich weer tot Teach. 'Geen van je mensen wil in de openbaarheid komen, naar de gevangenis, in de ban gedaan en vervolgd worden door de regering waarbij ze in dienst zijn. Maar ze willen zeker niet dat degenen van wie ze in hun vorige leven hielden omwille van hen gedood worden. Je gaat voor me werken of ik draai de hele Kelder de nek om.'

Ze zei niets, keek naar De La Pena op het scherm. De man sloot zijn ogen boven de knevel.

'We zeggen tegen De La Pena dat dit een oefening was. Ik laat jou in leven en een hoop onschuldige mensen kunnen blijven dooroademen.'

Teach zweeg en Hector wilde kennelijk afwachten. Ten slotte zei ze: 'Wat levert deze regeling jou op?'

'Ik ben er vast van overtuigd dat privébedrijven effectiever werken dan overheidsinstellingen,' zei Hector.

'Niet in onze branche,' zei ze.

'Woorden van een bureaucraat in hart en nieren.' Hij sloeg een map open. 'Twee maanden geleden kregen jullie de kans om een terroristenleider in Istanboel te vermoorden. Maar je miste. Drie weken geleden hebben jullie de kans verprutst om een narcoterroristische cel in Ecuador op te rollen. Bepaald niet inspirerend.'

Ze werd rood van woede. 'Die mislukkingen hadden niets te maken met de competentie van mijn mensen.'

'Onder mijn leiding zouden jullie niet zo veel fouten maken.'

'Door wie ben jij ingehuurd?' vroeg ze en Jackie dacht: ah, dat is de hamvraag.

'Door niemand.'

Ze stiet een kil lachje uit. 'Tussenpersonen en hoeren doen niets voor niets.'

'Ik ben aan het investeren in de toekomst van mijn bedrijf. En ik ga jou en je mensen, Teach, beter betalen dan de overheid ooit heeft gedaan.' Hij ging vlak naast haar op zijn hurken zitten en tilde met zijn vingertoppen haar kin op. 'Het feit dat je een niet-bestaande organisatie zo lang in stand hebt weten te houden, is briljant. Jij hebt het collectieve geheugen van de Kelder in dat bibliotheekbrein van je zitten. Je weet elk detail van elke agent, van elke klus, ik heb je nodig. We kunnen samen grote, heel grote dingen doen voor ons land. Ik wil je groep niet vernietigen. Ik wil hem nieuw leven inblazen.'

'Je wilde Pelgrim vermoorden.'

Sam Hector glimlachte naar Jackie. 'Hij kwam te dicht in de buurt van Adam Reynolds. Het was niets persoonlijks, hoor.' En Jackie zag dat het wel degelijk persoonlijk was, een flits in de ogen van de man toen hij zich van Teach afwendde. Interessant.

'We moeten je arme jongen niet langer in onzekerheid laten, Teach,' zei Hector. 'Blijft zijn familie leven of niet?'

'Leven,' zei ze. Ze legde haar handpalm op haar voorhoofd alsof daarachter een migraine aan het opkomen was. 'Ik werk wel mee.'

'Mooi. Jackie, meneer De La Pena zit in de kamer hiernaast. Wil je hem alsjeblieft uit de stoel losmaken en hem hier brengen? Je kunt tegen hem zeggen dat deze ontvoering een veldoefening was, en dat die mislukt is.' Hij keek naar de reactie van Teach.

'Ik heb een project voor hem en voor Teach, en nog een paar andere agenten.' Hij boog zich dicht naar Teach toe. 'Je hebt een agent in Denver zitten. Haal hem morgenvroeg naar Dallas. Als je hem of je mensen ook maar iets zegt, is het met hen en hun familie gedaan.'

'Project,' zei ze.

'De Kelder gaat een groep heel gemene kerels voor me om zeep helpen,' zei hij. 'In New Orleans.'

Khaleds verslag: New Orleans

We zijn nu met zijn zessen in New Orleans, bereiden ons voor op onze glorieuze ogenblikken.

Zes van ons hebben de test gehaald, zijn zonder gepakt te worden Amerika binnengekomen. Ik vermoed dat onze bazen ons gemakkelijk in het holst van de nacht via de Mexicaanse grens hadden kunnen binnensmokkelen, maar ze wilden duidelijk het koren scheiden van het kaf dat de moed niet had of niet voldeed.

De stilzwijgende afspraak is dat als ik gepakt word, ik op mezelf aangewezen ben. Dan komt niemand me te hulp.

Twee maanden geleden volgde ik de instructies op die ik in een telefooncel kreeg, en in een kluisje vond ik een ticket, duizend euro en een Frans paspoort met een nieuwe naam. In Beiroet nam ik een vlucht naar Frankfurt. In Frankfurt liep een man langs me heen die een nieuw ticket en paspoort in mijn jaszak liet glijden.

Het eerste echte probleem. Niemand wil op een westers vliegveld rondlopen met een Arabisch uiterlijk en verschillende paspoorten op zak. Ik scheurde het eerste paspoort door en spoelde dat door het toilet. Met het nieuwe, Belgische paspoort en het ticket vloog ik naar Genève en toen naar Rome. Ik pikte een bericht op dat bij de balie van de luchtvaartmaatschappij voor me was achtergelaten om J te ontmoeten in een hotel niet ver van het St.-Pietersplein.

Ik reed via een rotonde naar het hotel, met het idee dat ik een achtervolger in de menigte en over het grote plein wel zou kunnen afschudden. Ik had het mis. Bij het hotel werd me door die kerel die J werd genoemd meegedeeld dat ik door vier man was geschaduwd, als in een waterval, zodat ik het niet zou merken. Een liep voor me uit en pikte me dan weer op, een onzichtbare dans terwijl ik me door de straten van Rome bewoog. J leerde me hoe ik zulke technieken kon omzeilen, in Amerika ga ik daar meer mee oefenen, zegt J tegen me.

Je moet je bewegen zonder een schaduw achter te laten, zegt J, en dat vind ik een mooie uitdrukking, een mooi idee. Want het alternatief is dat je wordt gepakt en sterft.

J liet me mijn Belgische paspoort, met de Franse voornaam en Libanese achternaam, houden en zorgde voor een huurauto zodat ik naar Parijs kon rijden. Vanaf Parijs vloog ik naar Miami. Mijn medepassagier was zo'n vermoeiende boerenkinkel die in een simpel knikje of hallo een uitnodiging zag om je over elk aspect van je leven door te zagen: waar je op school hebt gezeten, waar je woont, wat je doet, waar je van houdt... en vervolgens bedelven ze je na elk antwoord met hun eigen meningen. Ik weet zeker dat dat soort mensen het geluid van de stilte niet kunnen verdragen, dat hun gedachten vast behoorlijk oppervlakkig zijn, maar toen realiseerde ik me dat ik dat soort mensen nodig heb, ze leveren informatie. Informatie is macht. Dat is nu mijn werk.

Even was ik bang dat deze inquisiteur geen onschuldig nieuwsgierig aagje was maar ofwel vriend ofwel vijand, die vastbesloten was om me gaandeweg op een leugen te betrappen, of om me een lesje te leren en te ontmaskeren. Hij vertelde dat hij bedrijfssoftware verkocht aan grote financiële instellingen en het leek me dat hij de waarheid vertelde. Ik leerde een paar belangrijke basisfeiten over banken en hoe ze opereren; dit kan misschien nog van pas komen, wanneer ik een doelwit moet uitkiezen of gegevens moet interpreteren.

Bij de immigratiedienst keken ze me streng – maar verholen – in het Arabische gezicht aan en ze vroegen waarom ik naar de Verenigde Staten was gekomen. Ik legde uit dat ik er voor zaken was, als vertegenwoordiger van een beginnend softwarebedrijf uit Brussel. J had me brochures gegeven en ik had de productbijzonderheden uit mijn hoofd geleerd. Ze stelden me onzinnige vragen en ik slaagde met vlag en wimpel.

Maar wat zou er gebeurd zijn als ik op een leugen was betrapt? Zou ik dan het land uit zijn gezet? Ik vermoed dat dat heel goed had gekund, geheime strijders worden nooit toegelaten. Het zou een harde les zijn geweest.

Vanuit Miami, een verleidelijke parel van een stad, vloog ik naar New Orleans, een verleidelijke puinhoop.

Ik verwachtte dat ik op het vliegveld zou worden gevolgd, dat ze me zouden schaduwen om te kijken of ik werd gevolgd, om hetzelfde debacle als in Rome te voorkomen, toen ik zo slim dacht te zijn. Geen overbodige luxe. Ik zag dat één man me schaduwde, maar ik weet zeker dat er nog anderen in mijn kielzog waren, en ik zal geen overwinning claimen die ik niet verdien. Volgens J's instructies nam ik eerst een taxi naar de Audubon Zoo, om elke achtervolger in de krioelende menigte kwijt te raken. Daarna liep ik naar Tulane, iedereen in het oog houdend die me eventueel achtervolgde, en ik nam vervolgens een andere taxi naar de Superdome. Ik liep een hotel binnen, nam een kamer onder mijn valse naam, maar heb er nooit een voet in gezet, wandelde door de achteruitgang het hotel weer uit en nam als laatste een taxi naar een ketenhotel in de voorstad Metairie.

New Orleans is nu een merkwaardige, kreupele stad. Hij doet me denken aan speelgoed van een kind dat ooit zijn favoriet was geweest, maar dat het nu ergens had laten slingeren. Hele stadsdelen zijn volkomen verwoest, hier, in een land dat altijd zo trots is op zichzelf, op zijn rijkdom, zijn ambitie en zijn (mag ik eerlijk zijn?) superioriteit. En nu is hier die brandblaar op Amerika's ziel. De buurten die naar een ogenschijnlijk normale situatie zijn teruggekeerd, stralen evengoed uit alsof het leven zich daar nog altijd aan de zelfkant afspeelt, waar de hoop wordt getemperd door het feit dat de stad mogelijk nooit meer zijn oude gedaante zal terugkrijgen.

Ik weet hoe New Orleans zich voelt. Zo voel ik me ook.

En dus kwam ik hier twee maanden geleden aan en gingen we aan het werk. Omdat het in deze stad een voortdurend komen en gaan, blijven en vertrekken van mensen is, zal niemand ons in deze puinhopen opmerken.

In het laatste hotel kreeg ik geen instructies. Hoe moest ik mijn nieuwe collega's nu vinden? Stuurloos als ik was, bedacht ik dat ik wellicht wat initiatief kon tonen. Ik ging een wandeling maken, liep naar een plaatselijk winkelcentrum, en ze kregen me te pakken kort nadat ik daar was aangekomen, escorteerden me naar een Lincoln Navigator. Ik was niet bang. We wisselden de wachtwoorden uit die J ons in Rome had gegeven. Ze reden me naar een groot huis buiten de stad

– in de buurt van wat er nog over was van een rijk stadsdeel, nu verwoest door de watervloed, vlak bij Lake Pontchartrain – en naar nog een groot huis, dat pas geschilderd was, een nieuw dak had en een solide gerestaureerde indruk maakte. De buurt was nagenoeg verlaten, degenen die zich mooie huizen kunnen veroorloven, kunnen het zich ook veroorloven weg te gaan.

Meneer Nacht heeft hier de leiding. Leest hij deze woorden? Als dat zo is, meneer Nacht, dan moet je toch toegeven dat je naam synoniem is voor pretentieus. Maar dat past ook wel bij hem: donker, onkenbaar en toch op een of andere manier geruststellend. Als we naar hem luisteren, overleven we de strijd.

Ik werk aan mijn vaardigheden. Ik leer hoe ik tijdens mijn reizen iemand kan afschudden als ik word geschaduwd, hoe ik zelf iemand ongemerkt moet schaduwen, hoe ik informatie moet coderen zodat ik die onopvallend kan doorspelen, hoe ik naar mijn netwerk moet terugcommuniceren zonder ontdekt of gevonden te worden, hoe ik mensen kan herkennen die moeten sterven, hoe ik dicht bij ze in de buurt kan komen.

En ze gaan me leren hoe ik moet doden. Niet eenvoudigweg de techniek van het moorden alleen. Maar ze leren me niet meer te aarzelen. J zei dat dat het geheim is van doden. Je mag niet aarzelen.

Over drie dagen, op zondag, hier de heilige dag, gaan we met zijn zessen de wereld in om onze taak uit te voeren, zonder ook maar één ogenblik te aarzelen.

15

Het motel was oud en schoon, en eigendom van een glimlachend Pakistaans echtpaar. Ben tekende tenenkrommend zorgvuldig Pelgrims valse klantenkaart (op naam van James Woodward), probeerde die precies hetzelfde te maken als de strakke krabbel op de kaart. Ben vroeg om een kamer aan de zijkant van het motel, van de snelweg afgekeerd. Hij reed de auto achterom en droeg half, liep half met Pelgrim naar een van de tweepersoonsbedden in de kamer.

Hij vond een Target-supermarkt vlak bij Georgetown, een kleine plaats ten noorden van Austin, en kocht schone kleren, handdoeken, een sporttas, wat te eten, een grote fles antiseptisch middel, flessen water, dozen verband en drukverband, salineoplossing, peroxide en de uitgebreidste verbanddoos die er te krijgen was. Bij de apotheek kocht hij ook een tang en hij dacht bij zichzelf: alsof ik een beetje metaal uit hem ga pulken. Verderop in de straat was een kruidenier en daar kocht hij twee flessen goedkope chianti.

Hij pelde het blauwe shirt en de kakibroek van de verdwaasde Pelgrim af en gooide de bebloede kleren op de grond. Pelgrims lichaam was pezig en gehard, geen fitness- of tennisspieren als die van Ben. Over Pelgrims maag liep een litteken als een rivier op een landkaart, een andere streep genezen weefsel doorsneed zijn schouder. Het was alsof in zijn huid het verhaal was gebrand van een leven in duisternis. Nu markeerde een netjes gehechte wond de andere schouder. Op zijn been zat van heup tot knie een afschuwelijke blauwe plek. Een gat in de onderarm liet zien waar een kogel naar binnen was gedrongen en weer uit was getreden. Ben inspecteerde voorzichtig Pelgrims benen en armen om te kijken of hij iets gebroken had. Alles leek in orde.

'De kogel zit nog in mijn schouder,' zei Pelgrim. 'Ik zal je vertellen wat je moet doen. Ik vertrouw op jou, Ben.'

'Als ik het verpruts, dan spijt me dat bij voorbaat.'

'Het lukt je vast wel.'

Ben volgde Pelgrims instructies op: hij bracht Pelgrim naar het bad, spoelde de wond met water af, desinfecteerde zowel de wond als de tang. Weer terug op bed legde hij handdoeken onder de schouder en prikte Ben zachtjes met de tang in de wond.

'Ik weet niet wat ik doe, dus het gaat gemeen pijn doen,' zei hij.

Pelgrim gaf geen kik. In het vlees onder zijn huid raakte hij met de tang een stuk metaal en klemde hem eromheen. Ben trok de kogel er voorzichtig uit, evenals Pelgrim met ingehouden adem. Ben liet de kogel met een plof op het nachtkastje vallen en slikte een in zijn keel opkomende druppel gal weg.

'Oké,' mompelde Pelgrim. 'Afspoelen. Heel grondig.'

Ben hielp hem weer naar het bad en leegde een paar flessen water over de wond, goot toen de saline eroverheen en spoelde met de peroxide na. Pelgrim knarsetandde. Ben smeerde royaal antibiotische zalf op het gaas voor hij dat op de wond legde. Toen legde hij het drukverband aan, en zette dat met felblauwe leukoplast vast.

Hij draaide de schroefdop van een van de flessen goedkope chianti open die hij als pijnstiller voor Pelgrim had gekocht en Pelgrim nam een reuzenslok van de rode wijn. Toen reinigde, desinfecteerde en verbond Ben de wond op de onderarm.

Pelgrim slaakte een lange zucht. 'Oké, dokter, klaar is Kees. Dank je wel.'

Ben liep naar de wastafel. Zijn handen zaten onder het bloed, evenals de strandhanddoeken die hij had gekocht en zijn broek die hij thuis had aangeschoten, toen zijn leven nog normaal was. Maar zijn handen trilden niet en hij stak ze onder het stromende water.

'Ik neem nog wat van deze prima wijn.' Hij bekeek het etiket. 'Heb jij al een slok gehad, Ben?'

'Ik drink nooit voor een operatie.' Ben zag dat Pelgrim een derde van de fles had leeggedronken. Pelgrim sloot zijn ogen en ademde door de pijn heen.

Ben verzamelde Pelgrims gescheurde en bebloede kleren. Zowel aan de voor- als achterkant voelde hij iets zwaars. De voorzak bevatte een zwart notitieboekje, dat op de vloer tuimelde toen Ben de broek op de stoel legde.

Hij raapte het op en sloeg het open. De bladzijden in het notitieboekje waren ongelinieerd en de helft stond vol verfijnde inkt- en potloodtekeningen.

Een serie beelden was zorgvuldig op de ivoren pagina's opgetekend: een baby in de sterke armen van een vader; een peuter in een rozentuin, haar mollige handjes uitgestoken naar een fladderende vlinder; een tienermeisje op een parkbankje over een boek gebogen, overschaduwd door een muur van dennenbomen terwijl ze een lok donker haar uit haar gezicht strijkt. De tekeningen straalden een zachtheid uit, vanwege de lichtval die het serene, blije en geconcentreerde gezicht van het meisje gevangenhield.

'Dat is van mij,' zei Pelgrim terwijl hij zijn ogen opendeed.

Ben gaf beschaamd het boekje aan Pelgrim alsof hij in de droom van iemand anders was gestapt. In de achterzak – waaruit Pelgrim de creditcard had getrokken – voelde hij ook iets zwaars maar Pelgrims blik prikte in zijn rug en hij liet de broek weer op de grond vallen. 'Je leek me niet het artistieke type. Die zijn echt heel goed.'

'Ik ben niet artistiek.' Pelgrim sloeg het notitieboekje dicht en hield het tegen zijn borst geklemd. 'Het is alleen goed om oog voor detail te hebben. De dingen te zien zoals ze werkelijk zijn.'

'O. Echt waar. En hoe staan de dingen er nu voor?' Ben liep naar de EHBO-doos, liet zes ibuprofentabletten in Pelgrims hand vallen en keek toe hoe hij die met een slok chianti wegspoelde.

'Je hebt vragen. Ik heb een hekel aan vragen.'

'Ik heb vragen.'

'Pak een glas. Ik wil niet alleen drinken,' zei Pelgrim.

Ben wilde niet drinken maar pakte toch een glas. Als Pelgrim dronk om de pijn te verdoven, zou zijn tong misschien losser worden. Hij kon het maar beter gezellig houden, hem aan de praat zien te krijgen. Ben vond een schone plastic beker in de badkamer en schonk er twee vingers wijn in.

'Het leven verandert snel, vind je niet?' zei Pelgrim.

'Ja.' Hij dacht aan het moment toen zijn leven zich in tweeën splitste, het ene moment was hij getrouwd en het andere was hij weduwnaar, de echo van het schot door een raam.

'Ik heb in de afgelopen vier uur zeven mensen vermoord. Ik lijk verdomme wel een seriemoordenaar, op één dag.' Pelgrim sloeg nog een slok chianti achterover. Hij veegde zijn mond af met de rug van zijn hand en Ben zag dat die trilde.

'Je moet wat eten.' Ben verwarmde het water met het kleine koffiezetapparaat dat in de kamer stond, schonk de warme vloeistof in een plastic beker met noedels, en keek toe hoe Pelgrim de sponzige noedelmassa met gedroogde groenten opat.

'Je vragen.'

'Je baas, jij, die geheime groep. Wie zijn jullie?'

Er viel een lange stilte. 'Teach is de generaal,' zei Pelgrim, 'en ze is de enige die zicht heeft op de troepensterkte, de strijdplannen.'

Ben liet Pelgrim zijn eigen verhaal vertellen, om de antwoorden als vanzelf te laten komen, want uit Pelgrims grimas begreep hij wel dat hij niet gewend was om over zijn leven te praten. 'En de slechteriken willen weten wat jij, Teach en die groep doen. Of ze willen jullie van je werk afhouden.'

Pelgrim leegde de beker met een onzekere hap en reikte weer naar de wijnfles. Ben hield hem niet tegen. Pelgrim dronk nog wat chianti, keek niet naar Ben. Voor het eerst verzachtte de intense blik zich iets, alsof hij moe was de wereld in te staren.

Ben besloot hem een handje te helpen. 'Die creditcard was van James Woodward. Is dat je echte naam?'

'Beloof me dat je niet als een idioot tekeergaat.'

'Zo veel energie heb ik niet meer.'

'Ik zag dat je in mijn portefeuille wilde neuzen. Ik weet dat je dat gaat doen zodra ik slaap. Ga je gang.'

Ben haalde de portefeuille uit de zak. Maakte hem open.

Een Texaans rijbewijs zat in een plastic hoesje. Pelgrims foto erop. Op naam van: FORSBERG, BENJAMIN LARS.

Ben liep door de rest van de portefeuille. Visa, American Express, fitnessclublidmaatschap: allemaal op naam van Ben. Een visitekaartje zoals zijn eigen. Hij vond er ook een Amerikaans paspoort in: Pelgrims gezicht, Bens naam.

Zijn ademhaling stokte en langzaam begon een woede zich in zijn borst op te bouwen. Hij gooide de portefeuille naar Pelgrim, die hem met één hand opving.

'Ik ben jij, Ben,' zei Pelgrim. 'In de afgelopen drie dagen ben ik jou geweest.'

'Door jou... denkt de Veiligheidsdienst dat ik schuldig ben,' zei Ben. 'Het heeft niets te maken met míj... of met mijn leven...'

'Het heeft alles met je leven te maken,' zei Pelgrim. 'Jij bent er net zo goed in geluisd als ik.'

'Je hebt mijn identiteit gestolen.'

'Nee. Je identiteit is door een verrader aan mij gegeven. Hij heeft me met opzet jouw identiteit gegeven omdat iemand ons wil vernietigen.'

'Je had me dat meteen kunnen vertellen... in de auto...'

'Dat kon niet. Ik had je hulp nodig. En daarvoor had ik het te druk met het redden van je leven. Ga zitten. Drink wat wijn.'

'Verwacht maar geen dankjewel van me.' Ben stond op en pakte Pelgrims pistool van tafel.

'Volgens mij ben je geen idioot. Jij en ik zijn beiden gemanipuleerd, beiden met een enkel schot vastgenageld. We hebben een gemeenschappelijke vijand.' Hij zweeg even. 'Ik ben je vijand niet. Als ik dat wel was, was je al dood geweest. Dan had ik je te pakken genomen toen je klaar was met het verband aanleggen en je nek gebroken. Dat heb ik niet gedaan.'

'Wauw. Dank je wel.' Ben gooide het wapen weer op tafel terug. 'Zeg op, waarom heb je mijn identiteit aangenomen?'

De stilte strekte zich als een gesponnen draad tussen hen uit. Het enige geluid was het ruisen van het snelwegverkeer in de verte en het gezoem van de cicades in de bomen. 'Voordat ik de kogel uit je schouder haalde, zei je dat je me vertrouwde. Bewijs het.'

Pelgrim schraapte zijn keel. 'De groep waar ik deel van uitmaak knapt het vuile werk op dat soms noodzakelijk is om bedreigingen op te sporen en te neutraliseren, en om het land te beschermen.'

'Het vuile werk.'

'Activiteiten die andere diensten wettelijk niet mogen doen.'

'Jullie doen klussen waar niemand verantwoordelijk voor of schuldig aan is?'

Pelgrim knipperde met zijn ogen. 'Uitstekend uitgedrukt.'

'Waar zit het budget verstopt... FBI? CIA?'

Pelgrim bekeek hem met wat meer respect. 'Alleen Teach weet dat zeker, maar ik denk dat het budget in de CIA verwerkt zit, uit verschillende fondsen bij elkaar gesprokkeld. We zijn een achterafhoekje. Een vergeten kamer.' Hij zweeg even. 'Ze noemen het de Kelder.'

'En is het je dagelijkse werk om andermans identiteit te kapen?'

'Nee. Nooit eerder in elk geval. Een klootzakkie, Barker geheten, draaide de details – mijn identiteit – in elkaar, ik had geen idee dat je ook echt bestond. Hij heeft mij en Teach ook verraden, hij werkte samen met de kidnappers. Wat betekent dat zijn baas – wie dat ook mag zijn – hem jouw naam heeft gegeven.' Hij wachtte even. 'Ik wist niet dat je echt bestond.'

'Maar waarom ik?'

'Degene voor wie Barker heeft gewerkt moet je haten als de ziekte.'

'Niemand haat me.'

'Of je bent een reusachtige bedreiging voor iemand. Je weet het alleen niet.'

Ben wreef over zijn voorhoofd. 'Waarvoor had je mijn naam nodig?'

'Om Adam Reynolds te onderzoeken.' Hij nam nog een gulzige slok chianti. 'In de afgelopen paar weken werd elke alias of valse identiteit die ik of een van mijn collega's van de Kelder gebruikte, opgespoord. Er werd kredietonderzoek naar de valse namen gepleegd, er werd navraag gedaan, onze aliassen werden onder de aandacht gebracht van de politie in New York, Londen, Atlanta en andere steden. Wanneer een klus achter de rug is, laten we onze aliassen vallen, maar we houden ze daarna nog een tijdje in de gaten, voor het geval iemand ons via de valse identiteit wil achterhalen.'

'Adam Reynolds had jou weten te achterhalen.'

'Hij was een softwareprogrammeur, dus hij moet gebruikgemaakt hebben van technologie om ons en onze activiteiten te ontdekken. Maar we hebben geen idee hoe hij dat heeft gedaan.'

'En jij hebt mijn naam erin gesleurd.'

'We moesten uitvinden waarom hij achter ons aan zat en wie hem betaalde. Teach liet een oud CIA-contact aan Adam Reynolds vertellen dat een freelance consultant, Ben Forsberg genaamd, hem misschien kon helpen om fondsen te werven om een softwarebedrijf te starten met producten die op zijn ideeën gebaseerd waren. Maar ik dacht dat Ben Forsberg slechts een identiteit was die Barker samen met een of ander verhaal had verzonnen.'

'Barker heeft op mijn naam mobieletelefoonnummers aangevraagd. Creditcardrekeningen geopend. Kantoorruimte gehuurd.'

Ben schudde zijn hoofd. 'Sparta Consulting, dat was een dekmantel.'

'Sparta is een dekmantelbedrijf voor de Kelder, daarmee camoufleren we onze financiële transacties.' Pelgrim hoestte en kromp ineen van de pijn. 'Ik heb Adam drie keer ontmoet en zei tegen hem dat ik een groep contractaannemers van de overheid vertegenwoordigde die wel geïnteresseerd waren in zijn software-ideeën. Ik kon hem helpen bij het opzetten van zijn eigen bedrijf, financiers regelen, de winst delen. Natuurlijk wilde ik alleen maar aan de weet komen hoe hij ons had gevonden en wie hem daarvoor had betaald.'

'Je hebt uit mijn naam een zakelijk voorstel geschreven, dat Kidwell en Vochek in zijn kantoor hebben aangetroffen,' zei Ben. Zijn maag draaide zich om van misselijkheid.

'Ik wilde weten hoe hij achter onze aliassen was gekomen, zien wie zijn zakenrelaties waren, uitvissen wie zijn research naar de Kelder had gefinancierd.'

'Waarom is hij dan vermoord?'

'Vanmiddag wist hij dat ik Ben Forsberg niet was. Ik wilde hem wijsmaken dat ik hem kon beschermen, maar hij vertelde me dat hij iemand van de Veiligheidsdienst had gebeld. Maar ik geloof niet dat hij de Kelder in opdracht van de Veiligheidsdienst moest opsporen.'

'Hoezo niet?'

'De Binnenlandse Veiligheidsdienst huurt geen Arabische gewapende mannen in en ontvoert geen mensen. Ze doen niet aan moord. En ze hebben geen reden om jou erin te luizen.'

'Wie is dan wel de baas?'

'Geen idee. En als de baas wist dat Adam uit de school zou klappen… Kennelijk wilde hij niet dat Adam iets over zijn zoektocht naar ons zou loslaten.'

'En de Kelder vormt de bedreiging voor de nationale veiligheid die hij aan Kidwell beschreef?'

'Het is duidelijk dat hij ons als een bedreiging beschouwde.'

Ben stond van het bed op en liep naar het raam. 'Dus Nicky Lynch heeft hem vermoord en jij hebt Lynch om zeep geholpen. Jij hebt mijn visitekaartje in Lynch' zak gestopt.' De woede welde in zijn borst op, benam hem de adem en zakte toen weg, werd vervangen door een uitputtend besef van de ernst van de situatie. Hij mocht zich niet door woede laten afleiden, kon zich dat niet veroorloven. Zo staand bij het raam huiverde hij even, ook al was het warm in de kamer.

'Ben, luister. Ik wist niet dat je echt bestond... mijn dekmantel was al opgeblazen. Ik dacht dat ik een niet-bestaande man als zondebok kon laten fungeren, een doodlopend spoor waar de politie achteraan zou gaan.' Hij schudde zijn hoofd. 'Ik wist niet dat ik jou daarmee als dader aanwees.'

Ben ging weer op bed zitten. 'Als Nicky Lynch jou en Adam had vermoord, zou het snel genoeg duidelijk worden dat jij mij niet was. Dus ik ben er niet van overtuigd dat wie onze vijand ook is, diegene ook mijn vijand is. Je vriend Barker kon net zo goed mijn naam hebben gebruikt omdat ik het soort werk doe dat jij nodig had voor je dekmantelverhaal.'

Pelgrim schonk nog een beker wijn in. 'Ik geloof niet dat het toeval is dat wanneer ik in Austin ben en me voor jou uitgeef, jij de stad uit bent. Wie wist dat je weg was?'

Ben aarzelde. 'Mijn cliënten. Ik heb het ze verteld zodat ze wisten dat ik mijn telefoon of e-mails niet zou beantwoorden.'

'En Sam Hector – wiens mensen als bewakers voor de Veiligheidsdienst werkten – is een van je cliënten.'

'Ja. Mijn waardevolste cliënt. Mijn vriend.'

Pelgrim bestudeerde met gefronst voorhoofd zijn plastic bekertje.

'Het wereldje met voor de overheid werkende contractaannemers is maar klein,' zei Ben. 'Hector heeft waarschijnlijk tientallen mensen op projecten van de Veiligheidsdienst zitten. En alleen omdat hij een veiligheidsunit voor de Veiligheidsdienst heeft werken...'

'Stel je eens het volgende voor. Nicky Lynch schiet me neer. Ik lig daar dood met een portefeuille met jouw naam erin. De autoriteiten zouden willen weten of jij met mij in verband kan worden gebracht.'

'Ze zouden ervan uitgaan dat je mijn identiteit hebt gestolen. Als complot... lijkt het me zo incompleet.'

'Maar laten we nou eens aannemen dat de overheid denkt dat we samenwerkten. Jij als contractmakelaar en ik, een jongen die eigenlijk niet bestaat en die voor een onofficiële groep werkt. Je reputatie binnen de overheid wordt aan barrels gesneden. Je zou heel goed je bedrijf kwijt kunnen raken.'

Ben verschoof op het bed. 'Kidwells afdeling Strategische Aangelegenheden. Heb jij daar binnen de Veiligheidsdienst ooit van gehoord?'

Pelgrim probeerde op bed in een andere, comfortabeler houding te gaan liggen. 'Nee. Maar ik schenk niet veel aandacht aan dat bureaucratische gedoe. Dat is gif.'

Hij zette de beker wijn neer, de uitputting was van zijn gezicht te lezen.

'Kidwells team kan net zo smerig zijn als dat van jou,' zei Ben. 'Hij was absoluut niet van plan om de juiste procedure met me te doorlopen.'

'De enige manier om onszelf vrij te pleiten en deze puinhoop op te ruimen,' zei hij, 'is degenen die Teach hebben ontvoerd aan de kaak te stellen. Zij hebben ons erin geluisd. Als we gepakt worden, kunnen we degene die Adam heeft ingehuurd op geen enkele manier aan de schandpaal nagelen.'

Ben stond op en begon te ijsberen om na te denken.

'Ik moet nu wat slapen.' Pelgrim sloot zijn ogen, hij werd door uitputting overmand. 'We gaan morgen naar Dallas.'

'Een ogenblikje nog. Wie zou de Kelder willen aanvallen?'

'Elke willekeurige vijand. Terroristen, uiteraard. Ik weet zeker dat bepaalde buitenlandse regeringen blij zouden zijn als de Kelder zou worden opgerold. Misschien vermoeden ze wel dat we bestaan, maar bewijzen kunnen ze het niet. Buiten de Kelder weet nog geen handvol mensen van ons bestaan af.'

'Ik nu ook.'

Pelgrim knikte met de ogen dicht. 'Jij nu ook. Heb jij even geluk.'

Ben zag dat hij in de daaropvolgende paar minuten in slaap viel. Als hij nu zou vluchten en Pelgrim in de steek zou laten, was het heel goed mogelijk dat hij recht in de vuurlijn van een kogel zou lopen. Wie de Kelder ook had aangevallen, ze hadden zijn naam gebruikt. Pelgrim had gelijk: dit was geen toeval. Voorlopig was het veiliger om dicht in de buurt van Pelgrim te blijven. Kijken wat hij te weten kon komen, want vanuit een gevangeniscel of een verhoorkamer van de Binnenlandse Veiligheidsdienst zou hij niets te weten kunnen komen.

Hij vroeg zich af of Vochek nog steeds in de kast opgesloten zat.

Ben ging liggen, drukte zijn gezicht in zijn kussen. Hij had het gevoel alsof hij in een heel andere wereld terecht was gekomen, een verduisterd Wonderland waar een krankzinnige vent zijn naam gebruikte, de politie op hem jaagde en gemene mannen een pistool tegen zijn hoofd hielden. Vanochtend was hij uit een rustige vakantie wakker geworden, nu lag zijn leven in duigen.

Hou jezelf niet voor de gek. Je leven ligt sinds Emily's dood al in duigen.

Hij kon niet slapen, stond op en zette CNN op. En zag zijn naam, zijn gezicht op de tv. De foto van zijn rijbewijs. De nieuwslezer beschreef Ben als een belangrijke figuur... zo werd een verdachte in pr-land omschreven. De Binnenlandse Veiligheidsdienst wilde zijn connectie weten met een vermoedelijke huurmoordenaar, die banden met terroristische cellen had en in Austin na een schietpartij dood was aangetroffen, nadat hij een slachtoffer had doodgeschoten dat eveneens banden met Forsberg had. De nieuwslezer meldde dat Ben tijdens een schietpartij uit zijn voorarrest was ontsnapt, waarbij een vooraanstaand en onderscheiden agent van de Veiligheidsdienst was omgekomen. Iedereen die informatie had over de verblijfplaats van Forsberg werd gevraagd een speciaal nummer van de Binnenlandse Veiligheidsdienst te bellen.

Na de dood van Emily was hij nog maar nauwelijks aan de wederopbouw van zijn leven toegekomen, hij had de blikken, het gefluister overleefd, maar de schuld nooit: dat zinloze schuldgevoel dat hij haar op huwelijksreis naar Maui had meegenomen, dat eindeloze schuldgevoel omdat hij nog leefde en zij dood was. Nu stak er iets veel giftigers dan schuldgevoel de kop op... achterdocht. Zijn vrouw was vermoord en zijn naam werd met een huurmoordenaar in verband gebracht. Hij kreeg geen tweede kans, in het rechtssysteem, noch voor de rechter, noch in de publieke opinie, tenzij zijn naam volkomen gezuiverd werd.

Uit zijn voorarrest ontsnapt. Hij hoorde de woorden van de nieuwslezer in zijn hoofd weergalmen. Ben raakte zijn eigen gezicht op het tv-scherm aan. Nu was hij een opgejaagd man.

16

Vochek hield niet erg van kinderen, maar ze kon die twee dode jongetjes maar niet vergeten.

Ze had als eerste de twee verschrompelde lijfjes gezien toen ze in een door kogels weggeblazen woonkamer binnenstapte, een half jaar geleden in Kaboel, Afghanistan.

Toen ze dat geplunderde huis op die afschuwelijke grijze ochtend binnenging, had ze de boerka, die ze uit respect voor de traditie droeg, strakker om haar gezicht getrokken. De sjaal maskeerde de verschroeiende lucht van geweervuur en verborg haar trillende mond toen ze over die smartelijke lijkjes gebogen stond. Ze stak haar hand uit om de kinderen aan te raken, maar haar vingers bleven vlak boven hun donkere krullenbollen zweven. Een van negen, de ander tien, knulletjes nog. Als het Amerikaanse kinderen waren geweest, hadden ze een pyjama aangehad met Scooby-Doo, Power Rangers of Spiderman erop. Maar deze twee jongens droegen pyjama's met een voetbalpatroon, een regenboog om de snelheid achter de bal aan te geven en de indruk van een machtige en precieze trap te verbeelden.

Ze lagen op hun buik en ze realiseerde zich dat ze in de rug waren geschoten.

Er was nergens een spoor van de ouders te bekennen, mensen die ze kende, freelancevertalers die bij het ministerie van Buitenlandse Zaken werkten. Ze kende hen, want ze was hier om de regering in Kaboel te helpen een eigen Binnenlandse Veiligheidsdienst op te zetten en te verfijnen. De vader van de jongens had haar een uur eerder gebeld, haar uit een diepe slaap gewekt. Mevrouw Vochek, zou u misschien naar mij en mijn vrouw toe kunnen komen. We hebben belangrijke informatie. En de tijd dringt.

'Het zijn twee van jouw mensen,' zei de Afghaanse dienstdoende rechercheur ter plaatse.

'Mijn mensen.' Ze rukte haar blik van de kinderen los. 'Ik begrijp het niet.'

'Ja. De moordenaars. Twee mannen van Buitenlandse Zaken.'

'De mensen die deze kinderen hebben vermoord werken voor BZ?' zei ze met een stem vol afgrijzen.

'Ja, van het Veiligheidsbureau. Ze hebben de ouders vastgegrepen en in de kist gestopt nadat ze het gezin hadden neergeschoten. Vrouw dood, man gewond. Haalt de nacht misschien niet.' De Afghaanse rechercheur haalde zijn schouders op. 'Wat is er met jullie aan de hand?'

Ze kreeg de leiding over het verhoor van de twee werknemers van Buitenlandse Zaken. De Afghaanse overheid leidde de media zorgvuldig om de tuin door te verklaren dat het gezin door twee onbekende gewapende mannen was aangevallen.

Uit Vocheks ondervraging kwam naar voren dat de twee medewerkers van Buitenlandse Zaken inderdaad voor BZ werkten, maar ze kregen orders van een geheime groep binnen BZ, die als een clandestien informatienetwerk in Kaboel opereerde. Deze groep had zijn eigen agenda bij de spionage van de talibanopstandelingen. De groep dacht dat de ouders wisten waar een paar sleutelfiguren van de taliban zich ophielden. Een van de twee gewapende mannen was al te schietgraag en legde de kinderen om toen ze wilden wegvluchten voor de aanvallers van hun ouders.

'Was niet de bedoeling,' zei een van de mannen tegen haar. 'We wilden alleen de ouders meenemen om ze tot praten te dwingen. De kinderen gingen compleet uit hun dak. Sloegen op de vlucht. We konden niet riskeren dat ze de buren wakker zouden maken' – alsof een paar schoten de stilte niet aan stukken zouden scheuren – 'en toen heb ik ze neergeschoten.' De man huilde. 'Omdat niemand mocht weten wat we deden. Niemand.'

Ze werd misselijk bij de gedachte dat een kleine groep onafhankelijk, heimelijk en illegaal kon opereren binnen het enorme labyrint van de overheid. Washington stopte het verhaal in de doofpot, de twee werknemers van Buitenlandse Zaken, die op het bureau voor Diplomatieke Veiligheid werkten, werden naar de Verenigde Staten teruggestuurd en hun werden veel minder ernstige misdrijven ten laste gelegd. Vochek protesteerde. Haar werd meegedeeld het incident te vergeten. En ze had geen idee wat er was gebeurd met andere leden van het schurkenkader binnen BZ, of ze in staat van beschuldiging waren gesteld of ontslagen, of dat ze voortaan wat beter moesten opletten met hun onder-de-tafeloperaties.

Het was flagrant onrechtvaardig en ze deed keer op keer haar beklag bij haar supervisor.

Het enige antwoord was een gekmakend stilzwijgen, tot op een middag Margaret Pritchard in haar kantoor verscheen.

Pritchard was achter in de vijftig, een uiterst verzorgde vrouw met asblond haar en iets te grote brillenglazen. Ze stelde zichzelf voor en vertelde dat ze deel uitmaakte van een Veiligheidsdienst-taskforce in Washington waar Vochek nooit van had gehoord. Ze sloot de deur van Vocheks kantoor achter zich. 'Die niet-erkende, clandestiene groepen staan je niet aan.'

'Nee, zeker niet.'

'Daar ben je verontwaardigd over.' Het was een droge vaststelling van een feit. 'Ik heb je memo's en e-mails gelezen. Je bent absoluut dol op woedende krachttermen.'

'Ik hou niet van woede, maar die is er niet voor niets.'

Pritchard boog zich naar voren. 'Wil je me helpen een eind aan deze groepen te maken?'

'Nee, dank je wel.'

'Waarom niet?'

'Omdat de regering geen eind aan die gemene smerige honden wil maken. Die kans hebben ze gehad. Ik heb gezien dat twee mannen die een gezin hebben omgebracht slechts op de vingers werden getikt. Ik wil niet nog een keer met zo'n schijnvertoning te maken krijgen.'

'Smerige honden. Mooie term. Maar dit is geen schijnvertoning. De regering wil die clubs opdoeken en er zonder publiciteit een eind aan maken, zonder enige erkenning dat ze ooit hebben bestaan. Dit is een probleem dat zich gaandeweg heeft opgebouwd: te veel agenda's, er werd te weinig verantwoording afgelegd, te veel vrijheid om informatie en harde resultaten te vergaren. Ik heb de leiding gekregen over een team dat die clandestiene groepen moet opsporen, bewijs tegen ze moet verzamelen, een sterke zaak opbouwen en ze dan het zwijgen op moet leggen.' Ze leunde met over elkaar geslagen armen achterover.

'Jij en de rest van het team hebben een enorme speelruimte.'

'Ik heb nog geen ja gezegd. Hoeveel groepen zijn er?'

Margaret Pritchard schokschouderde. 'Dat weet ik niet. Sommige zijn opgeheven. Ik vermoed dat binnen de CIA een heel clandestiene CIA verstopt zit. Onze eerste taak zal zijn om vast te stellen of ze al of niet bestaan. We hebben zo onze vermoedens.' Ze haalde een lang vel papier uit haar aktetas vouwde dat open. Cirkels werden door een web van gekleurde lijnen verbonden, de cirkels overlapten in de instellingen en departementen: CIA, FBI, NSA, Defensie, BZ, Veiligheidsdienst.

'We vermoeden dat bepaalde activiteiten – sluipmoorden, diefstallen, sabotage – uitgevoerd zijn op bevel van een harde kern mensen binnen de regering, en haaks staan op onze huidige buitenlandse politiek. Ze boeken misschien goede resultaten, maar zo gaat onze regering niet te werk. We weten niet zeker of de groeperingen zich binnen het bureaucratisch labyrint schuilhouden, waar ze hun geld, hun mensen, hun middelen vandaan halen.'

'Je gaat een clandestiene groep in het leven roepen om een clandestiene groep op te sporen.' Vochek lachte bitter.

'Dieven vang je met dieven.' Margaret Pritchard keek op van de grafiek. 'Je werkt vanuit het kantoor in Houston. Ik wil niet dat mensen in Washington hiervanaf weten. We houden ons kleine groepje low profile, maken veel gebruik van externe contractaannemers, zodat er niets uitlekt naar de mensen die we natrekken.'

Geen enkele goede daad kon die Afghaanse jongens in pyjama terugbrengen. Maar als er geen clandestiene groepen waren, dan waren er ook geen schurkenoperaties, dan zou er verantwoording moeten worden afgelegd. Ze zou haar mond moeten houden, in het belang van de regering, maar de schurken die de regering als dekmantel gebruikten en van haar bronnen gebruikmaakten om hun eigen agenda's waar te maken, zouden dan de wereld uit zijn.

Ze wilde haar eerste goede cijfer in het grootboek bijschrijven. Ze dacht dat ze dat met Ben Forsberg had gedaan.

Ze deed haar ogen open toen ze de ziekenhuisdeur hoorde opengaan en Margaret Pritchard aan haar voeteneind stond. Vochek knipperde met haar ogen tegen het vroege ochtendlicht dat door het raam scheen. 'Heb het alleen over koetjes en kalfjes, verder niks. We praten binnenkort wel.'

Vochek knikte.

'Je roemruchte harde hoofd is nog heel.'

'Met mij gaat het goed.' De aanvaller had haar met een gemene bult opgezadeld.

'Ik was zo vrij om wat kleren uit Houston voor je mee te nemen.' Pritchard tilde een tas op. 'Ik betaal je te veel, dat is wel duidelijk.'

'Weet mijn moeder dat ik gewond ben?'

'Niet van mij. Dat moet jij haar vertellen, Joanna.'

'Dank je wel.' Vochek liep de badkamer in. Ze had die ochtend vroeg gedoucht, was om vier uur al wakker en rusteloos geweest. Ze maakte de tas open: twee zomerse, grijze Chanel-mantelpakjes, twee Armani-pakken en zijden bloezen, bijpassende schoenen, kousen, en onderbroeken. Ze had een zwak voor kleren, maar ze had ook gemerkt dat het in haar voordeel werkte als ze er zakelijk uitzag. Pritchard was grondig te werk gegaan en had bovendien basismake-up, deodorant, tandpasta, een tandenborstel en tandfloss ingepakt.

Even wilde Vochek dat haar moeder al was het maar half zo veel initiatief toonde als Margaret Pritchard. Ze moest mam bellen, maar het was beter dat niet in het ziekenhuis te doen zodat ze daarover niet hoefde te liegen.

Vochek maakte haar toilet en trok haar favoriete mantelpakje aan. Het was net alsof ze een wapenrusting aandeed, ze was klaar om de wereld weer tegemoet te treden. Voor het eerst sinds Pelgrim zijn pistool op haar hoofd liet neerkomen voelde ze zich weer zichzelf.

'Je bent uit het ziekenhuis ontslagen,' zei Pritchard. 'Kom mee.'

Ze liepen in stilzwijgen naar de achteruitgang van het ziekenhuis – weg van eventuele nieuwsgierige verslaggevers – en vandaar naar een wachtende Lincoln Town Car. Pritchard had een chauffeur annex bodyguard, een stevig gebouwde man die de kogelvrije afscheidingswand optrok zodra de auto bij de stoep wegreed.

De wagen reed het ziekenhuisterrein af naar oostelijk Austin. Het ochtendverkeer op de snelwegen kronkelde mistroostig – ze had gehoord dat Austin de grootste verkeersopstoppingen van alle middelgrote steden in het land had – en de bestuurder nam alleen sluipwegen. 'Het spijt me van Kidwell,' zei Pritchard.

Vockek dacht bij zichzelf dat Pritchard waarschijnlijk dichter bij Kidwell stond dan zij, maar ze zei: 'Bedankt.'

'Wat heeft de politie precies gezegd toen ze je vonden?'

'Ik bleef bij mijn verhaal dat ik van Kidwell moest ophangen als we ooit in de problemen mochten komen.' Vochek keek uit het raam. Ze reden langs in felle kleuren geschilderde *taqueria's* en Mexicaanse bakkerijen, de parkeerplekken stonden vol met forensen en arbeiders die ontbijt met koffie namen. 'Dat ik voor de Binnenlandse Veiligheidsdienst aan een geheim project werk en niet over mijn werk mag praten. Zo nodig heb ik dat herhaald.'

'De plaatselijke politie is naar de berg toe gekomen,' zei Pritchard. 'Aan hen is uitgelegd dat de schietpartij te maken heeft met een strikt geheime operatie in verband met de nationale veiligheid. Ze houden hun mond dicht en staan paraat wanneer wij assistentie nodig hebben. De FBI is belast met het officiële onderzoek. Ze weten alleen dat jouw en Kidwells werk geheim was en niet in de openbaarheid mag komen. Je moet straks een verklaring afleggen, maar die heb ik al voor je opgeschreven.' Pritchard gaf haar de ochtendeditie van de krant van Austin en ze las het verslag.

Een foto van Ben Forsberg staarde haar aan. Het verhaal beschreef een schaamteloze aanval op een kantoor dat door de Binnenlandse Veiligheidsdienst in het centrum van Austin werd gehuurd. Eén agent dood, de ander heeft het overleefd, twee ingehuurde veiligheidsbewakers van het gebouw waren vermoord. Drie verdachte aanvallers vonden de dood. Geen van de drie mannen is geïdentificeerd maar, suggereerde de krant met een hint naar terrorisme, ze werden omschreven als Arabisch. Dit gebeurde een paar uur nadat in het centrum twee schietpartijen hadden plaatsgevonden, een op een softwareprogrammeur, de ander in een parkeergarage op een nog onbekende man, maar met Canadees paspoort en die voldeed aan de beschrijving van een bekende huurmoordenaar uit Noord-Ierland. Forsberg, een plaatselijk zakenman, werd vermist, de krant gaf alleen aan dat hij wellicht informatie over de aanvallers heeft, hij werd omschreven als iemand die van belang kon zijn voor de politie. Een overheidsbeambte waarschuwde somber dat terroristen hun strijd naar Amerikaans grondgebied aan het verplaatsen waren. Een woordvoerder van het hoofdkwartier van de Binnenlandse Veiligheidsdienst in Washington had nog geen commentaar. De FBI ook niet.

'De man die me heeft aangevallen wordt nergens genoemd. Denkt

iedereen soms dat die gewapende mannen zelfmoord hebben gepleegd?' Vochek kon de zure ondertoon in haar stem niet inhouden.

'Natuurlijk niet,' zei Pritchard. 'Van deze klus word ik sneller oud
dan van mijn tieners. Je moet me alles vertellen.'

Dat deed Vochek. Pritchard had de verwarrende gewoonte om met
haar ogen dicht naar een gedetailleerd verslag te luisteren. Toen Vochek klaar was, deed Pritchard haar ogen open.

'Die man was op zoek naar een zekere Teach, een vrouw. Heb jij
enig idee wie ze is?'

Vochek schudde haar hoofd. 'Maar ik ben wel erg in haar geïnteresseerd.'

'Waarom?'

'Omdat hij dat is.'

Pritchard zakte in het leer achterover. 'De Veiligheidsdienst geeft
binnenkort een verklaring uit. We hebben de drie Arabieren geïdentificeerd, ze maken deel uit van een nieuwe terroristencel. Ze hebben
het nieuwe kantoor in Austin aangevallen vanwege de geringe veilig-
heidsmaatregelen.'

'Is dat zo?'

'Nou, mij is verteld dat er druk gebeld wordt met mobieltjes om de
Veiligheidsdienst en de FBI te laten geloven dat terroristische organisaties hier meer cellen proberen op te zetten. Al Qaida, Hezbollah en
een paar kleine, maar ambitieuze groeperingen als Zonen van het
Zwaard en Bloed van Vuur. De gewapende mannen komen misschien
uit Libanon, maar dat is nog niet bevestigd.'

'Waarom zeggen ze dat het terroristen zijn terwijl ze het nog niet
zeker weten?'

'Omdat we die dekmantel nodig hebben. In een huis aan het meer
van Austin zijn nog vier mensen dood aangetroffen, van wie nog eens
drie Arabieren. Als we zeggen dat het om een terroristische cel gaat,
hoeven we niet nader in details te treden, de gedachte dat huurlingen
uit Libanon ons kantoor aanvallen werpt meer vragen op dan te zeggen dat terroristen het hebben gedaan. Want dit is het volgende probleem. Dit was het vierde lijk.' Pritchard schoof een foto in haar richting. De jonge man droeg een bril, was mager, had een bittere
uitdrukking op zijn gezicht, niet blij dat zijn foto werd genomen.

'Wie is hij?'

'Hij heette David Shaw. Hij was een schurkenhacker die ervan wordt verdacht in het netwerk van een afdeling van Defensie te hebben ingebroken. Zijn hackersnaam was Big Barker. Hij was in afwachting van zijn rechtszaak toen hij een jaar geleden verdween.'

'Wat is zijn link naar de Arabieren?'

'Behalve dat hij dood naast ze op een vloer lag, heb ik geen idee.' Pritchard zette haar vingertoppen tegen elkaar en legde ze tegen haar lippen.

Vochek tikte op Bens foto in de krant. 'Over hem heb ik tegen de politie niets gezegd.'

'Ben Forsberg werd de omvallende dominosteen. De politie van Austin heeft Kidwells bandopname van Forsberg afgeluisterd, die hij in de verhoorkamer had laten liggen. Ze weten dat Kidwell hem ervan verdacht dat hij betrokken was bij de moord op Reynolds. Toen Forsbergs naam vervolgens bekendgemaakt werd, hebben de media onderzoek naar hem gedaan, en verslagen gelezen over de dood van zijn vrouw. De pers heeft hem nu in het vizier en hij is de enige link die ze hebben.'

'Dus richten ze zich op Ben.'

'Ja, en dat vind ik prima.' Pritchard opende een laptop en drukte op een paar knoppen. Een video werd afgespeeld: twee rennende mannen, een duidelijk gewond. 'Iemand heeft gisteravond jouw aanvaller en Ben Forsberg geprobeerd te vermoorden in een parkeergarage in Second Street. Een muur zit vol kogelgaten en onder het bloed. We hebben een mooi plaatje van het gezicht van die meneer op de veiligheidscamera.' Pritchard drukte op nog meer knoppen, en de foto's zoemden in op het gezicht van de mannen. Een van hen was Ben Forsberg. De ander was de breedgeschouderde man die haar had geslagen, haar in de kast had opgesloten en onbedoeld haar het leven had gered.

'Ja. Dat is 'm.'

'We hebben gezichtsherkenningsprogramma's op hem losgelaten om te zien of we een match konden krijgen.' Pritchard legde haar vingers tegen elkaar. 'Die arme klootzak van een Kidwell zat dichter bij een goudader dan hij wist.' Ze klikte op een ander bestand, en een volgende foto verscheen op het scherm.

Op die foto was de man tien jaar jonger en had bruin haar. Zijn kaak was destijds geprononceerder en zijn neus dikker, havikachtiger. 'Hij had geen opvallend uiterlijk, knap noch lelijk. Een gezicht dat je je niet zou herinneren. Maar de ogen – de blauwe ogen die haar over de loop van een pistool aankeken – waren hetzelfde. Geconcentreerd. 'Volgens mij is dat 'm. Hij heeft wat operaties ondergaan, aan de neus, wangen en kin. Wie is het?'

'Randall Choate,' zei Pritchard. 'Hij was een topmoordenaar voor de CIA. Tien jaar geleden maakte hij een puinhoop van een CIA-missie in Indonesië en werd gepakt. Hij belandde in de gevangenis vlak bij Samarinda en kwam om bij een ontsnappingspoging terwijl hij de Mahakam-rivier wilde oversteken. Een Indonesische politiechef heeft getuigd dat hij Choate vier keer in de rug heeft geschoten.'

'Ik dacht dat lijken in een vochtig klimaat niet lang goed bleven.'

'Het lichaam is nooit teruggevonden. De politie neemt aan dat het door de Straat van Makassar naar zee was gespoeld.'

'De politiechef heeft gelogen.'

'Duidelijk omgekocht,' zei Pritchard. 'Choate is de sleutelfiguur, Joanna, hij is ons levende bewijs.' Pritchards stem klonk merkwaardig vrolijk, vast door de geur van de prooi die nu zo dichtbij was, bedacht Vochek. 'Hij werkt al tien jaar voor iemand, en niet voor de CIA, niet voor een andere overheidsdienst. Als we hem vinden, hebben we misschien onze eerste echte clandestiene groep binnen de regering te pakken. Ons eerste grote succes om die onbevoegde, illegale smerige honden te tackelen.'

Deze vent zou wel eens de hoofdprijs kunnen zijn. De sleutel naar de verdachte geheime CIA, de grootste clandestiene groepering. Rillingen van verwachting, angst en vastberadenheid liepen langs Vocheks rug.

Ze bestudeerde het gezicht van de man. Dat vertoonde geen zwakheid, maar gisteravond was hij zwak geweest, hij had haar moeten doden toen hij de kans had.

Ze wilde hem ten val brengen.

Margaret Pritchard deed haar laptop dicht. 'Je werk is nog nooit zo belangrijk geweest, Joanna. Dit is onze beste kans. Deze groep wil ik onder mijn duim voelen kronkelen. Zeker als Choate Kidwell heeft vermoord.' Ze gaf haar een halfslachtig glimlachje. 'Ik reken erop dat je ze voor me te pakken krijgt.'

'Ja, mevrouw.' Ze wachtte even. 'Hij had mij kunnen vermoorden, dat heeft hij niet gedaan, en waarom zou hij Kidwell doden?'

'We weten niet wat de connectie is tussen Forsberg, Choate en die Arabieren. Je weet het maar nooit. Voor hetzelfde geld spelen die mensen allemaal onder één hoedje. Dat soort bondjes valt vaak in bloedvergieten uiteen.'

'En dan? Choate en die Arabieren vermoorden Kidwell en de contractaannemers, en vervolgens vermoordt Choate de Arabieren?' Ze schudde haar hoofd.

'Nou ja, we kunnen het verband alleen maar achterhalen als we Choate en Forsberg opsporen.'

'Mijn mobieltje is weg. Ik vermoed dat Choate dat heeft meegenomen en het nog steeds in zijn bezit heeft.'

'Hier heb je een nieuwe. Bel ze maar.' Ze gaf Vochek een telefoon.

Vochek belde haar oude nummer en zei na de voicemailbegroeting: 'Ik wil mijn telefoon terug. En praten. Misschien kunnen we elkaar helpen.' Ze gaf haar nieuwe nummer door en verbrak de verbinding. 'Misschien zetten ze de telefoon niet aan zodat ze niet te traceren zijn. Wat nu?'

'Jij neemt afscheid van me. Je gaat met een privéjet naar Dallas. Adam Reynolds heeft gisteren voor hij stierf vier keer ene Delia Moon gebeld. Ik wil weten waarom. Toen ik haar belde was ze niet in staat mijn vragen te beantwoorden, ze wist niet dat Adam dood was. Ze werd hysterisch. Ik waarschuwde haar, nogal streng, dat ze niet met de pers mocht praten.' Pritchard keek uit het raam, ze draaiden nu het luchthaventerrein van Austin op, reden naar het gedeelte voor privévliegtuigen. 'En ik wil weten of er behalve dat visitekaartje verder nog een verband is tussen Ben Forsberg en Nicky Lynch. Als Forsberg samenwerkt met Choate, moeten ze elkaar eerder in hun leven zijn tegengekomen. En kijk eens wat je verder te weten kunt komen over Bens leven met zijn vrouw. Ze is in Hawaï gestorven, maar ze woonden in Dallas. Verder nog iets?'

'Ja. De omgekomen beveiligingsmensen… die werkten voor Hector Global.'

Pritchard weifelde een fractie van een seconde. 'Ja.'

'Hector Global is in Dallas gevestigd. Ik kan even langsgaan om hem te condoleren.'

Pritchard schudde haar hoofd. 'Je kunt maar beter afstand bewaren. Ik krijg een hoop narigheid omdat ik veiligheidspersoneel inhuur, maar als je in je eigen tuin op smerige honden jaagt, kun je ze makkelijker vertrouwen.'

'Forsberg zei dat Sam Hector een grote klant van hem was. Hector kan misschien een boekje over Forsberg opendoen.'

Pritchard schudde nogmaals haar hoofd. 'Sam Hector wordt door de pers onder een microscoop gelegd omdat zijn mensen zijn omgekomen. Ik wil niet dat jij plotseling voor zijn deur staat waardoor de media alleen nog maar meer vragen gaan stellen. Blijf maar uit het zicht. Richt je op wat ik je gevraagd heb te doen. Hector geeft wel informatie als dat nodig is.'

'Oké. Maar voor je me het bos in stuurt moet ik wel even iets rechtzetten.' Ze sloeg haar armen over elkaar. 'Ik ben geen Kidwell.'

'Wat bedoel je?'

'Met Forsberg ging hij over de schreef. Niets dan goeds over de doden... maar hij dreigde dat hij Forsbergs familie en vrienden zou arresteren. Dreigde zijn carrière te verwoesten, dat al zijn contracten zouden worden afgezegd.'

'Dreigen kan wonderen verrichten. We hebben een mandaat, Joanna. Maak een eind aan alle onwettige geheime operaties. Ik moet soms een paar wetten wat oprekken om de wetsovertreders te grijpen die we op een andere manier nauwelijks of niet te pakken krijgen. Ik maak me er geen zorgen over, en dat zou jij ook niet moeten doen.' Pritchard keek haar met staalharde ogen aan. 'Jij wilde voor me komen werken, Joanna, omdat je er genoeg van had dat deze mensen hun handen vuilmaken maar daar niet voor verantwoordelijk worden gesteld. Dan moet je nu niet gaan klagen.'

Deze discussie zou ze niet winnen. 'Die Choate... wat gaat hij met Ben doen?'

'Hangt ervan af of Forsberg nuttig voor hem is.' Pritchard haalde haar schouders op. 'Choate is al tien jaar een schurk. Ik betwijfel of hij enige loyaliteit in zijn donder heeft. Het kan heel goed zijn dat Forsberg binnenkort het loodje legt.' Ze zette haar zonnebril op. 'Kidwells uitvaart is over een paar dagen. Ik laat je de bijzonderheden wel weten. Hopelijk hebben we tegen die tijd onze smerige honden kleingekregen. En bel je moeder. Geef haar je nieuwe nummer. Volgens mij wil je niet dat ze een babbeltje maakt met een man als Choate.'

Pritchards kleine en geheimzinnige groep van 'smerigehondenjagers' verschool zich in een achterhoekje van de Binnenlandse Veiligheidsdienst. Aangezien ze zich gedeisd moesten houden, konden ze de CIA niet om het dossier van Randall Choate vragen, mocht de man op de foto in de parkeergarage de toch niet zo overleden voormalige agent van die dienst zijn. Maar aangezien het om een voorlopige portretvergelijking ging, hadden Pritchards werkbijen toch vrij snel een dossier voor Vochek samengesteld, en ze bestudeerde dat zorgvuldig in de jet van de Veiligheidsdienst tijdens haar snelle vlucht naar Dallas.

Zesendertig jaar geleden was hij als Randall Thomas Barnes geboren in Little Rock, Arkansas. Randall was zijn moeders meisjesnaam, Thomas kwam van een opa. Zijn vader stierf dronken achter het stuur toen de jonge Randall twee jaar oud was. Zijn moeder trok voor verschillende secretaressebanen het land door, van Arkansas naar West-Viriginia en ten slotte naar Lafayette, Indiana, waar ze beduidend meer geluk had toen ze een baan als secretaresse kreeg bij een faculteit voor vreemde talen aan de universiteit van Purdue. Een van de junior professoren, Michael Choate, gespecialiseerd in de Russische literatuur uit de negentiende eeuw, kreeg belangstelling voor de jonge weduwe en haar zoon. Randall kreeg algauw een stiefvader, die hem uiteindelijk adopteerde en de jongen aanmoedigde om zijn aanzienlijke intelligentie te ontwikkelen. Zijn stiefvader leerde hem bovendien van jongs af aan Russisch. Randall haalde een dubbele major in Russisch en geschiedenis op Purdue en slaagde cum laude. Het dossier bevatte een reeks oude foto's van Randall uit een Purdue-studentenkrantje en een jaarboek.

Randall was een bleke, onopvallende jongen, maar met een sterk lichaam en hij had zelfverzekerde, intense ogen. Op de meeste foto's stond hij alleen of een beetje afzijdig van de groep afgebeeld. Op een foto tijdens een schoolwedstrijd football hadden zijn teamgenoten hun armen om hem heen. Randall Choate glimlachte alsof hij liever het spel helemaal in zijn eentje speelde. Ze herkende die glimlach, nadat hij de knuppel uit haar hand had geslagen had hij net zo geglimlacht, met geamuseerd respect.

Op voorstel van een collega op de faculteit van zijn stiefvader, die contacten had bij de dienst, solliciteerde Randall bij de CIA en hij werd aangenomen. En daar eindigde het dossier, behalve de notitie dat hij was vermoord tijdens een ontsnapping uit een gevangenis in Indonesië vier jaar later. De missie die hij kennelijk de mist in had laten gaan was geheim en de werkbijen van de Veiligheidsdienst waren bezig meer details boven water te krijgen zonder de CIA er rechtstreeks om te vragen.

Persoonlijke gegevens: zijn moeder en stiefvader woonden in Lafayette. Zijn vrouw Kimberly en dochter Tamara hadden geen weet van het feit dat hij een huurmoordenaar was. Zijn vrouw was vijf jaar geleden hertrouwd, de nieuwe stiefvader had Tamara geadopteerd. De geschiedenis herhaalde zich. Het gezin was verteld dat hij betrokken was geweest bij drugsmokkel in Indonesië en tijdens een ontsnapping uit de gevangenis was gedood. Voor de banneling een akelig verhaal. Er was geen bewijs dat er in de tussenliggende jaren contact was geweest tussen Choate en zijn gezin.

Vochek sloot het dossier.

De CIA wist ofwel dat Choate nog leefde en zijn dood tien jaar geleden had verzonnen om een aangebrande agent uit de gevangenis te halen, of ze wisten het niet… en in dat geval kon je snode motieven vermoeden achter de reden waarom Choate zijn eigen dood in scène had gezet.

Het vliegtuig minderde hoogte naar de noordelijke uitgestrektheid van de verstedelijkte prairie, en tot Vocheks verbazing kwam er een landingsbaan tevoorschijn die zich uitstrekte naast een rij zeer dure huizen, die aan vier kanten omzoomd werden door drukke verkeerswegen met winkelcentra en restaurants.

'Welk vliegveld is dit?' vroeg ze aan de piloot.

'Plano Air Park Ranch,' zei hij. 'Een privévliegveld, met een landingsbaan vlak naast de huizen. Koop een huis, krijg de beschikking over de landingsbaan, parkeer je vliegtuig in je eigen achtertuin. Werd gebouwd voordat Dallas zich tot hier had uitgebreid. Een paar jaar geleden heeft de Veiligheidsdienst hier een huis gekocht. Ons komen en gaan valt dan minder op dan wanneer we naar Addison of Dallas vliegen. Mevrouw Pritchard zei dat u in het huis kunt verblijven. Ik heb een sleutel voor u en u hebt de beschikking over een auto die we altijd achter de hand hebben.' Hij zweeg even. 'Ik heb een paar gemene ke-rels daarvandaan naar Mexico of de Kaaimaneilanden gevlogen, en ik weet niet waar ze daarna naartoe verscheept zijn.' Er viel een korte stil-te. 'Sommige zware jongens huilen tijdens de vlucht, ongewis over waar ze naartoe gaan.'

'Onzekerheid is een heel vervelend gevoel,' zei ze. Het vliegtuig landde en de piloot taxiede het vliegtuig naar het huis van de Veilig-heidsdienst, parkeerde in een overdekte hangar en gaf haar een set huis- en autosleutels.

'Geef maar een gil als u zover bent om naar uw schurk te vliegen,' zei de piloot. 'Ik heb dienst.'

'Ik neem geen echte slechterik mee terug,' zei ze. 'Ik hoef alleen maar een paar mensen te ondervragen.'

'De dag is nog jong.' De piloot glimlachte. 'Je weet nooit wat je te-genkomt.'

17

Indonesië, tien jaar geleden

De man die ze de Draak noemden, was niet voor het rendez-vous komen opdagen. Prima, dacht Choate. Hij had er een hekel aan om met een partner te werken en had er helemaal een bloedhekel aan als iemand hem in de maag werd gesplitst.

Nog een uur, besloot hij. De nacht daalde al over het park. De vijver veranderde in een mistig paars terwijl de zon achter de rokerige daken van Jakarta wegzakte. Choate was vlak bij de muziekkoepel, een trio jonge muzikanten, een beetje aangeschoten en de toon zo nu en dan misslaand, zat op de trappen en speelde op de gitaar Beatles-liedjes.

Choates orders van de cia-baas in Jakarta waren duidelijk geweest: we hebben een freelancer ingehuurd. Hij heeft informatie over een financieel spoor dat hier naar een terroristengroepering leidt. Jij moet hem helpen. Je ontmoet hem in dit park om zeven uur vanavond.

Choate wachtte terwijl de menigte mensen die in het park van de zon hadden genoten langzaam slonk en alleen hij over was met de muzikanten en een paar oude zusters die broodkruimels in de eendenvijver gooiden.

Hij stond op terwijl het trio aan een valse vertolking van 'Hey Jude' begon. Klaar. Hij liep langs de muziekkoepel en gooide een paar muntjes in de open gitaarkist.

'Hij komt niet,' zei iemand achter hem en Choate draaide zich om. Het trio muzikanten was opgestaan, stond te glimlachen, een van hen haalde een pistool van achter zijn gitaar tevoorschijn, de ander trok er een uit een gehavende knapzak.

Choate stond als aan de grond genageld. 'Ik weet niet wat je bedoelt,' zei hij.

'Je vriend de Draak,' zei de gitarist. Hij lachte 'Achterlijke naam, denkt hij daar soms angst mee aan te jagen? Draken bestaan niet, ze zijn niets. Hij zit ondergedoken. En met goede reden.'

'Ik begrijp het niet,' zei Choate. 'Wat willen jullie?'

'Jij komt met ons mee,' zei de gitarist. 'We gaan een babbeltje maken.'

Choate deed een stap naar achteren. Een greep hem bij de arm. Er klonk een schot en in de borst van de gitarist gaapte een rode mist terwijl hij op de trap neerstortte. De knal van het schot was zo hard als een zweepslag.

De twee oude zusters bij de vijver gilden. Ze lieten zich achter een bank vallen en bleven doorschreeuwen.

Choate sloeg een vuist in het gezicht van de tweede man, die om zijn as draaide. Choate sloot zijn handen om de pols van de man, hij worstelde om zijn pistool te pakken te krijgen. Choate kon de adem van de man ruiken, die stonk naar vis en knoflook. Een ander schot weergalmde door het park. Die raakte de man in het hoofd, nauwelijks vijf centimeter naast dat van Choate, waardoor hij omvergeworpen werd en Choate onder het bloed spatte.

Choate schreeuwde het uit en liet het lichaam vallen.

Een was nog over, de langste muzikant. Die draaide zich om en sloeg op de vlucht. Er klonk geen vergeldingsschot uit de verte, dus Choate griste het pistool van zijn aanvaller, richtte op zijn doel en schoot. Gemist. Zijn tweede schot raakte de man vierkant in de kuit. Hij stortte met een naar adem snakkende kreet neer terwijl hij zijn been vastgreep.

Choate hoorde iemand achter zich rennen. Hij draaide zich om zijn as en richtte zijn pistool op een man die naar hem toe kwam hollen met een scherpschuttersgeweer in de hand. Het hoofd van de man was kaal, hij was zo'n tien jaar ouder dan Choate en had een groot postuur. Hij sprak met een Brits accent.

'Grijp 'm. We moeten zijn auto opzoeken. We moeten weten voor wie hij werkt.'

'Jij bent de Draak…'

'God, wat ben je toch een groentje,' zei de man. 'Stom van je om je hierheen te laten schaduwen en dat je twee uur lang naar hun waardeloze muziek hebt zitten luisteren.'

'Ik werd niet gevolgd...'

'Kennelijk, klootzak,' zei de Draak, 'werd je dat wel. Kom mee. Ik moet de politie nageven dat ze in dit deel van Jakarta redelijk accuraat reageert.' Hij pakte de gewonde man vast, trok hem overeind en spuugde er Indonesische woorden uit terwijl hij de loop van het geweer tegen de keel van de man drukte. De man gebaarde naar een parkeerterrein ten oosten van het park en hapte naar adem, wat volgens Choate een smeekbede om genade was.

Choate viste de autosleutels uit de zak van de man en ze haastten zich naar het terrein terwijl Choate met een brede zwaai met de afstandsbediening de auto van het slot drukte. Van een van de auto's knipperden de achterlichten. Ze schoven de man op de achterbank met de Draak ernaast, Choate reed.

'Bedankt,' zei Choate.

'Wat?'

'Dank je wel. Je hebt mijn leven gered.' Hij voelde zich duizelig van de adrenaline.

'Ah. Nou ja. Natuurlijk.' De Draak zei het alsof hij niet gewend was aan subtiliteiten. In de achteruitkijkspiegel zag Choate dat de Draak de weg voor en achter zich in de gaten hield, zich ervan verzekerend dat ze niet achtervolgd werden, en dat hij wist hoe hij in Jakarta door de wirwar van straten moest manoeuvreren. Hij stelde de gevangene een vraag in het Indonesisch en kreeg in het Engels antwoord. 'Ja. Een beetje Engels.'

'Voor wie werk je?'

De gevangene weifelde.

'Ik heb nog één kogel in mijn geweer. Speciaal voor jou. Jij praat, jij leven.'

De gevangene likte huiverend langs zijn lippen. Choate bedacht dat hij misschien negentien was.

'Bloed van Vuur. Maar ik ben nieuw. Alsjeblieft. Ik weet geen namen, ik kan u niet helpen.'

'Bloed van Vuur?' zei Choate.

'Een kleine terreurcel. Grote ambities,' antwoordde de Draak. 'En het doelwit van de klus waarover we vanavond zouden praten heeft banden met Bloed van Vuur. Wat betekent dat ze het weten. Er zit een lek. Ze weten dat we hier hadden afgesproken en hebben geprobeerd je uit te schakelen.'

Choate kreeg een droge keel. Het leven was makkelijker wanneer de doelwitten van niets wisten.

'Hoe wist je dat de CIA achter je aan zat?' vroeg de Draak.

'Dat wist ik niet... Een vriend heeft het ons verteld. Hij was de eerste die je neerschoot. Ik volgde alleen hun orders op. Zij zeggen wat ik moet doen,' voegde hij er met een klein stemmetje aan toe. 'Ik ben een nul.'

'Je overtuigt me niet,' zei de Draak tegen de gevangene. Tegen Choate zei hij: 'Weet je waar de Deepra-vuilnisbelt is?'

Choate knikte.

'Ga daarheen.'

'Moeten we hem niet naar de CIA...'

'Nee. Ik ben niet officieel van de CIA, en dat ben jij bij deze klus trouwens ook niet.'

Dat was nieuw voor Choate, maar hij hield zijn mond en richtte zijn blik weer op de weg.

Goddeloos hoeveel afval achttien miljoen mensen konden produceren. De vuilnisbelten van Jakarta beslaan duizenden acres, bevolkt door hele families vuilnisrapers die er wel raad mee weten. De Deepra-vuilnisbelt doemde als een miniatuurbergketen op, het gedumpte staal van autowrakken kleurde paars in het sterrenlicht, zwermen meeuwen hingen boven het afval, de stank was als een klap in het gezicht.

Ze reden het terrein op, Choate volgde de aanwijzingen van de Draak naar een afgesloten gebied. Aan één kant groepten tenten van vuilnisrapers bij elkaar, maar toen de auto dichterbij kwam doken de afvalzoekers in hun bouwvallige onderkomens weg.

'Weet je waarom ze zich verstoppen?' zei de Draak tegen de gevangene. 'Omdat ze geen getuigen willen zijn. Een mooie sedan komt hier niet na donker om een ton vuilnis te dumpen. Mooie sedans komen hier om lijken te dumpen.'

De gevangene liet een zacht, vochtig keelgeluid horen.

'We moeten hem meenemen naar de CIA,' zei Choate nogmaals. 'Daar kan hij ondervraagd worden.'

'Ik doe geen ondervragingen op CIA-terrein. Ik ben één grote ont-kenning.' Hij trok de gevangene aan zijn shirt. 'Hoe wist je van deze ontmoeting?'

De gevangene staarde naar het afval.

'Als ik je hier vermoord en je lichaam daar achterlaat, is dat nog niet eens het ergste. Het is pas erg als ik je heel erg toetakel en je dan daar achterlaat. Als de vogels al het vlees van je botten pikken. De vuilnis-rapers helpen je niet. Niemand helpt je. Nou. Je kunt binnen een uur vrij zijn, met een dokter die je wond verzorgt en een lekkere kom soep te eten. Aan jou de keus.'

De gevangene zei een lange halve minuut geen woord en Choate dacht: vertel het hem nou maar, beantwoord zijn vragen toch.

'Gumalar weet dat je achter hem aan zit,' zei de gevangene.

'Wie is Gumalar?' vroeg Choate.

'Een financier. Heeft Allah heel hoog zitten en hij sluist geld door naar terroristen,' zei de Draak. 'Zijn broer is een hoge piet in de Indo-nesische regering, daarom moeten we hem in het diepste geheim te grazen nemen.'

De gevangene zei: 'Ik heb een dokter nodig.'

'Hoe weet Gumalar dit?' zei de Draak. 'Waar zit het lek?'

'We hebben een paar mensen ontdekt die voor je werken,' zei de ge-vangene. 'In de afgelopen paar dagen. Vijf stuks. Ze gaven ons genoeg informatie zodat we van jullie afspraak wisten en waar we naar jullie moesten uitkijken.'

'Waar zijn mijn mensen?' De Draak zei het zachtjes en op kille toon.

De gevangene haalde zijn schouders op. 'Dat weet ik niet.'

'Heb je personeel?' vroeg Choate.

De Draak keek hem niet aan maar hield zijn blik aan die van de ge-vangene geketend. 'Ik heb informanten. Die geven me informatie en die verkoop ik weer aan de CIA.'

'Je hád informanten,' zei de gevangene.

De Draak gaf de gevangene een gemene klap op de kaak. 'Waar zit Gumalar?'

'Je krijgt hem niet te pakken,' zei de gevangene ten slotte op trotse toon.

Op de radio begon het nieuws. Twee mannen, geïdentificeerd als agenten van de Badan Intelijen Negara, de inlichtingendienst van de regering, waren doodgeschoten in een park aangetroffen.

'O, shit,' zei Choate. 'Je hebt de goeie kerels vermoord.'

'Het is maar wat je goed noemt,' zei de Draak. 'Ons doelwit heeft die goeie kerels wel op zijn loonlijst staan.'

'Je kunt Gumalar niet te pakken krijgen en ik weet niet waar hij is,' zei de gevangene.

'Wat hebben we dan nog aan je?' zei de Draak. Hij vuurde een keer, de kogel knalde met een hard schokgeluid door de beperkte ruimte in de auto.

'Jezus, hij had ons meer kunnen vertellen!' riep Choate.

'Nauwelijks,' zei Choate. 'Doe de achterbak open.'

Choate gehoorzaamde met licht trillende handen. De Draak stapte uit de wagen en liep naar de achterkant. Hij bleef stokstijf staan.

Choate haastte zich uit de auto. In de bak lag een grote plastic zak. Daarin zaten een stel afgehakte handen, overdekt met gestold bloed. Grote, vereelte handen, zachte vrouwelijke handen, handen met ringen, andere zonder sieraden.

Choate wendde zich van de auto af en vocht tegen de aandrang om te braken.

'Tien,' zei de Draak na een ogenblik. 'Het zijn er tien. Mijn vijf informanten.'

'Zo… wat doen we nu?' Ze zaten in de donkere krochten van een bar in Jakarta, kilometers van het park, kilometers van de vuilnisbelt.

'Gumalars lek komt doordat hij een hoge piet binnen de BIN in zijn zak heeft. Daarom is dit een onofficieel karwei voor de CIA.'

'Ik moest bevelen opvolgen, is me verteld,' zei Choate. Hij voelde zich er ongemakkelijk onder, maar bevel was bevel.

'Dan houden we ons aan het oorspronkelijke plan. We moeten het geldspoor zien te achterhalen waarlangs deze klootzak van een Gumalar terrorisme financiert. We sporen het geld op, knopen het aan hem vast en vermoorden hem samen met zijn terreurcelcontact. We laten het eruitzien alsof de terrorist zich tegen hem keert. We laten de CIA erbuiten.'

'En je hebt mij nodig om dat geldspoor te achterhalen.'

'Gumalar heeft hier een grote bank. Binnen twaalf uur wordt die het doelwit van een computeraanval. Jij wordt als vertegenwoordiger van het IT-ondersteunende bedrijf gebeld om de databases te repareren en inspecteren. Je moet een query uitvoeren naar de vijf aliassen die Gumalars terreurcelcontact heeft gebruikt. Met die informatie sporen we hem op, zodat we met hem en Gumalar een afspraak kunnen maken en ze beiden kunnen uitschakelen.'

'Een query laat een elektronisch spoor achter. Gumalar kan die rekeningen gelabeld hebben zodat er een query wordt opgeslagen.'

'Je was toch zo slim? Zie maar hoe je dat oplost.'

Choate zei niets.

'Ik ben niet zo goed in complimentjes, knul,' zei de Draak.

'Dat verwacht en wil ik ook niet.'

'Je hebt niet veel tijd om het spoor op te zoeken. Zorg dat je die rekeninginformatie krijgt en verdwijn dan. Ik wil niet dat je de hele dag in die bank vastzit, je zou een doelwit kunnen worden als ze je gezicht kennen.'

'Hoe ben je aan die aliassen gekomen?'

'Mijn contacten.'

'Wisten je contacten dat zijn bank ons doelwit is?'

'Nee,' zei de Draak na een ogenblik.

'Die aarzeling die ik net hoorde staat me helemaal niet aan.'

'Ze wisten het niet.'

Choate trommelde met zijn vingers op de tafel. De stoot adrenaline was weggeëbd. 'We moeten aan de dienst terugrapporteren.'

'Natuurlijk. Maar de missie gaat door.'

'Dat moet de dienst beslissen.'

'De CIA kan beslissen wat hij wil. Die klootzakken komen er niet mee weg dat ze mijn mensen hebben vermoord. Ik run mijn netwerk als een leuk familiebedrijfje. Ik zorg voor die mensen en hun gezinnen. Zij waren loyaal aan mij. Ik ben dat aan hen.'

'Allemaal heel nobel,' zei Choate. 'Maar ik ga geen zelfmoordmissie doen.'

'Prima. Ga dan maar toestemming van de dienst halen. Zorg ervoor dat je erbij zegt dat ik je leven heb gered.' De Draak stond op en dronk zijn bier op. Choate stond ook op, ze lieten geld op de tafel achter en liepen naar een klein huis van de Draak in een rustige straat.

Choate belde, kreeg verbinding met de CIA-chef in Jakarta. Legde het uit. Luisterde. Hij hing op.

'We hebben toestemming.'

'Je vergat te zeggen dat ik je leven heb gered.'

'Ik ben niet zo goed in complimentjes,' zei Choate. 'Wanneer gaan we naar de bank?'

Het gezicht van de Draak spleet in een glimlach uiteen.

'Morgenochtend. Bekijk de dossiers nog maar een keer. Ga wat slapen. Je kunt in de kamer aan het eind van de gang pitten.' De Draak ging een andere kamer binnen. Choate legde een oor tegen de zware deur. Geluiddicht.

Hij liep naar de kamer en liet zich op bed vallen.

Het stond hem allemaal niets aan, maar hij had zijn orders. Hij rolde zich in een bal op en liet de slaap over zich komen, probeerde niet te denken aan de afgehakte handen of het geschokte gezicht van de dode gevangene, die langs de vuilnishopen naar de met sterren bespikkelde hemel omhoogstaarde.

18

Zijn eerste ochtend als vluchteling. Ben was bang dat het kamermeisje vroeg naar de kamer zou komen, of dat de moteleigenaars hem op CNN zouden zien. Dit was een nieuw soort angst: die ging niet weg als je het licht in de donkere kamer aandeed, of je jezelf geruststelde dat een middernachtelijke tik tegen het raam een in de wind bewegende boomtak was. Deze angst bleef bij je, werkte op je hersens in, zorgde dat je elk moment op je hoede was.

Vrijdagochtend verlieten ze om zeven uur het hotel. Ben reed, op weg naar het noorden naar Dallas. Pelgrim schreef aanwijzingen op een vel papier, zei tegen Ben dat 'we hier Dallas binnengaan'. Het kruis op de map was vlak bij Dallas/Fort Worth International Airport. Achterin doezelde Pelgrim bij vlagen weg, hij had nog steeds pijn, maar zijn kleur was een stuk beter dan de vorige avond.

Bij een tentje in Lorena, ten zuiden van Waco, ontbeten ze met taco's. Pelgrim werd wakker en had honger als een paard, dronk een reusachtige fles jus d'orange leeg. Ben verruilde de kentekenplaten van de gestolen Volvo voor een paar van een Subaru die vlak bij de universiteitscampus van Baylor in Waco geparkeerd stond. Hij deed het snel, gebruikte een moersleutel die hij in een kleine gereedschapskist achter in de stationwagen had gevonden.

Nu ben ik een voortvluchtige en een dief, dacht hij, en de dag is nog jong.

'Studenten merken het niet zo gauw als hun kentekenplaten verwisseld zijn,' zei Pelgrim. 'Ik vind het altijd handig om in het weekend kentekenplaten van een parkeerplaats naast een studentensociëteit te stelen. Niet om ze te stigmatiseren, hoor, maar dan zijn ze te dronken.'

'Dit is een baptistencollege. De kinderen van Baylor horen niet te drinken,' zei Ben.

'Dan hoop ik dat ze door spirituele zaken worden afgeleid.' Pelgrim sloot zijn ogen en viel weer in slaap.

Het verkeer was niet druk tot ze bij de zuidelijke voorsteden van Dallas kwamen, een lange file was op weg naar het centrum en Pelgrim werd wakker.

'Ik heb een paar vragen voor je,' zei Pelgrim. 'Over Sam Hector.' Zijn stem klonk nu krachtiger, alerter. 'Hoe groot is dat bedrijf van hem eigenlijk?'

'Een van de grootste. Drieduizend werknemers. Reusachtige trainingscomplexen, één complex bevindt zich op een uur rijden van Dallas en het andere in Nevada. Het grootste deel van zijn kader bestaat uit voormalige militairen, onderscheiden officieren. Beveiliging, training, software... als de regering het gebruikt, verkoopt hij het.' Ben lachte zachtjes. 'Sam maakte er altijd grappen over om dat als bedrijfsmotto te gebruiken.'

'En hoe lang heb je met hem samengewerkt?'

'Mijn vrouw Emily werkte voor Sam. Zo hebben we elkaar ontmoet. Ze werkte als accountant bij een van zijn divisies, hij nam me in dienst om nieuwe contracten voor hem binnen te halen. Na haar dood ben ik uit Dallas weggegaan, ben ik consultant geworden en is hij met me blijven samenwerken.'

'Dus eigenlijk ben je een goeie pooier,' zei Pelgrim.

'Sorry?'

'Ik heb gelezen over die contracten die die jongens binnenhalen. Als de regering haast krijgt – zoals toen we Irak binnenvielen – nemen ze niet het meest concurrerende aanbod.'

'Soms is dat inderdaad zo. Er is een enorme tijdsdruk om het werk voor elkaar te krijgen.'

'En de winst zit in die contracten ingebouwd. Wat voor puinhoop de contractaannemer er ook van maakt en hoezeer hij het budget ook overschrijdt.'

'Nou, het zijn vaak uitermate risicovolle operaties,' zei Ben.

'Zal ik je eens iets vertellen, Ben? Elke zaak is risicovol.'

'Je loopt niet bij elk bedrijf het risico vermoord te worden. Van ongeveer elke vier soldaten die in Irak sneuvelen, sterft er een huurling.

Zij krijgen geen medailles, militaire begrafenissen of een uitkering van het leger. Zij hebben geen militair ziekenhuis. Voor hen is er geen parade als ze thuiskomen.'

Pelgrim zweeg.

Ben kon het niet laten: 'En volgens mij is het niet slecht als een bedrijf winst maakt.'

'Maar gegarandééérde winst. Hoeveel normale bedrijven hebben een gegarandeerde winst? Er moet toch wel een hoop risico en verantwoordelijkheid mee gemoeid zijn om de vergelijking sluitend te krijgen.'

Ben richtte zijn blik weer op de weg.

'Ik heb kennelijk een open zenuw geraakt,' zei Pelgrim.

'Natuurlijk zitten er rotte appels tussen, mensen die geld aannemen voor werk dat ze niet kunnen of willen doen. Maar als er miljoenen dollars in het spel zijn kan er altijd sprake zijn van misbruik.'

'Je kunt mijn rug op met je mooie verhaaltjes,' zei Pelgrim. 'Want jij maakt geen deel uit van het probleem, hè, jij bent deel van de oplossing.'

'Als je me wilt beledigen, dan kan ik die kogel zo weer in je schouder terugstoppen. Razendsnel.'

'Lijkt me interessant om te zien hoe je dat wil doen, Ben.'

'De regering, die wij gekozen hebben, wil zelf met contractanten werken,' zei Ben. 'De mensen willen geen dienstplicht. Ze willen geen reusachtig militair apparaat. En het lijkt ze niet veel te kunnen schelen dat de gaten in de militaire infrastructuur worden opgevuld door particuliere bedrijven. Ik zie niet vaak demonstranten bij de kantoren van mijn cliënten. Die jongens halen gewoon een goed rendement uit hun investeringen.'

'Ik betwijfel of het een goede investering voor Amerika is,' zei Pelgrim. 'Stel dat de gevechten te heftig worden? Huurlingen kunnen ermee ophouden, soldaten niet.'

'Dat is niet gebeurd.'

'Lariekoek. Sommige ingenieursbureaus zijn uit Irak weggegaan omdat ze veel te veel geld kwijt waren aan beveiliging. Als de ingenieurs van het legerkorps het werk zouden doen, zou het leger voor de beveiliging moeten zorgen en zouden ze moeten blijven. Dat noemen ze nou verantwoordelijkheid.'

'Merkwaardig, die belangstelling voor verantwoordelijkheid, aangezien jij mijn naam gestolen hebt.'

'Gekregen, niet gestolen. Terug naar Hector. Achtergrond?'

'Lange militaire carrière, werkte als verbindingsofficier tussen buitenlandse legerofficieren en is daarna de beveiliging in gegaan.'

'Aha. Dus meneer Hector laat het leger eerst een fortuin aan trainingsgeld aan hem besteden, en in plaats van als officier carrière te maken neemt hij de investering die Amerika in hem heeft gedaan met zich mee en gaat de private sector in.'

'Als je het leger in gaat ben je niet automatisch voor de rest van je leven in dienst.'

'Maar de meeste mensen maken geen miljoenen winst als ze hun identiteitsplaatje inleveren.'

Ben fronste zijn wenkbrauwen. 'Toen Emily stierf… was Sam Hector een goede vriend voor me. Hij betaalde me zelfs door, ook al was ik niet in staat om te werken. Stuurde contracten mijn kant op. Gaf mij als eerste werk toen ik het spel weer kon meespelen… Hij is een uitermate loyaal man.'

'Loyaal. Dan hebben Sam Hector en ik iets gemeen.' Pelgrim haalde een mobieltje uit zijn zak, bestudeerde het, deed het even aan en toen weer uit. 'Barker belde naar een mobieltje van het hotel waar jij werd vastgehouden voor de hel losbrak. Eigenaar van het hotel is een bedrijf, McKeen genaamd. Ken je dat?'

'Nee.'

'Ooit gehoord van Blarney's Steakhouse?'

Ben knikte. 'Er zijn er een paar in Dallas.'

'Ik ben wel geïnteresseerd in die in Frisco. Heb je daar wel eens gegeten?'

'Eén keer. Het is de eerste van de keten.'

'Ik vond een luciferboekje van Blarney's in de zak van een van de gewapende mannen. Het bord bij de bouwplaats vermeldde dat een Blarney's zich in het Waterloo Arms gaat vestigen.'

Ben trommelde met zijn vingers op het stuur.

'Daar zit ergens een verband dat we moeten zien te begrijpen.' Pelgrim gooide Barkers mobieltje op de vloermat en haalde een ander uit zijn zak. 'Dit is van de lieftallige agent Vochek.' Hij rolde de telefoon tussen zijn vingers. 'Als ik de telefoon aanzet, kunnen ze hem traceren.'

Ben bedacht iets. 'Toen ik gisteren ruzie met ze had over de mobiele nummers die jij op mijn naam had aangevraagd, zei Vochek tegen Kidwell dat Adam Reynolds gistermiddag een paar telefoontjes naar Dallas had gepleegd. Misschien heeft ze hetzelfde nummer gebeld.'

Pelgrim zette de telefoon aan. Hij bekeek de gesprekslijst. 'Haar laatste telefoontje was met haar moeder. Lieve meid.' Hij bladerde verder omlaag, las een nummer hardop voor, en deed de telefoon uit. 'Dat is het meest recente telefoonnummer naar Dallas. Ah. Er zijn twee nieuwe voicemails. Ik durf te wedden dat ze voor mij zijn.' Hij drukte op de knop om de voicemail af te luisteren en hield de telefoon zo dat beiden die konden horen.

Het eerste bericht was van een nieuwsgierig klinkende vrouw. 'Hallo, mevrouw Vochek... met Delia Moon. U hebt een bericht voor me achtergelaten. Vandaar dat ik u bel. U hebt mijn nummer.'

De tweede stem was van Vochek met de vraag of ze haar telefoon terug kon krijgen. Pelgrim schakelde de telefoon uit. 'Ik geloof niet dat ik mevrouw Vochek vandaag wil bellen.' Hij stopte de telefoon weer in zijn zak. 'We moeten weten wie die vrouw, die Delia Moon, is. Misschien weet zij voor wie Adam werkt.'

'We kunnen van alles doen. Wat doen we het eerst?'

Pelgrim dacht na. 'We blijven bij ons plan. We moeten eerst voor middelen zorgen. En dan een uitvalsbasis.' Hij bukte zich en haalde een portefeuille uit zijn tas. 'Daarna gaan we in het huis van mijn vriend Barker een kijkje nemen om erachter te komen wie van hem een verrader heeft gemaakt.'

Pelgrim bewaarde zijn 'middelen' in een onopvallende, drie verdiepingen tellende opslagplaats met airconditioning. Ze liepen onder het geregeld overkomende, pulserende gebrul van de van DFW vertrekkende vliegtuigen door en gingen het gebouw binnen. Ze kwamen langs een echtpaar dat een kist mooie wijn uit opslag haalde, en langs een moeder en zoon die een paar kisten ophaalden. Terwijl Ben langs beide groepjes liep, deed hij alsof hij moest niezen om zijn gezicht te bedekken. Pelgrim liep met een zonnebril op zijn neus. Hij rolde geamuseerd met zijn ogen vanwege Bens poging om zich te verstoppen.

'O, man, die is briljant. De nies-en-verstoptruc. Die ga ik van je overnemen.'

Ben moest blozen.

Pelgrim, die zich pijnlijk bukte, opende het slot, niet met een sleutel – die had hij niet bij zich – maar met een zilveren staafje uit een lockpick. Ben stond zenuwachtig achter hem, hoopte dat niemand de gang in zou komen. Pelgrim stapte de opslagruimte in, deed het licht aan en Ben liep achter hem aan, de deur achter zich sluitend.

In de opslagruimte stonden metalen kisten. Pelgrim opende ze een voor een: een verzameling pistolen met bijpassende munitie, een voorraadje identiteitspapieren: rijbewijzen en paspoorten. Een moderne laptop. Dikke bundels Amerikaanse dollars.

Ben keek met open mond naar de wapens en het geld. 'Mijn god. Hoe kom je daar aan?'

'Restjes van Kelder-klussen. Teach weet niet dat ik dit heb. Ik dacht dat het wel zo verstandig was om een voorraadje te hebben voor het geval ik op een dag zou moeten vluchten en me schuilhouden.' Pelgrim maakte elke kist open en dicht. 'Ik heb geen waterpistool voor jou, Ben. Heb je liever een Glock of een Beretta?'

'Ik wil geen pistool.'

Pelgrim lachte en kromp ineen van de pijn in zijn schouder. 'We zitten behoorlijk in de penarie, Ben. We krijgen oorlog met die mensen.'

'Ik heb zitten denken...'

'Ik dacht al dat ik iets hoorde klikken.' Pelgrim maakte een pistool open en gluurde erin.

'We leveren het bewijs van wie die gewapende mannen heeft ingehuurd en wie Nicky Lynch in de arm heeft genomen, dat geven we aan de politie door en klaar is Kees.'

'Klaar is Kees voor jou, ja. Maar niet voor mij.' Pelgrim inspecteerde, reinigde en smeerde de wapens, liet toen aan Ben zien hoe je elk wapen moest laden, controleren en ontladen. 'Belangrijkste raad die ik je kan geven: tel je kogels. Weet altijd hoeveel je nog in de knip hebt zitten.'

'Ik was niet van plan er grote aantallen kogels doorheen te jagen. Ik heb jou opgelapt, niet de politie gebeld en ik vertel je wat ik weet. Maar ik ga niet op iemand schieten. Ik ben niet bepaald dol op pistolen.'

'Ik zal erop toezien dat dat volgende week tijdens je grafrede wordt vermeld.'

'Nee, ik bedoel... ik wil het niet.'

'Gisteravond heb je anders nog een pistool op me gericht.'

'Toen was ik in shock. Ik weet dat ik niet op een ander mens kan schieten.'

'Ik vermoed dat er gebieden in je ziel zijn die je nog nooit hebt verkend, Ben. Kun je degene vermoorden die je vrouw heeft doodgeschoten?'

Ben legde het pistool dat hij onhandig vasthield – een Beretta 92 – weer in zijn kist. 'Als ik hem vermoord, ben ik geen haar beter dan hij.'

'Ik zou denken dat degene die je vrouw heeft vermoord een verdomde slechterik is,' zei Pelgrim. 'Toch?'

'Ja.'

'Ik zou zeggen dat hij absoluut uitschot is. Maar jij, ridder Ben, zal op je paard niet vanaf het gouden zadel van je hoge moraal vooroverbuigen en hem vermoorden. Ik zal je wat vertellen: we krijgen te maken met mensen die waarschijnlijk minder tuig van de richel zijn dan de moordenaar van je vrouw, maar net zo gevaarlijk. Je bent zeker van plan om alle interessante mensen die we gaan tegenkomen te sparen? Allemachies nog an toe, kereltje! Ben ik even blij dat je op me past!'

Ben wilde wat zeggen maar hield zich in. 'Dat bedoelde ik niet.'

Pelgrim schokschouderde. 'Dat zei je anders wel. Wees eerlijk tegen jezelf, Ben: heb je een ruggengraat? Ik heb er recht op dat te weten voordat we hier nog dieper in terechtkomen.'

Ben pakte de Beretta op en hield hem vast. 'Ik kan je op een hoop manieren helpen zonder te doen alsof.'

Pelgrim nam de Beretta van Ben over, laadde hem en stopte hem achter zijn broekriem onder zijn jasje. 'We nemen geld en de wapens mee.' Hij wendde zich van Ben af en Ben wist dat hij was gezakt voor een test, dat Pelgrim eerder over hem dacht als laatste redmiddel dan als een aanwinst. En dat, realiseerde Ben zich, was een uitermate gevaarlijke positie.

19

'Ik vind het heel erg.' Vochek stopte haar ID in zijn hoesje terug. 'Mijn welgemeende medeleven.'

'Bedankt. Aardig van u,' zei Delia Moon en de duidelijke woede leek zich achter een neutrale gezichtsuitdrukking terug te trekken. Ze deed de deur wijd open en Vochek stapte de koele hal in. Het was een groot huis, pas gebouwd in de zich explosief uitbreidende voorstad Frisco. De percelen eromheen waren ofwel leeg, of er werd gebouwd, of hadden TE KOOP-borden in de tuin staan.

'Ik heb begrepen dat mijn supervisor van de Veiligheidsdienst u heeft gevraagd niet met de media over Adams zaak te praten..'

Delia was langer dan Vochek, ze had haar donkere bos haar in een dikke paardenstaart naar achteren gebonden. Ze droeg een gebatikte bloes in bruin-, blauw- en groentinten, verschoten jeans en sandalen met turkooizen steentjes op de riempjes. Door een nacht vol tranen waren haar ogen opgezwollen en roodomrand. Ze had een lief gezicht, een boze uitdrukking paste daar niet bij. 'Zij was zo aardig om me het nieuws van Adams dood te vertellen. Ik heb vannacht nauwelijks geslapen. Zal ik koffiezetten en intussen tegen u schreeuwen?'

Vochek vervloekte in stilte Margaret Pritchards gebrek aan tact. 'Gil maar een eind weg en koffie lijkt me heerlijk, bedankt. Luister, mijn supervisor…'

'Ze zei tegen me dat de nationale veiligheid gevaar liep als ik er met iemand over praatte. Niet alleen met de politie of pers, maar zelfs met onze vrienden,' zei Delia. Ze spuugde de woorden er bijna uit. 'Medeleven en bedreigingen. Ik waande mezelf in een maffiafilm.' Delia liep een grote, lichte keuken in, Vochek liep achter haar aan. Ze werd begroet door het warme aroma van kaneelkoffie, een onaangeroerd bordje roggebrood stond op het zwartgranieten aanrecht.

'Mevrouw Pritchard heeft het niet erg goed aangepakt, mijn verontschuldigingen daarvoor,' zei Vochek. 'U hebt een prachtig huis.'

'Dank u wel.'

'Ik heb gehoord dat u fysiotherapeut bent.'

Delia schonk Vockek koffie in, keek haar niet aan. 'Adam heeft het huis voor me gekocht.'

'Ik bedoelde niet te vragen hoe u zich dit kon veroorloven...' begon Vochek maar toen zag ze de strijdbare uitdrukking in Delia's ogen. Door verdriet en Pritchards stuntelige aanpak, en door het verschrikkelijke verlies dat deze vrouw had geleden, stelde Delia zich harder tegenover Vochek op. Ze zei: 'Als we de mensen willen oppakken die voor Adams dood verantwoordelijk zijn, heb ik uw hulp nodig.'

'Dat begrijp ik.'

'We proberen vast te stellen wat er in de uren voor zijn dood is gebeurd. Hij heeft u vier keer proberen te bellen...

'Ik had mijn telefoon uitstaan,' zei Delia, en de emotie brak door de woede op haar gezicht heen. 'Ik was naar de bibliotheek en vergeten hem weer aan te zetten.' Spijt sijpelde in haar stem door en Vochek wilde zeggen: het had niet uitgemaakt, het had hem niet gered als hij u wel te pakken had gekregen. Maar ze kon de vrouw nog geen details geven, zelfs niet wanneer die wellicht enige troost konden bieden.

'We hebben toegang gekregen tot zijn voicemail... hij had een bericht achtergelaten dat hij misschien een paar dagen weg moest. Weet u ook waarom?'

'Nee.' Delia schonk haar eigen kopje nog eens vol.

'Maar ik neem aan, als hij dit huis voor u heeft gekocht...' zei Vochek. 'Jullie moeten toch intiem zijn geweest.'

Delia zette haar kopje neer en sloeg haar armen over elkaar. 'We hebben elkaar via vrienden in Dallas ontmoet. Adam werkt – werkte – meestal in Austin, maar hij kwam veel in Dallas. Hij is hier opgegroeid, zijn moeder zit hier in een verpleeghuis.' Ze schraapte haar keel. 'Adam en ik... dat ligt gecompliceerd. Mijn leven was een puinhoop. Ik had een gigantische studieschuld, ik raakte mijn baan kwijt... hij verdiende altijd veel geld, had contracten met de overheid. Hij wilde voor me zorgen.'

'Dus jullie waren een stel.'

'Nee, dat wilde hij wel… maar ik was nog niet zover.'

Je was anders wel zover om hem dit prachtige huis voor je te laten kopen, dacht Vochek.

Delia sloeg haar armen over elkaar. 'Ik hield van Adam. Hij was mijn beste vriend. Hij zei dat hij een huis in Dallas ging kopen, als investering, ik kon hier wonen tot ik zover was om naar Austin te verhuizen. Ik had gewoon meer tijd nodig… om te weten of ik meer van hem hield dan als een vriend.' De woorden stroomden er als een waterval uit.

Of je hield hem aan het lijntje, dacht Vochek. Ze had medelijden met Adam Reynolds, die van een meisje hield dat kennelijk niet van hem hield, althans niet genoeg, en hem steeds weer hoop gaf. 'Vertel me eens wat je over zijn werk weet.'

'Denk je dat een stomme liefdadigheidsdoos als ik zijn werk begreep?' Delia trok een wenkbrauw op.

Vochek dacht: ik moet wat aan mijn pokerface doen. 'Dat weet ik wel zeker. En ik ben er ook zeker van dat je terechte woede jegens mijn baas niet zal verhinderen dat Adam recht gedaan wordt.'

'Geloof me, mijn enige zorg is dat Adam recht gedaan wordt,' zei ze, maar uit een bittere ondertoon kon Vochek opmaken dat ze er een ander idee van gerechtigheid op na hield. 'Hij heeft veel software voor overheidsinstellingen geschreven. Die gingen meestal over financiële analyses. Opsporen van uitgavenpatronen, trends, betalingen terugherleiden naar specifieke budgetten, doodsaai.' Delia nam het smetteloze aanrecht met een theedoek af.

'Had hij soms financieel bewijs van een misdaad gevonden? Zei hij misschien daarom dat hij weg moest?'

'Hij vertelde me nooit bijzonderheden. Ik weet dat hij aan een nieuw project werkte… iets met financiële informatie opvragen binnen verschillende databases.'

Misschien had hij een financieel spoor ontdekt dat naar de geheime groep leidde, dacht Vochek. 'Deed hij dat in opdracht van een overheidsinstantie?'

Delia kneep haar ogen tot spleetjes. 'Nee, voor zichzelf. Hij wilde een product ontwikkelen en dat aan de regering verkopen. Hij dacht dat de regering er miljoenen voor op tafel zou leggen. Ik weet niet wat er nu mee gaat gebeuren.' Het laatste woord kwam er enigszins als een vraag uit.

'Ik neem aan dat het eigendom naar zijn erfgenamen overgaat.'

'Erfgenamen,' zei Delia. 'Adam heeft geen kinderen. Zijn vader stierf toen hij dertien was. Zijn moeder zit met een beginnende alzheimer in een verpleeghuis. Het gaat slecht met haar. Ik zorg voor haar, regel voor hem dat ze haar in het verpleeghuis goed behandelen.' Ze drukte haar handpalm tegen haar voorhoofd. 'Hij heeft het nooit over een testament gehad.'

'Heeft Adam het ooit over ene Ben Forsberg gehad?'

'Dat is die vent naar wie de politie op zoek is. Ik zag zijn foto op tv.'

'Ja.'

'Een paar dagen geleden had Adam het erover dat hij in gesprek was met een consultant met de naam Forsberg die hem wellicht kon helpen om investeerders voor zijn nieuwe bedrijf te vinden. Werkte deze man samen met degenen die Adam vermoord hebben?'

'Daar probeer ik achter te komen.'

'Moet je horen, het geld dat Adams software kan opleveren kan me niet schelen... ik wil alleen niet dat Adams werk nu ophoudt. Ik bedoel, hij is vermoord door een schérpschutter, waar gaat dat in hemelsnaam over? Hij en dat project moeten voor een heel machtig iemand een bedreiging hebben gevormd. Misschien wel iemand in de regering.'

'Vertel me wat meer over dat project. Want ik heb niets over aantekeningen gehoord of dat er gevaarlijke software op zijn computer zou zitten.' Maar aan de andere kant had Pritchard alles uit Adams kantoor weggehaald en onder haar eigen hoede genomen.

'De Binnenlandse Veiligheidsdienst heeft zijn projectgegevens, het prototype van de software,' zei Delia langzaam. 'Jullie hebben de spullen. Dat moet je mij niet vragen.'

'Ik kan je verzekeren dat zijn eigendom niet wordt gestolen of misbruikt.'

'Ik vraag me af of je baas daarom wil dat ik mijn mond hou. Omdat jullie zijn software hebben en die voor de Veiligheidsdienst waardevol is?' Delia's stem schoot de hoogte in.

'Natuurlijk niet. Onze technische staf onderzoekt zijn computer op alle programma's en bestanden, om te kijken of we erachter kunnen komen wie het op hem had voorzien, maar ze doen niets onwettigs, hoor. Jeetje, Delia, je denkt toch zeker niet dat we een stelletje boeven zijn?'

'Ik weet niet wat ik ervan moet denken. Wie ik kan vertrouwen.'

'Nou, dan zal ik jou vertrouwen. Adam nam contact met ons op vanwege een ernstige dreiging. Misschien terrorisme. Misschien moest hij daarom een tijdje onderduiken. Kon hij ergens heen als hij in de problemen zat? Misschien bewaarde hij de bijzonderheden van die dreiging op een veilige plek.'

'Hij zou hierheen komen.' Ze gebaarde naar het prachtige, bijna lege huis.

'Maar als hij jou buiten het gevaar wilde houden...'

'Hij ging nooit ergens heen. Zijn werk was zijn leven. Hij...' Ze zweeg. 'Toen we elkaar pas kenden zijn we een paar keer met vrienden naar New Orleans gereden, en we vonden het heerlijk. De mensen, het eten, de muziek. Deze week maakte hij daar nog een vreemde opmerking over. Sinds Katrina zijn we daar niet meer geweest en hij zei dat hij nu niet eens in de buurt van New Orleans wilde komen, althans niet in de nabije toekomst.'

Vochek fronste haar wenkbrauwen. 'Maar hij zei niet waarom?'

'Nee.'

Vochek aarzelde. Pritchard had haar gewaarschuwd het niet over Hector Global te hebben, maar één vraag kon toch geen kwaad, helemaal omdat Hectors naam meer dan eens was gevallen. En Adam was ook een overheidscontractant. 'Heeft Adam ooit ene Sam Hector genoemd?'

Delia nam een grote slok koffie. 'Sam Hector. Geen alledaagse naam.'

'Hij heeft een beveiligingsbedrijf. Overheidscontracten van vele miljoenen.'

Delia haalde haar schouders op. 'Sorry, daar kan ik je niet bij helpen. Adam vertelde me niet veel over zijn werk. Dat was technisch, en ik ben niet... Ik vrees dat Adams computertheoretische kennis me mijlenver boven de pet ging.' Haar stem klonk nu schor.

'Heeft Adam verder nog iets vreemds gezegd?'

'Nee. Hij was opgewonden dat zijn werk zo opschoot. Ik...' Delia onderbrak zichzelf abrupt, alsof ze plotseling gebukt ging onder een gewicht. 'Ik bel je wel als ik me nog iets kan herinneren. Ik heb je nummer nog van je telefoontje van gisteren.'

'Ik ben mijn mobieltje kwijt.' Vochek schreef haar nieuwe nummer op een blocnote die op het buffet lag.

'Mag ik zijn moeder vertellen dat hij dood is? Misschien begrijpt ze het niet. Maar ik kan het niet voor haar verzwijgen.'

'Natuurlijk. En als er verder nog iets is wat je kwijt wilt…'

'Ik geloof het niet.' Delia vouwde Vocheks briefje dubbel. 'En ik wil het graag weten wanneer Adams lichaam vrijgegeven wordt. Ik moet een begrafenis regelen.'

Ze weet iets, dacht Vochek. Maar als ik haar onder druk zet, zal ze des te halsstarriger haar mond houden.

Uitzoeken wanneer het lichaam ter beschikking wordt gesteld, daarmee zou ze kunnen scoren. Vochek liep weer naar haar auto. Delia Moon, verre van de treurende vriendin die maar wat graag bij het onderzoek zou willen helpen, zou nog problemen gaan opleveren. Vochek zou bevelschriften nodig hebben om meer over Delia te weten te komen. Ze belde Margaret Pritchard, liet een bericht achter dat ze bijgepraat wilde worden over wat het computerteam op Adams computers had ontdekt en ook wanneer het lichaam werd vrijgegeven zodat het begraven kon worden. Ze belde haar gestolen mobieltje nog een keer, maar zonder resultaat.

Ze liep door haar telefoonlijst en vond het volgende nummer dat ze wilde bellen. Bob Taggart, de politieman die de politie op Maui had geassisteerd bij het onderzoek naar de moord op Emily Forsberg. Hij had de achtergrond van Emily en Ben in Dallas onderzocht om te kijken of er een motief viel te ontdekken waarom Ben zijn vrouw zou willen vermoorden. Hij woonde ten zuiden van Dallas, in de stad Cedar Hill. Ze belde, legde uit waarom ze hem wilde spreken en Taggart zei dat ze van harte welkom was.

Ze reed van de stoeprand weg en zag in haar achteruitkijkspiegel dat Delia Moon door het raam naar haar stond te kijken. Toen viel het gordijn terug en was Delia uit het zicht.

Delia Moon deed een stap bij het raam vandaan. Het was een heldere, koele dag en de wind zuchtte met vlagen tegen het glas. Ze kreeg het gevoel alsof het huis zich als een verpletterende vuist om haar heen sloot. Elke hoek leek doordrenkt van Adam en ze huiverde van verdriet. Delia kon zich wel voorstellen hoe agent Vochek over haar dacht, een opflakkering van weerzin, heel even maar, die de vrouw getracht had te verbergen maar waarin ze niet was geslaagd.

Nou, de oppermachtige agent Vochek had het mis. Het kon haar niet schelen dat ze misschien niet Adams erfgenaam was. Ze wilde dat ze meer van hem had gehouden, of tenminste beter van hem had gehouden. Ze had geen kopie van zijn softwareprogramma's, maar ze wist dat hij bijna klaar was met een project dat misschien miljoenen kon opbrengen, en nu had de Binnenlandse Veiligheidsdienst zijn intellectuele eigendom in beslag genomen. Computerbestanden konden gekopieerd en gestolen worden. Zijn project kon gekaapt worden. Ook al zou ze er nooit een cent van zien, dat geld kwam Adam rechtmatig toe en dat geld kon gebruikt worden voor zijn moeders torenhoge doktersrekeningen.

Hij had dit huis voor Delia gekocht, haar geholpen om haar chaotische leven weer op de rails te krijgen, zij moest nu zijn belangen beschermen. Ze was plotseling vastbesloten, alsof nu alles op zijn plek viel.

Vertel me alsjeblieft alles over zijn project, had juffrouw Wijsneus gezegd. Schrijf dat maar op je buik, dacht Delia, zij zou nog geen fractie van zijn bedrijfsgeheimen verraden. Als iemand Adam had vermoord, had hij vast iemand opgespoord die hij niet had mogen opsporen. En dat betekende dat zijn ideeën goed waren.

Ze had misschien een advocaat nodig om zijn laptop, papieren en elektronische bestanden van de Binnenlandse Veiligheidsdienst terug te krijgen.

Ze wist wie ze moest bellen. Want, ja, Adam had het wel met haar over Sam Hector gehad: een man die hem geld zou geven om zijn product te kunnen ontwikkelen. Ze vond zijn naam in Adams adresboek op de computer die ze deelden wanneer hij hier in de stad was, en vond een nummer van Hector waarbij 'rechtstreekse privélijn' stond vermeld.

Delia Moon pakte de telefoon.

20

Ben en Pelgrim vonden een ketenmotel, nog zo nieuw dat de omgeving nog niet af was. Het stond aan de LBJ-snelweg die de noordelijke, uitgestrekte stadswijken doorsneed. Pelgrim betaalde de kamer contant. Hij liet het geld en de rest van de spullen, op de tas met kleren na, in de achterbak van de Volvo.

Pelgrim zag bleek terwijl ze de trap op liepen.

'Gaat het wel?'

'Mijn verband. Ik denk dat je het moet verschonen.'

'Oké,' zei Ben. Ze liepen de kamer in, die schoon en netjes was. Ben deed de tv aan en begon te zappen op jacht naar een nieuwskanaal, Pelgrim gooide de tas op een van de beide bedden. Hij liep naar de badkamer en sloot de deur.

Ben vond CNN. De moorden in Austin waren nog steeds het belangrijkste nieuws, zijn gezicht werd nog steeds getoond, hij was nog altijd 'een belangrijk persoon'. Maar toen verscheen een foto van Emily op het scherm, en zijn keel kneep zich dicht.

De verslaggeefster, met perfecte wenkbrauwboogjes, zei: 'In Forsbergs verleden speelt een onopgeloste moord... die op zijn vrouw, Emily Forsberg, twee jaar geleden.' Ben greep de afstandsbediening en zette de televisie uit. Nee.

Het gemis van Emily deed hem zo'n verdriet dat zijn lichaam er pijn van deed. Fragmenten uit het verleden tolden door zijn hoofd: dat hij de ogenblikken nadat Emily was gestorven naar de groene heuvels achter hun huurhuisje keek en niemand zag, de Hawaïaanse politie die hem vertelde dat iemand die ochtend op vier percelen in de buurt had geschoten, dat dit dus waarschijnlijk een willekeurige schietpartij was, die zijn leven zinloos had vernietigd; Sam Hector die op Emily's gedenkdienst had gesproken, over haar elegantie, haar geweldige arbeidsethos en haar waardigheid; Ben die ten slotte hun huis in Dallas had verlaten, wetend dat hij daar niet kon blijven, zo vol herinneringen aan haar, en toch met het gevoel dat hij verraad pleegde door het huis te verlaten waarin ze samen hadden gewoond.

Pelgrim kwam de badkamer uit en bleef in de deuropening staan. 'Je moet het verband even controleren.'

'Tuurlijk,' zei Ben. Hij liep de badkamer in en om zijn pols sloot zich een plastic armband.

'Wat verdomme…' Hij worstelde en vocht, maar Pelgrim gooide hem hardhandig op de tegels en had de andere kant van de plastic handboei al aan de pijp op de vloer van het toilet bevestigd.

'Sorry, Ben, dit is het beste.' Pelgrim deed hijgend een stap achteruit.

'Klootzak die je bent.' Ben trok hard aan zijn boeien, maar de pijp gaf geen krimp. Paniek golfde door zijn borst. 'Je was dood geweest als ik je niet had geholpen.'

'Ik bescherm je alleen maar. Ik weet niet wat ik in Barkers huis aantref. En het is het beste als je niet in de buurt bent.'

'Prima, dan blijf ik hier, maak alleen die handboeien los.'

'Ben… ik kan niet hebben dat je me voor de voeten loopt. Of niet op je kan rekenen. Sorry. Ik weet zeker dat je naam gezuiverd wordt.'

Ben haalde uit om hem een schop te geven en Pelgrim ontweek hem. 'Klootzak, ik heb jou nodig om te vertellen dat je mijn naam hebt gestolen.'

'In de gevangenis ben je veiliger dan bij mij.'

Ben rukte uit alle macht aan de plastic handboei. 'Laat me gaan.'

'Ben. Moet je horen, je wilt je niet in mijn wereld begeven. Dat is geen avontuur, het is torenhoge narigheid. Dat is niets voor jou. Ik zoek uit wie ons in de val heeft laten lopen en ik zorg dat ze ervoor zullen boeten. Jij komt op borgtocht vrij. Jij bent een keurige burger.'

'Denk je soms dat ik een lafaard ben? Nou, jij bent dat anders wel.'

'Lijkt me sterk,' zei Pelgrim.

'Je wilt van me af omdat je geen idee hebt hoe je hulp moet accepteren en tegelijk geen mensen hoeft te vermoorden. En nadat ik je weer had opgelapt, ondankbare lul, dacht ik dat we aan dezelfde kant stonden. Jíj hebt de moed niet om je aan een deal te houden.'

'Het is alleen… ik geloof gewoon niet dat je aankunt wat nu moet gebeuren. Dus laat mij het vuile werk maar opknappen.' Pelgrim stond op. 'Zorg dat je een wereldadvocaat krijgt die de Binnenlandse Veiligheidsdienst eens stevig aan de tand voelt over die Afdeling Strategische Nog Wat waar Kidwell en Vochek voor werken. Veel succes man, en bedankt.'

Hij draaide zich om en liep de badkamer uit.

'Pelgrim!'

'Het is het beste zo, Ben, echt het beste.' Alsof hij zichzelf daarvan moest overtuigen.

En het volgende geluid dat Ben hoorde was de klik van de dichtslaande hoteldeur.

Pelgrim wist zeker dat hij de juiste beslissing had genomen. De politie zou Ben vinden en hem aan de Veiligheidsdienst overdragen. Hij zou ze over Pelgrim vertellen en uiteindelijk zouden ze hem wel geloven, niemand zou geloven dat Ben Forsberg op zijn eentje was ontsnapt aan de schietpartij in Austin. Ten slotte zou hij voor ondervraging bij de CIA en de FBI belanden. En daarna vrijgelaten worden.

Tenzij… tenzij een groep binnen de regering de Kelder de oorlog had verklaard en niet wilde dat Ben openlijk over Pelgrim of de Kelder zou praten. Onverhoeds kreeg hij kippenvel. Maar Ben had connecties binnen de regering, het zou prima in orde komen met Ben. Die Sam Hector zou wel voor een legertje advocaten zorgen.

Hij dacht dat ze aan dezelfde kant stonden. Wat was hij toch een sukkel. Ben leefde in een normale wereld waar je inderdaad met elkaar optrok en kon denken dat iemand je bondgenoot was. Zelfs je vriend was. Pelgrim kon zich die wereld nog herinneren, en heel even wilde hij zijn schetsboek tevoorschijn halen, een potlood slijpen en het meisje tekenen zoals hij haar herinnerde, met madeliefjes in haar handen, haar lach dansend in het zonlicht.

Bens beschuldigende woorden ratelden door zijn hoofd. Jíj hebt de moed niet om je aan een deal te houden. Nee, misschien niet, maar dat maakte niet uit. Hij werkte alleen. Dat was de enige manier waarop hij kon overleven.

Het adres op Barkers rijbewijs was in Oost-Dallas, en bij twee huizen in de straat stond een bord met TE HUUR in de voortuin. Het was een rustige buurt, gedomineerd door volwassen eikenbomen en bungalows. De meeste mensen waren naar hun werk, maar hij zag een zwangere jonge vrouw op haar hurken bij een bloembed onkruid wieden. Ze keek op en zwaaide toen Pelgrim langsreed. Hij zwaaide terug.

Barkers grasveld was toe aan een maaibeurt en noten van de pecannotenbomen lagen verspreid en vergeten op de oprijlaan. Er stonden geen politiewagens buiten, wat betekende dat Barkers lichaam, dat waarschijnlijk in het mortuarium van Austin lag, niet met dit adres in verband was gebracht. Slim van hem om zijn rijbewijs mee te nemen.

Pelgrim reed drie keer langs het huis, geen teken van leven, geen teken dat het in de gaten werd gehouden. Hij parkeerde zijn auto twee huizen verderop, bij een van de TE HUUR-borden, en liep naar Barkers voordeur. Hij klopte, belde aan, klopte nogmaals. Hij zette een picklock in de vorm van een klein vuurwapen tegen het slot, haalde de trekker over en het slotmechanisme klikte open. Hij was binnen.

Een alarm ging af, dit was tenslotte eigendom van de Kelder, en hij had beveiliging verwacht. Hij haalde een palmtop uit zijn zak, klapte het plastic klepje van het alarmpaneeltje open, trok een draadje van de palmtop naar het paneeltje en toetste een programma in. Dat scande de deactiveringscode van het paneel en gaf het systeem binnen achttien seconden de juiste combinatie. Pelgrim koppelde de palmtop van het alarm los, leerde de getoonde combinatie uit zijn hoofd en deed het klepje weer dicht. Toen deed hij de deur op slot en activeerde opnieuw het alarm in de RUST-stand, zodat hij zich vrij door de kamers kon bewegen. Als iemand binnenkwam, wilde hij de schijn wekken dat het huis leeg was.

Het was donker en stil in het huis. Het was eenvoudig gemeubileerd met IKEA-spullen, voldoende om de indruk te wekken dat hier een minimalistische vrijgezel woonde. Pelgrim liep door de kamers maar deed nergens licht aan. Hij zocht op de voor de hand liggende plekken naar een pistool: de vriezer, de kleine keukenkast het dichtst bij de achterdeur, in de provisiekast. Niets. De keuken was goed bevoorraad, alsof Barker verwachtte weer thuis te komen. Nou, waarom ook niet?

Teach moest gevangen worden genomen en Pelgrim vermoord. Een ongeopende fles Franse champagne stond in de koelkast, klaar voor een feestje.

Hij doorzocht het huis. In de woonkamer stond een portable tv en er lag een verzameling reisgidsen, pagina's geopend bij artikelen over de Bahama's en Aruba, in de marges stonden aantekeningen over wanneer hij de volgende week kon vertrekken. Barker had van zijn judaspenningen een reisje gepland. De ingebouwde boekenplanken waren leeg. Pelgrim voelde zich er thuis: zijn eigen onderkomens, die meestal elke paar maanden wisselden, waren net zo eenvoudig.

Achter in het huis was de grote slaapkamer. Wasgoed lag op een hoop aan het voeteneind van het onopgemaakte bed. Een lange, brede werktafel nam een hoek in beslag. Geen computer, geen papieren. Geen spoor. Een draadloze telefoon met een antwoordapparaat. Hij speelde het bandje af, dat was gewist.

Hij zocht verder. Achter in een la vond hij drie paar handboeien, zijden kousen, glijmiddel. In een paar tijdschriften stonden koppels die met de zweep kregen en in meer dan liefde en wederzijds respect met elkaar verstrengeld waren. Wat maakte het uit? dacht Pelgrim. Kelder-leden leidden een uitermate stressvol bestaan.

Achter in de bureaula vond hij twee valse paspoorten van Barker, onder verschillende namen, die eruitzagen alsof ze door de Kelder waren gemaakt. Teach maakte gebruik van voortreffelijke vervalsers. Maar Barker hoefde voor zijn werk niet het land uit. Teach maakte bij operaties gebruik van mensen in het land zelf, Europeanen deden de Europese klussen, Amerikanen de Amerikaanse. Barker en nog een paar anderen waren vlak bij Amerikaanse vliegvelden gestationeerd, zodat ze overal snel konden zijn.

Dus waarom was hij overzee geweest?

Hij zag dat één paspoort twee weken geleden visa had voor het Verenigd Koninkrijk en Zwitserland. Het andere paspoort was naar Griekenland en daarna naar Libanon gereisd.

Verenigd Koninkrijk. Misschien naar Belfast om de Lynch-boys te rekruteren. Libanon. Drie weken geleden, drie dagen lang. Misschien om de groep in te huren die Teach had ontvoerd.

Maar wie had Barker dan ingehuurd?

Pelgrim stopte Barkers paspoorten in zijn zak.

Hij hoorde de voordeur opengaan, het herkenbare geluid van een slot dat werd geforceerd, waarschijnlijk met dezelfde soort lockpick als hij had gebruikt. Het alarm speelde zijn riedeltje. Hij ging naar de hoek van de kamer. Hij hoorde de deur dichtgaan. Vingertoppen die een code intoetsten. Toen stilte.

Wie het ook was, hij kende de toegangscode. Pelgrim mocht deze bezoeker meteen. Deze bezoeker kon hem dingen vertellen.

Zacht sluipende voetstappen, twee gedempte stemmen, beide mannelijk. Het gesprekje – hij kon niet verstaan wat ze zeiden – murmelde een halve minuut door.

Wat betekende dat ze niet wisten dat hij er was.

Hij wachtte. Dat duurde niet lang. Slechts één kwam echter de slaapkamer in en Pelgrim drukte zodra hij de drempel over stapte het pistool tegen zijn achterhoofd. De man was gedrongen en pezig, in de veertig, had een kaalgeschoren hoofd en bleef in professionele overgave stokstijf stilstaan. Pelgrim deed een stap terug en liep om hem heen, legde een vinger op zijn lippen en hield het pistool stevig tegen het hoofd van de man gedrukt.

'Roep je partner hierheen,' fluisterde hij. 'Rustig en beleefd.'

'Ik heb iets gevonden,' zei de kale man op normale toon. Pelgrim trok hem uit het zicht van de gang naar achteren en plaatste de kale man als een schild tussen hem en de deur. Hij hoorde naderende voetstappen en een andere man, een jonge, zwaargebouwde latino, kwam de kamer binnen. Zo te zien had hij een zware dag achter de rug: twee blauwe ogen, een kneuzing op zijn mond. Hij had een iets te klein pak aan: zwart jasje en broek, een wit overhemd dat aan de vouwen te zien zo uit de verpakking kwam, geen das. Hij bleef staan toen hij Pelgrim zag en wilde zijn pistool trekken.

Pelgrim zei: 'Laat dat.'

'Jij bent Pelgrim. Wij zijn van de Kelder,' zei de man met het gekneusde gezicht. 'Teach heeft ons hierheen gestuurd. Ik ben De La Pena. Dat is mijn echte naam. Dit is Groen.'

'Is dat zo? Waar is Teach?'

'Ze is veilig.'

'Waar?'

'Ik weet niet waar ze zit,' zei hij. 'Alleen dat ze veilig is.'

Pelgrim gooide hun elk een van Barkers handboeien toe. 'Gezicht naar elkaar toe. Handen voor je. Doe een boei om jouw linker- en zijn rechterhand en vice versa.' Hij liet zijn verbazing niet merken dat De La Pena hem zijn echte naam zei, in de Kelder zei je nooit wie je werkelijk was.

Dus misschien was die kerel helemaal niet van de Kelder. Of hij wilde wanhopig graag vertrouwen creëren.

De twee mannen keken elkaar aan alsof ze op het punt stonden te gaan walsen, met de handboeien om hun polsen. Groens rechterhand was geboeid met de linker van De La Pena's, Groens linkerhand zat vast aan de rechter van De La Pena.

'Op slot ermee,' beval Pelgrim en ze deden de boeien dicht. Groen keek kwaad, hij had een kleine mond die zich in een rozenknop vertrok. De La Pena bleef kalm. Hij was waarschijnlijk de gevaarlijkste van de twee, bedacht Pelgrim.

'Dit zijn meisjeshandboeien,' zei Groen gemelijk. 'Ze zitten strak.'

'Ga zitten,' zei Pelgrim. Hij pakte hun wapens van ze af, één in elke zak. Zocht op hun rug en benen naar nog meer wapens, maar vond niets. Hij legde de pistolen op het bureau, ver buiten hun bereik.

Onhandig zonken de twee mannen paarsgewijs op de grond.

'Jij hoort hier niet te zijn,' zei De La Pena zonder woede in zijn stem.

'Jullie anders ook niet,' zei Pelgrim.

'Wij zijn de huisbewaarders. Doen de opruiming als een klus is misgegaan.'

'Opruimen: gegevens vernietigen, Barkers sporen uitwissen, iedereen vermoorden die vermoord moet worden.'

'Nogal grof uitgedrukt. Ik heb nog nooit iemand vermoord,' zei De La Pena. 'Van hem weet ik het niet.' Hij maakte een hoofdbeweging naar Groen, die een raadselachtig glimlachje tevoorschijn toverde.

'Je zei dat Teach je heeft gestuurd.'

'Ja.'

'Heb je haar gezien of heeft zij je gebeld?'

'Ze heeft Groen gebeld. Ik was hier al, onderdeel van een trainingsoefening.'

Pelgrim wees naar De La Pena's bont-en-blauwe ogen. 'Moest je leren voor boksbal te spelen?'

'Ze zei tegen me dat ik naar Dallas moest komen, hierheen moest gaan en met deze vent hier alle Kelder-bewijzen uit het huis moest opruimen,' zei Groen.

'Ze is ontvoerd,' zei Pelgrim.

'Tegen ons zei ze anders dat jij haar wilde ontvoeren,' zei Groen. 'Je hebt haar helper vermoord en zij is ontsnapt. Vertel je verhaaltjes maar aan iemand anders, man.'

'Ik heb inderdaad Barker vermoord, maar hij bleek de verrader te zijn. Zij werd meegenomen.'

De twee mannen staarden hem aan. Geloofden hem niet, zag hij.

'Wie was er bij haar?' vroeg Pelgrim zachtjes. 'Ik denk dat jullie dat weten. Hou toch op met die leugens, man.' Hij gaf ze allebei een harde trap, raakte De La Pena in de rug, en beide kerels vielen om. 'Ze opereert niet uit vrije wil, iemand heeft haar onder het juk.'

'Zij heeft me verteld wat ik moest doen,' zei De La Pena. 'Ze zei dat jij de mist in was gegaan en…'

Wat ben je aan het doen, Teach? vroeg Pelgrim zich af. 'Sta op,' beval hij. Hij kon ze in de keuken ondervragen, hoe onaantrekkelijk dat ook klonk, een mespuntje angst kon misschien de tongen losmaken.

De La Pena en Groen stonden onhandig op, als een Siamese tweeling die voor altijd aan elkaar gekluisterd zat.

Pelgrim gebaarde ze terug te lopen naar de smalle gang en ze bewogen zich zijwaarts met hun gezicht naar elkaar toe. De La Pena was dertig centimeter langer dan Groen, en Groen moest zich haasten om hem bij te houden. Toen struikelde Groen, hij viel bijna op een knie. De La Pena bleef staan en trok hem overeind, en terwijl Groen opstond, haalde hij met een scherpe, goedgeplaatste schop keihard naar Pelgrims wapenhand uit, waardoor zijn wapen in zijn eigen borst prikte. Pelgrim duikelde achteruit de slaapkamer weer in.

Pelgrim hief het pistool weer, maar nu zaten ze boven op hem en bewogen ze zich als één geheel. De La Pena lanceerde Groen opnieuw, zwaaide met de kleinere man en Groen schopte met zijn voeten Pelgrim in de borst. De lucht werd uit Pelgrims longen geperst en terwijl Groen viel, lanceerde De La Pena een goed getimede schop waardoor het pistool uit Pelgrims hand werd geslingerd. Het wapen sloeg tegen de verste muur.

Pelgrim viel tegen de muur en de twee vielen boven op hem, glijdend over de hardhouten vloer. De La Pena pinde Pelgrim met zijn gewicht vast, de geboeide mannen sloten hun handen eendrachtig om zijn keel en wilden hem wurgen.

Hij drukte een vinger in Groens oog.

Groen jankte het uit en draaide weg. De La Pena hief hun geboeide handen in de lucht en liet ze weer zakken, vormde een cirkel om Pelgrim, probeerde hem tussen zichzelf en Groen te vermorzelen. Pelgrim stompte Groen nogmaals, kort en meedogenloos. Voelde hoe de lip scheurde en de neus onder zijn klappen brak. De La Pena drukte met zijn hele gewicht tegen Pelgrim aan.

Plotseling kreeg Pelgrim geen lucht meer. Opnieuw vlamde de pijn in zijn schouder op.

Pelgrim tilde zijn voeten van de hardhouten vloer, schoof ze tussen zijn tegenstanders en de muur en duwde, waardoor ze hun evenwicht verloren. De kluwen mannen stortte weer op de grond en De La Pena's verstikkende greep brak los, maar voor slechts een ogenblik. Lucht, plotseling en heerlijk. Pelgrim hamerde een elleboog in het gezicht van De La Pena, één keer, twee keer, de pijn ratelde door zijn gewonde arm. De La Pena wilde hem een kopstoot geven, maar raakte in plaats daarvan de schouder, waardoor Pelgrim bijna flauwviel van de pijn. Pelgrim rolde boven op De La Pena en trok Groen over hem heen.

'Grijp hem bij de keel!' riep De La Pena naar Groen.

Pelgrims gezicht en dat van Groen waren een paar centimeter van elkaar en Pelgrim sloot zijn handen om Groens nek, en Groen probeerde kronkelend en met paniek in zijn ogen uit Pelgrims greep te blijven.

'Nee, nee, niet doen,' gromde Groen, wetend wat deze greep betekende.

Pelgrim sloot heel precies en zorgvuldig zijn vingers om de kaken, om het hoofd en toen was er een kraak hoorbaar. De laatste adem blies recht in Pelgrims gezicht.

Groen rolde weg, een dood gewicht aan De La Pena's handen die boven op hem lag. Pelgrim gleed naar omlaag, greep Groens hoofd en ramde dat tegen De La Pena's gezicht. Pelgrim sidderde en dook tussen de mannen uit, maar De La Pena greep hem bij zijn haar en keel.

Pelgrim wist zich echter uit de greep van de levende en onder het gewicht van de dode man los te wringen. Hij kwam wankelend overeind terwijl De La Pena naar zijn benen uithaalde, en verkocht De La Pena een machtige trap op de kaken en daarna in de maag.

De La Pena sloeg dubbel en probeerde Groen als een schild over zich heen te trekken. Pelgrim liet hem begaan. Toen greep hij het hoofd van de dode man van achter vast en ramde dat keer op keer in De La Pena's gezicht.

'Oké, oké!' schreeuwde De La Pena ten slotte uit. 'Ik zal praten!'

Pelgrim gaf hem nog twee rammen op de koop toe en rolde daarna het lichaam van Groen uit de weg.

De La Pena hield zich gedeisd.

'Als je beweegt, als je ook maar verkeerd naar me kijkt, vermoord ik je. Klootzak.'

'Begrijp ik,' zei De La Pena tussen bebloede lippen door. Het was niet allemaal zijn bloed.

'Wie heeft je gestuurd?'

'Teach. Maar... er is ook een man. Die kerel, ex-militair, heeft me vorige week gekidnapt. Me hierheen gebracht. Hield me in de vergaderzaal gevangen en sloeg me. Sloeg me zomaar, om geen enkele reden.'

Hij knipperde met zijn ogen door het bloed heen. 'Hij wist dat ik ex-CIA was. Kende mijn echte naam. Zei dat Teach snel hier zou zijn om met me te praten.'

'En dat gebeurde ook.'

'Gisteravond. Ze zag eruit alsof ze gevochten had. Ze zei dat die nieuwe vent haar partner was, dat we met hem zouden samenwerken. Je kon het zo uittekenen. Hij heeft zich in de Kelder binnengedrongen en zij heeft dat toegelaten.'

'Weet je hoe die vent heet?'

'Nee. Dat heeft ze niet gezegd. Hij is al ouder maar je ziet zo dat hij in onze branche zit. Kille ogen. Hij glimlacht zoals volgens mij geesten glimlachen.' Hij wachtte even. 'Hij heeft een mooi huis.'

'Beschrijf hem.'

'Lang, eind veertig, misschien begin vijftig, zilverkleurig haar maar heel fit.'

'Nog iets?'

'Er is nog een vent. Jong. Iers accent.' Hij haalde zijn schouders op.

'In het zwart gekleed? Zoals Johnny Cash?'

'Ja. Die nieuwe vent heeft Teach helemaal in zijn zak. Je kunt wel zeggen dat ze ontvoerd is, maar het is duidelijk dat ze met hem samenwerkt.'

'Alleen omdat hij haar of ons heeft bedreigd. Ze wordt gedwongen, Teach zou ons nooit verraden.'

'Maakt niet uit of het vrijwillig is of niet,' zei De La Pena. 'Als Teach de macht over de Kelder verliest, ga ik gewoon met de stroom mee. Wie de leiding over de Kelder heeft, heeft de leiding over mij.'

'Waar staat dat huis?'

'Je begrijpt het totaal niet. Die kerels houden haar niet onder schot. Ze houden haar omdat ze ons hebben gevonden. Die vent heeft ons in zijn zak omdat hij ons kan verraden.' De La Pena staarde hem door het bloed aan. 'Wat gaat de CIA doen als ons bestaan aan het licht komt? Ze zullen hun handen van ons aftrekken. Je weet dat ze ons niet kunnen erkennen, die deal hebben we gemaakt toen we tekenden. Dan krijgen we een federale aanklacht aan onze broek.' Hij spuugde een druppel bloed uit. 'Je zou gewoon moeten verdwijnen. Geef 't op om Teach terug te krijgen. Volgende fase, man.'

'Je loyaliteit inspireert me. Teach haalt je uit de goot, geeft je een tweede kans en je helpt niet eens mee om haar vrij te krijgen.'

'Ze heeft geen ruzie met die kerel.' De La Pena haalde zijn schouders op. 'Waarom zou ik dan?'

Pelgrim stond op, liep naar de andere kant van de kamer en pakte zijn pistool.

De La Pena zei: 'Maak me los, man. Hij is dood, maak me los.' Hij rukte met zijn arm en Groens dode arm bewoog eendrachtig mee. 'Ik heb je verteld wat je moest weten; ik heb je nooit gezien en dan staan we quite.'

Pelgrim stond onvast op de benen, greep in zijn zak en voelde het gewicht van Barkers paspoorten. 'Als je één beweging maakt, laat ik je aan hem vastzitten en zet ik je het huis uit. Ik popel om te zien hoe je aan de buren gaat uitleggen waarom je vastgeketend aan een dooie vent over straat loopt.' Hij pakte de telefoon, drukte op de herhaaltoets en luisterde naar de piepjes van het gekozen nummer. De display toonde 504. Kengetal van New Orleans. Nadat hij drie keer was overgegaan nam een vrouw snibbig op: 'Hotel Marquis de Lafayette, waarmee kan ik u van dienst zijn?'

'Ik ben op zoek naar uw hotel maar ik denk dat ik een verkeerde afslag heb genomen.'

'We zitten vlak bij Pydras en St. Charles, meneer. Waar komt u vandaan?'

'O, ik had het adres verkeerd opgeschreven, nu vind ik het wel. Hartelijk bedankt.' Pelgrim hing op. Hij probeerde zich Barkers laatste dag in dit huis voor te stellen, zich voorbereidend op een verraderlijke operatie, waarbij hij zowel Teach als Pelgrim in de luren moest leggen, Pelgrim in een dodelijke val lokken en Teach van hem isoleren en haar ontvoeren. En het laatste telefoongesprek dat hij pleegt is naar een hotel in New Orleans.

Wie was daar? Waarom New Orleans?

'Vertel me waar ze vastgehouden wordt.'

'Maak me eerst van hem los, man,' zei De La Pena.

'Zeg op.'

'Nee,' zei De La Pena. 'Maak me los. Je zult me moeten vertrouwen, ik kan je helpen Teach te redden. Maar als ik het je nu vertel, kun je me vermoorden, net als Groen.'

'Je wilde mij vermoorden.'

'Orders. Mij was verteld dat je een slechterik was geworden, en nu ik met je heb gepraat... merk ik dat dat niet zo is. Ik geloof jou, niet die vent die Teach in zijn zak heeft. Ik kan je helpen. Hij is een enorme klus aan het voorbereiden waar hij Teach bij nodig heeft. Ik heb hem horen praten. Die klus vindt zondag plaats.'

'Wat gebeurt er zondag?'

'Weet ik niet.'

Pelgrim sloeg hem gade. Hij liep naar het nachtkastje, rommelde erin en vond de sleutels. Hij hield zijn pistool in de aanslag. Hij wilde dat hij Ben had meegenomen, hoe nutteloos hij misschien ook was, want dit was een ongelooflijk riskant moment. Hij hield het pistool op De La Pena gericht, maakte de eerste handboei los en toen de tweede.

De La Pena stond langzaam op met de handen uit elkaar. Doordat hij met handboeien om had gevochten, waren zijn polsen rauw geworden en bloedden ze. Hij spuugde weer bloed.

'Waar staat dat huis van die vent?'

'Jezus, ik bloed vanbinnen...' De La Pena struikelde, zijn hand ging naar de kraag van zijn shirt. Pelgrim aarzelde, maar zag toen de zilveren flits onder de kraag uit komen, De La Pena's arm naar hem uithalen, voelde de beet van het lemmet in zijn hand terwijl hij die ophief en vuurde.

De kogel raakte De La Pena in de keel. Hij stortte neer, liet het smalle kleine mes dat hij in zijn kraag had verborgen vallen. Zijn blik vond het plafond en bleef daarop gericht.

'Stommeling,' mompelde Pelgrim zowel tegen zichzelf als tegen De La Pena. Het was geen diepe snee, maar hij zat dicht bij zijn pols en hij veegde het bloed weg met een handdoek. Hij spatte water over zijn gezicht en spuugde in de gootsteen. Alles deed hem pijn, zijn wonden sijpelden bloed en hij had een gierend misselijk gevoel in zijn maag.

Hij doorzocht het huis nog verder. Niets te vinden. Hij had een draad – dun en waarschijnlijk niets te betekenen – die naar New Orleans leidde en een smerige klus over een kleine achtenveertig uur. Maar Teach was nog steeds in Dallas en omstreken, en hij kon niet weg zonder dat hij haar zou proberen te vinden.

Hij liep naar de auto die voor het huis geparkeerd stond en maakte die met de sleutels die hij in Groens zak had gevonden open. Een huurauto, de rekening lag in het handschoenenkastje. Die stond op naam van Sparta Consulting, de normale financiële dekmantel van de Kelder. Geen spoor liep terug naar de nieuwe baas. Iets anders dan een vage beschrijving had hij niet en hij had geen idee of De La Pena daar zelfs eerlijk over was geweest.

Hij keerde naar de gestolen Volvo terug en reed de straat door. De zwangere vrouw, nog altijd glimlachend in haar tuin geknield, zwaaide weer naar hem toen hij langsreed, en hij zwaaide terug.

21

Op de vrijdagochtend na het voorval in Austin stond Sam Hector rijzig en resoluut voor de persmicrofoons in het perscentrum van het Hector Global-complex ten noordoosten van Dallas.

'Niemand kan de twee dappere mannen die gisteren in Austin het leven lieten vervangen. Ze werkten voor de Binnenlandse Veiligheidsdienst, als contractbewakers van een belangrijk nieuw kantoor in Austin, in een poging om het voor alle Amerikanen veiliger te maken.' Hij stak kort de loftrompet over de beide mannen en prees hun gezinnen. Hij eerde Norman Kidwell, de toegewijde employé van de Binnenlandse Veiligheidsdienst die met zijn mannen was omgekomen. 'Ik verzeker u dat de drieduizend mensen en alle wereldwijde hulpbronnen van Hector Global ter beschikking van de autoriteiten zullen worden gesteld om de verantwoordelijken voor de rechter te slepen.' Hij schraapte zijn keel en schonk de toeschouwers een staaltje van zijn strenge, vastbesloten blik. 'Alle indicaties wijzen erop dat deze gruwelijke aanval het werk was van een terroristische cel die op Amerikaans grondgebied opereert. We hebben hier duidelijk met een nieuw gevaar te maken, een nog ernstiger bedreiging die ons land – zowel de regering als particuliere ondernemingen – gezamenlijk het hoofd moet bieden door met krachtige en vastberaden hand op te treden.'

Hij zweeg even om zijn woorden kracht bij te zetten, het krabbelen van pennen op papier hield op, de samengestroomde verslaggevers wachtten. 'Hector Global is en zal een integraal onderdeel uitmaken van de strijd tegen het terrorisme, vooral wanneer de terreur weer op onze kusten opduikt. We zullen volledig met de Binnenlandse Veiligheidsdienst, de FBI en andere overheidsinstellingen meewerken en die ondersteunen.'

Hij beantwoordde geen vragen van de pers, hoewel er enkele werden geroepen toen hij het podium af liep. Hij hoorde één persoon vragen stellen over zijn zakenrelatie met de vermiste Ben Forsberg en een ander vroeg hoeveel zijn contracten met de Veiligheidsdienst waard waren en of hij nu werk van de ministeries zou kwijtraken. Weer een ander riep een vraag over hoeveel contracten hij in het afgelopen half jaar al was misgelopen en Hector kon slechts met moeite zonder ineen te krimpen weglopen.

Vanuit de vergaderruimte trok hij zich in het heiligdom van zijn eigen kantoor terug. Alleen. Hij ging aan zijn bureau zitten en haalde uit een afgesloten lade een foto, vergeeld van ouderdom. De man op de foto was krachtig gebouwd, had een alledaags gezicht en bruin haar. Hij heette Randall Choate. Hij hoorde dood te zijn, maar dat was hij niet.

Sam Hector wilde Choate dood. Er stond veel te veel op het spel om een man als Pelgrim – Choate – tijdens de operatie tussenbeide te laten komen.

Contractaannemers zijn soms elkaars belangrijkste cliënten, veel van de grote contracten die bij grote bedrijven worden uitgezet, worden weer doorgeschoven naar andere, meer gespecialiseerde firma's. Het zo gevormde netwerk van toeleveranciers en firma's had een belangrijk voordeel als het om informatie ging.

Hector steunde op zijn netwerk om Pelgrim op te sporen. In het geniep.

Lockhart Technologies, een snelgroeiend, in Alexandria, Virginia, gevestigd bedrijf regelde communicatie- en IT-ondersteuning voor Hector Global. Sam Hector had een softwareprogrammeur binnen Lockhart in zijn zak, Gary genaamd, wiens online gokverslaving een hoop geld opslokte. Lockhart leverde ook op maat gemaakte softwareprogramma's en bood ondersteuning aan de mainframes van het Nationaal Veiligheidsagentschap bij het opsporen, analyseren en rubriceren van miljoenen telefoontjes van en naar, en inmiddels binnen de Verenigde Staten. De software was een kritische component van NVA parabolische satellietluisterstations in Yakima, Washington, en Sugar Grove, West Virginia. Gary hield een administratieaccount op een mainframe bij waarmee de stortvloed aan gegevens werd geanalyseerd, en vanochtend laadde hij op verzoek van Hector in het geheim programma's om door het hele land telefoongesprekken met het woord 'Choate' af te luisteren en die te identificeren. Hij wilde weten of de CIA wist of een van hun verloren helden springlevend was.

Een contractaannemer in de financiële dienstverlening – die voor het leger en voor Hectors werknemers in de Groene Zone van Bagdad creditcarddeclaraties verwerkte – kreeg van Sam Hector de opdracht hem te waarschuwen als er nieuwe creditcardrekeningen werden geopend op de naam van Benjamin Forsberg of Randall Choate, of nieuwe rekeningen op naam van de aliassen die hij bij de Kelder had gebruikt. Hij vroeg ook hem erop te attenderen wanneer een van de kaarten die een maand niet waren gebruikt, weer opdook, vooral bij hotels, onderweg of tijdens brandstoftanken, en wel in vijf staten.

De contractnemer had onmiddellijk beet. Hector zag dat er gisteravond drie keer gebruik van was gemaakt in steden tussen Austin en Dallas, met inbegrip van een uitgave van James Woodward. Dat was een van Pelgrims aliassen die Adam Reynolds had ontdekt. Dus ze waren op weg naar Dallas, of gingen ze gewoon uit Austin weg? Hij belde de contractnemer terug en zei hem dat hij onmiddellijk gebeld wilde worden als er nog meer creditcarduitgaven met de James Woodward-kaart werden gedaan.

Pelgrim zou uiteindelijk zijn nek moeten uitsteken, en Hector wilde dan klaar zijn om die door te hakken.

Hij schoof de oude foto van Randall Choate weer in zijn bureau. Het duurt niet lang meer, klootzak, dacht hij, of je ligt in de kist waarin je hoort. Hij verwachtte dat Ben Forsberg – als Choate hem niet had vermoord – hem wel snel voor hulp zou bellen. Beide mannen zouden hopelijk binnen twaalf uur dood zijn, als Pelgrim tenminste deed wat hij verwachtte en naar Barkers huis zou gaan. Fijn om mensen te hebben die het vuile werk voor je opknapten, Hector hield zijn handen liever schoon.

Zijn telefoon ging, het mobieltje dat hij in zijn zak had, het nummer dat nog geen tien mensen in de wereld hadden. Hij keek naar de nummervermelding. Hij herkende het nummer niet.

'Hallo?'

'Eh, tja, hallo. Meneer Hector? Met Delia Moon.'

Hij zei: 'Jij bent Adams vriendin.' Dit wist hij niet omdat Adam hem in vertrouwen had genomen, maar omdat hij alle aanvullende details over Adam Reynolds' leven wist.

'O, ja. Heeft hij over me verteld?'

'Met de grootste genegenheid, Delia. Hij was dol op je.'

Hij wachtte tot ze zichzelf weer in de hand had.

'Ik heb hulp nodig, meneer Hector.'

'Uiteraard.'

'Adam vertelde dat u hem zou helpen met zijn project. Over zijn software om onwettige bankactiviteiten en daarmee terroristen op te sporen.'

Hector kneep in de brug van zijn neus en dacht: die idioot kon niet eens een geheim bewaren. Vervelend. 'Ja, nou ja, hij heeft het wel over zo'n project met me gehad... maar ik wist niet hoever hij al was.'

'Nou, hij is al heel ver met de ontwikkeling van het programma. Ik denk dat hij daarom dood is. En de Binnenlandse Veiligheidsdienst heeft zijn computers in beslag genomen, ze gaan vast boven op zijn software zitten en die voor zichzelf gebruiken, en, nou ja, het is niet van hen. Dat behoort nu... eh, zijn nabestaanden toe, vermoed ik.'

'En bent u zijn nabestaande?'

'Nee,' zei ze geschrokken. 'Zijn moeder. Ze is ziek, ze heeft geld nodig. Maar het is niet van de regering. Ik ben bang dat ze het inpikken en houden... dat klopt niet. Ik heb uw hulp nodig, meneer Hector. Zij zullen niet naar me luisteren, maar naar u wel. Of uw advocaten.'

'Ja,' zei hij. 'We moeten praten. Maar onder vier ogen.'

'Oké.'

Hij dacht even na. 'Kan ik naar jouw huis toe komen? Het wemelt hier van de pers en ik word voortdurend gestoord door telefoontjes van de Binnenlandse Veiligheidsdienst.'

'Ja, dat is prima.' Ze vertelde hem hoe hij moest rijden en hij zei: 'Dan zie ik je binnenkort,' en hing op.

Hij belde zijn assistent.

'Ik ga vandaag thuis werken.'

De assistent – een vroegere legerklerk die niet makkelijk van zijn stuk werd gebracht – verbleekte. 'Meneer. U hebt nog twintig interviewverzoeken, met inbegrip van CNN, Fox en *The New York Times*, en u hebt vanmiddag die vergadering met de advocaten voor het geval de gezinnen van de bewakers een schadeclaim indienen, de pr-firma wil met u een strategie-update doornemen…'

'Annuleer het maar allemaal. Ik geef geen interviews meer, ik heb alles gezegd wat er voor mij het meeste toe deed, ze kunnen de persconferentie nog eens vertonen. Ik ben eenvoudigweg niet beschikbaar.' Hij wist dat hij het niet hoefde uit te leggen, maar hij was er zo volkomen van overtuigd dat het in de macht van zijn eigen bedrijf lag om goed te doen, dat hij eraan toevoegde: 'Ik moet de regering bij het onderzoek helpen. Bivakkeert er nog steeds een hoop pers voor de hekken?'

'Ja, meneer.'

'Zeg dan tegen de chauffeur dat hij een auto met getint glas neemt. Ik wil echt niet dat de wereld weet waar ik op dit moment ben.'

De twee mannen van de Kelder waren niet teruggekeerd en hadden ook geen verslag gedaan van hun vorderingen. Teach zat aan de vergadertafel. Een laptop, niet verbonden met internet, stond voor haar. Ze had tot in detail de geschiedenis van de Kelder, zijn agenten en zijn operaties in een document gezet, zoals Hector haar die ochtend had opgedragen.

Hij gleed op een stoel tegenover haar. 'Je jongens zijn nog niet terug. Denk je dat Groen en De La Pena je de rug hebben toegekeerd?'

'Nee.'

'Je denkt dat Pelgrim ze heeft onderschept.'

'Misschien.' Haar ogen schoten haat. 'Het werkt niet als je marionetten van ons maakt.'

'Vandaag werkt het misschien niet,' zei hij, 'maar morgen wel. Als ik alleen al ruik dat die twee de benen hebben genomen, vermoord ik iedereen die op de loonlijst van de Kelder staat.'

'Dan moet je ons misschien allemaal vermoorden.'

'Dat zou kunnen.'

'Geloof maar niet dat dat makkelijk zal zijn.'

Hij boog zich naar voren en printte haar conceptrapport over de activiteiten van de Kelder. Terwijl het papier door de printer rolde, bekeek hij elk vel papier. Bij één pagina werden zijn ogen wat groter, maar hij voelde haar blik op zich gericht en plakte zijn pokerface er weer voor in de plaats.

'Wat?' zei ze.

'Ik ben zowel onder de indruk als verontrust door de reikwijdte van jullie activiteiten. Klinkt het tegenstrijdig als ik zeg dat ik bewondering voor je heb?'

'Ja.'

'Zoals je al zei, het zal niet makkelijk worden, maar ik weet dat je het pad voor me zal effenen. Schrijf door.' Hij legde het concept op tafel, verliet de kamer en deed de deur achter zich op slot. Hij leunde even tegen de deur, het was geruststellend te weten dat hij de juiste zakelijke beslissing had genomen. Hij voelde een misplaatste, verraderlijke aandrang om in de lach te schieten, maar slikte die in.

Hector trof Jackie in het gastenvertrek aan. Hij had een hulpje weggestuurd om kleren voor hem te kopen: zwarte broek en zwarte shirts, zoals Jackie had gevraagd. Jackie wilde per se zijn zwarte cowboylaarzen houden. Hij zag eruit als een armetierige Johnny Cash. Hij balanceerde met het handvat van een gemeen mes op zijn handpalm.

Het mes glinsterde in het licht terwijl Jackie zijn hand stilhield.

'Je moet met dat mes een los eindje wegwerken. Ze heet Delia Moon.'

Jackie gooide het mes op en ving het bij het heft op. 'Ik wist niet dat Dallas hippies had.'

'Ze kunnen wel met eentje minder toe. Doe het snel en zorg dat je niet wordt gepakt.'

Jackie deed het mes weer in de schede en stond op. 'Ik wil weten waarom u die twee kerels zo haat.'

'Sorry?'

'Pelgrim en Forsberg. Waarom?'

'Dat gaat je niet aan.'

'Mijn broer is gedood toen hij Pelgrim om wilde leggen. Ik wil graag weten waarom hij is gestorven.'

Hector sloeg zijn armen over elkaar. 'Jackie, ik vraag me af of je over je toekomst hebt nagedacht.'

'Ja. Behoorlijk veel. Gaat u me nog antwoord geven?'

'Nee. Voor je werk doet dat er niet toe.' Hij schraapte zijn keel. 'Het soort bedrijf dat jij runt is gevaarlijk… en niet alleen vanwege het geweld. Contracten proberen binnen te halen, betalende klanten vinden, dat is bijna net zo gevaarlijk als het vermoorden van je doelwit.

Elke mogelijke klant is een smeris of een rivaal die zit te wachten tot je je waakzaamheid verliest.'

'Je kunt er inderdaad niet zomaar mee te koop lopen of ermee leuren.'

'Dus deze klus maak je af en als je wilt, kun je voor mij komen werken. Zo lang als je wilt.'

'Voor u werken. Wat moet ik dan doen?'

'Ik geef jou Pelgrims baan,' zei Hector. 'Precies hetzelfde werk.'

Jackie lachte. 'Zijn baan is verdomme te gevaarlijk.'

'Maar je bent niet alleen, Jackie.' En Hector zag dat hij de jongen goed had ingeschat, hij werkte op zijn onzekerheid, want Jackie staarde naar de vloer, alsof hij een masker wilde opzetten voor hij Hectors blik ontmoette. Hij zei: 'Tuurlijk. Ik zal er stevig over nadenken. Zeg me waar uw hippiemeid zit.'

22

Vastgebonden aan een toilet. Ben bedacht dat hij om hulp kon roepen, tegen de muren kon bonzen, dan zouden het schoonmaakpersoneel of andere gasten hem horen en hem te hulp schieten. En dan? Het was op zijn minst lastig te verklaren waarom hij aan die pijp vastgeklonken zat, en in het ergste geval zou hij van de nieuwsberichten worden herkend en aan de politie uitgeleverd worden.

De plastic boei sneed in zijn huid. Hij moest hem los zien te krijgen. Hij lag tussen het bad en de wc. Een monsterflesje shampoo stond naast net zulke flesjes conditioner en zeep op de ladekast. Maar ver buiten zijn bereik.

Ben rukte aan de badhanddoek die boven zijn hoofd hing. Die pakte hij aan het uiteinde vast en sloeg ermee naar de ladekast. Hij sloeg de piramide van zeepjes en gels om. Ben haalde opnieuw met de handdoek uit, en de handdoek viel boven op de plastic flesjes. Hij trok langzaam aan de handdoek en de toiletspullen tuimelden op de grond.

Hij zette het shampooflesje op zijn kop tegen de handboei en smeerde zijn huid ermee in. Hij werkte de vloeistof tussen het plastic en zijn huid. Draaiend en trekkend probeerde hij zijn hand door de boei te halen. Te strak. Hij was er vijf minuten mee bezig maar schoot geen millimeter op.

Hij probeerde het opnieuw met het flesje conditioner, schonk nu zorgvuldiger en zorgde ervoor dat hij niets op de tegels morste. Zijn hart bonsde tegen de vloer en hij zette zich schrap bij het vooruitzicht dat hij een hele huidlaag zou afschrapen. Hij zette zijn tanden op elkaar en trok. Pijn. Hij probeerde zijn hand door de stevige plastic ring te draaien, maar die zat eenvoudigweg te strak.

Hij zocht met zijn ogen de wastafel af. Niets anders, alleen een paar suikerzakjes, plastic bekers, foliezakjes waardeloze koffie en een koffiezetapparaatje.

Het koffiezetapparaat. De kleine pot was zo te zien van glas. Hij probeerde hem met zijn handdoek los te slaan. Mis. Te ver weg. Hij trok zichzelf zo dicht als hij kon naar de ladekast toe. De pot was nog steeds buiten zijn bereik. Hij trok nog een handdoek van het rek en knoopte ze onhandig aan elkaar. Hij sloeg nog een keer. Mis. En opnieuw. Deze keer trilde de pot in zijn houder, maar schoot niet los. Hij haalde nogmaals met een venijnige klap uit en deze keer schoot de pot uit de koffiezetter los maar stuiterde naar de wasbak. Als hij in de bak zou belanden, kon hij er nooit meer bij.

Ben liet zichzelf even op adem komen voor hij nog een poging waagde. Hij richtte met de handdoek, hield die bij een punt vast en gooide hem over de koffiepot. Hij sleepte de pot langzaam langs de wasbak en toen viel die op de tegels aan splinters.

Alstublieft, God, dacht hij, laat er een groot stuk bij zijn waarmee ik kan snijden. Hij trok de handdoek van de gebroken pot weg. In de metalen ring van het handvat zat een gekartelde glasrand. Hij pakte het handvat voorzichtig op en begon de handboei om de pijp door te zagen.

Een klop op de deur, een stem op een beleefde dreun: 'Kamermeisje... gaat alles goed daar?' De vrouw had de pot horen breken.

'Alles in orde,' riep hij. Doe alsjeblieft de deur niet open.

'Is er iets gebroken, meneer?' De vrouw had een Jamaicaans accent.

'Nee, hoor. Alles is in orde.'

De vrouw gaf geen antwoord. Hij zette de gekartelde rand weer op de boei en na een paar seconden sneed het glas door het plastic. Hij ging staan, de rest van de boei nog steeds om zijn pols. Hij strompelde naar de deur en stapte op een voorwerp.

Pelgrims schetsboekje. Ben moest dat tijdens het gevecht uit zijn zak hebben geslagen. Net goed, dacht Ben toen hij het boekje in zijn zak stopte. Hij gluurde door het kijkgaatje in de deur. Een huishoudkar stond in de gang en de vrouw praatte in een walkietalkie: 'Ja, ik hoorde glas breken.' Ze wachtte terwijl ze naar instructies luisterde. 'Oké.' Ze haalde haar sleutelbos uit haar zak en liep op de deur af.

Hij opende de deur en liep straal langs haar heen. 'Ik heb het koffiezetapparaat laten vallen en de pot is stuk,' zei hij over zijn schouder. 'Sorry, ik heb nog geprobeerd de boel op te ruimen.' Hij hield zijn handen voor zich, met de mouw omlaag om de plastic boei te verbergen. Hij kwam bij de lift en keek achterom; de vrouw staarde naar hem, naar zijn gezicht. Hij liep de open lift in en ging omlaag naar de lobby.

Hij haastte zich langs de receptie en liep de koele bries in. De gestolen Volvo was van zijn plek verdwenen. Hij bleef besluiteloos staan, en achter hem gingen de hoteldeuren open. Hij keek achterom door het glas en zag de receptionist achter de balie staan met de telefoon aan zijn oor.

Hij hield hem in de gaten.

Ben draaide zich om en liep het parkeerterrein over. Was dat nou paranoia? Dat je zeker wist dat iedereen je stond aan te gapen, iedereen wist wie je was, iedereen je tot staan wilde brengen en je de duisternis in wilde trekken? Het was een wriemelende, knagende worm die je vanbinnen opvrat.

Hij moest een auto zien te vinden.

Het hotel stond langs een drukke verkeersweg in Plano, een van de grootste voorsteden van Dallas, en een rij ketenrestaurants – Cajun, Mexicaans, vis, een steakhouse – lag ertegenover. Daarachter was een kleine winkelstraat met een sanitairwinkel, een kunstwinkeltje, een meubelzaak, een boekwinkel. Daar stonden tientallen auto's en hij had geen idee hoe hij er een moest stelen.

Wacht. Denk na. Hij bleef kalm bij de zakelijke onderhandelingen die om miljoenendeals gingen, hij kon nu ook kalm blijven.

De sleutels uit iemands handen grissen… nee. Hij ging geen onschuldig mens beroven. En iedereen deed tegenwoordig zijn auto op slot.

Wat had Pelgrim ook nog gesuggereerd toen ze in Austin naar de garage terugliepen, als ze een auto moesten stelen? Bumpersurfen: op jacht naar sleutelkistjes die onder de bumper verstopt zitten. Hij pakte de dikste rij auto's, boog zich diep voorover en bewoog zich van auto naar auto, waarbij hij de heel dure sportwagens oversloeg. Hij dacht dat hij misschien meer geluk had met auto's met van die kinderstickers erop… zou een moeder niet eerder voorzorgsmaatregelen nemen om niet buitengesloten te worden als ze haar kinderen op sleeptouw heeft? Hij richtte zich op dat soort auto's.

Mijn god, zei hij tegen zichzelf, nu ga je ook nog denken als een autodief. Lekker is dat. Wat zei Pelgrim ook nog over zijn werk: we doen het noodzakelijke vuile werk. Pelgrim had gelijk. Als je moest terugvechten deed je wat nodig was.

Hij hoorde het gejank van politiesirenes dichterbij komen.

Een vrouw die vier auto's verderop in haar wagen stapte keek hem nijdig aan alsof ze precies wist wat hij van plan was. Ze legde een mobieltje tegen haar oor toen ze van de parkeerplaats wegreed.

Bij de volgende auto – een Ford Explorer – raakte hij met zijn vingertoppen een vierkant sleutelkistje.

Hij maakte het kistje open, ongerust dat het misschien een huissleutel kon zijn, maar nee, het was een Ford-sleutel en binnen tien seconden zat hij in de auto. Hij reed weg, zag twee politieauto's op de parkeerplaats van het hotel keren. Hij reed met de Explorer naar de achterkant van het winkelcentrum, sloeg een zijweg in, wilde wanhopig graag afstand tussen hem en de politie creëren.

Wat nu? dacht hij.

Hij reed tien minuten lang naar het westen, Plano leek voornamelijk te bestaan uit grote straten waar de wijken als paddenstoelen uit de grond schoten, onderbroken door winkelcentra. Hij bracht de auto tot stilstand voor een dependance van de bibliotheek.

Hij kon Sam Hector bellen. Die had oude oerdegelijke connecties in bijna elke overheidsdienst of -tak. Met zijn invloed kon hij Ben helpen zijn naam te zuiveren.

Ben zette een zonnebril op die hij in het handschoenenkastje van de Explorer had gevonden. Een schamele vermomming, maar beter had hij niet. Hij vond een paar losse munten in de cd-houder van de Explorer. Naast de deur stond een oude telefooncel. Hij stopte er muntjes in en belde Sam Hectors directe lijn. De telefoon ging drie keer over – hij zag Sams gefronste voorhoofd al voor zich omdat een onbekend nummer hem belde op een nummer dat maar heel weinig mensen kenden – en toen hoorde hij de bekende bariton. 'Sam Hector.'

Plotseling voelde Ben dat iets in hem zei: hang nou maar gewoon op, sleur Sam niet in deze hel met je mee. Maar hij zei: 'Sam. Met Ben.'

'Ben. Ben, godzijdank. Is het wel goed met je? Waar zit je?'

'Ik ben in orde, hoor. Ik zit in Dallas.'

'Waar?'

'Sam, ik heb je hulp nodig.'

'Waar zit je, Ben?'

'Dat wil ik niet zeggen, ik wil je bij de politie niet in een lastig parket brengen.'

'Ben, ik zit al in een lastig parket. Ik zit met een paar sterfgevallen. Waarom ben je vertrokken? Je hebt me een hoop uit te leggen.' Ben kon op de achtergrond een zacht *klik-klik-klik* horen en hij dacht: Sams lijn wordt afgetapt, voor het geval ik hem zou bellen.

'Als je me helpt zal ik je het uitleggen.'

Een pijnlijke stilte. 'Ben, kom naar mijn huis toe. Dan kunnen we een strategie uitstippelen en wanneer je je aan de politie overgeeft, krijg je de beste advocaten. Ik sta achter je.' *Klik-klik-klik.*

'Ik kan niet naar je huis toe komen. Ik heb informatie nodig.'

Ben keek achter zich of iemand hem in de gaten had, zijn gezicht op televisie had gezien en hem herkende. De paar bibliotheekgangers gingen helemaal op in hun leesvoer. Hij hoorde nog meer geklik… maar dat klonk bekend. 'Vertel me over de afdeling Strategische Aangelegenheden van de Binnenlandse Veiligheidsdienst.'

'Ben, je weet dat ik geen vertrouwelijke zaken van mijn cliënten mag bespreken.'

'Alsjeblieft. Ik moet weten wie die mensen van de Veiligheidsdienst zijn, waar hun werk uit bestaat.' *Klik-klik.* Hij overlegde bij zichzelf hoeveel hij Sam zou vertellen. 'Luister. Ik ben erin geluisd en die mensen denken dat ik op een of andere manier in verband sta met die scherpschutter die Adam Reynolds heeft vermoord.'

'Hoezo?'

'Maakt niet uit. Maar ik heb nog nooit van die groep gehoord en ze legden me het vuur na aan de schenen, bedreigden me, bedreigden mijn dierbaren, mijn zaak. Wie heeft de leiding over die groep? Ik moet een naam weten.'

De stilte aan de andere kant van de telefoon tikte de seconden weg. Het klikken hield op.

'Sam, help me. Geef me een naam.'

'Prima. Dat vertel ik je als je naar mijn huis komt.' Hij leek elk woord eruit te spugen.

'Geef me alleen een naam en een nummer.' Ben haatte de smekende ondertoon in zijn stem.

'En blijven toekijken? Dat je naar Washington rent en jezelf voor gek zet? Dat je de pers belt en een belangrijk programma saboteert? Of zoiets?'

'Lees me niet de les. Het spijt me verschrikkelijk dat je mannen zijn omgekomen, maar ze richtten pistolen op me en hebben de Veiligheidsdienst geholpen mij m'n huis uit te krijgen en me een fatsoenlijke procedure geweigerd. Dat is niet bepaald de normale service die jouw bedrijf op Amerikaans grondgebied levert.' Hij kon de woede in zijn stem niet verdoezelen.

'Mijn mannen hebben orders opgevolgd van Strategische Aangelegenheden, niet die van mij,' zei Hector.

'Sam. Je staat bij me in het krijt.'

Een lange stilte, geen klikken. 'Goed dan. Strategische Aangelegenheden is een heel kleine, onbekende groep binnen de Veiligheidsdienst. Op de website van de dienst zul je ze niet aantreffen. Het is een denktank die manieren verzint om bureaucratische procedures te bekorten en onderlinge samenwerking tussen de diensten te stimuleren. Ze hebben ons voor de beveiliging in de arm genomen.'

'Waarom heeft een denktank beveiliging nodig?'

'Omdat ze het nieuwste van het nieuwste van de antiterroristische gedachte vertegenwoordigen. De slechteriken zouden maar wat graag de hand leggen op mensen van Strategische Aangelegenheden.'

'Wie heeft de leiding?'

'Ben, in godsnaam, kom naar mijn huis dan kunnen we erover praten.'

'Nee. Ik ontmoet je op een openbare plek.'

Hij hoorde een enkele klik aan de andere kant van de lijn. 'Nu klink je paranoïde.'

'Vertel me alleen wie aan het hoofd staat van Strategische Aangelegenheden.' Hij schreeuwde bijna van frustratie.

'Dan kan ik niet. Ik heb beloofd discretie te betrachten. Daarover valt niet te onderhandelen.'

'Ik zal je vertellen waarover niet te onderhandelen valt. Hoeveel geld ik in al die jaren voor je verdiend heb. Hoeveel deals ik voor je heb binnengehaald omdat je nou niet bepaald zo goed was in compromissen en onderhandelen als ik. Hoeveel heb ik wel niet bijgedragen aan het succes van je onderneming, en nu ik in nood zit, laat je me barsten.'

'Ben. Je bent hysterisch. Kom nou maar naar me toe…'

Ben hing op. Hij liet zijn ademhaling tot bedaren komen. De klikken. Sam had die telraamverzameling in zijn thuiskantoor. Hij speelde vaak met een telraam op zijn bureau, schoof de versleten houten kralen langs de roetjes heen en weer, wanneer hij telefoneerde, wanneer hij zich verveelde of zenuwachtig was.

Dit was waarschijnlijk het belangrijkste gesprek dat hij ooit met Sam Hector kon voeren en de man had met een telraam zitten spelen. Alsof hij poppetjes op een papiertje zat te tekenen.

Hij was misselijk. Sam Hector wendde zich van hem af. Daar was hij nu zo loyaal voor geweest. Elke ankerlijn van zijn leven leek losgeslagen te zijn. Hij haalde diep adem.

Hij herinnerde zich het telefoonnummer dat Vochek het laatst met haar mobieltje had gebeld toen Pelgrim haar bellijst doorliep. Delia Moon, die een bericht had achtergelaten. Zij was wellicht de vrouw met wie Reynolds vier keer had gebeld, een partner, een vertrouwelinge, iemand die Bens naam misschien kon helpen zuiveren, die kon zeggen: dat is niet de Ben Forsberg die Adam Reynolds kende. Of die hem kon vertellen hoe Adam Pelgrim en de Kelder had gevonden, en kon helpen ze opnieuw op te sporen.

Het was niet druk in de bibliotheek, een paar gepensioneerden zaten tijdschriften te lezen, een paar mensen zaten op internet. Hij zag zijn eigen gezicht op de voorpagina van de krant, die een man zat te lezen. Op de planken met naslagwerken vond hij een telefoonboek. Hij zocht haar naam op. Niet in Plano. Hij ploegde de lijst van alle voorsteden door en vond haar adres in Frisco. Hij bekeek een kaart, schetste de route hoe hij er moest komen en liep naar de auto terug.

Delia Moons huis stond in een klein gedeelte van grote, maar doorsnee huizen, allemaal met stenen bogen, Toscaanse lijnen en bijpassende garages. Het hare was een van de weinige die af waren, de huizen leken net zo snel uit de prairie van Dallas omhoog te schieten als onkruid en wilde bloemen. Hij reed twee keer langs het huis en zag in de keuken licht branden. Het was bijna één uur 's middags. Hij zag een donkere Mercedes in de straat geparkeerd staan, voor twee voltooide huizen waar nog zand in plaats van graszoden omheen lag en met de TE KOOP-borden als enige begroeiing, en een vent met zonnebril die een krant openhield, waarschijnlijk op huizenjacht.

Hij parkeerde in de straat, voor eveneens een net voltooid huis met een TE KOOP-bord ervoor, en liep drie huizen terug naar dat van Delia Moon.

Hij had wel een idee wat hij zou gaan zeggen, maar geen idee of dat zou aanslaan. Zijn keel kneep zich dicht.

Hij belde aan. Geen antwoord, maar in de verte hoorde hij een televisie jengelen. Hij belde nogmaals. 'Delia Moon?' riep hij.

De deur piepte open. Voor hem stond een lange, jonge, donkerharige vrouw. Ze maakte de deur nauwelijks een paar centimeter open. Hij zag een groen oog en een wang vol lichte sproeten.

'Ik wil met niemand praten.'

'Ik ben Ben Forsberg,' zei hij. 'Jij en ik zijn de laatsten die Adam voor hij stierf hebben gebeld. We moeten praten.'

'Hoe ben je achter mijn adres gekomen?' Het groene oog gluurde hem door de smalle kier aan.

Ben slikte. Hij was niet gewend aan liegen, maar hij was ook niet gewend aan kogels uit een lijf verwijderen en auto's stelen, en nu was een leugen noodzakelijk. Hij schraapte zijn keel. 'De Binnenlandse Veiligheidsdienst heeft me voor ondervraging meegenomen. Degene die Adam heeft vermoord had mijn visitekaartje op zak. Ze denken dat ik wellicht het volgende doelwit kan zijn.' Hij zweeg even. 'Ik zag dat je nummer in de telefoon van een van de Veiligheidsdienstagenten stond toen ze je wilden bereiken.'

'Jij zou hem helpen om zijn softwarebusiness van de grond te krijgen,' zei ze en hij realiseerde zich: ze trapt erin, ze denkt dat ik Pelgrims zogenaamde versie van mij ben.

'Ik wilde hem helpen,' loog Ben. 'Kunnen we praten?'

'Ik weet het niet…' Ze beet op haar lip en nu moest hij haar zien te overtuigen, liegen als dat nodig was, of ze zou hem buitensluiten en waarschijnlijk de politie bellen.

'Moet je horen. Wie die moordenaar ook heeft ingehuurd om Adam te vermoorden, ze kunnen ook achter jou aan komen als ze vermoeden dat hij u in vertrouwen heeft genomen.'

Ze hield de deur stil en fronste nu haar voorhoofd. 'Ik stel helemaal niets voor.'

'Maar toch. Als jij wist wat hij wist…'

'Het enige wat ik weet is dat zijn ideeën, de software die hij had ontwikkeld, door de Binnenlandse Veiligheidsdienst in beslag zijn genomen. Maar…'

'Maar wat?'

'Maar ik weet niet wat ze met zijn research gaan doen. Ik wil niet dat ze zijn werk stelen. Ik wil het beschermen.'

Hij moest ook weten wat deze research inhield. Hij stelde zijn geluk op de proef. 'Dat is nou precies wat die groep van de Veiligheidsdienst zou kunnen doen. Wanneer ze toegang hebben tot zijn software levert dat een besparing van miljoenen op.' Hij hoopte dat zijn bluf ergens op sloeg. 'Maar misschien kan ik je helpen om zijn bezit terug te krijgen.'

'Wacht even.' Ze sloot de deur en hij bleef een halve minuut staan wachten voordat ze hem weer opendeed. Ze was buiten adem alsof ze had gerend. 'Kom erin.'

Ben stapte het huis binnen. De weldadige geur van kaneelkoffie kwam hem als een parfum tegemoet. Delia Moon gebaarde Ben om meteen naar de keuken door te lopen, wat hij deed, zich realiserend dat ze niet haar rug naar hem wilde toekeren. Geen plotselinge bewegingen, dacht hij, haar niet afschrikken.

Ze had een knap, maar afgetobd gezicht, alsof ze door het leven wantrouwig en behoedzaam was geworden. 'Wil je koffie?'

'Graag. Het spijt me echt dat ik me zo aan je opdring terwijl je zo verdrietig bent,' zei hij en dat was ook zo. Hij wist nog hoe onhandig mensen met hem waren omgegaan na de dood van Emily. Moord verlamt alles in je leven.

Ze liep naar de kast en pakte een kopje. Ze schonk koffie voor hem in en schonk zichzelf bij.

'Het is zwarte koffie, ik hoop dat je dat niet erg vindt,' zei ze. 'De melk en suiker zijn op.'

'Zwart is prima.' Hij nam een slok koffie. De smaak bracht een warme golfstroom door zijn botten op gang. Het was een moment van rust, een normale situatie, en lekkere koffie in een zonnige, frisse keuken.

Ze haalde een pistool van achter haar rug tevoorschijn, onder haar losgemaakte batik bloes vandaan. 'Leg je handen op je hoofd.'

Hij dacht: ze had me geen warme drank moeten geven. Die zou ik

200

naar haar toe kunnen gooien, haar het pistool kunnen afpakken. Grappig hoe je geest te werk ging als je voortdurend bang was. Maar hij zette de koffie neer. 'Ik ben voor jou geen bedreiging.' Langzaam legde hij zijn handen op zijn hoofd.

Ze keek naar de halve plastic handboei om zijn pols. 'Ga op de grond liggen.'

Hij gehoorzaamde. 'Ik heb geen pistool,' zei hij.

'Ik had nooit gedacht dat ik dit nog eens zou gebruiken. Adam stond erop. Omdat ik hier alleen woon.' Ze porde met haar voet tegen hem aan, langs zijn benen, langs zijn onderrug.

'Delia, luister alsjeblieft naar me. Een man heeft mijn identiteit gestolen. Hij heeft zich voor mij uitgegeven. Hij is degene die Adam heeft benaderd. Hij werkt voor een geheime groep binnen de regering. Adam had zijn valse identiteiten ontdekt die hij tijdens zijn undercoverwerk gebruikte. Deze man en zijn groep zijn Adam komen opzoeken. Om erachter te komen hoe hij ze had gevonden, terwijl niemand in staat had mogen zijn ze te identificeren.'

Ze deed een stap bij hem vandaan, hield het pistool op hem gericht. 'Valse identiteiten…' begon ze en ze zweeg toen weer. En hij zag dat ze hem begon te geloven.

'Je gelooft me,' zei hij geschrokken en ze knikte.

Het gevoel van opluchting – nadat twee dagen niemand hem had geloofd – was enorm. Iemand geloofde hem. Hij huiverde en legde zijn gezicht in zijn handen. 'Godzijdank. Eindelijk. Dank je, Delia.'

Ze liet het pistool langzaam zakken, plotseling gleden er tranen over haar wangen.

Ben ging langzaam rechtop zitten. 'Die mensen die hij had ontdekt zijn een soort spionnen, maar ze maken geen deel uit van de CIA. Ze knappen het vuile werk op dat de regering zelf niet kan doen. Ik moet precies weten hoe Adam ze heeft opgespoord.'

'O god, hij was stom en briljant tegelijk.' Ze veegde een traan weg. 'Hij vertelde me dat hij een serie programma's had ontworpen die de patronen konden traceren van mensen die van valse identiteiten gebruikmaakten. Hij dacht dat hij hiermee terroristen kon ontmaskeren. Hij had de beste bedoelingen. Hij zei steeds maar weer dat we ze moesten zien te vinden voordat ze konden toeslaan.'

'Maar terroristen zijn niet de enigen die zich achter een valse identiteit en rekeningen proberen te verschuilen,' zei Ben. 'Op die manier kun je ook undercoveragenten opsporen.'

Ze veegde met de rug van haar hand langs haar neus. 'Hij had het over dingen als "alledaagse gedragspatronen": valse namen, creditcard- en bankrekeningen die snel worden geactiveerd en gedeactiveerd, grote geldsommen die van dat soort rekeningen worden opgenomen.'

'Gooi alle gegevens in een pot en het klinkt alsof je met een Googleprogramma de slechteriken op kunt sporen.' Ben fronste zijn voorhoofd. 'Maar dat werkt alleen als je toegang hebt tot een heel breed netwerk van databases die niet aan elkaar gekoppeld zijn. Financieel, ordehandhaving, overheid, reizen, institutioneel. Het spoor dat eenieder van ons in ons leven nalaat loopt over een lappendeken van nietgekoppelde databases.'

'Zou de regering hem daar toestemming voor hebben gegeven?'

'Nee, niet zonder stapels bevelschriften. Maar hij heeft het voor elkaar gekregen. Iemand moet hem toegang hebben verleend.'

'Adam zou geen undercoveragenten of CIA-agenten of wie ook die aan de goede kant staan hebben willen ontmaskeren.' Ze schudde haar hoofd. 'Nooit. Niet met opzet.'

'Ik geloof niet dat hij wist dat hij naar undercoveragenten zocht. Misschien was hem verteld dat zij de slechteriken waren. Heeft hij het er ooit over gehad of iemand zijn software wilde financieren?'

'Eén keer liet hij de naam Sam Hector vallen... dat meneer Hector misschien zijn onderzoek zou financieren. Maar dat was maanden geleden. Ik heb hem vandaag gebeld toen ik me realiseerde dat de regering al Adams ideeën in beslag had genomen. Ik dacht dat hij me kon helpen. Hij zei dat hij met me zou komen praten over hoe we Adams onderzoek van de regering kunnen terugkrijgen.'

'Ik ken Sam.'

'O, mooi.'

'Niet echt. Hij liet het afweten toen ik hem om hulp vroeg. Dat was niets voor hem.' Hij vroeg zich af of Sam zelf onder druk stond van de regering. Misschien wist Sam heel wat meer dan hij zei.

'Nou, meneer Hector komt hierheen om me te helpen.'

En voor mij wilde hij niets doen als het niet op zijn voorwaarden ging. Wat was er verdomme met Sam aan de hand? Ben kreeg een bittere smaak in zijn mond. 'Dan vindt hij het belangrijker om jou te helpen dan mij. Delia, dit is gigantisch. Heb je iemand verteld, de politie bijvoorbeeld, over wat Adam aan het doen was?'

Ze trok een gezicht. 'Er is hier een vrouw van de Veiligheidsdienst geweest, maar ze behandelde me als een stuk stront.'

'Joanna Vochek.'

'Ken je haar?'

'Ja. Misschien gelooft zij me.'

'Zij geloofde geen woord van wat ik zei,' zei Delia. 'Ik moet haar bellen als me nog iets te binnen schiet.' Ze schoof Vocheks nummer naar hem toe, hij maakte het papiertje open en leerde het nummer uit zijn hoofd. 'Maar jij gelooft me wel.'

Ze knikte. 'Ja.'

De deurbel ging.

'Is Sam nu onderweg hiernaartoe?' vroeg Ben. Delia haastte zich naar de voordeur.

'Ja,' zei ze. Ze keek door het kijkgaatje.

Jackie had in de Mercedes gezeten, zich het hoofd gebroken over hoe hij zonder gedoe Delia Moons huis binnen moest komen, toen Ben Forsberg – de burgerman uit de garage van gisteravond – een witte Explorer parkeerde.

Hij wachtte, keek toe hoe Ben zich in het huis van de vrouw naar binnen praatte. Interessant. Hij belde Hectors nummer. Geen antwoord. Hij liet een bericht achter. Wachtte een paar minuten en Hector belde terug.

'Zij en Forsberg zijn daar nu samen.'

'Waarom bel je mij dan, verdomme? Vermoord ze.'

'Ik bel omdat je verdomd nauwkeurig bent in hoe je de dingen wilt hebben,' zei Jackie. Hij verbrak de verbinding en liep naar het huis. Belde op klaarlichte dag aan. Zag dat de lichtflakkering van het kijkgaatje werd verduisterd door degene die wilde opendoen.

Jackie schoot met zijn Glock door het kijkgaatje.

23

Indonesië, tien jaar geleden

Randall Choate had de dossiers van de Draak over Bloed van Vuur doorgenomen: een nieuwe groep, ongeorganiseerd, meestal verscheurd door intern gekibbel. Ze werden verdacht van een aantal moorden in de moslimgemeenschap in Sydney, twee moorden in Libanon en een bomaanslag in Caïro. Heel akelige kerels.

Maar het informantennetwerk van de Draak was verdwenen, in nog geen dag vernietigd. Wat betekende dat? Had een enkele bron het hele netwerk verraden? Wist één informant van het bestaan van de anderen? Dat leek hem niet aannemelijk. De Draak, de legende, had ergens onderweg een fout gemaakt en nu zat Choate met hem als partner opgezadeld.

Maar het plan stond hem wel aan: hij zou het gevaarlijke werk met een computer en toetsenbord opknappen, de Draak zou het vuile werk doen: Gumalar en zijn terroristische contact vermoorden als die eenmaal gelokaliseerd waren.

Vier uur nadat hackers van de CIA vanuit een klein lab in het Poolse Gdansk om drie uur 's nachts een aanval op Gumalars bank hadden gelanceerd, ging Randall Choate in pak, met stropdas en een bezoekerspas aan een computer van de bank zitten. Op zijn ID stond dat hij van Tellar Data was.

'Komt u die aanval oplossen?' De IT-manager van de bank stond met over elkaar geslagen armen achter hem. Op zijn bovenlip glansde een lichte zweetsnor. Het was een stressvolle ochtend geweest.

'Ja. Het probleem zit 'm in de hackers.' Choate moest een klootzak spelen.

'Ik wil dat ze vervolgd worden,' zei de manager.

Choate begon aan een lang, technisch en langdradig betoog over het repareren van de databases, ging in op het kleinste detail over het controleren van de veldintegriteit voordat je de records opnieuw kon vullen, zodat ze naadloos met de laatste bedrijfstransacties zouden samenwerken, en ander geruststellend gemompel. Alles zou in orde komen en ze konden de beschadigde records met de back-ups herstellen. De IT-manager stelde scherpe vragen en Choate gaf de juiste antwoorden. Toen hij klaar was (de manager was onrustig aan het worden), strekte Choate zijn armen zodat de manchetten en mouwen zich terugtrokken, een maestro die klaar is om aan het werk te gaan.

De IT-manager liet hem aan zijn werk over.

Choate begon de zoektocht, laadde een programma dat geen sporen naliet en verborgen was achter een reeks protocollen om te controleren of de database niet corrupt was. Naast het zoeken naar beschadigde gegevens joeg het programma bovendien op de vijf aliassen die Gumalar gebruikte om geld door te sluizen naar de verdachte terreurcel Bloed van Vuur.

Hij vond er vier, bij de vijfde kreeg hij nul op het rekest. Hij sluisde de financiële transacties en adressen van de aliassen door naar een logbestand. De IT-manager kwam halverwege de operatie binnen en keek naar het scherm terwijl miljoenen transacties in de database gecontroleerd werden.

'Klootzakken van een hackers,' zei Choate op gemoedelijke toon.

De IT-manager was het daarmee eens en ging op een andere terminal een netwerkprobleem inspecteren terwijl hij zacht in een telefoon praatte. Het programma was klaar en terwijl Choate een programma-cd uit het systeem verwijderde, schoof hij heimelijk een lege cd in de drive en brandde het bestand met de verdachte transacties op de cd. Toen de IT-manager een telefoontje aannam, liet hij de cd in een zak achter in zijn jasje glijden.

Klaar. Gumalars financiële spoor waarmee de Bloed van Vuur-cel in Jakarta kon worden opgerold, was nu binnen bereik.

De IT-manager bracht hem thee en het zou opvallend onbeleefd zijn als hij die weigerde. Hij nipte aan de warme vloeistof toen zijn mobieltje ging. Hij verwachtte dat het de Draak was om te vragen of alles in orde was. Hij was twee minuten over zijn deadline.

'Pappie?'

'Schatje.' Hij vond Tamara's stem prachtig. Hij wist niet eens hoe laat het was in Virginia. Een tijdverschil van twaalf, dertien uur. Het was nu tien uur 's ochtends in Indonesië, ze was nog laat op.

'Kom je volgende week thuis? Want ik ga een verjaardagstaart voor je bakken.'

'Het is jouw verjaardag, popje, niet de mijne.'

'Ook goed. Dan bak ik er twee. Vanille voor mij en chocolade voor jou.'

'Perfect, Tam. Ik heb je cadeautje al.'

'Echt waar? Wat dan?'

'Dat is nog een verrassing.' Hij had voor haar en haar moeder bij elkaar passende rode zijden jasjes gekocht.

'Geen pop, hoor. Jenny's vader is naar Europa geweest en heeft een pop voor haar meegebracht. Die is lelijk.'

'Geen poppen voor mijn pop.' Hij dronk zijn thee op en zei zacht: 'Ik moet gaan, schatje, maar ik bel je morgen als het daar ochtend is, oké?'

'Oké, vergeet niet het vliegtuig te halen.'

'Van z'n lang zal z'n leven niet, popje. Kan ik mama nog even spreken?'

'Nee, ze heeft het druk.'

'O. Oké. Ik hou van je en spreek je gauw.'

'Dag pappie.' Tamara hing op. Nou ja. Kimberly wilde niet met hem praten. Waarschijnlijk omdat het zo duur was. Ja, dat zou het wel zijn.

Het deed hem pijn Tamara's stem te horen, daardoor verlangde hij naar huis. Hij deed smerig werk, maar zij was zijn schat die alle goede dingen vertegenwoordigde. Vreemd hoe een kind je bewust maakte van een innerlijke behoefte om een beter mens te worden.

'Ik moet deze gegevens nog een keer checken voordat we de data terugzetten,' zei hij tegen de IT-manager. 'Ik ga naar ons kantoor om dit met mijn analisten te bespreken, en dan kan ik binnen een paar uur aan u rapporteren.'

'Blij toe,' zei de manager. Hij liep met Choate de lift in, twee andere mannen in pak stonden daar al. Zijn huid prikte, maar ze waren mager en tenger, gekleed als middenkadermanagers die een goede indruk wilden maken. Choate wilde op de knop voor de begane grond drukken, maar die brandde al. Hij draaide zich om om met de IT-manager een praatje te maken. Hij werd door een paar sterke handen bij de armen gegrepen. Hij sloeg zijn hoofd naar achteren, voelde hoe een neus tegen zijn schedel brak en hoorde een kreet van pijn. Zijn hoofd werd tegen de liftwand geslagen en een naald gleed in zijn hals.

De oplichtende knoppen met cijfers dwarrelden en dansten voor zijn ogen, vervaagden alsof hij ze door de regen zag. Hij was onmiddellijk dromerig en gelukkig. De sterke armen verstevigden hun greep en duwden hem door een deur.

Hij lachte en vertelde hun over Tamara's rode jasje voordat de duisternis over zijn ogen gleed.

Randall Choate had allebei zijn handen nog.

Ze hadden klappen gekregen en waren bont en blauw, zijn knokkels waren paars. Hij was twee kiezen kwijt. Elke reutelende ademhaling vertelde hem dat hij twee gebroken ribben had. Een oorlel was gescheurd en hij had in geen twee dagen geslapen… elke keer dat hij wegdoezelde gooide Gumalars schurk ijswater in zijn gezicht.

Hij kwam bij in een vertrek van eenvoudige B2-blokken, met een hoog raam waardoor een zachte, mistige lichtglans scheen. Hij zat vastgebonden op een houten stoel, zijn ondervragers hadden een tafel, een lamp en een stoel. In het vertrek was niets anders dan de rubberen slang, de combinatietang, de emmer, een vuilnisbak en een lekkende kraan, de trage drup speelde een gekmakend deuntje.

Hij begon weer weg te doezelen, het ijswater sloeg in zijn gezicht. Hij opende zijn ogen en zag Gumalar tegenover zich zitten, hij zat met gefronst voorhoofd een banaan te eten.

'Laten we het nog eens proberen. Ik ben een optimist.' Gumalar kauwde en gebaarde met de half opgegeten banaan. 'Volgens mijn contact ben je van de CIA.'

Choates maag was zo leeg als een droogstaande bron, maar door de geur van de banaan kwam de gal in zijn keel omhoog. 'Nee… alstublieft mister… ik werk voor een databaseadviesbureau…'

'Je liegt dat je voor Tellar Data werkt.' Gumalar stak de cd omhoog waarop de financiële transacties van de aliassen stonden. 'Hoe kom je aan die cd?'

'Laat me alstublieft gaan.' Voordat hij het wist had hij de woorden er al uitgeflapt, en de schaamte trok door zijn borst heen.

'Je heet Randall Choate. Je woont in Manassas, Virginia. Je hebt een vrouw en een dochter.' Gumalar dempte zijn stem. 'Mijn armen zijn lang, meneer Choate. Als ik wil reiken ze zover dat ze je gezin kunnen aanraken' – hij gooide de bananenschil in de vuilnisbak – 'en dat zal ik doen ook. Nou. Jij bent van de CIA en je bent gestuurd om me te bespioneren.'

'Nee, nee, nee.' Hij had geen enkele moeite om angst in zijn stem te leggen, ze bedreigden zijn gezin. De angst die hij om zichzelf voelde verdween als sneeuw voor de zon, maar werd vervangen door een aanhoudende duisternis in zijn borst. Kim en Tamara, jezus, nee. Hoe wisten ze zo veel over hem?

'Tellar is een dekmantel van de CIA.'

'Nee. Nee, meneer. Alstublieft, ik weet niet wat het misverstand is, maar u moet me laten gaan. Mijn bedrijf zal u betalen, is dat het probleem? Ze zullen betalen om me terug te krijgen.'

'Ik ga je niet teruggeven. Je gaat me vertellen wat voor operatie tegen me wordt voorbereid.'

'Ik weet nergens van…'

'Die Engelsman, die ze de Draak noemen,' zei Gumalar. 'Waar zit hij?'

'Dat weet ik niet…'

Meer water, meer martelingen, meer pijnscheuten onder zijn huid. Gumalars schurk klikte met een combinatietang voor Choates gezicht en begon omstandig zijn sok en schoen uit te trekken.

Choate hield zich stil, klemde zijn kaken op elkaar, zei tegen zichzelf dat hij niet mocht schreeuwen.

Met een behendige ruk trok de schurk een van Choates teennagels los. Door de pijnexplosie kokhalsde Choate en liet hij zijn urine lopen. Hij gilde het uit en de schurk sloeg hem met de tang en brak zijn jukbeen. De schurk schopte woedend de losse stoel omver en sloeg hem bewusteloos.

De tijd verstreek, hij wist niet hoeveel. Toen hij wakker werd was de lichtinval door het hoge raam anders. Hij was alleen.

Plotseling hoorde hij uit het naastliggende vertrek stemmen door het hout: eens kijken of deze Draak vuur spuwt.

Toen hoorde Choate een gil. Een man. Nee, nee, jullie hebben de verkeerde te pakken, man… Een stem met een licht landelijk Engels accent. De stem ging over in een schreeuw. Godverdegodverdegodverde… god nee god nee…

Ze hadden de Draak gevonden. Iemand had hen beiden verraden.

Ben jij degene die ze de Draak noemen?

Ik, o, alsjeblieft, niet doen…

En toen, o gruwel, het geluid van een scherpe klap in het hout en een kreet waarvan de demonen in de hel nog zouden schrikken. De kreet duurde een halve eeuwigheid en ging toen over in gesnik en gekerm. Klappen, gemompelde vragen over CIA-operaties in Indonesië. Meer schreeuwen. En nog meer.

De deur sloeg open en Choate opende zijn ogen. Mannen sleurden wat er van de Draak over was het vertrek in. Zijn polsen waren bloederige stompjes die losjes in een rood doorweekt kussensloop omwikkeld waren, zijn ogen wijd open van afgrijzen, zijn kin met kots besmeurd.

'Wie is deze man?' schreeuwde Gumalar en even wist Choate niet of hij tegen hem of tegen de Draak schreeuwde.

'Ik heb hem van m'n leven nog nooit gezien,' zei Choate en de Draak liet zijn hoofd hangen.

'We vermoorden hem als je niet gaat praten.'

'Dan ben je al half onderweg,' zei Choate en hij spuugde naar Gumalar. Hij werd met een vuist op het hoofd geslagen en na de zevende stomp en een gemene schop viel de stoel waarop hij zat vastgebonden op de grond en hij viel mee. De wereld werd mistig en grijs.

Tijd betekende niets. Hij tilde met een ruk zijn hoofd op toen hij het geluid van een schot hoorde. Mompelende mannen, kibbelend, een zei in het Indonesisch: nou krijgen we niks meer uit hem, stomme klootzak. Even dacht hij dat hij neergeschoten was, maar dat was niet zo, hij was alleen.

Hij hoorde deuren open- en dichtgaan. Maar die van hem bleef gesloten. Nu zouden ze naar hem toe komen, hem vermoorden. Stemmen klonken harder, maakten ruzie in het Indonesisch. Hij hoorde het herkenbare, zachte schuren van een lichaam dat over beton werd gesleept.

'Hé. Over een paar dagen praten we weer. Als je heel veel dorst hebt en heel veel honger, dan praten we verder.' De stem van de schurk klonk iel door de zware deur.

Ze lieten hem hier. Ze lieten hem wegrotten. Lieten hem uitdrogen of de hongerdood sterven, midden in een reusachtige, krioelende stad.

Voetstappen stierven weg, een deur werd gesloten.

De Draak moest ze hebben gegeven wat ze wilden, zo niet, dan zou hij de marteling voor zijn kiezen hebben gekregen. Misschien waren ze aan het onderhandelen over zijn vrijlating. Nee. Hij had Gumalars gezicht gezien. Hij slikte de hoop in dat hij hier ooit nog weg zou komen. Ze hadden een reden om hem in leven te houden.

Choate durfde zich nauwelijks te bewegen. De touwen waarmee hij aan de stoel zat vastgebonden waren net zo strak als anders... maar de stoel voelde raar aan. De rugleuning bewoog toen hij worstelde. Hout schuurde over hout. Hij sloot zijn ogen en zette zijn gedachten op een rij. Langzaam begon hij zijn vastgebonden handen te bewegen. Hij dacht nergens anders aan, negeerde de folterende pijn in zijn voet, in zijn gezicht.

Krak. De rugleuning, al beschadigd door een van de schoppen van zijn aanvaller, liet van de zitting los. Hij probeerde de touwen los te trekken, maar die bleven te strak. Nog steeds vastgebonden, nu slechts aan twee kapotte meubelstukken, zijn armen aan de rugleuning, zijn benen aan de zitting.

Hij kon niets anders doen dan wachten tot ze zouden terugkomen en hem zouden vermoorden.

Toen hij wakker werd, was het vertrek nog steeds in donker gehuld, het hoge raam waar het grijze licht door had geschenen, was nu zwart door de nacht.

Ik weet je gezin te raken.

Hij rukte aan de touwen. Te strak. Hij schoof de beschadigde stoel tegen de betonnen muur en sloeg met zijn rug tegen de harde ondergrond. Weer. Opnieuw. Nogmaals.

De rugleuning versplinterde verder. Hij trok met zijn vingertoppen, wriggelde met zijn rug en wist zich van het beschadigde hout los te werken. De touwen raakten losser naarmate meer stukken stoel loskwamen. Ten slotte, na uren leek het wel, wist hij zijn linkerhand uit de knopen te bevrijden. Toen langzaam zijn rechterhand. Pijn dreunde in zijn armen terwijl hij ze voor het eerst in twee dagen probeerde te bewegen. Na een poosje trok hij zijn voeten uit de touwen los.

Hij kwam onvast overeind. Strompelde tot hij bij een muur was. Voelde langs de muur naar de deur. Op slot. Hij probeerde het lichtknopje. Het licht flakkerde aan.

In de verte hoorde hij een deur opengaan. Ze kwamen terug. Hadden gelogen dat ze een paar dagen weg zouden blijven, ze waren waarschijnlijk alleen maar vertrokken om het lichaam van de Draak te dumpen.

Hij keek de kamer rond. Een tafel, een hoog raam dat alleen licht doorliet. Hij trok de tafel onder het raam. Hij tilde de stoel op waarop de schurk tijdens zijn ondervraging had gezeten. Hij zette hem op de tafel en greep een van de stoelpoten vast. Het was het enige wapen dat hij had. Hij stopte hem achter in zijn smerige shirt, sprong op en greep de vensterbank van het raam vast. Hij hield zich stevig vast en deed met zijn andere hand het raam van het slot en schoof het omhoog. Hij viel op de tafel terug, klom weer op de stoel en sprong opnieuw. Hij zwaaide een been omhoog en werkte zich met geweld door het raam, en liet zich in een steeg vallen. De nachtelijke geluiden van Jakarta – de dreun van eindeloos verkeer, toeteren, de wind die klagende muziek meevoerde – zoemden in zijn oor.

Hij rende naar de weg.

'Ik begrijp het niet,' zei Choate. De beddenlakens waren een rommeltje en ondanks het feit dat hij uitgeput was, had hij weinig zin om te rusten.

'Je gaat naar huis,' zei de plaatselijke chef, Raines. Hij was een vogelverschrikker van een vent, hoewel hij door de hitte en vochtigheid van Indonesië behoorlijk was uitgedund. Hij rookte *kreteks*, kruidnagelsigaretten, en door de zoete geur raakten Choates ingewanden verkrampt.

'Maar Gumalar…'

'Laat Gumalar zitten. Ons onderzoek is afgesloten.'

'Maar de Draak… ze hebben hem vermoord, jezus, ze hebben zijn handen afgehakt. Iemand heeft ons verraden.'

'Ja. Een van zijn informanten.'

'Nee. Zijn informanten kenden me niet. Ze hebben hem te pakken genomen nádat ze mij hadden. De enige mensen die wisten dat de Draak en ik samenwerkten waren van de CIA.'

Raines fronste zijn voorhoofd, alsof hij zich persoonlijk beledigd voelde. 'Nou, dan heeft de Draak gepraat nadat jij naar de stad kwam. Hij was een duistere agent die het vuile werk opknapte, hij bestond niet eens voor hij stierf. Hij was een vrije jongen, eigenlijk niet eens een agent.'

'En ik vertel je dat we een lek binnen de dienst hebben. Gumalar kende mijn gezin, ze kenden mijn naam… Ik heb de Draak nooit persoonlijke details verteld.'

'Dan dichten we het lek. Maar jij bent afgebrand. Je gaat naar huis. Gumalars familie weet dat er onderzoek naar ze wordt gedaan. De Indonesische inlichtingendienst heeft ons gevraagd ons er niet mee te bemoeien. Zij nemen het over.'

'Gumalar heeft iemand binnen de Indonesische inlichtingdienst in zijn zak.' Choate legde zijn hoofd in zijn handen. 'Hij sluist geld door naar terroristen. Hij heeft ons gekidnapt omdat we te dichtbij kwamen en hij wilde de CIA afschrikken.'

'Welk gedeelte van "naar huis gaan" dringt nou eigenlijk niet tot je door? Het is jouw probleem niet meer. Je vlucht vertrekt morgenochtend. Wees dankbaar en blij dat je nog leeft, Randall.'

De verpleegkundige bracht hem zijn avondeten en Randall Choate dacht: nee, ik vertrek morgen niet. Ik vertrek niet eerder dan dat de mensen die mijn gezin hebben bedreigd dood zijn. En het was net alsof hij de Draak iets verschuldigd was, een behoefte om hem recht te doen. Hij moest bijna lachen. Hij had geen partner gewild, nu ging hij de enige die hij ooit had gehad wreken.

24

De kogel verbrijzelde het glas, groef zich een tunnel door de deur en schoot krom en misvormd in Delia Moons rechteroog.

Ben ving haar op toen ze dood neerviel. Een volgende schot versplinterde het slot, de kogel vloog langs zijn hals terwijl hij knielde en haar neerlegde. Hij kromp ineen.

Een derde kogel explodeerde en vernielde het slot.

Delia's pistool, hij wist nog dat ze het op het keukenbuffet had neergelegd.

Ben trok zich in de keuken terug. Hij greep het pistool. Hoorde dat de voordeur werd opengeschopt.

Aan de achterzijde had de keuken openslaande deuren, met glazen panelen die vrolijk geel waren geschilderd. De achterdeur was vanuit de voorkamer zichtbaar en als hij naar de deur zou rennen, zou hij een paar seconden in het schootsveld zitten. Maar hij aarzelde, zei tegen zichzelf: hou op met nadenken, dóé gewoon; hou op met nadenken, doe gewoon, en boven zijn van paniek reutelende ademhaling uit hoorde hij een voetstap op de tegelvloer.

Hij wachtte te lang, liet zichzelf in een hoek drijven. Stommeling. Nu kon hij de achterdeur niet meer bereiken. Niet zomaar, niet zonder de gewapende man neer te schieten.

Schiet hem dan neer.

Ik kan geen ander mens neerschieten, zei hij, en hij meende het, maar hij kon daar ook niet blijven staan en toestaan dat Delia ongewroken was gestorven en hijzelf vermoord zou worden. Pelgrims snerende opmerking – ik geloof gewoon niet dat je het aankunt – suisde in zijn oren. Ben legde beide handen om het pistool. Hij wist niet wat hij deed. Maar hij moest het doen.

Plotseling was het in huis zo stil als in een lege kerk. Het geluid van zijn eigen ademhaling leek zo hard als tromgeroffel. Hij probeerde te slikken maar dat ging niet.

Ben richtte het pistool op de opening in de uiterste hoek van de keuken, die uitkwam op de woonkamer. Waar zou hij volgens de schutter staan of zich verbergen? Hij had geen idee. Hij bukte zich achter het kookeiland en gluurde om een hoekje. Hij kon zich helemaal achter het eiland terugtrekken, maar dan kon hij niet zien van welke kant de schutter kwam.

Een snelle beweging langs de hoek en Ben vuurde het pistool af, hij was niet bedacht op de terugslag en het pleisterwerk vloog in de rondte door de kogelinslag, volkomen mis.

Hij draaide verder om de hoek van het kookeiland, stak zijn pistool weer naar voren, en Jackie, die knul uit de parkeergarage met dat donkere Ierse elfengezicht, schoot op Ben.

Ben voelde door zijn jasje heen een schok in zijn vlees, dan hitte en met afgrijzen realiseerde hij zich dat hij in zijn arm was geraakt. Beschóten. Hij aarzelde, vuurde weer en miste, de kogel ploegde zich in de tegels.

Jackie schopte tegen Bens gewonde arm. Ben hapte naar adem en Jackie duwde de loop van zijn pistool tegen Bens voorhoofd.

'Laat vallen!'

Ben gehoorzaamde en liet Delia's pistool los. Ben greep met zijn hand zijn arm beet en bloed stroomde tussen zijn huid en zijn goedkope jasje.

'Jij bent Forsberg.'

Ben knikte.

Jackie trapte hem op zijn voeten. Het duizelde hem aan alle kanten. 'Pelgrim. Waar is ie?'

'Weet ik… niet. Hij… is ervandoor gegaan.' Ik ben geraakt, dacht hij als een idioot.

'Ik geloof je niet.' Hij duwde met het pistool tegen Ben aan, bracht hem uit zijn evenwicht. 'Vertel me waar Pelgrim is.'

'Nee.' Ben viel tegen het granieten aanrecht.

Jackie stopte het pistool in zijn zak en haalde een groot mes tevoorschijn. Staal glansde in het fluorescerende licht en hij greep Ben bij zijn haren vast en legde het mes tegen zijn keel. Hij zag Bens ogen groter worden toen die het mes tegen de huid voelde. 'Heb je ooit van een pond vlees gehoord? Ik snij een pond uit jou. En dan snij ik er nog een af. En zo schil ik je tot op het bot af.'

Ben sloot zijn ogen. Als hij Jackie ervan kon overtuigen dat hij werkelijk niet wist waar Pelgrim uithing, was hij onmiddellijk waardeloos geworden. En dus dood. 'Ik zeg het je niet.'

De punt van het mes draaide en Ben voelde de rand in zijn vlees drukken. Hij opende zijn ogen.

Jack grijnsde zijn tanden bloot. Het mes werd naar Bens borst verplaatst, sneed door zijn shirt en prikte in een tepel. Ben voelde het vlees onder het staal wijken. Toen danste de punt langs zijn buik in de richting van zijn lies. Bleef daar steken.

'Je houdt nu je adem in. Ik vraag me af waar ik het in zal steken. Dat hangt van jou af. Pelgrim heeft mijn broer vermoord, waardeloos stuk stront dat je bent. Jij gaat me vertellen waar hij is.'

'Ik… ik…' In de stilte hoorden ze het voortrollende geluid van een passerende auto langs de verbrijzelde voordeur.

'Laten we ergens heen gaan waar we een vruchtbaar gesprekje kunnen voeren. Als je me helpt, blijf je leven. Ik wil Pelgrim meer dood dan jou.' Jackie zette het mes tegen de zijkant van Bens nek en duwde hem voor zich uit naar de deur, langs Delia's verminkte lichaam.

'Het spijt me,' zei Ben tegen haar. Hij dacht dat hij van angst en pijn moest overgeven. Het mes voelde stevig en scherp genoeg aan om hem te onthoofden.

'Waarom zou het jou spijten?' zei Jackie. 'Ik heb haar vermoord.'

Bloed stroomde uit Bens arm, een plotselinge pijn tot op het bot vlamde fel in zijn vlees op. Ze snelden de voordeur door. Jackie duwde Ben het grasveld over. Hij wankelde maar hield zijn evenwicht. Hij moest zien te vluchten. Maar Jackie was net zo lang als hij, zwaarder gespierd en een paar jaar jonger. Ben wist zeker dat hij hem in een fysiek gevecht er niet onder zou krijgen, zeker niet met een gewonde arm, en Jackie had het mes en een pistool.

Dus moest hij hem aan de praat houden. Hem zien af te leiden. Hij werd zich ervan bewust dat een soort vastberadenheid zich binnen in hem nestelde. Raar… een dag geleden had hij stijf gestaan van de paniek, nu was angst een luxe. 'Mijn arm…'

'Hou op met dat gejammer.'

'Mijn arm…' Ben wankelde opnieuw, viel op de omgewoelde aarde van het kale terrein naast Delia's huis. Een TE KOOP-bord stond voor hem, waarop het gestileerde logo van een roos stond afgebeeld. De makelaar heette Rosie. Grappig.

'Sta op,' zei Jackie en Ben greep met zijn vingers een hoopje losse aarde. Jack greep hem weer bij zijn haar en trok eraan, waardoor Bens keel bloot kwam te liggen.

Ben gooide de aarde over zijn hoofd, pal in Jackies gezicht en ogen. Hij duwde hard tegen Jackie aan en ving het mes tussen hen op. Jackie schreeuwde, zijn handen schoten naar zijn ogen en hij wankelde door de duw.

Ben kreeg ook een wolk stof in zijn ogen, maar Jackie kreeg het leeuwendeel. Ben rukte aan het Rosie-makelaarsbord. Hij trok het uit de grond en haalde er hard mee uit naar het wazige gezicht van Jackie. Met een bevredigende dreun kwam het platte vlak van het bord op Jackies kaak en wang terecht. Hij haalde opnieuw uit en sloeg Jackie tegen de grond.

Ben had al een kogelwond, was verzwakt door bloedverlies en hij kon het niet riskeren dat hij het tegen Jackie in een gevecht zou afleggen. Dus liet hij het bord vallen en zette het op een lopen, terwijl hij de aarde uit zijn ogen wreef.

Jackie spuugde van woede en frustratie. Hij gooide het mes uit alle macht in de richting van waar hij dacht dat Ben was, de vlijmscherpe rand suisde door de lucht. Hij graaide met een hand naar de verblindende aarde, wilde zijn ogen schoonvegen.

Ben rende gebukt naar zijn auto. Hij stak zijn bebloede hand in zijn broek, zijn vingers vonden zijn sleutels.

Jackies omsloot met zijn hand zijn zware pistool. Hij schoot, richtend op het geluid van de zich terugtrekkende voetstappen, en Ben hoorde de inslag van het schot vlak naast zijn schouder.

Ben kwam bij zijn auto, stapte in en hield zich tijdens het starten van de auto zo laag mogelijk.

Hij zag in de achteruitkijkspiegel Jackie op hem afstormen, in zijn ogen wrijvend om beter zicht te krijgen. Jackie bleef even staan om het mes in de schede onder zijn broekspijp terug te stoppen en vuurde toen knipperend met zijn ogen op het gezoem van de startmotor. De kogel ketste af op de bumper van de Explorer.

Ben gaf met gierende banden gas. Hij schoot bij de stoeprand vandaan en Jackies volgende schot was bijna raak, sloeg een ster in de buitenspiegel aan de passagierskant.

Ben gaf plankgas. De Explorer – die traag op snelheid kwam – brulde door de straat. Aan het eind van de straat stond een stopbord, maar Ben accelereerde, nam snel de bocht terwijl een politieauto toeterde en hard op zijn remmen moest staan. Het was een nieuwbouwproject, vol bochtige wegen, doodlopende straten en rondjes, en als hij een verkeerde afslag nam, kwam hij nergens uit.

Terwijl hij de viezigheid uit zijn ogen wreef en met zijn elleboog stuurde – zijn rechterarm deed zo'n pijn alsof er een brandende lucifer onder de huid was gedrukt – zag Ben in de achteruitkijkspiegel dat de politieauto dichterbij kwam. Mischien had iemand de pistoolschoten in Delia's huis gehoord. Hij overwoog te stoppen, de agent alles te vertellen, en minderde vaart. De politie kwam vlak achter hem.

Maar toen dook achter de politiewagen een zwarte Mercedes op, zo steels als de nacht.

Nu kon hij niet stoppen, Jackie zou zowel hem als de agent doodschieten. Hij trapte de motor op zijn staart en reed met een boog van de straatkant weg toen de Mercedes zijn toerental liet oplopen en met zijn veel krachtiger motor accelereerde.

De Mercedes haalde de politiepatrouillewagen in en Jackie opende het vuur. Hij kon nog steeds niet goed zien en de kogels raakten godzijdank banden in plaats van vlees. De politiewagen kwam piepend tot stilstand. De agent greep naar een wapen, stapte uit en richtte op de Mercedes.

Ik weet niet zeker of ik hem eruit kan rijden, dacht Ben en hij sloeg met een vaart links af. Jackie bleef vlak achter hem. Ben dacht aan alle autoachtervolgingen die hij ooit in films had gezien. Altijd op snelwegen of in stadskernen, met een hoop mogelijkheden om te draaien, weg te schieten en te ontwijken, de auto's dansten met de camera's om het publiek in vervoering te brengen. Maar dit gebied bestond uit een vriendelijk glooiende prairie die tot een nieuwe voorstad werd omgevormd. Hij kon nergens heen. Er waren nieuwe huizen, half afgebouwde huizen en verlaten bouwterreinen. Op deze splinternieuw geplaveide straten zou hij de dood vinden.

De weg maakte een bocht, liep dood en Ben draaide zo hard om dat hij voelde dat de wielen van de Explorer werden opgetild en weer op de grond neerstortten.

Aan het eind van de doodlopende weg zag hij nieuwe huizen, één voltooid, de andere vier in verschillende bouwfasen, één van baksteen, twee alleen nog het skelet en de andere slechts een fundering die op een houten geraamte wachtte. Ben racete met de auto naar de rotonde en stopte niet.

De achterruit explodeerde, werd eruit geschoten. Zijn achterhoofd werd met glas ondergesproeid, als scherpe confetti die aan zijn nek en oren knabbelde.

Op asfalt kon hij niet winnen. De Mercedes was te snel. Ben schoot langs een van de huizen in het skeletstadium waar al een oprijlaan was gelegd, en draaide een zij-ingang van een garage in die nog uit beton en rommel bestond. Hij schoot van de oprijlaan de vlakke aarde op, raasde als een speer langs het frame van het huis, scheurde over de lege, afgevlakte ondergrond rondom de half afgebouwde casco's.

De Mercedes sloot hem in.

Ben maakte een scherpe bocht, stof en aarde spoten de lucht in, en hij hoopte dat de banden niet over een spijker zouden rijden. Een lek-ke band zou het einde betekenen. Hij zag dat de Mercedes terugviel, niet in staat hem met dezelfde snelheid over de aarden wallen bij te houden. Ben schoot de hoofdweg weer op.

Naast de berm was egaal terrein, gevlakt en omheind voor toekom-stige bouwpercelen, dat iets omlaag glooide naar een dal waar hij een kreek vermoedde. Maar daarachter zou een andere weg zijn.

De kreek kon hij halen – misschien – maar de Mercedes niet.

Ben reed met hoge snelheid hotsend en botsend het vlakke land op.

In de achteruitkijkspiegel zag hij de Mercedes over het afgevlakte terrein stuiteren.

Wat zou Pelgrim doen? Hij schoot bijna in de lach bij die gedachte, boven de misselijkheid, het bloedverlies en de pijn uit. Toen wist hij het: hij zou verder denken dan één stap vooruit.

Het land liep hier af, er was geen kreek zoals hij had gedacht, maar een draadhek. Hij raakte het hek met honderd kilometer per uur.

De Explorer scheurde door het draad, trok palen uit de grond en een ervan sloeg als een vuist tegen de passagiersdeur. Het draad schuurde de lak van de motorkap. Een paal hakte de voorruit tot een web van versplinterd glas. De Explorer slipte en hij gaf weer plankgas om op snelheid te komen.

In zijn achteruitkijkspiegel gleed de Mercedes door het gat in het hek dat hij had gemaakt.

Het land liep nu in een vriendelijke glooiing omhoog. Voor hem zag hij een grote, drukke verkeersweg, twee rijbanen verdeeld door een breed stuk niemandsland.

Op de weg dreunde het verkeer bumper aan bumper met tachtig kilometer per uur voort. Hij toeterde, probeerde de oversteek over de snelweg te timen. Hij week wat naar rechts uit, probeerde een minivan de gelegenheid te geven voor hem in te voegen en een kleine opening in het verkeer te maken.

Hij haalde het maar net.

De Explorer schoot over de twee westelijke rijbanen, op weg naar het stuk niemandsland, net voor een Lexus SUV. Maar Ben zag de pick-uptruck niet die op de buitenste rijbaan de Lexus inhaalde, en terwijl hij naar links schoot tikte de pick-up de bumper van de Explorer rechtsachter even aan.

De Explorer draaide om zijn as, Ben worstelde om de macht over het stuur te houden zodat hij niet in de verkeersstroom op de snelweg zou terugschieten. Hij rukte met beide handen aan het stuur, zijn gewonde arm stak van de pijn ondanks de stoot adrenaline, hij wist weer op koers te komen en naar voren te scheuren. Zijn hart bonsde in zijn keel, hij keek achterom, zag hoe de pick-up uit zijn slip kwam, het verkeer vaart minderde en auto's op hun rem gingen staan. De bestuurder van de pick-up was in de veertig en Ben zag aan zijn gezicht dat hij bang maar ongedeerd was.

Hij keek achter zich. Jackie had met zijn Mercedes het verkeer weten te ontwijken – nou ja, het meeste dan, hij zag een akelige deuk achter op de passagiersdeur – en de Duitse sedan probeerde weer snelheid te maken.

De Explorer ratelde alsof hij uit elkaar schudde toen hij langs de bouwaanwijzingen en obstakels reed. Het land hier was ruwer en nog niet geëffend. In de achteruitkijkspiegel zag hij dat de Mercedes hem niet in een rechte lijn achtervolgde, Jackie schoot langs de kant van de weg, en stak die toen in een hoek over. Nu hij dichterbij kwam, sloot hij Bens opties af. Nu kon Ben alleen nog naar rechts.

Een kilometer vloog langs, en nog anderhalve kilometer. Hij zeilde langs werkeloze kranen en twee mannen achter op een pick-uptruck, die van hun bouwplannen opkeken naar een beunhaas op hun terrein. Rechts van hem zag hij aan de andere kant van de drie verkeersrijbanen een grote winkelpromenade.

Er kwam een eind aan het bouwterrein, alleen maar omgewoelde aarde en reusachtige betonnen cilinders, machines opgepropt op parkeerplaatsen. Hij kon geen kant op.

De winkelpromenade was zijn laatste hoop.

De Mercedes, die nu zo hard ging als een sneltrein, zeilde naar hem toe.

Hij schoot de weg op, miste op een haar een Escalade met aan het stuur een zilvergrijze dame, die een met diamanten bezette vinger opstak. Hij bracht de wagen op koers, zag hoe de Mercedes een paar auto's achter hem zwenkte, zoekend naar een opening. Hij drukte het gaspedaal in en de afgeragde, toegetakelde Explorer probeerde te reageren maar de auto begon te knarsen en schokken, als een hardloper die door blessures gaat strompelen.

Nu de ingang van het winkelcentrum: een Nordstrom's kledingzaak, een bioscoop met twintig zalen, een reusachtige boekwinkelketen, een Macy's-warenhuis, een Home Depot-meubelzaak, een paar andere warenhuizen, allemaal kenmerkend voor een comfortabel winkelcentrum in suburbia. Ben reed naar de wegberm, toeterde zijn weg naar rechts en zag dat de Mercedes probeerde af te snijden om hem vast te zetten; twee auto's achter de Mercedes gleden naar elkaar toe en kwamen in botsing.

Hij zag Jackies gezicht, vertrokken van woede, haat en vastberadenheid. Hij draaide rechts de straten van het winkelcentrum in, Jackie zag de afslag over het hoofd, stond op zijn rem en zette de auto aan de kant van de weg in zijn achteruit. Ben reed de Explorer een glooiing op, zoefde door een rood licht en over een vluchtheuvel. Hij trok op achter een parkeerrij voor de vooringang. Plotseling begaf een voorband het, de velg kwam gaandeweg in aanraking met het asfalt en met de gehavende auto wist hij nog honderd meter verder te komen.

Hij moest Jackie in het winkelcentrum kwijt zien te raken. Hij glipte een vrije parkeerplaats op en stapte uit de auto, terwijl hij het terrein afzocht naar Jackies Mercedes. Hij zag Jackie vier rijen verderop. Rijdend naar de ingang van het winkelcentrum. Op hem jagend.

Ben bleef laag bij de grond, wikkelde zijn jasje om zijn kogelwond. Zijn shirt en de bovenkant van zijn broek waren met bloed bevlekt, maar hij dacht dat hij de meeste vlekken en schade wel kon verbergen door het jasje strak om zich heen te trekken. Hij zag dat de Mercedes vlak bij de ingang bleef staan, keerde en drie rijen overstak. Binnen een paar tellen zou Jackie de weggeschoten ramen van de Explorer in de gaten hebben.

Ben rende gebukt weg en negeerde de nieuwsgierige blikken van het winkelende publiek. Hij kwam bij het einde van de rij en dook toen de open ruimte in op weg naar de ingang. In de rij zag hij de gehavende Mercedes tot stilstand komen en Jackie liet de auto midden op de rechterrijbaan staan.

Ben struikelde het winkelcentrum in. Het nieuwe centrum was hypermodern. Gedecoreerde betegelde vloeren, zorgvuldig opgestelde leren stoelen en banken, zodat mensen ontspannen van hun latte konden nippen en comfortabel op hun winkelende familieleden konden wachten. Het was vrijdagmiddag en behoorlijk druk, vooral met tieners en jonge moeders.

Ben liep snel, probeerde niet de aandacht te trekken. Hij waagde het achterom te kijken om te zien of hij geen bloedspoor achterliet. Dat was niet zo, hij zag wel dat Jackie hem doelbewust achtervolgde, maar niet rende.

En Jackie grijnsde. De kat sloot de muis in. Hand in zijn jaszak. Daar zou het pistool wel zitten. Jackie hield Ben strak in de gaten.

Ben kwam bij een kruispunt in de promenade, zowel links als rechts kwam je bij een groot warenhuis uit. Tegenover hem was een witgoedwinkel en plotseling keken tientallen beelden van zijn eigen gezicht hem aan, uit uitgestalde tv's die op CNN afgestemd stonden.

Hij struikelde weg, legde zijn hand op zijn haar alsof hij in gedachten verzonken was en schermde zijn gezicht met zijn handpalm af. Nadenken. Hij besefte dat hij een grote winkel in moest gaan, een plek waar het zicht beperkt was en hij Jackie kon kwijtraken. Hij haastte zich tussen de dikker wordende menigte door – een paar jongleurs deden op de kruispunten hun kunstjes en mensen bleven staan om te kijken – en schoot naar een van de goedkopere warenhuizen. Plotseling hoopte hij dat het in die winkel drukker zou zijn, zowel met winkelaars als spullen, dan de duurdere opties. Meer plekken om je te verstoppen.

'Meneer, u bloedt,' zei een oudere vrouw tegen Ben. Ze droeg tassen van Pottery Barn en Macy's en wees op zijn bebloede shirt. Toen naar zijn gezicht. Ze tuitte haar mond. Hij schonk haar een halfslachtig glimlachje en een knikje. Toen snelde hij langs haar heen.

'Meneer? Hé, wacht,' riep de vrouw.

Misschien haalde ze er wel een bewaker bij. Ben waagde achterom te kijken. Jackie hield hem bij, kwam met zo veel getuigen in de buurt niet dichterbij maar bleef op dezelfde afstand. Hij kon niet zien waar de vrouw was gebleven.

Ben liep het warenhuis in, langs een jonge vrouw die parfummonsters uitdeelde, langs met zilverkleurige kleden gedekte tafels met fonkelende geschenkdozen, langs vaandels die met rode inkt vijftien procent korting aankondigden. Hij ontweek moeders met kinderwagens, hand in hand lopende stelletjes, drie vrouwen die zich naar de trouwafdeling haastten.

Vergissing. Te veel mensen, en als Jackie zou gaan schieten... Ben bereikte de roltrap. Hij liep snel langs het stilstaande publiek. Hij draaide zich om, zag dat Jackie hem ongehaast volgde en hij had het afschuwelijke gevoel dat de knul eenvoudigweg zijn pistool zou trekken en een schot op Ben zou afvuren, en het risico nam om in de menigte op te gaan. Tweede vergissing, dacht Ben. Als hij nog een fout maakte zou een onschuldige toeschouwer gedood worden, en de gedachte brandde in zijn borst.

Jackie stapte achter hem op de roltrap.

Ben stapte van de trap, maakte een halve cirkel en nam de volgende roltrap naar de tweede verdieping, waar hij een scherpe bocht naar links maakte naar de huishoudelijke artikelen en het meubilair.

Hier stonden de spullen dichter op elkaar, met nepwanden om slaapkamers, woonkamers en zitjes te creëren, minder open zichtlijnen waar Jackie hem in het oog kon krijgen. Een doolhof van gearrangeerde decors. Minder klanten, hij bedacht dat mensen vooral 's avonds of in het weekend op meubels uit gingen, wanneer gezinnen en stelletjes dat samen konden uitzoeken. Maar niet op een vrijdagmiddag.

In een van de alkoven was een zitje in Aziatische stijl gecreëerd: een lage teakhouten salontafel, een piepkleine sofa met rode zijden kussens waarop zwarte Chinese letters waren geborduurd, een jaden sculptuur, een grote vaas beschilderd met kraanvogels en bloemen. Hij greep de vaas met beide handen vast. Zijn arm deed verschrikkelijk pijn. Het was een zware vaas en reikte van zijn middel tot zijn hoofd.

Ben dook de alkoof in en wachtte.

Jackie rende erlangs, vastbesloten om Ben weer in het oog te krijgen, en Ben stormde in zes stappen op hem af, haalde hard met de vaas uit terwijl Jackie zich omdraaide en zijn hand in zijn jaszak stak. De vaas kwam met een klap als van een keramische honkbalknuppel op Jackies hoofd terecht en verbrijzelde.

Jackie wankelde achteruit en Ben haalde opnieuw uit met wat over was van de vaas: de zware bodem. Hij sloeg ermee op Jackies mond en de jonge man stortte half bewusteloos neer, zijn gezicht onder het bloed, zijn lip gescheurd.

Ben bukte, pakte Jackies pistool en sleutels uit zijn jaszak en liet die in zijn eigen shirt vallen. Waar was het mes?

Jackie probeerde hem door een bloederig masker aan te kijken. Ben boog zich opnieuw voorover en met zijn goede hand sloeg hij Jackie uit alle macht tegen de kaak. En nog een keer. Jackie probeerde een vuist te maken en Ben sloeg Jackies hoofd drie keer tegen de grond.

Jackie vocht niet meer, zijn ogen stonden glazig.

'Hé!' riep een vrouw. Ben keek op. De vrouw was een verkoopster en ze hield een gemanicuurde hand tegen haar mond.

'Hij heeft een pistool. Ik zag het in zijn zak. Bel de politie,' zei Ben. 'Hij heeft me vanuit een huis in Nottingham Street achtervolgd. Hij heeft daar een vrouw gemolesteerd.'

De vrouw liep naar de telefoon op een verkoopbalie. Ze wees met een vinger naar hem alsof hij daardoor ter plekke zou bevriezen. 'Beweeg je niet.'

Denk na. Hij kon blijven en de politie uitleggen dat Jackie Delia had vermoord. Maar dan zou hij in de gevangenis belanden en zou hij misschien weer naar de volgende Kidwell worden doorgesluisd. Hij krabbelde overeind en zette het op een lopen. Hij hoorde de vrouw roepen: 'Blijf staan!' Maar dat deed hij niet.

Binnen een minuut zou ze de beveiliging hebben gewaarschuwd.

Hij liep naar een deur met daarop ALLEEN PERSONEEL. Die was niet op slot en hij liep erdoorheen, terwijl hij de vrouw achter zich hoorde schreeuwen. Hij rende een gang door die uitkwam op een lege kantine en een veel grotere voorraadruimte.

En een vrachtlift. Hij drukte op de knop.

Zorg dat je op het parkeerterrein komt. Dit was een enorm warenhuis, er waren vast een hoop uitgangen. Zoek Jackies auto en sla daarmee op de vlucht.

Hij wachtte tot de lift kwam, die kreunend en waggelend vanaf de begane grond moest komen. Hij schudde alsof hij in geen jaren dienst had gedaan, een lawaaiig keelschrapen rees op uit de liftschacht.

Hij drukte zichzelf tegen de muur. De lift kondigde met een belletje zijn komst aan, de grote vrachtdeuren gleden open alsof er langzaam een gordijn werd opengetrokken. De lift was leeg. Hij sprong erin, sloeg op de knop van de begane grond en op de dichtknop.

Hij hoorde de deur naar de personeelsruimte opengaan. Rennende, struikelende voetstappen. 'Ik ga jou… aan flarden… snijden.'

Nee. De deuren gingen dicht, gleden op hun eigen ouderwetse tempo dicht. Ben trok zijn shirtslippen los en graaide naar het pistool en de autosleutels.

Jackie rende naar de dichtgaande deur, zijn voorhoofd vol bloed, woedende ogen, gebroken neus. Hij had het mes stevig in zijn hand, klaar om toe te slaan.

De deuren waren nu bijna dicht. Ben hief het pistool en schoot. Jackie zag het pistool, de woedende uitdrukking op zijn gezicht ging over in verbazing en hij dook naar links. Ben draaide om zijn as om Jackies uitval te volgen en schoot nog een keer vlak voordat de deuren dichtgleden en de lift aan zijn reumatische afdaling begon.

Heb ik hem geraakt? Heb ik hem vermoord?

Ben stond bewegingsloos in de lift, het pistool warm in zijn hand. Wat is er verdomme met je aan de hand, je had de deuren tegen kunnen houden, lulhannes, jij had het pistool, dacht hij.

De lift was gearriveerd, de deuren piepten open. Hij verstopte het pistool onhandig onder zijn overhemdslip en luisterde of voetstappen hem achtervolgden. Slechts stilte.

Nu begon Ben te rennen. De pijn dreef hem als een motor aan. Hij bereikte het parkeerterrein waar hij de Explorer had achtergelaten. De

Mercedes stond nog steeds waar Jackie hem had laten staan en er stond een woedende man bij de sedan die erdoor werd geblokkeerd.

Ben haastte zich naar het portier aan de bestuurderskant.

'Jezus christus, je mag wel eens leren parkeren,' zei de man.

'Doe ik,' zei Ben.

De man staarde hem aan, zag het bloed, het zweet. 'Hé, heb je soms hulp nodig?'

'Het gaat wel, bedankt.' Ben glipte de Mercedes in.

'Wacht eens even, wacht…' Een vleug herkenning in de stem. Hij haalde een mobieltje uit zijn zak tevoorschijn.

Natuurlijk was het een handgeschakelde auto en zijn arm deed het al niet goed. Maar hij leefde nog. Hij klaagde niet. Hij zette de Mercedes in zijn eerste versnelling en vond een ritme. Elke keer dat hij naar een andere versnelling schakelde voelde hij de doffe pijn kloppen.

Ben reed snel het parkeerterrein af. Jij had een pistool, hij had alleen maar een mes. Je had op de knop kunnen drukken, de deuren kunnen openmaken, je had die moorddadige klootzak dood kunnen schieten. Er is geen uitweg, je moet tegen deze mensen terugvechten. Ze zullen altijd achter je aan blijven jagen.

Door de pijn heen moest hij aan Delia denken, zoals ze daar op de grond lag, in een oogwenk weg, net als zijn Emily. Hij had twee keer op Jackie geschoten en beide keren gemist. Pelgrim had gelijk, hij was niet goed in zo'n oorlog. Terwijl hij weer invoegde op de hoofdweg door Frisco bad hij dat de man op het parkeerterrein zijn kenteken niet had opgenomen, niet de politie had gebeld, dat er niet binnen een minuut sirenes achter hem zouden loeien.

Plotseling werd hij razend, de woede verdrong de pijn in zijn arm en zijn lijf van Jackies speelse steken. Het was een verhitte en felle woede die hij vanbinnen opsloeg zodat die daar door bleef sudderen. Hij werd aangewakkerd doordat hij Delia had zien sterven, kreeg brandstof als een gortdroge tondel die in vlammen uitbarst.

Je bent gevlucht en je had hem moeten vermoorden. Je had hem moeten vermoorden om wat hij heeft gedaan.

Jackie Lynch stond te trillen op zijn benen. Meer van woede dan van pijn. Bens laatste schot had hem gemist, omdat hij uit de vuurlijn was gesprongen en tegen de muur was gestruikeld.

En dat hij niet het lef had gehad om op de liftknop te slaan, de deuren weer open te doen, Ben te confronteren. De gedachte dat hij met zijn eigen pistool zou worden neergeschoten had hem vertraagd, hem doen aarzelen. Geen voorzichtigheid, maar lafheid. Sukkel die hij was, hij had die amateur met één messteek de keel kunnen doorsnijden.

'Waardeloos stuk stront,' zei hij tegen zichzelf, mompelend tussen zijn gebroken neus en gescheurde lip door. Het leek alsof de gloed van zijn schaamte koortsachtig zijn botten verhitte. Hij had geaarzeld toen Ben zich tussen de menigte in het winkelcentrum had gemengd, toen had hij moeten schieten en moeten wegvluchten. Een verschrikkelijke vergissing, voor een Lynch was daarvoor geen enkel excuus.

Plotseling moest hij zijn tranen terugvechten. Hij was de zoon van een van de meest gevreesde mannen binnen de IRA. Hij herinnerde zich de donkere kelder in Belfast waar mannen naartoe werden gebracht die ervan werden verdacht Britse oren in te fluisteren, hij zag de angst in hun ogen als ze in de stoel tegenover die van zijn vader werden geplant. Hij was de broer van een man die werd bewonderd omdat hij ongezien kon moorden. Maar hij was slechts hun armzalige erfgenaam, afgetroefd door een amateur die hij zwaar had onderschat. Hij had zelfs zijn autosleutels niet meer. Zijn gezicht was een en al bloed, iedereen die hem zag zou zich hem herinneren. En als de politie hem zou vinden, hem vragen zou stellen, het verband met zijn broer zou ontdekken en vervolgens met de klanten van zijn broer in het Midden-Oosten, dan was het allemaal afgelopen. Dan zou hij geen voet meer buiten een gevangenis zetten.

Hij liep naar de goederenafgifte van de winkel en bleef even in de schaduw staan. Hij hield het mes in zijn mouw, klaar om in zijn hand te laten vallen. Een jonge man manoeuvreerde een grote kast uit een vrachtwagen, reed weer naar het platform en stuurde de dolly door een andere deur. Nu was de laadbak van de truck bijna leeg, de bestuurder stond aan de zijkant te praten met een collega die een palmtop in zijn hand had, op het scherm tikte en zijn metgezel hoofdschuddend aankeek, en toen goedmoedig lachte.

Jackie klom achter in de truck, wrong zich tussen de smalle spleet naar de laadruimte en verstopte zich tussen een koelkast en een kast. Hij trok zijn shirt uit en drukte dat tegen zijn bont-en-blauwe gezicht vol snijwonden. Zou hij er vreselijke littekens aan overhouden? Zou hij nu een lelijk gezicht krijgen?

Een halve minuut later werd de truckdeur dichtgeslagen en werd hij in duisternis ondergedompeld.

Hij hoorde voetstappen op het laadplatform, beveiligingsmedewerkers die vragen stelden over twee mannen die door de winkel waren gerend, en de truckbestuurder zei dat hij daar de hele tijd had gestaan en niets had gezien.

Jackie wachtte af of de deuren zouden worden geopend of dat de truck hem mee zou nemen.

Na nog een minuut kwam de motor van de truck brullend tot leven en reed hij het terrein af.

Ontsnappen, oké. Maar dit was vernederend, met de staart tussen de benen vluchten, verliezen van een nul als Ben Forsberg. Hotsend in het donker stelde hij zich Bens gezicht voor, hijgend van angst, langzaam stervend aan de punt van zijn mes, gillend als die lafaards in de kelder in Belfast. De bloederige glimlach leek op Jackies gezicht te zijn getatoeëerd.

25

Bob Taggarts onderkomen leek een bizarre kruising tussen een wapenshow en een tweedehandsboekwinkel. Een muur werd tot boven aan toe in beslag genomen door boekenplanken vol gescheurde paperbacks en gehavende hardcovers. Tegen een andere muur was een verzameling antieke vuurwapens in combinatie met modernere wapens uitgestald. Felgele Post-it-briefjes lagen onder een paar aan de muur hangende wapens. Vochek zag dat er iets op de briefjes geschreven stond, in zo'n nauwkeurig handschrift dat het wel schrijfmachineletters leken. Op de vloer lagen stapels boeken, werken over de geschiedenis van wapentuig en vuurwapens.

'Ik werk aan een boek over vuurwapens,' zei Bob Taggart. 'Ik ben nu bezig aan het negende concept. Ik ga uiterst methodisch te werk.'

'Bewonderenswaardig,' zei ze. Ze boog zich naar voren en bekeek de wapens. Een Frans pistool uit 1878. Een Duitse revolver uit 1915. Een speciaal politiewapen uit de droogleggingsperiode in Chicago.

'Als ze eens konden praten,' zei hij. 'Dat is heel wat anders dan kogels spuwen.'

'Dan zouden we geen werk meer hebben.'

Hij lachte, een vol, warm geluid. Taggart was klein van stuk, zwaargebouwd met een zilverkleurige pluk haar die retrokort geknipt was. Hij had een warme, innemende glimlach. Hij stond met zijn handen op zijn rug, wippend op de bal van zijn voeten naar zijn wapens te glunderen. Vochek inspecteerde vluchtig zijn vingers toen hij naar een prachtig antiek vuurwapen uit Pruisen wees: geen trouwring. Ze vroeg zich af of mam Taggart misschien leuk zou vinden, vroeg zich af of hij ooit in Houston kwam.

'U hebt werkelijk een prachtige verzameling,' zei Vochek.

'Ik denk heel goed na over mijn aankopen. Ik onderzoek ze. Ik ga zorgvuldig en methodisch te werk.'

Ze vroeg zich af of hij al op voorhand zijn werk aan de Emily Forsberg-zaak verdedigde, nog voor ze hem een vraag had gesteld. Hij bood haar ijsthee aan, wat ze accepteerde, en hij haalde hun drankjes. Hij nam plaats in een ligstoel en zij ging op de bank tegenover hem zitten.

'Ik weet niet goed hoe ik u van dienst kan zijn,' zei hij. 'Het hoofdonderzoek vond op Maui plaats. Ik heb alleen mensen hier in Dallas ondervraagd ter ondersteuning van het Hawaïaanse onderzoek. Alles over de moord stond in het dossier. De zaak blijft open.'

'Maar staat in de koelkast.'

'Ja.'

'Nou, u was er het dichtst bij betrokken, dus praat ik het eerst met u, maar ik zal zeker ook met de rechercheurs op Maui gaan praten. Ik heb het dossier gelezen. U bent inderdaad uitermate systematisch en zorgvuldig te werk gegaan.'

Taggart haalde zijn schouders op. 'Niet dat het voor Emily Forsberg veel uitmaakte.'

Ze hoorde een bittere ondertoon in zijn woorden. 'Ik zou alleen graag van u willen weten wat uw indruk van de zaak was. Je ontdekt zo veel meer wanneer je met de dienstdoende rechercheur over een zaak praat, in plaats van alleen maar het dossier te lezen.'

'U krijgt al mijn vooroordelen en theorieën te horen.' Hij glimlachte.

'Die zal ik dan voor kennisgeving aannemen,' zei ze.

'En dat allemaal omdat u Ben Forsberg wilt opsporen.'

'Ja. We hebben een verband gevonden tussen Forsberg en een bekende huurmoordenaar. Ik wil uitzoeken hoe sterk dat verband is en hoe lang geleden dat tot stand is gekomen.'

'Bedoelt u dat hij een huurmoordenaar in de arm heeft genomen om van zijn vrouw af te komen?'

'Ja.'

Taggart fronste zijn voorhoofd. 'Nou ja, alles is mogelijk.'

'Wat vond u van Ben?'

'Als verdachte of als mens?'

'Beide.'

'Ik heb pas met hem gesproken nadat hij in Dallas terug was. Dus u begrijpt dat ik hem niet vlak na de dood van zijn vrouw heb gezien, terwijl je op dat moment het meest te weten komt over hoe de verdachte emotioneel op de misdaad reageert. Hij had een paar dagen de tijd gehad om tot zichzelf te komen, om met de schok van haar dood om te gaan. Hij was... Vroeger, toen ik nog dienst had, had ik daar een term voor. "Verbijsterd maar waardig".'

'Ja, hij heeft iets gereserveerds over zich,' zei ze.

'Dat is een eigenschap van de meer berekenende moordenaars. Maar wij hebben gehoord dat hij en Emily verschrikkelijk verliefd en heel gelukkig waren. Ze hebben elkaar via hun werk ontmoet, hadden twee jaar een relatie en zijn getrouwd. Niets wees erop dat er problemen waren. Geen sporen van geweld, ontrouw of geldproblemen. Er was geen sprake van een levensverzekering. Ze waren nog maar een week getrouwd.' Hij haalde zijn schouders op. 'Plus... haar vermoorden op hun huwelijksreis? Als hij niet met haar wilde trouwen, had hij een paar dagen eerder de benen nog kunnen nemen. Meestal schikken twijfelende mensen zich onmiddellijk na de bruiloft in hun lot of ze gaan nadenken over een nietigverklaring. Maar...'

'Maar.'

'Ze verbleven niet in een hotel. Ze hadden een huisje in Lahaina gehuurd. Dat was enigszins ongebruikelijk, en als hij haar wilde vermoorden, was het absoluut eenvoudiger om dat in een huis dan in een druk hotel te doen. Maar zij heeft alles geregeld, kennelijk was het haar idee om een huisje te huren... haar moeder heeft dat tegenover mij bevestigd. Ben en Emily waren uiteraard bijna de hele tijd samen, het was hun huwelijksreis. Hun laatste ochtend heeft hij een potje golf gespeeld met een andere man die ook op huwelijksreis was en die ze op het strand hadden ontmoet – een goed alibi voor hem – maar hij speelde maar negen holes, terwijl hij tegen Emily had gezegd dat hij er achttien zou spelen. Als hij de schietpartij had gepland en hij wilde er niet zijn als ze werd neergeschoten, had hij het hele traject vol moeten maken.' Hij schraapte zijn keel. 'Natuurlijk had hij een geweer kunnen meenemen, de heuvel op kunnen gaan en haar dood kunnen schieten. Maar hij heeft geen ervaring met vuurwapens, en er was geen enkel forensisch bewijs dat hij een geweer vastgehouden of afgevuurd had, of tijdens zijn verblijf op Maui had geprobeerd er een te pakken te krijgen.'

'De politie dacht dat het een lukraak schot was.'

'Ja. Een kilometer verderop waren ramen uit twee lege huurhuizen geschoten, in de buurt van het vliegveld waren ruiten uit lege auto's geschoten. Allemaal dezelfde kogels. Het schot in het huis van de Forsbergs was het laatste. Ben was net vertrokken van de golfbaan toen de eerste schoten gehoord en gerapporteerd waren… niet genoeg tijd om bij de eerste plaats van handeling te kunnen komen. De timing pakte in zijn voordeel uit.'

'Dus verschillende willekeurige schoten en Emily Forsberg had gewoon domme pech?'

Taggart haalde zijn schouders op. 'Een achterlijk kind dat te veel wiet gerookt had, waarschijnlijk, was in het wilde weg gaan schieten. Maar verdomme, de kogel was fataal, recht in het voorhoofd.'

'Een precisiemoord.' Het soort schot dat een Nicky Lynch kon afvuren.

'Of een ongelooflijk ongelukkig schot.'

'En er waren geen sporen van een geweer of de schutter?'

'Niets.'

'En hoe zit het met Bens bedrijf? Als hij in schimmige zaakjes verwikkeld zat, en zij was daarachter gekomen…'

Taggart haalde zijn schouders op. 'Zo veel overheidscontracten zijn schimmig – nu spreek ik voor mezelf – maar we hebben in zijn verleden geen twijfelachtige zaken aangetroffen.'

'Zij werkte voor Hector Global.'

'Ja, ze was een heel hoge accountant. De gedoodverfde financieel directeur van Sam Hector.' Taggart legde zijn handen met de vingertoppen tegen elkaar op zijn bierbuik. 'Sam Hector heeft tijdens haar gedenkdienst een grafrede uitgesproken.' Hij zweeg, opende zijn mond alsof hij iets wilde zeggen maar sloot hem weer alsof hij zich bedacht. Hij tikte met zijn vingers op de stoelleuning.

Vochek trok haar wenkbrauwen op.

Hij sprak langzaam. 'Misschien was Ben niet de schimmige zakenman, misschien was Sam Hector dat wel.'

'Verdenkt u hem?'

'Zorgvuldig en methodisch, weet u nog?' Hij waagde een glimlachje. 'Hij was in Los Angeles en twee contractanten kunnen dat bevestigen. Maar weet je, hij heeft zijn eigen vliegtuig. Een Learjet Delta-5.' Hij zweeg opnieuw, glimlachte raadselachtig naar haar. 'Die kan helemaal naar Hawaï vliegen.'

'Denkt u dat Hector naar Maui zou zijn gevlogen, Emily heeft vermoord en weer terug is gegaan? Dan zouden er vluchtgegevens moeten zijn.'

'Je hebt hier te maken met iemand die met huurlingen en uitrustingen over de hele wereld heen en weer schuift, soms in het geheim. Als hij ongemerkt naar Maui zou willen, geloof ik dat hij daartoe in staat is.' Taggert schokschouderde. 'Maar we hebben geen motief kunnen ontdekken en hij had een alibi.'

'Doodlopende weg dus.'

'Vertel me eens over die huurmoordenaar over wie u het had.'

Ze haalde een foto uit haar tas en schoof die naar hem toe. Taggart dook een dubbelfocusbril uit zijn zak op en bestudeerde het gezicht van Nicky Lynch.

'Hij ziet eruit als een kroegbaas.'

'Hij was een getraind scherpschutter.'

Taggart trok een wenkbrauw op. Hij gaf haar Nicky Lynch' foto terug. 'Een scherpschutter. Dat zou het dan verklaren.'

'U denkt niet dat het een keurige oplossing is wanneer Ben Forsberg een moordenaar zou hebben ingehuurd.'

'Ik…' Hij zweeg en keek op zijn horloge. 'Ergens op aarde is het nu vijf uur. Ik heb wel zin in een glaasje bourbon. Wilt u er ook een?'

De plotselinge overgang in zijn stem verraste haar. Zijn rossige huid verbleekte. Ze wilde er niet een, maar had het gevoel dat als ze zijn aanbod accepteerde zijn tong misschien net zo los zou worden als de bourbon. 'Ja, graag.'

Hij stond op en haalde voor hen beiden een bodempje bourbon, gaf haar een van de kristallen glazen en nam weer op de ligstoel plaats. 'We gaan ver buiten ons boekje. Als u iemand dit vertelt, zal ik alles ontkennen.'

Ze stond zichzelf een nipje bourbon toe. 'Uiteraard.'

Hij nam met smaak een flinke slok bourbon. 'Hebt u Sam Hector al ontmoet?'

Ze schudde haar hoofd.

Hij stond op en schonk zijn glas nog eens bij. 'Dit gedeelte zeg ik maar één keer. Toen ik naar Sam Hector ging graven, kreeg ik het zwaar te verduren. Als een lawine tuimelden ze over me heen. Mijn baas en een hoge piet uit Washington. Mij werd medegedeeld dat Sam Hector geen verdachte was, niet verdacht kon zijn en dat hij niet in aanmerking kwam voor grondig onderzoek. Ik vroeg waarom, want ik hou er niet van als ik onder druk word gezet en ik dacht: hij heeft reusachtige connecties bij de regering, hij gooit gewoon zijn ballen... sorry, zijn gewicht in de strijd. Ik bedoel, zou u iets weten wat nog schuldiger lijkt?' Hij bracht de pas ingeschonken bourbon naar zijn lippen. 'Ik ben om twee redenen bij de politie gegaan. Mijn vader was een smeris en ik bewonderde hem uit de grond van mijn hart. En ten tweede heb ik een principieel probleem met onrecht. Ik weet dat dat naïef klinkt, maar zo heeft God me nu eenmaal gemaakt.'

Ze glimlachte schaapachtig naar hem. 'Zo zit het bij mij ook.' Ze dacht aan de gestorven Afghaanse kinderen, vermoord in hun pyjama. Ze begreep Taggart en dacht dat hij haar begreep. Voor haar werk zou hij een heel wat betere partner zijn geweest dan Kidwell. 'Maar als gevolg daarvan leven we in een onrechtvaardige wereld.'

Hij haalde zijn schouders op. 'Ik had het gevoel dat Sam Hector mijn kant van de wereld er niet bepaald rechtvaardiger op maakte. Dus ben ik toch wat gaan graven en ontdekte dat die hoge piet uit Washington, de man die me een berisping gaf, een CIA-functionaris was.'

Ze zette haar glas neer. 'Wat kan de CIA Sam Hector schelen?'

'Eerst dacht ik, nou ja, dat de CIA wellicht een grote klant was van Hector, kennelijk werkt hij voor elke overheidsinstantie die er maar is. Maar dat de CIA hem beschermt druist tegen hun relatie in. Als hij in moeilijkheden zit vanwege een door hem gepleegde misdaad, en zij hebben hem ingehuurd, moeten ze zich van hem distantiëren.'

'Maar in plaats daarvan steunen ze hem.'

'Dus joegen ze me weg, en ik liet mezelf wegjagen. Maar ik heb me altijd afgevraagd waarom de CIA niet wilde dat ik onderzoek deed naar Hector. Waarom zou de CIA hem dekken?'

Ze reed van Cedar Hill naar hartje Dallas terug, ging in noordelijke richting de Central Expresway op, stak over Plano door naar het privéterrein en liet zichzelf binnen in het beveiligde huis. De piloot die haar uit Austin had overgevlogen had heel attent de koelkast gevuld met wat basisvoorraden en ze maakte een salade en een sandwich voor zichzelf klaar. Ze had het zich niet gerealiseerd, maar na de bourbon had ze razende honger gekregen.

De telefoon ging. 'Vochek,' zei ze.

'Delia Moon is dood,' zei Pritchard.

De woorden sloegen als een moker in. 'Wat? Hoe?'

'Een man die voldeed aan Ben Forsberg beschrijving is volgens getuigen met hoge snelheid uit haar buurt weggereden. Een man in een Mercedes die hem ofwel achtervolgde of met hem wegvluchtte, heeft op een politieagent geschoten die reageerde op een paar afgevuurde schoten. Een vrouw die de bouw van een huis verderop in de straat aan het controleren was, hoorde de schoten en heeft de politie gebeld.'

'Heeft Ben… Delia vermoord?'

'Dat weten we nog niet. Wat is er verdomme aan de hand, Vochek?'

De berispende toon in Pritchards stem stond haar niet aan. 'Die software die Adam Reynolds aan het ontwikkelen was, die financiële databases kan doorzoeken… wat heeft het team daarin gevonden?'

'Waarom vraag je dat?'

Dat was niet het antwoord dat ze had verwacht. 'Omdat Delia nogal nerveus was over dat project waaraan hij werkte, ze zei dat het een prototype was. Ze wilde het niet voor me beschrijven. Ze was bezorgd dat we zijn eigendom niet zouden teruggeven.'

Er viel even een stilte. 'Hij werkte aan een methode om mensen die gebruikmaken van een valse identiteit te identificeren en op te sporen door informatie te combineren uit een heleboel verschillende databases. Dat is althans wat op de computer een gecodeerd prototype lijkt te zijn. Maar hij heeft geen query's of resultaten uit het programma bewaard… ik weet niet eens zeker of dit programma wel werkt. En we kunnen het niet testen, we hebben geen toegang tot al die verschillende databases.'

Vochek zei: 'Valse identiteit. Een die je verzint of een die je steelt.' Ze begreep nu de gelijktijdige uitgaven met Bens creditcards beter… vooral als iemand Bens identiteit had gestolen. 'Ik wil weten waarom je hebt gezegd dat ik uit de buurt van Sam Hector moest blijven.'

'Hij is alleen maar een contractmakelaar. We staan onder druk om hiermee resultaten te boeken, Joanna. Hij heeft niets te maken met…'

'Hij kent Ben Forsberg. Hij kan ons helpen hem te vinden.'

'Hij gaat een voortvluchtige heus geen onderdak bieden of helpen. Dan zou hij zijn eigen carrière om zeep helpen.'

Vochek kon de woede in haar stem niet verbergen. 'Jij bent al de tweede overheidsdienst die Hector tijdens een misdaadonderzoek afschermt. Waarom is dat?'

'Ik scherm hem niet af, Joanna, ik hou je gefocust op de belangrijke dingen.'

'Ik wil dat je voor me uitzoekt of Sam Hector vroeger bij de CIA heeft gezeten.'

'Dat wil jij.'

'Alsjeblieft.'

'Nou, dat is niet zo. Er bestaat een uitgebreid overheidsdossier van hem. Hij is een ex-militair, geen CIA.'

'Het maakt me niet uit wat er in het dossier staat.' Ze zei dit nu op kalmere toon.

'Joanna. Laat het met rust. Zorg dat je Randall Choate vindt. Dat is het enige wat telt. Laat je niet afleiden.'

'Als Hector een ex-CIA-agent is, vind je dan niet dat we dat kleinigheidje moeten weten?'

'Slapende honden,' zei Pritchard. 'Maar ik merk al dat je dit niet zal loslaten, dus prima. Ik zal kijken wat ik kan vinden.'

'Bedankt, Margaret.' Vochek hing op. Ze had het mismoedige gevoel dat ze een doos van Pandora had geopend die maar beter dicht had kunnen blijven. Sam Hector was een machtig en gerespecteerd man, maar te veel draden leken via een bochtje naar hem terug te lopen.

Vochek deed de tv aan, vond een Texaanse zender die vierentwintig uur per dag nieuws uitzond en wachtte op het moment dat de moord op Delia bekend zou worden gemaakt.

Dood. Adam Reynolds, die Kidwell om hulp had gebeld. Kidwell en de bewakers. En nu Delia. Hetzelfde afschuwelijke machteloze gevoel dat ze had gehad bij de omgekomen Afghaanse jongens, omgebracht door een clandestien opererende groep, omklemde haar borst. Niet meer, niet meer, niet meer.

Ze werkte het telefoonboek door en belde Hector Global, praatte zich helemaal langs de hiërarchie naar boven tot aan Sam Hectors assistent toe.

'Het spijt me, agent Vochek,' zei de assistent, 'hij is er vandaag niet, en ik betwijfel of hij er dit weekend is. We hebben hier een drama gehad…'

'Dat weet ik. Zeg hem dat ik in het hotel was toen die mannen vermoord werden. Vraag meneer Hector om me op dit nummer te bellen. Ik moet met hem praten over Ben Forsberg.' Ze bedankte de assistent voor zijn hulp.

Ze zette zich weer aan haar onafgemaakte maaltijd en at die verder zonder iets te proeven op.

Laat het rusten. Zorg dat je Randall Choate vindt.

Plotseling was ze bang voor wat ze verder nog tegen zou komen.

26

Pelgrim zette de gestolen Volvo, nu met zijn derde stel kentekenplaten, op een parkeerplaats van het appartementencomplex in Oost-Dallas. Op de achterbank stonden twee zakken levensmiddelen. Eten en slapen leken hem hemels.

Hij stapte uit de auto. Hij had het terrein behoedzaam benaderd, om zich ervan te verzekeren dat hij niet werd gevolgd, er zeker van te zijn dat er geen jager in een auto op hem loerde. Niemand binnen de Kelder wist van het appartement af, net zoals niemand van de opslagruimte wist die hij volgepakt had met wapens en contant geld. Het was zijn ontsnappingsluik, zijn vluchtplek. Meestal koesterde hij zich in de heerlijke en voortdurende anonimiteit van New York City, maar deze keet fungeerde als zijn schuilplek voor klussen waarvoor hij in het zuidwesten, Mexico of nog verder moest zijn. Hij betaalde het appartement jaarlijks, stuurde de huur in contant geld op. Het complex was vervallen en de huurbaas was allang blij dat hij een flat had waarvoor hij zich over de huur geen zorgen hoefde te maken.

Hij was hier in geen maanden geweest. Een ander groot appartementencomplex ernaast was gesloopt, in zijn kielzog verrees een groter winkelcentrum, de gebouwen waren nog lege hulzen, slechts stalen balken en betonnen vloeren.

Pelgrim liep naar de trap. Voor zijn deur zat Ben. Hij hield een pistool tussen zijn opgetrokken knieën, losjes, niet op Pelgrim gericht. Om zijn pols zag Pelgrim de rest van de plastic boei. Hij zag bleek en rilde van de pijn, en Pelgrim zag gestold bloed op zijn hand. Hij kon hem waarschijnlijk in drie stappen overmeesteren en het pistool uit zijn hand slaan. Maar hij wilde horen wat Ben te vertellen had.

'Hallo,' zei Pelgrim. 'Is dat even een verrassing.'

'Dat zal wel beledigend bedoeld zijn.'

Pelgrim verschoof zijn greep om de zakken.

'Ik doe wat ik in mijn hoofd heb gezet,' zei Ben.

'Je hebt de politie niet meegenomen.'

'Jaagt het je angst aan dat ik hier ben?' Zijn stem klonk uitdagend.

'Angst? Voor jou?' Pelgrim zette de zakken met levensmiddelen neer. 'Hoe heb je me gevonden, Ben?'

'Ik ben in mijn arm geschoten. Jij lapt me op en dan vertel ik je hoe ik je heb gevonden. En ik zal je precies vertellen hoe Adam je heeft opgespoord.'

'Het gaat er bijna op lijken dat je me weer gaat vertrouwen.'

'Ik vertrouw je voor geen meter. Als jij me erin luist, luis je jezelf erin.' Bens blik verhardde zich. 'Toen Emily doodging, was ik zo verlamd… het duurde twee minuten voor ik de politie belde. Want het kon gewoon niet waar zijn dat ze dood was. Ik weigerde te zien wat recht voor mijn ogen was gebeurd.'

'Dat noemen ze shock.'

'Dat noemen ze de manier waarop ik leef. Ik zag vandaag een volkomen onschuldige vrouw sterven. Ik kan het niet nog een keer meemaken, niet na mijn vrouw. Ik kan niet blijven wegrennen. Ik wil tegen deze mensen terugvechten. Wat het ook kost.'

Pelgrim pakte de zakken op. 'Kom binnen, dan lappen we je weer op.'

Pelgrim desinfecteerde en verbond Bens arm terwijl Ben op zijn tanden beet van de pijn. 'Jackie heeft een uitstekend schot geleverd, dat hij je zo heeft verwond.'

'Ga hem nog een beetje complimentjes geven ook.' Ben slikte zonder water vier ibuprofentabletten door. Hij zat stil en begon toen te rillen, de adrenaline vloeide uit hem weg.

'Zo, Sherlock, hoe heb je me gevonden?'

'Dat steekt je, hè?

'Ik hou niet van gaten in de beveiliging.'

'Je opslagplaats annex legerdepot. Ik bedacht dat als je opslagplaats zich vlak bij een groot vliegveld bevindt, je vast ook een appartement in de buurt zou hebben. Voor het geval je je moest verschuilen voordat je een vliegtuig kon pakken, of als je een paar dagen wilde onderduiken zonder te hoeven reizen. Het was logisch dat je middelen, zoals jij het uitdrukt, in de buurt moesten zijn. Je wilde niet dat ik iets wist van wat voor onderkomen dan ook, aangezien je al van plan was om me te lozen zodra je voldoende van je verwondingen was hersteld. Dus ging ik terug naar het kantoor van de opslagplaats en ze wisten nog dat ik er vanochtend was geweest, en dat ik met jou dozen had verhuisd. Ik vroeg of ikzelf een unit kon huren, hoeveel dat zou kosten, en die uitermate vriendelijke receptioniste keek in hun computer naar beschikbare units. Ze werd gebeld en toen ze zich omdraaide om op te nemen, glipte ik naar het computerscherm en toetste jouw unitnummer in. Toen kwam dit adres tevoorschijn.'

'Je had geluk dat ze je niet van de tv hebben herkend.'

'Ik had een pet op en sprak met een dik nepaccent uit Boston. Ik heb niet eens de niezen-en-verstoptruc gebruikt.'

Pelgrim ging de kleine, compacte keuken in. 'Vertel me hoe Adam de Kelder heeft gevonden.'

'Nee,' zei Ben. 'Eerst vertel je mij wat je in Barkers huis hebt gevonden.'

'Ben, in jouw geval is onwetendheid echt een zegen.'

'Mis. Want als ik te veel weet, kun je me niet nog een keer lozen. Dat zou betekenen dat je me moet vermoorden en dat wil je niet.'

'Ik heb gisteren zeven mensen vermoord. Vandaag nog eens twee. Met jou erbij kom ik op een even aantal.' Ze keken elkaar met een scheef glimlachje aan.

Ben haalde het zwarte schetsboekje uit zijn zak. Hij gooide het naar Pelgrim, die het met één hand opving en tegen zijn borst drukte. Toen liet hij het schetsboek in zijn zak glijden.

'Dank je wel.' Hij draaide zich weer naar het aanrecht om, pakte de zakken levensmiddelen uit en verwarmde de oven voor bevroren pizza's voor.

'Je had nog niet gemerkt dat je je schetsen kwijt was.'

'Ik hoop dat je van pepperoni houdt.' Pelgrim controleerde de oveninstellingen die hij twintig seconden eerder had ingesteld.

'Je hebt het laten vallen tijdens onze worsteling in de badkamer.'

'Ik heb je al bedankt.'

'Wie is dat kind op de schetsen?' vroeg Ben.

Pelgrim schoof twee pizza's in de oven.

'Ik weet wat het is om iemand te verliezen, Pelgrim. Mijn vrouw was geestig en gevat, briljant, vol liefde en ze werkte hard. Ze joeg mijn hoofd op hol, zowel in goede als in slechte zin. Sinds haar dood ben ik niet meer dezelfde.'

'Kom niet bij me aan met shit als "door haar werd ik compleet".' Pelgrim sloeg de ovendeur met een klap dicht.

'Werd ik compleet? Nee. Om dat soort sentimenten zou ze me hebben uitgelachen. Maar ze maakte een beter mens van me, in alle opzichten. En sinds ze is gestorven... word ik maar niet beter. Ik weet zelfs niet waar ik moet beginnen. Niemand kan het repareren, ik moet het zelf uitzoeken.'

Pelgrim liep bij de oven vandaan, een ogenblik dacht hij aan een stemmetje van een klein meisje in een blikkerig telefoongesprek in een bank in Jakarta, erop aandringend dat hij voor haar verjaardag thuis zou zijn. 'Je zei dat je wist hoe Adam de Kelder heeft gevonden.'

'Jij eerst, zei ik.'

Pelgrim vertelde hem over de aanval in het huis van Barker, dat zijn eigen collega's nu op hem jaagden. Hij beschreef Teach' kidnapper, gebruikte de vage termen die De La Pena had gebezigd. Dat Teach werd vastgehouden in een huis maar dat hij niet wist waar dat huis was. Dat Barker als laatste een hotel in New Orleans had gebeld. 'Vanmiddag ben ik bezig geweest om te achterhalen waar De La Pena en Groen vandaan kwamen. In hun huurauto zat geen gps waarmee ik kon zien waar ze vandaan waren gekomen. De huurauto stond op Groens naam, betaald door Sparta...'

'Jullie dekmantelbedrijf.'

'Ja. Dus er was met Kelder-geld betaald. Ik ben geen stap verder gekomen. Klinkt de beschrijving van die kerel die Teach bevelen geeft jou bekend in de oren?'

'Die kan op bijna elke kerel slaan die in dit soort werk zit,' zei Ben langzaam. De man voldeed in de verte aan de beschrijving van Sam Hector... maar een fitte, oudere man kon op bijna elke verdachte met een militaire achtergrond slaan.

Pelgrim schokschouderde. 'De La Pena wilde onder geen beding die vent verraden, waar ik uit opmaak dat hij er alle reden toe had om zich te gedragen, ofwel vanwege een beloning ofwel vanwege een dreigement. Ik weet niet zeker of ik alles wat De La Pena heeft verteld moet geloven. En wat heb jij ontdekt?'

Ben vertelde hoe hij uit het hotel was ontsnapt, de Explorer had gestolen, naar Delia's huis was gegaan en over zijn wanhopige vlucht door en uit het winkelcentrum in Frisco. Pelgrim luisterde met zijn kin op zijn vingertoppen.

'Je mag van geluk spreken dat je nog leeft.' Pelgrim stond op, haalde de gebakken pepperonipizza's uit de oven, legde ze op een bord en sneed ze in punten. 'Als je bedenkt dat je ongeveer tien stomme fouten hebt gemaakt.'

'Ik heb de kans laten lopen om hem te vermoorden.'

'Je gaf hem geen gelijke kans om jou te doden. Soms is het 't slimste om je uit een gevecht terug te trekken.' Hij trok een gezicht, een soort in- en inspijtige uitdrukking, en toen wendde hij zich van Ben af. 'Je leeft nog om morgen het gevecht weer aan te gaan, en zo te horen is hij er heel wat erger aan toe dan jij.'

'En nu?'

'Niks nu, Ben, doe jezelf een plezier. Geef jezelf bij de politie aan. Ik weet dat je me een klootzak vindt, maar doordat ik je in het hotel achterliet, was je in zekere zin veilig.'

'Nee.' Hij stond op, haalde hun drankjes en pakte zijn bord met pizza. Zijn arm deed pijn, maar hij was niet meer misselijk en nu ging zijn maag als een razende tekeer met een rauwe, stekende honger. 'Discussie gesloten.'

Pelgrim begon zijn eten te verorberen. 'Prima. Dan blijven we bij elkaar.' Het was zo'n eenvoudige bevestiging dat Ben wist dat Pelgrim daar deze keer niet op terug zou komen.

'Barker heeft met New Orleans gebeld,' zei Ben. 'Delia Moon had het over New Orleans, ze zei dat Adam op dit moment nog niet in de buurt van New Orleans wilde komen. En in zijn telefoontje met Kidwell zei hij dat er een gigantische dreiging werd uitgebroed. Die twee beweringen hebben met elkaar te maken.'

'Er zitten een hoop overheidscontractanten in New Orleans. Er vallen veel vette deals te sluiten.'

'Ja,' zei Ben. 'Contractaannemers van de Federal Emergency Management Agency, wel honderden. Bedrijven met contracten voor wederopbouw en hulptroepen. Een tijd zat daar een groot aantal particuliere beveiligingsaannemers om vlak na de orkaan de orde in de stad te handhaven, maar nu zijn er niet meer zo veel, en dan gaat het nog voornamelijk om particuliere bedrijven.'

'Bij deze zaak zijn drie contractaannemers betrokken: Adam en Hector. En jij. Dat is geen toeval. Jij zei dat Delia Sam Hector belt. En even later duikt er een moordenaar voor haar deur op.'

'We hebben nog steeds geen link tussen Sam en Jackie. Hij liet zijn zaak vandaag op onze vriendschap voorgaan, maar ik kan niet geloven dat hij bij moord betrokken is.'

'Niet kunnen of niet willen. Sam Hector is jouw blinde vlek, Ben.'

'Laten we het eens uit een andere hoek bekijken. Die software die Adam aan het bouwen was. Om illegale activiteiten op te sporen en met verschillende databases te verbinden. Hij had waarschijnlijk geld nodig voor de tijd die hij nodig had om een enorme hoeveelheid code te schrijven of om delen van het werk uit te besteden. De overheid is dol op dat spul.'

'Dat is waar.'

'En laten we eens aannemen dat Adam aanvankelijk niet voor de overheid werkte, maar voor slechteriken die de Kelder wilden opsporen en vernietigen. Maar als jij een groep mensen wilt vermoorden – en zeker een groep getrainde agenten zoals van de Kelder – laat je ze niet vrij loslopen. Je zorgt dat ze dood zijn voordat zij jou kunnen vermoorden.' Hij wachtte even om de woorden te laten bezinken. 'Dus als voornoemde slechteriken Groen en De La Pena hebben gevonden, waarom hebben ze die dan niet meteen vermoord? Waarom wil je de Kelder vinden als je die niet wilt vernietigen?'

Pelgrim zei: 'Aan de kaak stellen.'

'Denk in bedrijfstermen. Overname. Jij dwingt ze om jouw bod te accepteren.'

Pelgrim stond met gebalde vuisten op. 'Ik ga toch zó met die mensen afrekenen.'

'Wat weet je van die afdeling Strategische Aangelegenheden waar Vochek en Kidwell voor werken?'

'Nul komma nul.'

'Zou Strategische Aangelegenheden eenvoudigweg een poging kunnen zijn om de Kelder over te nemen?' Ben sloeg zijn armen over elkaar. 'Onthou dat een paar jaar geleden, toen het ministerie van Defensie niet bepaald ingenomen was met de informatie die ze van de CIA kreeg, ze hun eigen spionageafdeling gingen opzetten. De Kelder was een soort voorgekookte CIA.'

'En ze zijn bereid om hun eigen mensen als Kidwell en Hectors bewakers te vermoorden?'

'Ze zijn bereid om de broertjes Lynch in te huren.'

'Het is heel gevaarlijk om achter ons aan te komen.'

'Misschien hebben ze ergens een vijand die op een hoge positie zit,' zei Ben.

Pelgrim stond op. 'Laten we eens gaan kijken wat we in Jackies Mercedes kunnen vinden.'

De Mercedes stond een straat verder geparkeerd, op een terrein naast een ander appartementencomplex. Door de gedeukte deur en gekraste zijkanten misstond hij niet in deze buurt, wat anders wel het geval zou zijn geweest.

Ze reden de Mercedes naar Pelgrims appartement en parkeerden hem in het licht. Ben opende het dashboardkastje en doorzocht de papieren die erin geprop waren. Een kaart van Texas, een van Dallas, een registratiebonnetje en verzekeringsbewijs. 'De auto is van McKeen Property Company,' zei Ben.

'McKeen. Dat is hetzelfde bedrijf dat het kantoor van de Veiligheidsdienst in Austin bezit.'

Ze doorzochten de rest van de auto, maar vonden verder niets meer, dus gingen ze naar het appartement terug. 'We moeten uitzoeken wie de eigenaar van McKeen is,' zei Ben. 'En als we dat niet doen of niet kunnen, dan gaan we naar Sam Hector. Hij leverde personeel aan Kidwell. En hij weigerde me ook maar enige informatie te geven over die afdeling Strategische Aangelegenheden.'

'Ben, ik weet dat hij je vriend is, maar zijn naam duikt naar mijn mening veel te vaak op in deze zaak. Ik weet niets over hem...'

'Hij drong erop aan dat ik naar hem toe kwam. Zei dat hij voor een goede advocaat zou zorgen. De beste die voor geld te krijgen was. Maar hij weigerde resoluut me te vertellen wie achter de afdeling Strategische Aangelegenheden zat.'

'Dus je vertrouwt hem?'

'Dat weet ik niet. Niet zeker. Een echte vriend zou me alles vertellen wat ik moest weten. Maar we kennen mensen nooit zo goed als we denken.'

Pelgrim at het stuk pizza op en veegde zijn mond af met een papieren servetje. 'En nu ben je bij mij. In plaats van bij je oude vriend.'

'Omdat je hulp nodig hebt. Je kunt deze mensen niet alleen tegenhouden. Ik doe alleen maar wat juist en noodzakelijk is. Net als jij.'

'Het is misschien wel noodzakelijk, maar het is niet juist.'

'Zijn de mensen die je hebt vermoord wel of geen goede mensen?'

Pelgrim schudde zijn hoofd. 'Ik ga je geen kampvuurverhalen vertellen.'

'Bespaar me de bloederige details.'

Pelgrim ging aan tafel zitten en dronk uit zijn waterfles. 'Ik heb drie terrorismefinanciers in Pakistan gedood. Een was een hoge functionaris van de Pakistaanse regering. Er is geen sprake van dat onze regering dat ooit zou toegeven. Ik heb een paar mensen vermoord die geheimen aan de Chinezen verkochten.' Hij nam nog een slok uit de fles. 'Ik heb een Britse wapensmokkelaar in Colombia gedood die een deal wilde sluiten tussen Britse extremistische groeperingen en de Calinarcoticasyndicaten omdat ze de moord op Britse rechters financierden. Die kerel zou alleen werken, maar zijn vriendin was bij hem. Ik moest haar ook vermoorden. Een enkel schot door het hart. Ze begon te gillen en is nooit meer opgehouden.' Hij trok zijn mond tot een smalle streep.

'Wist ze dat hij bij de extremisten hoorde?'

'Vermoedelijk wel. Haar broer stond aan het hoofd van dat syndicaat.'

'Dan heeft ze haar eigen gezelschap gekozen.'

'Maar het was een vermóéden. Misschien wist ze van niets, vierde ze alleen maar een fijne vakantie in Zuid-Amerika. Misschien wist ze niet dat haar broer en vriendje zulke gore klootzakken waren.'

'Het lijkt me sterk dat ze het niet wist. Mensen moeten zelf verantwoordelijkheid nemen voor hun eigen keuzen en handelingen, Pelgrim.'

'Dan ben ik verdoemd.' Hij keek Ben aan. 'Ben, je raakt er nooit aan gewend. Nooit.'

'Maar je strijdt aan de goede kant.'

'Dus je keurt het goed wat ik doe?'

'Ik begrijp dat het noodzakelijk is,' zei Ben.

'Maar begrijp je ook de prijs die je ervoor betaalt?' Pelgrim zweeg even. 'Eén keer heb ik een verschrikkelijke fout gemaakt. Ik wilde een terreurcel in Indonesië vernietigen. Jaren geleden. Ik faalde jammerlijk. Ik verloor... alles.'

Voor het eerst zag Ben dat Pelgrims handen licht trilden.

'Ik neem aan dat je er niet over wilt praten,' zei Ben.

Pelgrim gaf geen antwoord, Ben hoorde slechts het verkeer op de nabijgelegen weg langsrijden, het zachte gesis van de banden op het asfalt.

'Ik heb geen vriend nodig, Ben. Ik heb alleen maar je hulp nodig om deze mensen tegen te houden.'

'Oké.'

'Ik zit te denken... we zien het voor de hand liggende over het hoofd. Adam jaagt op terroristen en de scherpschutter die hem heeft omgelegd heeft banden met terroristen. Stel dat Adam is vermoord omdat de terroristen erachter kwamen wat hij aan het doen was? Misschien hielden ze hem in de gaten, zagen mij en ontdekten wat Teach en ik zijn. Misschien gaat deze puinhoop meer over Adam dan over jou en mij.'

Ben zweeg.

'Terroristen opereren op Amerikaans grondgebied, met ruime middelen, hebben het gemunt op mensen die hen kunnen verraden of ten val kunnen brengen. Deze strijd zou wel eens veel belangrijker kunnen zijn dan Teach terughalen, de Kelder redden of jouw naam zuiveren,' zei Pelgrim. 'Begrijp je dat?'

Ben knikte. 'Misschien heeft hij de echte terroristen hier gevonden, en maakten de Arabieren in Austin daar deel van uit...'

Pelgrim stond op. 'We moeten zien te ontdekken wie achter die McKeen Company zit.'

'Wacht. Je zei dat je alles had verloren. Heb je het kind van je tekeningen verloren?'

Pelgrim schoof met zijn voet over het smoezelige tapijt. 'Niet doen, Ben.'

'Is ze jouw dochter?'

'Alsjeblieft. Zie ik eruit als een huisvader?'

'Nu niet. Maar misschien wel voordat je zo was zoals nu.'

'Laat het rusten, Ben. Ik ga jou ook niet naar jouw vrouw vragen.' Hij haalde diep adem. 'Oké, businessconsultant, hoe kun je alles over dat bedrijf McKeen ontdekken?'

'Een laptop en een internetverbinding.'

Pelgrim haalde een rood luciferboekje uit zijn zak en gooide dat op tafel. Ben pakte het op. Blarney's Steakhouse.

'Heel populair bij import beroepsmoordenaars,' zei Pelgrim. 'En kijk hier eens.' Hij wees naar de regel onder het telefoonnummer: FREE WI-FI 24/7.

'Een druk restaurant? Mooi niet. Mijn gezicht is overal op televisie te zien,' zei Ben.

'Daar kunnen we wat aan doen.'

Ben herkende zichzelf bijna niet. Hij droeg voorzettanden zodat zijn eigen tanden groter leken, en licht getinte lenzen uit Pelgrims geheime voorraadje waardoor zijn blauwe ogen bruin leken. Zijn blonde haar werd weggestopt in een baseballpet.

Blarney's Steakhouse – de eerste van de regionale keten – stond op een gunstige plek langs een belangrijke verkeersader in Frisco. Achter het reusachtige klaverbladbord stond een glazen gebouw, waar het klavertje terugkwam, alleen dan kleiner. Toen het restaurant meer filialen ging openen en zich langzaam over het zuiden uitbreidde, had het een heus hoofdkantoor nodig en dat bevond zich in het gebouw erachter.

Blarney's had al het goede uit Ierland meegenomen en het was er goedkoop. Slecht vertolkte Ierse volksliedjes kweelden uit luidsprekers, er werd niet te hard gezongen zodat de klanten niet door de poëtische teksten werden afgeleid. De gerechten hadden namen als Dublinner-Kip, Leprechaun-Lamskarbonade en Erin Go-Bloesem, een reusachtig voorgerecht met gebakken uien. De muren hingen vol obscure reproducties van Ierse sportherinneringen, ingelijste bladzijden van Joyce en Yeats en affiches van straatborden van steden uit heel Ierland.

De grote bar (die leek op het Amerikaanse ideaalbeeld van het interieur van een Iers kasteel) in het hoofdrestaurant zat vol mensen die naar basketbal keken: de Dallas Mavericks, die een achterstand hadden goedgemaakt en de overwinning bijna binnen hadden.

Ben nam Pelgrims laptop mee en ging in een hoek op een bank zitten. Hij was ongelooflijk nerveus weer onder de mensen te zijn… maar Pelgrim zei: 'Verberg je waar iedereen je kan zien, je zult verbaasd staan hoe weinig mensen in de gaten hebben wat er om hen heen gebeurt.' De meeste barklanten leken compleet op te gaan in hun eigen gesprek of de spannende wedstrijd, waarop weddenschappen op het hardhout werden ingezet. 'Wie let er nou op jou? Ze moeten naar *American Idols* kijken, op basketbal wedden en bellen met hun mobieltje.'

Pelgrim bestelde martini's met dure wodka en twee stevige voorgerechten, om de bediening een plezier te doen en zodat het ze niet kon schelen als ze een poosje bleven zitten.

Ben begon te graven. Op McKeens website stond alleen een bericht dat de site technische problemen had en uit de lucht was. Vreemd. Maar misschien was McKeen na de schietpartij op zijn terrein in Austin terughoudend naar de media. Hij ging naar een reeks zakelijke inlichtingensites waar hij op geabonneerd was. Het was riskant om zijn wachtwoord in te toetsen, voor het geval de mensen die achter hem aan zaten zijn gewoonten kenden, maar dat risico moest hij nemen.

McKeen was in particuliere handen, dus er waren maar weinig andere financiële gegevens beschikbaar dan analyseramingen.

De martini's en de *quesadillas,* met de erbarmelijke naam Casey, met Armagh-artisjokdipsaus werden gebracht. Ben nam een flinke slok van zijn martini. Pelgrim at en keek intussen zwijgend naar de gegevens die over Bens scherm rolden.

Ben las en klikte door een lange reeks analyserapporten, persberichten en forumdiscussies op McKeen. Niet veel. McKeen was begonnen als bouwbedrijf, maar had zich ongeveer tien jaar geleden toegespitst op winkel- en kantoorgebouwen, vooral in het zuiden. Daarna kregen ze voor de overheid constructiewerkzaamheden te doen en ze restaureerden gebouwen in Afghanistan na de val van de taliban.

'Nog meer contractaannemers,' zei Pelgrim.

De uitbreiding ging door: McKeen haalde een groot reconstructiecontract binnen in Tikrit, maar moest zich wegens oproer terugtrekken, ze namen een paar regionale bedrijven in Texas en New England over en kochten Blarney's Steakhouse.

'Wauw. McKeen is de eigenaar van Blarney's,' zei Ben.

'Ik ga het hoofdkantoor achter het restaurant verkennen,' zei Pelgrim.

'Doe nou niks stoms.'

'Blijf zitten en doe je best nou maar,' zei Pelgrim. Hij stond op en vertrok.

Ben las verder: McKeen werd opgekocht door een particuliere investeringsmaatschappij, MLS Limited, op 15 juni twee jaar geleden. Twee maanden na de dood van Emily.

Mijn god, hoe anders had het leven eruitgezien als ze niet was gestorven? Misschien dachten ze er nu wel over om een kind te nemen. Zaten ze thuis op de bank, keken ze naar dezelfde basketbalwedstrijd. Ze zou vol energie, liefde en leven zijn, zo kenmerkend voor haar persoonlijkheid, en hij zou niet vermomd in een bar zitten om uit te zoeken wie hem probeerde te vermoorden.

Hij ging verder met typen, kijkend, lezend en gravend door analyserapporten, nu op jacht naar informatie over MLS Limited. Dat was op zijn beurt weer overgenomen door een ander bedrijf met drie hoofdletters waarvan het hoofdkwartier op Bermuda was gevestigd. Dat bedrijf was weer een dochtermaatschappij van een ander, praktisch onzichtbaar bedrijf, waar Ben geen details van kon vinden. Hij liep vast. Het begon Ben te duizelen. Iemand verborg zich achter een heel zinloos namennetwerk.

Hij zou de naam achter McKeen niet vinden, niet met de informatie die op internet beschikbaar was. Hij was misselijk van frustratie. Hij dronk de martini, at de olijf. Hij nam de helft van de te zachte quesadilla en proefde van de klavergroene artisjokdip.

Hij kreeg een andere ingeving. Er was een discussieforum over beveiligingscontractanten. Hij ging erheen, wilde kijken of hij iemand kon vinden die contracten had met de afdeling Strategische Aangelegenheden. Hij bladerde door de 'draden', de verschillende discussieonderwerpen. Er was er een bij die *Vermiste contractant* heette. Hij klikte erop.

Het ging over hem. Een paar directeuren van zijn kleinere klandizie kwamen voor hem op, maar een aantal anderen veegde de vloer met hem aan. Ben Forsberg werd niet langer beschouwd als iemand die het slachtoffer was geworden van een ontvoering: volgens de nieuwsberichten was hij geïdentificeerd door de schoonmaakster en de manager van het motel in de buurt van de LBJ-snelweg, evenals door de verkoopster in een warenhuis. Hij las de woorden: *Twee contractaan-*

nemers vonden de dood en deze klootzak... die mag wel hopen dat de politie hem eerder vindt dan een van ons... Hij was zeker bezig met een louche zaakje... Waarschijnlijk heeft die dode kerel een contract verprutst en heeft hij hem laten vermoorden... Het gif en de speculaties gingen maar door. Iedereen op het forum gebruikte een valse naam, dus hij kon niet achterhalen wie zijn reputatie te grabbel gooide, maar het getij zat hun mee. De paar die hem verdedigden werd door de deugdzamen de mond gesnoerd. Hij was ook lid van het forum en wilde mailen: *Jullie idioten hebben geen idee waar jullie het over hebben.* Die branche deed vooral een beroep op loyaliteit, maar aan hem waren ze bepaald niet loyaal. Hij ging naar de zoekbalk en typte *afdeling Strategische Aangelegenheden* in.

Geen resultaat. Als iemand een contract had met Kidwells groep, dan werd dat niet aan de grote klok gehangen en werd er niet over gepraat.

De basketbalwedstrijd ging de laatste minuten in en Pelgrim was nog steeds niet terug. Hij zag hoe de Mavericks wonnen en dat het scherm toen naar een wedstrijd aan de westkust overschakelde. Hij dronk Pelgrims martini op. Zijn kogelwond begon te kloppen en hij had het gevoel dat zijn hoofd vol watten zat. Slecht idee. Ze kwamen geen meter verder en hij moest nu niet dronken worden.

Pelgrim liep de bar in en Ben zag dat zijn gezicht asgrauw was. Hij ging tegenover Ben zitten, merkte de twee lege martiniglazen bij Bens elleboog op en gebaarde naar de bediening dat hij nog een rondje wilde. Hij knarsetandde van kille woede.

'Wat?' zei Ben. 'Wat is er aan de hand?'

'Jezus, Ben, het maakt niet uit. Ik heb zo mijn eigen manieren. Ik wilde in de computer van de directeur, om te kijken of ik een verband met McKeen kon vinden. Maar deze foto was veel interessanter, die hing aan de muur van de directeur.' Pelgrim haalde een krantenknipsel uit zijn zak tevoorschijn. Zo te zien was het uit een fotolijst geknipt, een krantenartikel over de viering van de allereerste start van Blarney's. Het onderschrift bij de foto somde het rijtje afgebeelde mensen op: de eigenaar, een paar van zijn investeerders, de burgemeester van Frisco.

'Is dat Sam Hector? Is dat je geweldige vriend?' Pelgrim tikte op de man aan de rand van de foto, die vaag glimlachte en intens uit zijn ogen keek. Pelgrims vinger trilde toen hij naar het gezicht van de man wees.

'Ja, dat is Sam. Ik wist niet dat hij in Blarney's had geïnvesteerd.'

'Er is verdomme een hoop wat je niet van je vriend weet. Hij heet niet Sam Hector, althans niet voor mij.'

'Wat?'

'Die man heeft tien jaar geleden mijn leven verwoest,' zei Pelgrim.

27

Indonesië, tien jaar geleden

De jacht op de moordenaars van de Draak bracht Choate naar door regen modderige straten, naar afval stinkende stegen, rokerige restaurants, een zanderige hangar op een vliegveld. Informatie stroomde binnen via de loop van een pistool tot opgevouwen bankbiljetten in een smoezelige handpalm. De informatie die hij in de bank had gevonden was nagenoeg waardeloos, die aliassen en rekeningen waren verdwenen. Maar hij vond mensen die familie en vrienden waren van de vermoorde informanten van de Draak, ze gaven hem schamele aanwijzingen van hoop en geruchten. Hij bleef uit het zicht, de CIA en de BIN wisten dat hij niet op het vliegtuig naar Virginia was gestapt. Zijn collega's zochten hem.

Drie dagen van zorgvuldige en voortdurende opsporing leidden hem naar het einde, hij stond boven in een verduisterd trappenhuis met een pistool in de hand. Klaar om te moorden. Gumalar zou binnen een paar minuten thuiskomen. Dan zou de rekening vereffend zijn en de veiligheid van zijn gezin verzekerd.

Het huis was een groot herenhuis in de rijke buurt Pondok Indah van Jakarta. Buiten zoemde in de verte het verkeer als een zwerm insecten. De bries rook naar de zachte bloesem van melati-jasmijn. Op de verdieping onder hem hoorde Choate de terroristenleider tegen de drugkoning klagen: 'Onnadenkende klootzak, altijd te laat.'

Ja, meneer Gumalar, haast je alsjeblieft een beetje, dacht Choate. Vanavond zou Gumalar twee miljoen witgewassen dollars aan de Bloed van Vuur-cel overhandigen die de Indonesische regering wilde ondermijnen. Het huis was van een drugkoning die er belang bij had dat er een zwakke regering zat, en bood een neutrale, veilige locatie waar zijn twee vrienden hun zaakjes konden regelen.

De mannen zaten te kwebbelen als een stelletje oude weduwen die roddelden over televisie en wederzijdse vrienden, alsof hun zaken geen mensenlevens verwoestten.

Choate keek op zijn horloge. Gumalar was laat, de plannen waren veranderd, vertelde een van Choates nieuwe contacten hem in een gefluisterd telefoongesprek, de bijeenkomst zou naar Bandung worden verplaatst, zo'n honderdvijftig kilometer verderop. Choate was naar Jakarta teruggeracet, had als een gek gereden, over z'n toeren omdat hij zo slecht geïnformeerd was… maar hier zaten de terroristenleider en de drugkoning te wachten.

Misschien had iemand – misschien zelfs iemand binnen de CIA – hem en de Draak aan Gumalar verraden. Wellicht had iemand zelfs zijn prooi verteld dat hij het land niet uit was gegaan.

Choate keek op zijn horloge en hoopte dat Gumalar zich aan de afspraak hield. Over drie dagen was Tamara's verjaarspartijtje en als hij vanavond de moord pleegde en terugging naar de CIA, had hij meer dan genoeg tijd om naar Virginia terug te gaan, te helpen met het huis versieren en Tamara te helpen bij het bakken van haar eigen taart. Hij wist dat als hij deze onmogelijke klus voor elkaar kreeg zonder dat hij noch de CIA er de schuld van zou krijgen, het hem vergeven zou worden dat hij het ziekenhuis uit was gewandeld en de operatie had voortgezet.

Beneden ging een deur open. Hij hield zijn adem in. Hij hoorde een koor van begroetingen, de drugkoning die in het Indonesisch zei: 'Hallo' en een beetje verrast: 'Nou, goed dan, als hij er echt bij moet zijn.' Zacht pratende mannenstemmen. Een mompelend antwoord van Gumalar. Toen zei de drugkoning: 'Ja, boven en dan rechts.'

Iemand werd de wc gewezen.

Perfect, dacht Choate, als het Gumalars lijfwacht was… dan kon hij de man onmiddellijk uitschakelen, de trap af sluipen, de andere bewaker vermoorden en de drugkoning omleggen. De drugkoning was een gezette man van zestig, Choate dacht niet dat hij een probleem vormde. Gumalar was in de veertig en had niet geleerd te vechten. De bewakers waren de grootste dreiging, en als hij ze los van elkaar kon elimineren zou de klus een eitje worden.

Misschien kon hij dan zelfs een vroege vlucht naar de VS nemen.

Hij hoorde zachte voetstappen op de marmeren trap. Ze kwamen naar hem toe.

Choate richtte zijn pistool met een luie, geoefende armbeweging. Een enkel schot door de keel. Hij stond drie meter bij de trap vandaan en als de man de overloop op zou stappen zou Choate wachten tot de bewaker zich zou omdraaien, zijn ogen liet wennen aan de donkere overloop, slechts verlicht door het vage lamplicht van beneden, terwijl hij Choate niet zou zien.

Hij wachtte.

Een kind kwam vanaf de trap de overloop op.

Choate stond als aan de grond genageld. De jongen was misschien tien, mager, gekleed in jeans en een T-shirt dat juichte over een Japans handelskaartspel en hij droeg hoge rode sneakers. Hij keek naar de hoek waar Choate stond en bleef stokstijf staan.

Choate had het pistool vast en zijn vinger lag in de aanslag om de trekker terwijl de keel van de jongen in het zicht was. De blik van de jongen plakte zich aan Choates gezicht vast, alsof de aanblik van het pistool te erg voor woorden was.

Beslis. Vermoord de jongen zodat hij iedereen in het huis kon vermoorden.

Choate bevroor. Hij kon niet schieten. Wilde niet schieten.

De jongen schreeuwde.

Choate rende een slaapkamer in en ging het open raam door. Hij kwam bij het dak. Hij gleed langs de steile helling omlaag, krabbelde naar de dakrand, greep die vast, vertraagde zijn val en liet zich van de overkapping vallen. Hij landde op het dak van de begane grond en sprong op een metalen patiotafel naast het zwembad van het herenhuis.

Hij kwam op de grond terecht, trok zijn beide pistolen en zag een gewapende man – Gumalars schurk, degene die hem had gemarteld – schietend de hoek om komen en Choate schoot een salvo terug. De man stortte neer, zijn borst een bloederige puinhoop.

Choate draaide zich om en zag vier mannen bij het raam staan: de drugkoning, de terroristenleider, Gumalar.

En de Draak.

Levend en wel, met een bril met donker montuur en in pak, op zijn geschoren hoofd een donkere pruik. Hij had zijn beide handen nog. Een van hen trok snel een Glock en richtte die op Choate.

'Klootzak!' schreeuwde Choate en hij schoot zijn magazijn leeg. Het raam versplinterde, de drugkoning en de terroristenleider werden beiden in de keel geraakt, Gumalar stortte neer en greep zijn uiteengerukte ingewanden vast. De Draak dook achter het zware bureau, een van Choates kogels benadrukte met een straal bloed op het behang hoe accuraat hij was geweest.

Choate zette het op een lopen. Hij wrong zich tussen het dikke bamboescherm dat het landgoed privacy bood door en dook de straat in. Hij ontweek een BMW die over de weg scheurde en stormde in noordelijke richting. Aan de straat stonden grote huizen die goed verlicht waren, hij had slechts een paar plekken om zich te verbergen. Een straat verderop had hij een motorfiets verborgen, in een donker gedeelte van de oprijlaan bij een leegstaand huis dat te koop stond.

Hij sprintte de tuin van het huis in. Probeerde de motor te starten. Hij deed het niet.

Hij hoorde politiesirenes janken. Hij rende naar het volgende huis, een oudere, maar goed onderhouden Audi stond op de oprijlaan. Hij sloeg het raampje aan de bestuurderskant in, opende de deur, brak de stuurkolom open en kreeg de auto aan de praat. Hij schoot met de wagen keihard de straat in op het moment dat drie politiewagens de straat in scheurden en hem begonnen in te sluiten. Hij gaf plankgas, sloeg scherp rechts af en haalde zich de plattegrond van het centrum van Jakarta voor de geest. Ik kan ze afschudden als ik Mentang kan bereiken, naar het onderduikadres van de CIA.

Ze jaagden nog een kleine kilometer achter hem aan, genoeg tijd voor hem om na te denken. Die verdomde Draak was de verrader, en toen scheurde een andere politiewagen recht voor hem op hem af, hij zwenkte om hem te ontwijken en botste met de auto tegen een winkelpui. Hij rukte als een gek aan het stuur en het laatste wat hij dacht was: ik mis het partijtje van m'n kindje.

Toen hij bijkwam, lag hij op de ziekenzaal van een Indonesische gevangenis. De CIA beweerde nooit van hem te hebben gehoord.

28

'Dus je wilt beweren dat mijn beste vriend jouw grootste vijand is.'
Ben zette de Mercedes op de parkeerplaats van het appartement. Pelgrim leunde tegen het raam aan de passagierskant. Hij had net zijn relaas over Indonesië aan Ben gedaan.

'Ik denk dat hij ook jouw grootste vijand is, Ben.'

'Sam Hector en de Draak kunnen niet dezelfde zijn.' Ben parkeerde
de auto maar liet de motor draaien. 'Sam is niet Brits en hij is nooit
kaal geweest. Hij heeft nooit voor de CIA gewerkt. Hij heeft een hele le-
vensgeschiedenis. Die ken ik.'

'Je kunt een accent en je haar veranderen. Kende je hem tien jaar geleden ook?'

Ben zweeg. Ze gingen het appartement binnen.

'Ooit studievrienden van hem ontmoet? Mensen met wie hij werkte voor hij zijn bedrijf opstartte?'

'Nee. Hij zat overzee in het leger. Hij was een verbindingsofficier bij
de geallieerde strijdkrachten.' Ben mompelde de woorden alsof hij ze
hardop voorlas van een cv dat hij uit zijn hoofd kende. Sam, die hem
meenam op een vistripje naar Florida om een groot contract te vieren.
Sam, die hem aan Emily voorstelde, en twee jaar later op hem en Emily een toost uitbracht tijdens hun huwelijk. Sam, die met gebroken
stem Emily op haar begrafenis lof toezwaaide.

Sam een moordenaar? Nee.

'Aha. Dan was dat zijn dekmantel. Doordat hij een verbindingsofficier was, kon hij zich makkelijk bewegen. Overal moorden waar hij
nodig was.' Pelgrim draaide zich naar hem toe. 'Daarom heb ik geen
andere baan binnen de Kelder aangeboden gekregen. Hij wist dat ik
hem zou herkennen.'

Ben zette de motor uit.

'Hij wilde dat iedereen dacht dat de Draak dood was, ik moest zijn zogenaamde executie in de kamer ernaast aanhoren. Hij hing zijn dekmantel bij de CIA aan de wilgen en begon zijn eigen bedrijf. Misschien met behulp van de CIA. Misschien in zijn eentje.'

'O, jezus.' Ben voelde hoe de moed hem in de schoenen zonk. Hij kreeg een droge mond. 'Sams eerste grote contract met Hector Global was in Indonesië. Met het ministerie van Buitenlandse Zaken, advieswerk voor hun veiligheidsdienst. Omdat er een moordaanslag op een prominent regeringslid was gepleegd...'

'Jezus christus, Ben. Hij eet van twee walletjes. In opdracht van de CIA zette hij als de Draak met Gumalar de aanval op. Hij moet zelfs zijn eigen informanten hebben vermoord en hun handen in die zak hebben gestopt. Als hij als de Draak wilde verdwijnen, wilde hij niet dat plaatselijk volk hem kon verraden of identificeren. Die Indonesische jongens van de inlichtingendienst waren in het park omdat hij ze had verteld dat ik er zou zijn, dat ik een klus op hun grondgebied aan het doen was. Toen is hij naar de andere kant overgelopen, vertelde de Indonesiërs dat hij de CIA op afstand kon houden als zij hem een beveiligingscontract gaven. Hij heeft zijn bedrijf gevestigd met het bloed van onschuldige mensen...'

Ben raakte Pelgrim even bij de schouder. Pelgrim kromp ineen en drukte zijn vuist tegen zijn mond.

'Ik heb tegen ze gezegd dat de Draak nog leefde en zij zeiden tegen mij dat ik hem met dat schot had gedood voor ik op de vlucht sloeg. Ze hebben hem ingedekt en mij uitgeleverd. Jezus.' Hij zonk op de vloer ineen en legde zijn handen op zijn hoofd. 'Ik ga hem vermoorden.'

'Geen wonder dat je al die jaren geen partner wilde,' zei Ben. 'Wat hebben ze je gezin verteld?'

'Ik heb die rapporten later opgezocht... Hun is wijsgemaakt dat ik naast m'n werk drugs smokkelde. Ik weet zeker dat ze te horen hebben gekregen dat ik tijdens mijn door Teach in scène gezette ontsnapping uit de gevangenis ben gedood.'

'Wat erg, Pelgrim.' Hij dacht aan de schetsen van het meisje, hoe hij haar ontwikkeling van peuter tot tiener had uitgebeeld, Pelgrims enige band met zijn dochter.

'Dus hij ruimt jou uit de weg en gebruikt mijn naam.' Ben zweeg even. 'Dat betekent…' Hij hield op.

'Maak de zin af, Ben. Dat betekent dat de broertjes Lynch voor hem werkten. Dat betekent dat die gewapende mannen in Hectors zak zaten en dat hij die naar het kantoor van de Veiligheidsdienst heeft gestuurd om ons allemaal te vermoorden. Met inbegrip van zijn eigen mensen. Net zoals hij in Indonesië heeft gedaan.'

Achter Bens slapen begon een traag tromgeroffel op gang te komen. 'Je moet begrijpen dat dit indruist tegen alles wat ik ooit over die man heb geweten. Hij stelt loyaliteit en vaderland boven alles. Hij heeft me op de been gehouden toen Emily dood was… hij was er voor mij…'

'Jij moet begrijpen dat hij al jaren een dubbelleven leidt, jou en iedereen om de tuin heeft geleid. Hij heeft ons in de val willen lokken. Het is geen toeval dat Barker me jouw identiteit gaf. Hector weet dat ik een bedreiging ben bij zijn overname van de Kelder. Jij vormt voor hem ook op een of andere manier een bedreiging.'

'Nee.'

'Die datums die je me liet zien. Je zei dat Emily twee jaar geleden is gestorven. Tegelijkertijd wordt McKeen door een mysterieus bedrijf overgenomen. Zij was accountant. Misschien heeft ze ontdekt dat dat met geld is gedaan waarvan ze niets hoorde af te weten.'

'Nu ga je te ver. Sam aanbad Emily.' Hij dacht aan Emily, hoe ze met Sam aan de telefoon had gelachen in de minuten vlak voor de kogel een eind aan haar leven maakte. Nee.

Ben zweeg een lang ogenblik, dacht aan het feit dat Sam hem per se niet op een openbare plek wilde ontmoeten, aan de zachte, verveelde klik van het telraam terwijl Ben Sam om hulp had gesmeekt. 'Oké,' zei hij ten slotte.

'We gaan naar zijn huis,' zei Pelgrim. 'We dwingen hem ons te vertellen waar Teach is.'

'Nee, dat doen we niet. Dat zou op dit moment zelfmoord zijn. Zijn huis is een fort. Bovendien is dat precies wat hij zou verwachten,' zei Ben. 'We gaan hem verslaan door iets te doen wat hij niet verwacht.'

29

Vijf uur na middernacht, een rustige zaterdag. Jackie ging zitten en nam een slok pure wodka. De alcohol prikte in zijn lip, maar daar maalde hij niet om. Hij sloot zijn ogen, liet ze tranen en knipperde ze toen weg.

Hij was uit de vrachtwagen ontsnapt, eruit geglipt zodra die ergens was gestopt en de leverancier bezig was een oven op de dolly te laden. Jackie was ongezien uit de truck gekropen. Een straat verder had hij een drukke verkeersweg gezien, wat het leven van de chauffeur had gered: Jackie hoefde hem nu niet te vermoorden om zich uit de voeten te kunnen maken, en het zou een heel gedoe zijn geweest om de met meubels afgeladen truck kwijt te raken. Jackie liep vierhonderd meter naar een tankstation verderop en belde Hector om hem te komen ophalen.

Hector was er niet blij mee dat Ben nog vrij rondliep en dat Jackie een auto was kwijtgeraakt. Het kon Jackie niets schelen.

Hij keek uit het raam, verveeld, rusteloos, popelend om iemand iets aan te doen. Hector had ruim tien man beveiligingspersoneel – net zo arrogant als het Britse leger in het Belfast van zijn jeugd was geweest, bedacht hij – op zijn terrein rondlopen. Jackie voelde zich veiliger doordat zij er waren, maar hun aanwezigheid was lastig, hij en Teach moesten uit het zicht blijven. Hector wilde niet aan zijn respectabele ex-politiemannen en ex-militairen hoeven uitleggen waarom een vrouw tegen haar wil werd vastgehouden. Niemand mocht in het hoofdgebouw komen, behalve Hector. Jackie stond op en liep de trap af naar de vergaderruimte. Teach en Hector zaten aan de tafel op een grafiek op een eenvoudige kaart van de Verenigde Staten en Europa te krabbelen. Er stonden namen op die met gekleurde lijnen met elkaar verbonden waren, er waren opmerkingen bij geschreven en Hector had bij sommige namen een foto geplakt.

'Is dat de hele Kelder?' vroeg Jackie. 'Al je spionnetjes?'

Ze keken beiden naar hem op.

'Ik heb oren, hoor,' zei Jackie.

'Ik wou dat je met de rest van je werk net zo goed was,' zei Hector. Hij wees Teach zes namen aan. 'Die zes, die zijn prima. Bel ze op, zeg ze dat ze vanmiddag naar New Orleans moeten komen en vanavond daar, op die schuilplek...' hij tikte op een adres dat op een briefje stond geschreven, '... nadere orders moeten afwachten.'

'Je zei dat je in New Orleans een paar mensen wilde vermoorden,' zei Jackie.

'De Kelder blijft gewoon zijn goede werken uitvoeren, Jackie. Ik ben in New Orleans een cel jonge Arabieren op het spoor gekomen, die allemaal op een vals paspoort het land zijn binnengeglipt. Het zijn terroristen die hier een aanval willen plegen. Jij, ik en onze vrienden van de Kelder gaan ze vermoorden.'

Jackie lachte. 'Je menslievendheid verbaast me. Ik vermoed dat je niets doet waar je niet voor betaald krijgt.' Hij keek meesmuilend naar Teach, die zich voornamelijk op de vlakte hield en alleen iets zei als haar iets gevraagd werd.

'Geloof me maar dat het voor dit land het beste is als we deze groep kerels de dood in jagen.' Hij schoof de telefoon naar Teach. 'Bel ze op.'

Hij luisterde terwijl ze dat deed, hoe ze zijn orders tot op de letter opvolgde. Ze hing op.

'Heel goed, Teach.'

'Als je weet dat er een terreurcel is, waarom bel je dan niet eenvoudigweg de Veiligheidsdienst om dat te melden en leg je het risico om ze uit de weg te ruimen niet bij hen?' zei Teach.

'Ik heb geen applaus nodig om een goed burger te zijn.' Hij stond op. 'Jackie, breng Teach weer naar haar kamer.' Hij liep naar zijn kantoor en sloot de deur achter zich. De dag was niet perfect verlopen – niets was perfect verlopen sinds Nicky Lynch, dat hij tot duizend hellen verdoemd mag zijn, zijn schot had gemist – maar de situatie was op te lossen. Hij zou gaan winnen.

Hij las zijn berichten. Een was van zijn assistent, dat agent Vochek van de Veiligheidsdienst hem dringend wilde spreken. Hij wiste het bericht.

Aan zijn muren hing een hele verzameling foto's: een handenschuddende Hector met de president van de Verenigde Staten, poserend met zijn contractaannemers in de Groene Zone, toerend langs een bergachtig bastion in Afghanistan. Nu zou hij ervoor gaan zorgen dat zijn bedrijf werkelijk tot wasdom zou komen.

Hectors telefoon zoemde. 'Ja?'

'Meneer Hector? Met Fred Espinoza.' Fred was een werknemer van Hector Global die over de beveiliging van Blarney's Steakhouse ging.

'Ik heb het druk, Fred, het komt nu niet uit.'

'Ik weet het, meneer, nu er mensen van ons in Austin zijn omgekomen... dat vind ik heel erg... maar juist om wat er in Austin is gebeurd wilt u het misschien wel weten als een van de dochterbedrijven een deuk heeft opgelopen. Vanavond is er in het hoofdkwartier van Blarney's ingebroken.'

'Details. Meteen.'

'Nou ja, ik weet niet zeker hoe hij het voor elkaar heeft gekregen. Om half tien vanavond heeft een vent het alarm gedeactiveerd. Hij is door de beveiligingscamera's opgepikt. Hij heeft in een toetsenpaneeltje ingebroken en er een PDA op aangesloten, die heeft de codes gedetecteerd waardoor hij toegang kreeg.' Espinoza zweeg even. 'Niet de doorsnee-inbreker.'

'Nee.' Hij streek met zijn vingers langs de telraamkralen. 'Wat heeft hij gedaan?'

'Ik heb de video op het intranet gezet, meneer.'

Hector vond de pagina met de tape. Randall Choate, nu bekend als Pelgrim, die nagel aan mijn doodskist moet sterven, dacht hij. Pelgrim haastte zich door de donkere gangen naar het kantoor van de algemeen directeur. Hij deed een penlight aan en keek het vertrek rond. Pelgrim probeerde de archiefkasten, merkte dat die op slot zaten, bleef staan en staarde naar de muur. Op de video zag je dat hij zich naar voren boog en met zijn lichtstraal op een ingelijste foto scheen. De opening van de eerste Blarney's, Hector wist het nog, een vreugdevolle dag.

Pelgrim haalde de foto uit de lijst en stopte hem in zijn zak. Toen richtte hij de gloeiende cirkel op zijn hand en stak een seconde of vijf zijn middelvinger op. De rest van de video toonde dat hij het gebouw verliet.

'Heb je de klant al geïnformeerd?' vroeg Hector.

'Ja, meneer. Het bizarre is dat hij niets van waarde heeft meegenomen.'

'Te oordelen naar die begroeting met de ene vinger, moet het een grap zijn geweest.'

'Een nogal omslachtige grap, meneer.' Er klonk twijfel in Espinoza's stem door.

'Nou ja, net als computerhackers die hun hersencellen verspillen aan het beschadigen van een bedrijfswebsite.' Hij schoof met een klap alle telraamkralen naar één kant. 'We hoeven dit niet bij de politie aan te geven.'

'Meneer?'

'Wellicht is dit iemand die graag aandacht wil en Hector Globals naam door het slijk wil halen. Eén pand is al aangevallen en nu deze inbraak. Het laatste wat we willen is dat de politie die video in handen krijgt en dat een of andere grapjas hem op YouTube gaat zetten. Deze vent wil alleen aantonen dat Hector Global zijn werk niet goed doet, en hij is bereid heel ver te gaan om dat te bewijzen.'

'Ja, meneer,' zei Espinoza.

'We kunnen ons niet nog meer slechte publiciteit over onze beveiligingsdiensten veroorloven. Sluit een deal met Blarney, zeg tegen ze dat ze een half jaar bewaking van ons cadeau krijgen. Hou ze kalm en laat de politie erbuiten.'

'Ja, meneer.'

'En, Fred? Bedankt dat je me erop hebt geattendeerd, je hebt me een grote dienst bewezen.'

'Ja, meneer. Goedenacht.'

Hij bekeek de video nog eens. Choate, die een oude foto van hem steelt.

Hij wist niet dat je Sam Hector was. Nu natuurlijk wel. Hij had niet gedacht dat Choate op de hoogte was van zijn opmars naar de top binnen contractaannemersland, hij had gedacht dat Choate dood was. Pas een paar dagen geleden had hij gehoord dat Choate nog leefde. Dus... nu weet hij wie je werkelijk bent.

De volgende keer dat ik die vinger zie, schiet ik hem eraf, dacht hij.

Dus Pelgrim was nog steeds in Dallas. Misschien had hij Ben Forsberg bevrijd, misschien werkten ze samen. Die laatste gedachte stond hem bepaald niet aan, maar hij was slimmer dan zij met z'n tweeën bij elkaar. Ze konden weinig tegen hem uitrichten, verstopten zich als een stelletje ratten, maar ze moesten afgestopt worden. Omgelegd.

De telefoon ging. Het was de contractaannemer die hij had gevraagd hem te waarschuwen wanneer de creditcard van James Woodward werd gebruikt. 'Er is een betaling gedaan in een Blarney's Steakhouse. Ik heb het restaurant gebeld. Vier martini's, twee voorgerechten. De serveerster zei dat ze met zijn tweeën waren.'

'Bedankt.' Dus ze waren samen. Ben en Pelgrim, aan het drinken, eten en in kantoren aan het inbreken. Wat een zelfvoldane klootzakken waren het toch. Met zulke arrogantie wist hij wel raad.

Hij schoof met het topje van zijn vinger langs het telraam op zijn bureau, bewoog de kralen naar één kant, begon met de rode kraal met de hoogste waarde. Ben. Stommeling... hij schoof de laatste kraal naar nul. Economisch gesproken was hij een waardevolle rekruut geweest, hij had hem bij zijn zakendeals geholpen, had winst voor Hector gemaakt, een makkelijk te exploiteren workaholic omdat hij sinds de dood van Emily geen leven meer had. Hij was nuttig geweest, maar nu niet meer. Net als ieder ander.

Hij snelde naar de kamer waar Teach sliep, geboeid aan een bed. Hij schopte tegen de zijkant van het bed en ze werd met een schok wakker.

'Word wakker,' zei hij. 'Ik wil weten waar ze zich schuilhouden.'

'Wie?'

'Pelgrim.'

'Ik heb je elke rekening van de Kelder gegeven, elk schuilhuis dat we hebben... ik heb je alles verteld...'

'Je had Barker vlak bij het vliegveld van Dallas ondergebracht, idem dito met De La Pena in Chicago en Groen in Denver. Zo ga je te werk, dat is jouw methode. Pelgrim zou dat hier net zo doen als hij een schuilplek nodig had.'

'Dan is die van hemzelf en niet van mij, en ik weet er niets van.'

Hij bracht zijn gezicht dicht bij het hare. Ze had een zure adem, hij had haar geen tandenborstel gegund. 'Dallas is vlak bij zijn kind.'

Teach gaf geen krimp. 'Hij heeft geen kind.'

'Jawel. Tamara Choate. Ze heet nu Tamara Dawson. Haar stiefvader heeft haar twee jaar geleden geadopteerd. Waarom ook niet, nu haar goeie ouwe pa dood is en zo. Ze is veertien, woont in Tyler, honderdtwintig kilometer ten oosten van Dallas. Hij gaat wel eens langs en beloert zijn kind dan vanuit de verte. Het zou me niks verbazen als hij daar een plek in de buurt heeft, zodat hij haar makkelijker kan bespioneren, heeft ie een kussen waar hij na een klus zijn hoofd op kan neervlijen.'

Ze schudde haar hoofd. 'Hij heeft geen kinderen.'

Hij gaf haar een harde klap. 'Zeg me waar hij zich verstopt. 'Of ik laat Jackie juffrouw Tamara en haar moeder een bezoekje brengen.' Hij boog zich over haar heen. 'Laat de dochter van de man er niet voor boeten.'

Haar lip bloedde. 'Ik kan je niet vertellen wat ik niet weet.' Ze keek hem aan met een blik die hem niet aanstond, de angst ebde weg en er schoot pure haat uit haar zachte, bleke ogen.

'Geef me zijn adres of ik laat Jackie zich fijn op zijn dochter uitleven.' Hij streek met zijn vingertop langs haar kin. 'Ik hou van kinderen. Wil ze geen kwaad doen. Maar als je me niet helpt, zal ik haar wel kwaad doen en zal ze nooit, nooit meer dezelfde zijn. Ik zal haar niet vermoorden. Ik laat haar leven. Zo krijgt ze het ergste van twee werelden.'

Ze antwoordde niet, ze hield haar hoofd over haar schoot gebogen, alsof ze opging in gebed.

'Hoop je nog steeds dat Pelgrim je komt redden? Geef het toch op.'

Ze tilde haar hoofd op. 'Hoeveel doden heb je op je geweten?'

Hij liep naar de deur, gunde haar een spijtige zucht. 'Jackie, wil je even hier komen?'

Jackie liep naar binnen. Zijn gezicht was er verschrikkelijk aan toe: de kneuzing van zijn gebroken neus, de pleisters op zijn gezicht. Hector raakte Jackies kaak aan.

'Als jij een meisje van veertien jaar bent, en je wordt midden in de nacht wakker met dat gezicht boven je – niet vervelend bedoeld, Jackie – pis je van puur afgrijzen meteen in je broek.' Hij wendde zich tot Jackie. 'Pelgrim heeft een schatje van een veertienjarige dochter. Jij mag haar hebben. Vertel Teach maar wat je met haar gaat doen. En sla geen enkel detail over.'

Jackie staarde hem aan, las dat de andere man behoefte had aan berekenende wreedheden, glimlachte toen en ging op de rand van Teach' bed zitten. 'Normaal pieker ik er niet over om meisjes kwaad te doen, maar Pelgrims dochter, wauw, oké, dan zal ik inventief moeten zijn. Om te beginnen zou ik haar een flinke beurt geven, ik zorg eerst dat ze dat een beetje lekker vindt, en daarna dat ze nooit meer genot zal kunnen beleven.'

Teach gaf opnieuw geen krimp.

Jackie haalde het mes uit de schede op zijn been tevoorschijn. 'Ik zal je een paar manieren laten zien die mijn paps toepaste om die Proddy-klootzakken en verraders in Belfast aan de praat te krijgen terwijl ze ervan overtuigd waren dat ze niet zouden doorslaan. Weet je, ze werden naar die kelder gebracht voor een kop thee en een gezellig lang gesprek. Als het gesprek de verkeerde kant op ging, haalde paps de messen tevoorschijn.'

Teach bewoog niet. Jackie dacht dat als hij zich vooroverboog en haar zou kussen hij de angst op haar lippen zou voelen.

'Maar zie je, voor Pelgrims meissie wordt het nog erger. Als die stomme kerels in Belfast begonnen te praten, sneed mijn paps niet meer in hun gezicht en hun klokkenspel. Dan was het messenwerk achter de rug. Maar ik wil niet dat ze gaat praten. Ze heeft me niets te zeggen waarmee ze zichzelf kan redden.' Hij draaide het mes en het lemmet ving het gedempte bedlicht boven haar op. 'Ik wil haar alleen maar pijn doen.'

Jackie begon met een opsomming waar Teach' bloed van verkilde, hij schilderde afgrijselijke dingen voor haar af, zodat ze ineenkromp van zijn zachte gefluister. Maar ze schudde nog steeds haar hoofd.

Dus gaf Jackie een demonstratie.

Khaleds verslag: New Orleans

Zondag gaan we aan het werk. Als ik tenminste niet alles heb verprutst.

Ik ben doodsbang omdat ik vrees dat ik al mijn training, al mijn opofferingen op het spel zet. Ik was niet op onvoorziene dingen voorbereid. Vandaag liep ik tijdens een training door de Franse wijk, ik moet bepalen wie me schaduwt en hoe ik hem in de menigte van me af kan schudden. Ik weet zeker dat de mensenmassa sinds Katrina kleiner is dan anders, maar de straten zijn nog steeds volgepakt met blije Amerikanen, beneveld door hun karmozijnrode overvloed aan drank, fruitsapjes of bierblikjes.

Vandaag betrad ik mijn eigen roes. Halverwege mijn training zag ik een kennis van me, iemand uit Beiroet. Een meisje, Roula geheten, een nicht van een goede vriend van me. Ik herinner me dat ik had gehoord dat ze bouwkunde studeerde aan de Rice-universiteit in Houston. Iedereen hoopte dat ze hard aan het studeren was. Maar nee, daar is ze, in gezelschap van drie blonde Amerikaanse meisjes, en ze zag er zelf heel Amerikaans uit in jeans, een hemelsblauw poloshirt en een paar armbanden. Ze is prachtig zoals ze met die Amerikaanse schoonheden meeloopt, ze stopt een donkere lok haar achter haar oor. Ik kijk twee keer naar haar, de eerste keer geschrokken en de tweede keer om er zeker van te zijn dat zij het echt is. Ik wend mijn hoofd af, maar ze heeft mijn starende blik gevoeld en draait zich om.

Ze zal me niet herkennen, hoop ik, ik buig mijn hoofd en draai me abrupt om om in een etalage naar een uitstalling van toeristische tweedehands-T-shirts te kijken.

'Khaled?' hoor ik haar roepen, met een verraste draai aan het eind.

Nee. Ik draai me om en wil weglopen, en dan zegt ze het opnieuw, hardop, dus ik blijf staan. Kijk om. Ze glimlacht naar me.

'Khaled, hoi, hoe gaat het met je?'

'Goed,' zeg ik. 'Hoe gaat het met jou, Roula, wat doe je hier?' De woorden voelen als watten in mijn mond.

'Ik ben hier een weekend met schoolvriendinnen op bezoek.' Ze wijst naar de Amerikaanse beauty's, die naar en door me heen kijken, een magere Arabische jongen met de onbeholpenheid van een student technische wetenschappen en daarom voor hen volkomen onbelangrijk.

'Ah,' zeg ik. Mijn oppassers – ik zie ze nu, ze proberen zich zelfs niet voor me te verbergen – zien me met dit meisje praten. Ik vraag me af wat dat voor haar zal betekenen. Ik krijg de aandrang om weg te rennen.

'Wat doe je hier?'

Ik hoor eigenlijk in Zwitserland te zitten voor een studie economie. 'Ah, nou, mijn mentor van school – ik zit op de universiteit van Genève – geeft een speech in Tulane, en ik ben met hem meegegaan.' De verklaring klinkt me hol in de oren, maar ik dwing mezelf tot een glimlach en gebaarde naar de etalage vol tweedehands-T-shirts. 'Je betrapt me net op een onacademisch moment.'

Roula lacht. 'Nou, hoe lang blijf je in de stad?'

'Ik ga zondag weer weg.'

'Wij ook.' En toen begon ze natuurlijk, zoals mensen nu eenmaal doen, te vragen naar mijn moeder, mijn neven... ze weet dat mijn broers en vader dood zijn en over hen zegt ze niets.

Ze glimlacht stralend naar me. 'Nou, leuk om je te zien, Khaled.'

'Ook fijn om jou te zien.' Ik draai me om, loop weg en kijk niet achterom. Mijn uitje, mijn training, is verprutst. Ik werd door twee mensen geschaduwd, en nu is er nog maar een. De ander volgt nu Roula natuurlijk.

Ik word naar het huis teruggebracht en grondig ondervraagd. Ik leg uit dat ze een vriendin van thuis is en dat ze in Amerika bouwkunde studeert. Dat ze volkomen onschuldig is.

'Maar je hoort hier niet te zijn,' zeggen de meesters tegen me. 'Stel dat ze tegen haar familie en vrienden zegt dat ze je hier heeft gezien?'

'Ik heb een verhaal opgehangen dat in overeenstemming is met mijn dekmantel,' zeg ik en ze lachen, en niet omdat het grappig is. Ik hoop nog steeds dat ze me gaan vertellen dat dit een test is, dat Roula deel uitmaakt van de organisatie. Maar daarin word ik niet gerustgesteld.

'Wat had ik moeten doen?' vraag ik, ellendig.

'Niet met haar praten. Weglopen, zorgen dat je uit haar buurt blijft.'

'Maar ze wist dat ik het was. Als ik was weggelopen, was dat juist verdacht geweest…'

'Maar dan had ze nooit zeker geweten of jij het was. Je hebt met haar gepraat. Ze weet te veel.'

Mijn hart verkilt. Dit is de bedoeling niet. Ik ben hierheen gegaan om te leren het goede te doen, hoe ik degenen die dood moeten kan vermoorden, geen onschuldigen als Roula. 'Wat gebeurt er nou?' zeg ik ten slotte.

Mijn meesters wisselen een blik met elkaar. 'De telefoon van haar familie in Beiroet wordt afgetapt, hun e-mail en gewone post wordt in de gaten gehouden. We luisteren af of ze het erover heeft dat ze je hier heeft gezien. Als ze dat niet doet… prima. Doet ze het wel… nou ja. Dan zullen we wel zien. Maar jij bent hier verantwoordelijk voor… laat het een onvergetelijke les voor je zijn.' Alsof ik een ondeugende schooljongen was die net een paar zweepslagen heeft gehad.

Ik weet niet of ik ze geloof. Ik ben ziek van angst dat ze Roula vanavond laten vermoorden. Op hun bevel keer ik terug naar mijn kamer. Ik ga op bed naar het plafond liggen staren. Ik voel dat ze me in de gaten houden, dit is een test en ik bak er niks van.

De deur gaat open. Ik ga zitten. Een van de meesters, degene die meneer Nacht heet, komt binnen en doet de deur achter zich dicht.

'Gaat u haar vermoorden?' vraag ik in een opwelling.

'Nee,' zegt hij. 'Jij moet wel denken dat we behoorlijk impulsief zijn. Of wreed.'

'Wat ons werk aangaat ben ik alleen maar realistisch.'

Meneer Nacht knikt naar me. 'Maar als het nodig is gaat er wel iemand met haar praten. Haar met geweld duidelijk maken dat ze haar mond moet houden. Jouw aanwezigheid hier moet geheim blijven.'

Ik slik. 'Met geweld' kan een heleboel betekenen. Maar als hij zegt dat ze niet wordt vermoord, geloof ik hem. Mijn leven ligt in de handen van deze mensen, ik moet ze vertrouwen. 'Ik begrijp het.'

'Als ze haar mond niet kan houden…' hij haalt zijn schouders op.

'Dat kan ze wel,' verzeker ik hem. 'Ze is een heel verstandig meisje en ze komt uit een goede familie. Misschien kan iemand uit haar familie ook wel gerekruteerd worden.'

'Misschien.' Hij schraapt zijn keel. 'Ik moet weten of je echt klaar bent voor dit werk, Khaled.' (Het is pijnlijk voor me om deze woorden op te schrijven, maar eerlijkheidshalve kan ik niet anders.)

'Dat ben ik. Echt. Alstublieft.' Plotseling ben ik bang dat ik er niet meer toe doe. Maar ze hebben ons nodig… maar zo weinig van ons zijn bereid dit werk te doen, deze enorme risico's te nemen. Ik had al zo veel geriskeerd door dit te gaan doen, hierheen te gaan.

Hij observeert me een hele tijd, zegt niets, en ik verman mezelf en bepleit mijn zaak verder niet. Ik moet nu sterk zijn.

'Je bent nog steeds een van ons. Dit is je opdracht.'

Ik stort bijna in van opluchting, maar ik laat geen emotie op mijn gezicht toe. Ik lees het dossier dat hij me geeft, zie wat mijn eerste strijd in de oorlog zal worden.

Ik sta meer dan ooit te popelen om mijn werk te gaan doen. Dat ze me uit mijn kamer vrijlaten. Ik rij naar de schietbaan en vuur kogels op de doelwitten af, bij elke ruk aan de trekker voel ik opluchting.

30

De dageraad piepte door de zware, vergeelde gordijnen heen, alsof hij aarzelde licht te brengen in de verduisterde vertrekken. Ben lag op de futon en werd wakker, hij voelde de bobbel van het pistool onder zijn kussen en trok zijn hand met een ruk ervan terug. Zijn arm deed pijn. Hij had dieper geslapen dan hij voor mogelijk had gehouden.

Pelgrim was al wakker en koffie aan het zetten, hij stond bij het aanrecht en staarde in het niets.

'Hé,' zei Ben.

Geen antwoord.

'Je bent geen ochtendmens,' zei Ben.

'We hadden gisteravond achter Hector aan moeten gaan. Slaap was wel het laatste...'

'Ontspan een beetje. Hector weet dat ik aan zijn loyaliteit twijfel omdat ik hem niet heb teruggebeld, en ik durf te wedden dat hij inmiddels weet dat je het kantoor van McKeen een bezoekje hebt gebracht. Hij raakt van zijn stuk als hij niets van ons hoort.'

'Ik kan Teach gewoon niet in de steek laten.'

'Je laat haar in de steek als je wordt vermoord in een nutteloze poging haar te redden.' Ben stond van de futon op. 'We gaan hem bestrijden, maar we moeten als een subtiel mes te werk gaan. Geen brullende kanonnen die een hoop herrie veroorzaken.'

'Dat is niet mijn manier van werken,' zei Pelgrim. 'Je hebt geen idee tegen wie we het moeten opnemen...'

'Je had niet eens geweten wie je vijand was als ik er niet was geweest. Dus misschien kun je nu eindelijk dat neerbuigende gelul van je achterwege laten, want het begint me behoorlijk de keel uit te hangen.'

Pelgrim zette zijn kop koffie neer. 'Prima. Wat stel je voor?'

'Hectors kracht en zwakte zitten 'm in zijn bedrijf. Hij krijgt er macht door maar hij is ook als de dood dat hij dat kwijtraakt. Ik heb hem geholpen dat op te bouwen, ik kan het ook ten val brengen.'

'Je bedoelt dat je zijn vuile was buiten kunt hangen.'

'Die is niet zozeer vuil alswel twijfelachtig. Ik kan bijvoorbeeld contact opnemen met al zijn relaties binnen de verschillende diensten en suggereren dat er binnenkort onderzoek naar hem wordt gedaan.'

'Jij bent voortvluchtig en ben inmiddels bepaald niet geloofwaardig meer,' zei Pelgrim.

'Ik zeg dat ik me schuilhoud voor zijn beveiligingstroepen.' Ben schonk zichzelf een kop zwarte, sterke koffie in. 'We vallen hem op twee fronten aan. Om te beginnen halen we Hector door het slijk bij de mensen die er binnen de overheid toe doen. Politici maken dat ze wegkomen als iets stinkt. Wij zorgen dat hij gaat stinken. En ten tweede nemen we contact op met agent Vochek. Delia Moon heeft me haar nummer gegeven. We kunnen met haar een deal sluiten.'

'Zinloos als ze ons willen vermoorden...'

'Ik geloof niet dat ze je wil vermoorden, hooguit in bedwang houden. Wat ons helpt is dat je in opdracht van de regering noodzakelijke klussen hebt opgeknapt.'

'Correctie. Noodzakelijk volgens een kleine en clandestiene club.'

'En misschien is die club eerder haar doelwit dan jij. Vochek doet je misschien een heel goed aanbod om binnen te komen. Jij kunt veel meer vuile was van de regering buiten hangen dan ik van Hector.'

'Ik blijf erbij dat we Hector ten val moeten brengen.'

'We hebben hem al heel erg beschadigd, en door jou is hij wanhopig. Je hebt Hectors team uitgeschakeld, zijn scherpschutter uit de weg geruimd. Hij heeft vast de beveiliging van zijn terrein versterkt omdat hij twee mensen aan zogenaamde terroristen is kwijtgeraakt. Hij heeft waarschijnlijk een heel leger op zijn terrein rondlopen. Je komt nu onmogelijk zijn huis binnen. We weten niet eens waar hij Teach vasthoudt.'

'Oké. Ik begrijp wat je bedoelt.' Pelgrim zei het alsof het hem fysiek pijn deed. 'Wat gaan we dan tegen Vochek zeggen?'

'Ga nou niet uit je dak bij de gedachte alleen al.' Ben haalde diep adem. 'Het is gedaan met de Kelder. Adam Reynolds heeft jullie al gevonden, dus het is slechts een kwestie van tijd voor de Veiligheids-dienst de andere Kelder-agenten op het spoor komt. Het gaat er alleen nog om of je je al dan niet rustig overgeeft en meewerkt. Vertel ze de bijzonderheden van jullie opdrachten. Je resultaten. Dan zullen ze milder voor je zijn.'

'Ik heb me bij de Kelder aangesloten om uit de lik te blijven. Ik ga niet terug naar de gevangenis.' Hij deed de gordijnen iets uit elkaar, speurde het parkeerterrein af. 'Je begrijpt dat het voor Strategische Aangelegenheden een oplossing kan zijn als we een kogel door ons hoofd krijgen.'

'Ik geloof niet dat Vochek aan moord meewerkt.'

'Je hebt je jarenlang door Sam Hector in de luren laten leggen, dus neem het me niet kwalijk als ik aan je mensenkennis twijfel.'

'Ze vond het niet prettig dat Kidwell me zo hard aanpakte. Dat zegt iets over haar als mens.'

'Ze speelde de aardige agent.'

'Ook goed. Wij spelen de goede agent door ze iets aan te bieden. We kunnen Hector niet bestrijden, niet op zijn eigen terrein. We kunnen niet naar de politie. Wat er morgen ook in New Orleans gaat gebeuren, als het narigheid is, als we nu met de informatie voor de dag komen, die aan de Veiligheidsdienst aanbieden, kunnen we misschien een deal sluiten.'

'Maar we hebben geen idee van wat er gaat gebeuren.'

'Help Vochek alle stukjes in elkaar te passen en dan ben je een bra-ve jongen.'

'Ze zal ons alleen maar arresteren.'

'Ik weet dat je niet gewend bent het zo te benaderen. Maar laten we het alsjeblieft proberen. We geven Vochek munitie. Alles wat jij over de Kelder weet. Alles wat we allebei over Hector weten, zowel over zijn za-ken als toen hij bij de CIA werkte. Daar zit een verband, en als...'

Pelgrim schudde zijn hoofd. 'Vocheks groep heeft Hector inge-huurd... Iemand binnen die groep zal de informatie in de doofpot stoppen.'

'Ja. Dat risico zit erin. Maar we regelen een ontmoeting met haar, zien of we haar kunnen overtuigen. Je hebt tenslotte haar leven gered.'

'Niet met opzet.'

'Strijk die eer op, dat hebben we nodig.'

'Ben, in jouw ogen is dit misschien verstandig om te doen. Mij klinkt het idioot in de oren. Ik wil alleen maar aan een pistool zien te komen en Hector vermoorden. Probleem opgelost.'

'Als we het op mijn manier doen, is het heel wat aannemelijker dat we het er levend van afbrengen.' Ben deed een stap naar voren en leunde op de gebarsten formica bar tussen de keuken en de kleine eetruimte. 'Jackie Lynch werkte samen met de mensen die Kidwell hebben vermoord. De Veiligheidsdienst zal om Jackies hoofd schreeuwen en hij reed in een auto die hem in verband brengt met Hector. Om die reden zullen ze Jackies hoofd op een bordje willen. Als daar ergens een verbond zit, moeten we dat vernietigen. Hem isoleren.'

'Jij moet Vochek bellen.'

'Nee.' Ben schudde zijn hoofd. 'Dat ga jij doen.'

'Ik ben niet goed over de telefoon.'

'Jij bent degene met de informatie die ze wil. Maar je gaat haar in je eentje ontmoeten. Want misschien zet ze een val en ze mag ons niet allebei te pakken krijgen. Een van ons moet vrij blijven rondlopen als de ontmoeting verkeerd gaat.'

Pelgrim knikte. 'Ze krijgt me niet te pakken, maak je maar geen zorgen.' Hij wreef over zijn voorhoofd. 'Ik bel haar.' Hij keek Ben hoofdschuddend aan. 'Neem me niet kwalijk, hoor, maar ik ben echt niet aan een partner gewend.'

'Hopelijk duurt het ook niet veel langer meer,' zei Ben.

31

Vochek keek op de klok – zaterdagochtend, even na negenen – en bekeek de foto's van de dode mannen. De onderzoekers die Kidwells moord onderzochten en vanuit het kantoor van de Binnenlandse Veiligheidsdienst in Houston opereerden, hadden haar de laatste gegevens over de dode Arabische gewapende mannen gestuurd.

De mannen waren geïdentificeerd: ze kwamen allemaal uit de zuidelijke voorsteden van Beiroet. Twee van hen waren broers, twee anderen waren hun neven en ze hadden allemaal banden met een bende die drugs naar Beiroet smokkelde en spierballen liet zien als ze werden ingehuurd.

Ze herinnerde zich dat ze iets over het Midden-Oosten had gelezen, in een boek van voormalig CIA-agent Robert Baer: je rekruteert geen individuen, je rekruteert families, stammen, clans – een waarheid als een koe. Dit was daar een perfect voorbeeld van. Maar degene met het geblondeerde haar, de ander met twee piercings in zijn oor... deze mannen kwamen haar niet voor als typische fundamentalisten.

Ze belde een van de onderzoekers bij de Veiligheidsdienst in Houston, liet hem drie minuten zijn beklag doen over de samenwerking met de FBI en zei toen: 'Maar deze kerels lijken me niet van het religieus-extremistische soort.'

'O, ik geloof niet dat de Murads van het biddende soort zijn. Ze zijn altijd huurlingen geweest.' Ze hoorde geritsel van papier op het bureau van de onderzoeker. 'De Murads zijn allemaal via Parijs naar Miami gevlogen, verdeeld over vijf dagen. Tickets zijn contant in Beiroet betaald. Maar ze logeerden samen in een hotel in Miami voordat ze naar Austin vlogen, de ochtend van de aanval.' Hij kuchte, een rokershoest. 'En hier is het addertje onder het gras. In de jaren tachtig was papa Murad, hoofd van de clan, de ogen en oren van de CIA.'

'Interessant.'

'Ja. Toen we achter de bommenleggers van de ambassade aan zaten, fungeerde hij als informant. Niet heel geweldig, maar voor een paar centen was hij bereid een paar vingerwijzingen te doen. Hij verdween ongeveer tien jaar geleden van de loonlijst van de dienst. Een van zijn zoons raakte betrokken bij een Bloed van Vuur-cel in Libanon, deed wat aangenomen bommenwerk voor ze, werd een paar maanden geleden vermoord.'

'Dus de Murads eten van twee walletjes.'

'Ja, maar als je de CIA erover hoort, zou je dat niet zeggen. Zij zeggen dat ze geen dossiers over de Murads hebben, maar dat gelooft niemand natuurlijk, ze maken al twee generaties lang deel uit van de onderwereld in Beiroet. Die informatie heb ik van twee gepensioneerde CIA-veldagenten. En van mevrouw Murad.'

'Heb je met haar gesproken?'

'Ze komt er natuurlijk niet rond voor uit. En ze heeft wellicht geprobeerd haar familie te verdedigen door te zeggen dat ze geen terroristen zijn. Maar eerlijk gezegd is het voor haar veel gevaarlijker als haar familie in verband wordt gebracht met de CIA dan met Hezbollah. Ze zei dat haar man door een oude vriend was opgebeld, veel geld voor een vriendendienst.'

'Wie is die oude vriend?'

'Ze zegt dat het een Engelsman was die haar man jaren geleden de Draak noemde. natuurlijk ontkent de CIA dat ze iemand kennen, of hebben gekend, met die codenaam. Sterker nog, de CIA praat niet meer met me.'

De Draak. Ze zei: 'Natuurlijk distantiëren ze zich ervan en ontkennen ze er ook maar iets vanaf te weten. Voormalige huurlingen van de CIA die op Amerikaans grondgebied een kantoor van de Veiligheidsdienst aanvallen? Dat is een publicitaire nachtmerrie. Daar branden ze hun vingers niet aan.'

Voormalige CIA-informanten, en nu een mysterieuze Engelsman uit de CIA-periode van de Murads. 'Waarom zou iemand een bende uit Libanon inhuren? Je kunt net zo makkelijk dichter bij huis schutters krijgen.'

'Hou toch eens op met die moeilijke vragen.'

Ze tikte met haar vinger op tafel. 'Ze hebben een kantoor aangevallen dat nog niet eens officieel in gebruik was. Heel weinig rendement voor de moeite die ze erin hebben gestoken. Laten we zeggen dat ze gepakt of vermoord zijn. Arabische gewapende mannen die een kantoor van de Veiligheidsdienst aanvallen, dat levert in de media een heel ander beeld op. Dat klinkt als een terroristische aanval. Maar dat was het niet.'

'Waarschijnlijk niet.' Ze hoorde dat de onderzoeker met een ander dossier aan het schuiven was.

'Waar zijn ze dan op uit? Ze hadden Kidwell uit de weg kunnen ruimen als ze een agent van de Veiligheidsdienst gewild hadden. En als ze achter Ben Forsberg aan zaten... Waarom? Wat weet hij, waarom is hij zo waardevol voor ze?'

'Dat weet ik niet. Ik blijf wel doorgraven.'

'Misschien was hun enige dóél om iedereen dood te willen.'

Maar ze wist nog steeds niet waarom. Ze bedankte hem en hing op. Ze wilde slapen – daar had ze vannacht maar een kostbaar beetje van gehad – maar ze kon haar hersens niet stilzetten.

Ze belde Margaret Pritchard. 'Heb je al iets over Sam Hector, of hij bij de CIA heeft gezeten?' vroeg ze.

'Ik heb mijn voelsprieten uitgezet. Maar verwacht niet dat je een snel antwoord krijgt.' Ze klonk ongeïnteresseerd.

'Voelsprieten?' Ongeduld kolkte in haar borst. 'Sorry, Margaret, maar kan ik niet gewoon de directeur van de CIA bellen en het hem vragen?'

'Alsjeblieft zeg. Als hij een undercover van de CIA is geweest, gaan ze me dat heus niet vertellen.'

'Wel als je ze vertelt dat hij een verdachte is bij de dood van een agent van de Veiligheidsdienst.'

'Je kunt Sam Hector nauwelijks een verdachte noemen.'

Ze vertelde Pritchard over de Murad/CIA-link, wat mevrouw Murad had gezegd over een man die de Draak werd genoemd.

'Een of andere idioot die de Draak werd genoemd kan me geen lor schelen. Het lijkt wel een bijrol in een Bruce Lee-film. Randall Choate kan me wel iets schelen.'

'Choate en deze Draak zijn beiden ex-CIA. Hector is waarschijnlijk ex-CIA. We moeten uitzoeken of daar een verband zit.'

'Ik zou erg trots zijn als je een rechte lijn volgde, Joanna.'

Het klonk als een compliment, en ze wilde dat haar moeder haar dat gaf in plaats van dat ze alleen maar klaagde. 'Jij hebt Hector ingehuurd om ons op logistiek en veiligheidsvlak te ondersteunen zodat we de clandestiene operaties kunnen achterhalen. Maar zou hij misschien zijn eigen agenda hebben bij het opsporen van die groepen? Hij zou ons voor zijn karretje kunnen spannen om zijn eigen doelen te bereiken.'

Pritchard snoof afkeurend. 'Hij kan toch nauwelijks hebben voorzien dat ik hem zou inhuren.'

'Misschien had hij ook geen plannen, totdat jij hem inhuurde.'

Tik. Tik. Tik. De klok op de muur gaf de tijd aan waarin de woede van Pritchard zich opbouwde. Misschien weet ze dat het een vergissing was dat ze Hector hadden ingehuurd en wil ze dat niet toegeven. Dat kon fataal zijn voor haar carrière, dacht Vochek.

Pritchard zei: 'Het lijkt me niet aannemelijk dat hij een lucratieve business in de waagschaal stelt door een overheidsoperatie de nek om te draaien.'

'Een zakenman is tot alles bereid als hij denkt dat de winst de prijs waard is. Wie heeft jou opgedragen om achter die clandestiene groepen aan te gaan?'

'Dat is geheim, maar mijn orders kwamen van een uitermate hoge piet.'

'En Hector heeft miljoenencontracten met de regering lopen. Hij kent elke hoge piet.'

'Nou sla je maar een slag in de lucht.'

'Probeer mijn theorie dan uit. Onderzoek Hector. Waar ben je bang voor?'

'Vergeet niet dat we hier binnen een hiërarchie werken, agent Vochek,' zei Pritchard op kille toon. 'Maar als ik je daarmee kan helpen, zal ik nog wat harder aan mijn touwtjes trekken.' Pritchard hing op.

Je houdt me aan het lijntje, dacht Vochek. Ze hoorde het aan Pritchards stem. Dus wist Pritchard meer over Hector dan ze wilde toegeven, en wilde ze niet dat Vochek het wist, of – en dat was veel angstaanjagender – Pritchard kende Hectors achtergrond niet en werd door hem gemanipuleerd, en weigerde dat in te zien.

276

De telefoon ging. Ah, hopelijk Hector. Ze nam op terwijl ze fronsend op haar display zag dat het nummer geblokkeerd was.

'Met Vochek.'

'Ik hoop dat je geen hoofdpijn hebt.'

De schok raasde door haar heen als stoom door een schoorsteen. Ze herkende de stem onmiddellijk. De man die haar in het hotel buiten westen had geslagen, haar in de kast had opgesloten.

'Ja. Hallo.'

'Ik hoop dat de hoofdpijn over is.'

'Nauwelijks. Ik wil graag met je praten, Randall.' In de stilte van de kamer klonk haar eigen stem haar dunnetjes in de oren.

'Randall Choate is nog steeds dood. Tenzij jij en ik tot overeenstemming kunnen komen?'

'Wat zijn je voorwaarden?'

'Dat Sam Hector ten val wordt gebracht.'

Tien lange seconden bleef het stil. 'Sorry?'

'Hector heeft de gewapende mannen ingehuurd die jouw partner hebben vermoord. Gisteren heeft een van zijn mensen Delia Moon gedood en Ben geprobeerd te vermoorden. We hebben de auto van die kerel gestolen en die staat op naam van een schaduwbedrijf dat in verband staat met Hector.'

'Ik moet bijzonderheden weten.'

'Die krijg je. Wanneer we elkaar treffen. Je komt alleen. Als er iemand bij is, neem ik de benen en kijk ik niet achterom. De Veiligheidsdienst krijgt dan niets te horen en jij zit dan nog altijd opgescheept met een moordenaar als Sam Hector.'

'Ik weet niet zeker of ik het wel prettig vind om alleen te komen. Je hebt me een klap op mijn hoofd gegeven.'

'Jij wilde met een knuppel m'n nek breken. Laten we dat vergeten en vergeven.' Ze hoorde bijna een glimlach in zijn stem. 'Als ik je had willen vermoorden, was je in Austin dood geweest. Ik wacht nog steeds op een dankjewel dat ik je leven heb gered omdat ik je in die kast heb opgesloten.'

Ze slikte. 'Dank je wel, Randall.'

'De voetbalvelden bij Plano Parkway. Twaalf uur. Je komt alleen. Als ik ruik dat je iemand bij je hebt, ben ik vertrokken.'

'Is Ben Forsberg in orde?'

'Ben is oké.' Toen hoorde ze enige spijt in Pelgrims woorden. 'Dus je weet… dat Ben volkomen onschuldig is. Hij heeft Nicky Lynch niet ingehuurd. Ik heb zonder dat hij het wist zijn identiteit gebruikt. Maar Hector heeft in de afgelopen twee dagen Ben een paar keer proberen te vermoorden, dus op dit moment is Ben wat terughoudend. En nog iets.'

'Ja?'

'Ik heb geen details, maar als je over sterke aanwijzingen beschikt dat er in New Orleans iets dreigends staat te gebeuren, neem die dan serieus. Dit is mijn goede daad voor vandaag.'

'New Orleans.'

'Ja.'

'Oké. Randall?'

'Ja?'

'Ik wil je helpen weer binnen te komen. Ik wil niet dat jou of Ben iets overkomt.'

'Iedereen kan wel wat beweren. Zie je om twaalf uur.' Hij hing op.

Oké. Pelgrims aanbod kon oprecht zijn maar ook een val. Het protocol schreef voor dat ze haar leidinggevende moest informeren.

Ze aarzelde. Van nature had ze het niet zo op het manipuleren van de regels. Maar… ze kende Pritchard. Pritchard zou back-up eisen voor Vochek en Pelgrim onmiddellijk in hechtenis nemen. Ze zouden dan een heuse schurkenagent van de CIA te pakken hebben, die verbonden was aan een echte smerigehondengroep. Natuurlijk kon ze proberen hem over te halen zich over te geven, maar als hij gevangen werd genomen, zou hij gegarandeerd in hun greep zijn.

En New Orleans? Wat betekende dat? Ze had geen idee of er een dreiging tegen de stad bekend was. Die aanwijzing kon ze niet voor zichzelf houden, dat zou vreselijk onverantwoordelijk zijn. Ze nam een besluit. Ze belde Pritchard en vertelde haar van het gesprek.

'Ik neem contact op met het kantoor in New Orleans, eens kijken of zij iets van een penibele toestand weten,' zei Pritchard. 'Natuurlijk wordt het wat lastig om die waarschuwing op te hangen aan een man die al tien jaar dood hoort te zijn. Ben je bereid om hem alleen te ontmoeten?' vroeg Pritchard.

'Ja.'

'Dat wil ik niet riskeren. Als hij zich niet aan je overgeeft, wil ik dat hij gevolgd wordt.'

'Dat heeft hij in de gaten.'

'Niet van onze mensen. Ik bel de geheime dienst in Dallas.'

'Dit is niet hun jurisdictie.'

'Ah. Maar hij zei dat hij Ben Forsbergs identiteit had gestolen. Diefstal van identiteit en financiële fraude vallen onder de horizon van de geheime dienst.'

'Alsjeblieft. Laat mij dit regelen. Alleen.'

'We zijn Kidwell al kwijt. We hebben geen idee waartoe deze man in staat is.'

'En de dingen die hij over Sam Hector heeft gezegd?'

Er viel weer een lange stilte. 'Ik wil wel eens zien welk bewijs hij heeft.'

'Moeten we onze samenwerking met Hector niet even in de ijskast zetten?'

'Op het woord van deze man? Alsjeblieft zeg.' Vochek hoorde door de telefoon heen dat Pritchard met haar nagel op het bureau tikte. 'Bewijzen, Joanna. We moeten eerst harde bewijzen hebben.'

32

Teach brak op zaterdagochtend om half elf. Ze gaf hun de straatnaam en het nummer van het appartement... ze wist er al jaren van, kort nadat Pelgrim het onder een valse naam had gehuurd, en ze had hem in de waan gelaten dat ze er niets van wist.

Jackie veegde het mes schoon – niet te veel bloed, de sneden waren oppervlakkig en strategisch aangebracht – en klopte haar op de wang. 'Je bent een geweldige hulp geweest. Je hebt een meisje een paar benauwde uurtjes bespaard. Nu kan ze als een oud dametje sterven.'

Hector gaf haar een doek om haar gezicht, mond en benen mee af te vegen. Ze trilde en hij vroeg zich af of dat van woede of angst kwam.

'We gaan. Zij gaat met ons mee,' zei Hector.

'Ons?' vroeg Jackie.

'Jij en ik. We ruimen Pelgrim op.'

'Dat kan ik alleen wel aan, hoor. Zonder hulp.' Jackie had door deze avond een kick gekregen, hij had Teach aan het praten gekregen, een noodzakelijke klus tot een goed einde gebracht. Zijn vader zou trots op hem zijn geweest.

'Ik moet het veld weer in.'

'Ik dacht dat je alleen het overzicht hield.'

'Elke manager moet zo nu en dan zijn handen vuilmaken,' zei hij.

'Maar waarom nemen we Teach mee? Sluit haar hier op.'

'Hier zijn een hoop bewakers en ik wil haar niet achterlaten. Misschien wordt ze dan ontdekt door mijn mensen.'

Een stilte.

'Oké,' zei Jackie knikkend, en hij glimlachte flauwtjes.

'Ik breng de auto zo dicht mogelijk naar het huis. Breng haar in gereedheid. Ik moet nog één ding ophalen voor we gaan. Voor het geval Ben er ook is.'

Ben was op Pelgrims laptop aan het tikken. Hij schreef een gedetailleerd verslag over elk contract dat hij voor Sam had binnengehaald. Voor zover hij wist was er niets illegaals aan die deals… maar sommige elementen van de contracten konden hier en daar zeker een wenkbrauw van een waakhond doen optrekken, als het ging om timing, de afwezigheid van concurrentie, of vage bewoordingen die meer ten gunste van Hector gingen dan van andere leveranciers. De meeste bedrijven in de echte wereld hoopten winst te maken, Hector Global richtte zich op gegarandeerde winst, soms wel tot vijftien procent, bij elke deal met de overheid. Declaraties die het bedrijf achttien dollar hadden gekost werden voor tachtig aan de overheid doorberekend. Bij een aantal contracten was eigenlijk geen sprake van een eerlijke aanbesteding: Hectors enige concurrenten waren firma's die te klein waren om het werk goed uit te kunnen voeren, zodat het discutabel was of er eigenlijk wel sprake was van concurrentie. De service werd in sommige gevallen uitgesteld terwijl dat met de betaling niet gebeurde.

Ben legde zijn hoofd in zijn handen en ademde diep in. Hij had meegewerkt aan het creëren van dit monster. En nu – nu de contracten in gevaar kwamen en de fondsen begonnen op te drogen – wat zou het monster dan doen om te overleven? Zijn werk en slimme advies hadden Sam Hector geholpen bij het binnenhalen van deals, hadden Hector rijker en machtiger gemaakt, hij had een stevige vinger in de pap binnen elke dienst, die boven de gekozen senior functionarissen uit ging.

Pelgrim kwam de kamer in, laadde een magazijn van zijn pistool. 'Ik ga. Ik wil die plek zorgvuldig verkennen voor ik haar ontmoet.'

'Ik hoop dat je terugkomt,' zei Ben.

'Als dat niet zo is…'

'Dan vind ik wel een manier om hem ten val te brengen.'

'Ik zou ze liever met een kogel dan met een spreadsheat elimineren.'

'Als het maar werkt.' Ben stond op. 'Veel succes.' Hij stak zijn hand naar Pelgrim uit en Pelgrim schudde die. Hij vertrok zonder nog een woord te zeggen.

Ben ging zitten, schreef alles op wat hij wist. Hij beschreef elk gesprek met Hector dat hij zich kon herinneren over zijn werk voor de Veiligheidsdienst. Schrijven was een vredige bezigheid, een terugkeer naar de normale wereld, een uitweg uit de chaos van de afgelopen twee dagen. Maar door het typen ging zijn arm pijn doen. Nu hoefde hij alleen nog een groep mensen samen te stellen aan wie hij het moest sturen – vertegenwoordigers, senatoren en functionarissen van de ministeries van Buitenlandse Zaken en Defensie die niet veel met de contractenbusiness te maken hadden – en ze te overtuigen dat ze hem serieus moesten nemen.

Dat zou nog moeilijk worden, nu hij voortvluchtig was.

Hij stond op, ging naar de keuken, nam een glas water, moest even de benen strekken. Hij wilde nadenken.

Pelgrims schetsboek lag op het aanrecht, een duidelijk teken dat hij verwachtte terug te komen.

Ben pakte het op. Hij kwam in de verleiding weer door de tekeningen heen te bladeren, maar dat voelde als een inbreuk. Maar hij vond het niet prettig het daar te laten liggen, zo zouden ze het kunnen vergeten als ze snel moesten vertrekken. Hij stopte het zwarte boekje in het borstzakje van zijn overhemd.

Hij nam het glas water mee naar het raam. Het was een bewolkte dag geworden, een grijze hemel vol verwaaide stapelwolken. Hij keek naar het parkeerterrein. Niets vreemds. De werklui werkten deze zaterdag niet aan de naastliggende, reusachtige renovatie, hij hoorde de kalme, zachte fluistering van de wind.

Toen hij het gordijn sloot en zich van het raam afwendde, draaide een Lincoln Navigator het parkeerterrein op.

Hij keek op zijn horloge. Pelgrim zou nu wel bij de voetbalvelden zijn. Hij besloot de lijst mensen op te schrijven die Hectors politieke vijanden waren, verbinding te maken met internet en ze te mailen. Hij dronk het water op en schonk zijn glas weer vol.

Een geluid bij de voordeur. Geschraap. Het slot klikte, werd geforceerd en toen was de deur open, Jackie kwam binnen met een pistool voor zich uit, stormde de kamer binnen en zag Ben.

'Op de grond, met je handen op je hoofd!' beval Jackie. 'O, dit wordt goed, man. Echt waar.'

Ben gehoorzaamde. Zijn pistool lag nog onder zijn kussen op de futon. Geen kans dat hij daarbij in de buurt zou kunnen komen.

De deur werd dichtgeslagen. Hij hield zijn gezicht op de granieten keukentegels. Hij hoorde snelle bewegingen door het appartement: Jackie was aan het kijken of Pelgrim hem in de badkamer lag op te wachten. Hij begon naar de de futon te kruipen en toen was Jackie weer terug in de deuropening van de slaapkamer, het pistool op hem gericht.

'Ik hoef niet je gezicht toe te takelen,' zei Jackie. 'Maar ik ga je toch pijn doen.' Hij bukte en haalde het mobieltje uit Bens broekzak, stopte het in zijn donkere jasje. Hij was in het zwart gekleed, met zwarte cowboylaarzen. Zijn gezicht werd bij elkaar gehouden door een neuskap en pleisters.

'Kust vrij,' riep Jackie naar de andere kant van de deur.

Sam Hector stapte naar binnen en hield een vrouw voor zich. Ze was in de vijftig, had grijzend haar, een gulle mond, opgejaagde blauwe ogen.

'Sam...' begon Ben.

Sam lachte hem met een scheve arrogante glimlach toe.

Jackie trok Ben bij zijn shirt overeind en schoof hem de woonkamervloer op. Nu was de futon nog ruim een meter bij hem vandaan, het kussen waaronder het pistool lag, lag aan de andere kant. De vrouw – Teach veronderstelde hij – werd door Hector op een stoel geduwd.

Hector stapte tussen hem en de futon in. Hij hield een pistool vast dat op de grond gericht was.

'Het was makkelijker geweest als je naar mijn huis was gekomen, zoals ik je had gevraagd. De klant heeft altijd gelijk, Ben.'

'Ik heb er een bloedhekel aan als ik me vergis,' zei Ben, 'en in jou heb ik me vergist.'

Hector schokschouderde een beetje. 'Je hebt je in een heleboel vergist, oude vriend.'

'Ik ben je vriend niet,' zei Ben.

'Nee. En oud zul je niet worden.'

'Net als Adam, Delia en je eigen bewakers in Austin. Je bent een moordenaar.'

Hector stak een hand op en wiebelde met zijn vingers. 'Ik heb schone handen. Waar is je nieuwe vriend?'

'Voorgoed verdwenen.'

'Geef hem antwoord.' Jackie rukte Ben van de vloer en verkocht hem zo'n klap in het gezicht dat Bens hoofd tegen de muur sloeg. Ben voelde een tand loskomen, bloed drupte van zijn neus. De punt van het mes gleed omlaag naar zijn buik. 'Of ik ga lulletjesnijden met je spelen.'

Een druppel bloed viel van Bens neus op zijn lip. 'Wat heb ik je ooit aangedaan, Sam, behalve dat ik je klootzakkerige reet ríjker heb gemaakt...'

'Je weet wat een afkeer ik heb van treuzelende mensen. Waar is Pelgrim, wanneer komt hij terug?'

'Hij komt niet terug.'

'Jackie, controleer die laptop, kijk wat hij aan het doen was,' zei Hector.

Jackie liep naar de laptop, ging naar het venster met recente bestanden. 'Was een rapport aan het schrijven over jou en je contracten. Je staat er niet mooi op. Schildert je af als een gore klootzak.'

'Wis het. Kijk of er verder nog iets interessants op de harde schijf staat en wis hem dan.' Hector probeerde opnieuw een glimlach. 'Je bent een onaangename verrassing geweest, Ben. Echt waar. Ik wist dat je hersens had, maar die ruggengraat had ik niet van je verwacht.' Hij ging op zijn hurken voor hem zitten. 'Waar is Pelgrim naartoe, Ben? Ik zal Jackie niet zijn mes op je laten botvieren als je het me vertelt.'

Elke keer dat Ben in de afgelopen twee dagen de dood onder ogen had gezien, had hij de doodsangst door zijn botten voelen gaan, de adrenaline door zijn aderen voelen stromen. Maar nu – met de dood in het vooruitzicht, geen ontsnapping mogelijk – daalde een merkwaardige rust over hem neer. Hij moest Pelgrim beschermen, wat ze hem ook met dat mes of pistool aandeden. Dat besef bracht hem tot kalmte. Het was een makkelijke leugen: 'Hij is naar jouw huis gegaan om Teach te zoeken.'

Hectors gezicht – dat masker dat Ben jarenlang had bedrogen – verried geen reactie. Toen zag Ben Sam Hectors mondhoek iets vertrekken, een woedende fluistering: 'Zo stom is hij niet. En jij ook niet.'

Hou hem aan de praat. 'Hoe kun je doen alsof je een menselijk wezen bent, terwijl je dat zo overduidelijk niet bent, Sam? Ik vertrouwde je, ik was je vriend...'

'Een basisrekensommetje: mensen helpen je of staan je in de weg.' Hij haalde een verzegelde envelop uit zijn jas en gooide die op Bens schoot. 'Als je niet wilt meewerken, Ben, dan is het maar zo. Ik zal open kaart met je spelen.'

'Geen belangstelling.'

'Die heb je wel. Maak hem open.'

Ben scheurde de envelop open, haalde er een paar foto's uit. De beelden sloegen bij hem in als een bom, verpletterden zijn longen, veegden elke gedachte in zijn hersens uit.

Emily. Gefotografeerd met een telelens, terwijl ze voor het keukenraam stond in het huis op Maui vlak voor ze werd vermoord. Volgende foto. Idem dito. Volgende foto, terwijl ze de telefoon ophangt, nadenkend, bijna in de camera kijkt, gefronst voorhoofd. Dan een foto van het keukenraam, een kogelgat in het glas, Emily languit op de tegels.

De foto's vielen uit zijn handen op de grond. Hij kreeg een dikke keel en zijn borst kromp samen. 'Waarom?'

Hector lachte.

'Waarom heb je dat... Waarom?'

'Je bedoelt wie?' Hector lachte, de kat die de stervende muis een trap na geeft.

'Jij godverdomde, moordenaarsklootzak...' schreeuwde Ben, maar toen sprong Teach van de grond en gooide zich tegen Hector aan. Ze greep hem stevig bij de keel – Ben zag de verbijstering in Hectors ogen – en Ben sprong op om Hectors pistool te grijpen. Hector wist zich van hen beiden los te worstelen, schopte Ben in het gezicht waardoor hij languit ging. Hector richtte zijn pistool op Teach' buik en vuurde.

Teach sloeg dubbel, ogen open, mond opeengeperst. Ben stond weer op en Hector sloeg het pistool in Bens gezicht, schopte hem in de maag, op het kleed.

Liggend op de grond keek Ben naar Teach. Ze knipperde een keer, twee keer met haar ogen, hield op en probeerde iets te zeggen.

'Jackie.' Hector keek naar Teach, het pistool onbeweeglijk op Ben gericht. Toen ze ophield met ademen, porde hij haar met zijn voet. 'Gooi haar maar in de slaapkamer.'

Jackie pakte Teach' lijk op en droeg haar naar de slaapkamer.

Ben kroop naar de futon. Hij kon nauwelijks lucht krijgen. Het pistool. Het kussen. Zijn enige kans om weg te komen en die klootzak te vermoorden.

'Ik vermoed dat het nogal wreed is om je uit te leggen dat ik alles van je heb afgepakt,' zei Hector. 'Je vrouw. Je goede reputatie, je zaak. Je waardigheid.'

'Waarom... Waarom?' Laat die zelfvoldane moorddadige smeerlap maar denken dat hij de gebroken Ben is. Hij stak een hand onder het kussen, kroop weg alsof hij bang was voor een schop of oplawaai van Hector. Hij huiverde, spuugde bloed. Emily. Zij had hem in dit leven veranderd, en nu hij de waarheid over haar dood wist, was hij opnieuw veranderd. Hij was tot in zijn ziel vastbesloten. Zou geen ogenblik aarzelen.

'Je gaat me vertellen waar Pelgrim is, Ben, want ik ken je. Je bent zwak. Jij geeft wel informatie in ruil voor een makkelijke dood. Wil je onder Teach' kleren kijken en de snijwonden zien?'

Zijn vingers raakten het pistool aan. Hector zou hem neerschieten zodra hij het zou trekken, en zelfs als hij het voor elkaar kreeg en Hector wist te doden of verwonden, dan zou Jackie hem vanuit de andere kamer aanvallen. De kansen waren beroerd.

Maar aan de andere kant, ze zouden hem vermoorden en wachten tot Pelgrim terugkwam. Dood zijn betekende nietsdoen. Hij dacht aan Pelgrims woorden: soms is het 't slimste om je uit een gevecht terug te trekken.

'Delia heeft me over New Orleans verteld,' zei Ben plompverloren, en een ogenblik ontspande Hectors vertrokken gezicht zich in een verraste uitdrukking. Ben gooide het kussen recht naar Hectors hoofd en griste het pistool dat eronder lag weg. De veren ontploften uit het kussen toen Hector een schot in het midden ervan afvuurde. Maar Ben leegde zijn magazijn in Hectors richting terwijl hij naar het raam rende. Hector gooide zich naar achteren en zocht dekking achter het keukenbuffet. Bens kogelsalvo sloeg in het buffet en de muur in, en doorboorde de koelkast terwijl hij de drie meter overbrugde.

Hector stond op en schoot terug, maar Ben was al bij het raam.

De gesloten, stoffige gordijnen vingen Ben op toen hij door het glas sprong, de zware stof beschermde hem tegen de scherpe splinters.

Door zijn snelheid kwam hij op de galerij terecht. Blijven liggen of tijd nemen voor de trap betekende de dood, en hij rolde zonder aarzeling door, liet zich tussen de stalen reling van de galerij door glijden en zich een verdieping lager op het gras vallen.

Het was een hoekappartement en als hij naar rechts zou rennen zou hij open en bloot in het zicht komen, dan konden ze hem vanaf de eerste verdieping neerschieten. Dus dook hij onder de galerij door, rende in tegengestelde richting en bereikte de hoek. Hij hoorde hun voetstappen over de trap naar beneden roffelen.

Doe wat ze niet verwachten. Hij sloeg nog een hoek om, het stalen hek dat het complex van de naastliggende bouwplaats afscheidde stond even verderop. Als hij geluk had zouden ze denken dat hij nog naar het noorden rende, terwijl hij weer naar het zuiden terugging, naar de andere kant van het gebouw. Ben klom het hek over en lette niet op het prikkeldraad dat zijn armen en broek openscheurde.

'Daar!' Jackies stem, van het parkeerterrein rechts van hem. Ze hadden hem gezien.

Ben kwam op het zand terecht en rende het labyrint van de bouwplaats in. Het gebouw was U-vormig, naar de straat toegekeerd en de onafgemaakte zijkanten stonden aan de elementen bloot.

Nu keek hij achterom. Hector zat aan het stuur van de Navigator, ploegde aan de zijkant van het hek door de omheining, Jackie rende achter de suv aan. Trok zijn pistool.

Ben ontweek kruiwagens, stapelmuurtjes, een enkele vorkheftruck. De Lincoln kwam brullend achter hem aan. Hij dook naar links en Jackie vuurde van achter de Navigator.

Het was een kwestie van neergeschoten of overreden worden. Hij bleef rechtdoor hollen, de suv steeds tussen hem en Jackie in, en rende tussen hopen puin door waar de Navigator niet kon komen. Naar alle waarschijnlijkheid, althans. Hij keek weer achter zich en de Navigator ploegde ruim drie meter achter hem over de bouwrommel, de zaagbokken en stapelstenen vlogen in het rond.

Ben sprong op de fundering en rende in de richting van een al opgetrokken binnenmuur, hij had dekking nodig. Hij glipte achter de muur terwijl kogels daar met een laag, akelig gefluit in sloegen.

Hij hoorde de Navigator gierend remmen, toen laarshakken op het beton. Hij liep aan de andere kant het lege casco uit, over een duidelijk pad helemaal naar het volgende draadhek aan de overkant van het terrein.

Voor Hector of Jackie meer dan genoeg ruimte om hem neer te schieten. Maar hij kon nergens anders heen. Je kunt ze niet altijd de baas zijn en je pistool is leeg. Hij telde de kogels, zoals Pelgrim hem had geleerd, en het was geen goed nieuws.

Hij rende door en hoorde de roffelende voetstappen achter hem boven zijn eigen hijgende ademhaling uit.

Een paar meter voorbij het hek zag hij een groepje mannen en vrouwen in een bushokje van een Dallas Area Rapid Transit-busstation staan wachten. Hij schoot op het hek af en via een stang wist hij zich omhoog te trekken. Nu kreeg hij een greppel in het oog die het terrein van de bushalte afscheidde.

Hij klauterde over het hek, ging over de kop en de schoten bulderden, één raakte zijn schoen – een heftige inslag deed zijn voet schudden – een ander schot raakte hem als een harde schop in de borst. Een derde schot kwam op de stalen stang terecht die tegen zijn buik lag, en met een kracht dreunde alsof een onzichtbare man er een trap tegen gaf. Ben viel, met zijn hoofd eerst, bukte zich en rolde de greppel in. Van de zijkanten aflopend water en modder lagen op de bodem.

Ben zoog lucht in zijn longen, wankelde overeind en hoorde een man zeggen: 'Wat is dat, verdomme?' Een vrouw gilde en schreeuwde in het Spaans: 'Pistoolschoten, ik hoorde schoten.' Ben rende door de greppel, bleef laag, en bukte nog verder om door een afwatering onder de weg door te kruipen.

De menigte, een van hen zou de politie bellen. Alstublieft, God, bad hij. Hij glipte er aan de andere kant van de afwatering uit en klauterde langs de zijkant van de greppel omhoog. Hij zag dat hij bij een leegstaand perceel stond, met een groot bord dat aankondigde dat er binnenkort nog meer kantoorruimte bij zou komen.

Geen spoor van Hector. Misschien hadden ze de benen genomen zodra ze getuigen zagen. Hector zou niet herkend willen worden. Hector zou op de vlucht zijn geslagen.

Ben graaide naar zijn mobieltje. En bedacht toen dat Jackie dat van hem had afgepakt.

Bloed welde tussen de veters van zijn loopschoenen omhoog. Zijn borst deed kloppend pijn en hij porde in zijn vlees, half en half bang dat hij er een kogelgat zou aantreffen. De pijn stak tot op het bot, alsof iemand er met een hamer op had geslagen. Een scheur in zijn zak. Hij vond een harde rechthoek onder het gat. In de leren kaft van Pelgrims schetsboekje, met de tekeningen van het jonge meisje, zat een kogel.

Hij moest Pelgrim zien te vinden, maar hij moest ook van de straat blijven. Hij zat onder het bloed en de modder, en mensen zouden zich hem herinneren.

Hij rende naar een buurtwinkel en schoot een steeg in.

Tot zijn verbazing ontdekte hij dat daklozen mobiele telefoons hadden. Een groep van drie mannen stond achter de winkel. Ze hielden op met praten en keken Ben achterdochtig aan toen hij naar ze toe liep.

'Neem me niet kwalijk,' zei Ben, 'is er ook een telefooncel in de buurt?'

'Neu,' zei een van de mannen. 'Wat is er met jou gebeurd?'

'Ik ben in een greppel gevallen. Heb mijn voet bezeerd.' De drie mannen keken allemaal omlaag en bekeken zijn voet, bloed druppelde van de sok.

'In de kerk verderop in de straat hebben ze daar wel ijs voor,' zei een man.

'IJs en een gebed,' zei een andere man lachend. 'Wie moet je bellen?'

'Vriend. Hij moet me komen ophalen.' Ben keek achterom. Geen spoor van een achtervolging. Als ze bleven rondhangen, zouden ze het risico moeten nemen dat ze gezien zouden worden, terwijl de groep mensen bij het busstation naar hen uitkeek. Dat betekende niet dat ze het gebied niet zouden uitkammen en niet naar hem zouden blijven zoeken.

'Jij bent die vent van de voorpagina,' zei de eerste man.

Ben bevroor. De drie mannen bestudeerden hem.

'Ja,' zei de tweede man.

'We houden het nieuws bij, hoor. We hebben niet veel anders te doen dan de krant te lezen,' zei de derde man.

'Is er ook een beloning?' vroeg de eerste man. De andere twee gingen om hem heen staan zodat Ben geen kant op kon.

'Alsjeblieft. Geef me niet aan.' Hij smeekte een stel mensen om een mazzeltje dat ze zelden of nooit hadden gehad, en als ze er wel een hadden gehad, hadden ze er weinig uit weten te halen. 'Ik ben onschuldig. Alsjeblieft. Ik probeer de mensen tegen te houden die mijn vrouw hebben vermoord.'

De drie mannen keken elkaar aan. 'Zoals in *The Fugitive*?' vroeg een. Ben knikte.

'Als er een beloning is, dan kun je er verdomd zeker van zijn dat de politie wel een manier weet te vinden om ons niet te hoeven betalen,' zei de eerste man. 'En ik wil ook niet op tv. Mijn familie is altijd naar me op zoek.'

'Hier.' De andere man dook in zijn zak en haalde een robuuste telefoon tevoorschijn. 'Je mag de mijne gebruiken, maar niet langer dan een minuut. Prepaid. Heb hem van de Wal-Mart. En niet persoonlijk bedoeld, maar ik hou de telefoon vast, zodat je er niet mee vandoor gaat.'

'Zijn voet bloedt, als hij gaat rennen, wordt het een korte race,' zei de eerste man en hij moest om zijn eigen mop lachen.

De man hield de telefoon vast en verbijsterd toetste Ben het nummer in. Toen bracht de man de telefoon naar Bens oor. 'Duidelijk praten, meneer de vluchteling. Het geluid is niet al te best.'

33

De dreigende lucht had mensen er niet van weerhouden naar de voetbalvelden te gaan, tientallen gezinnen met kinderen, in de verschillende kleuren van hun clubkleding en variërend van vier tot tien jaar, zwierven tussen de rechthoekige grasvelden. Moeders, vaders en hun andere kinderen stonden langs de zijlijn met elkaar te praten of moedigden de spelers vrolijk aan. Coaches klapten in hun handen en fronsten het voorhoofd, middelbareschoolkinderen die als scheidsrechter fungeerden bliezen op hun fluitje en verveelden zich een ongeluk.

Vaders moedigden hun dochters aan. Pelgrim wist dat Tamara voetbalde, maar hij had nooit de moed kunnen verzamelen om van een afstandje naar een wedstrijd te gaan kijken, het risico was te groot. Waarom hij deze plek had uitgekozen, met al die vaders en dochters? Zout in de wond, door hemzelf erin gewreven.

Pelgrim liep tussen de mensen door. Hij was gekleed in een werkoverall van een telefoonmaatschappij en had een pet op, een schat uit zijn voorraad, en hij bleef aan de rand van de menigte.

In de eerste vijf minuten zag hij twee mensen naar hem kijken: een voetbalmoeder die de andere moeders aan de zijlijn niet leek te kennen, die met haar armen over elkaar een beetje apart stond en met haar ogen niet geconcentreerd naar het schitterende spel van een kind keek, maar de menigte een beetje te vaak afzocht. En er was nog een, een gedrongen jongeman in scheidsrechtersshirt, maar het shirt hing los over een lange broek. Daar kon een pistool onder zitten. Hij was niet groter dan de tienerscheidsen, maar hij had het gezicht van een oudere man. Hij keek voortdurend om zich heen naar de andere wedstrijden.

Geen van beiden benaderde hem. Ze wilden dat hij met Vochek ging praten. Waarschijnlijk zouden ze hem na hun gesprek proberen in de kraag te vatten, wanneer hij vertrok.

Maar ze had haar belofte gebroken, of een leidinggevende had het haar opgedrongen. Stom.

Een groep zesjarige jongens was klaar met hun wedstrijd en ze hadden hun verplichte sapkartonnetje en snack achter de kiezen, en liepen met hun ouders als een kudde weg. Hij bleef dicht bij ze in de buurt, een mobieltje tegen zijn oor alsof hij opging in een gesprek.

Hij liep met ze naar het parkeerterrein en keek achterom. De toeschouwers stonden nog waar ze waren geweest en niemand anders kwam achter hem aan. Hij dook zijn auto in en deed geen moeite zich te verbergen. Hij hobbelde naar voren, over de stoeprand en het gras op, en schoot de weg op. Hij had Vocheks mobiele nummer in zijn telefoon voorgeprogrammeerd. Hij drukte op de knop.

'Ik zei dat je alleen moest komen,' zei hij.

Een zucht. 'Dat wilde ik ook,' zei ze. 'Verboden.'

Ze was tenminste wel zo slim om niet te ontkennen wat overduidelijk voor de hand lag. 'Sorry,' zei hij, 'maar ik kan niet onderhandelen als je de voorwaarden niet nakomt.'

'Ik kan je een deal aanbieden. Waarom kom je niet hierheen zodat je met mij en mijn baas kunt praten?'

'Die vriendelijke uitnodiging zal ik moeten afwijzen. Sorry, je hebt mijn vertrouwen geschonden.'

Ze zweeg even en zei toen met zachtere stem: 'Randall. Ik weet dat je een dochter hebt. Ik kan ervoor zorgen dat je Tamara weer kunt zien.'

Een kilte gleed als een mes in zijn borst. 'Blijf als de donder bij mijn kind vandaan. En bij mijn ex-vrouw.'

'Ik wil ze geen kwaad doen, ik wil jou alleen maar geven wat je wilt.'

'Je weet niet wat ik wil, Vochek.'

'Vertel me dan wat je wilt.'

'Praat met iemand die werkelijk de macht heeft om met me te onderhandelen. Goedendag.'

'Wacht, alsjeblieft, ik moet weten wat er in New Orleans gaande is.'

'Ik ook. Dag, Vochek.' Hij hing op, maakte onmiddellijk een U-bocht en parkeerde op een plek waar hij snel weer weg kon rijden, en wachtte af.

Vijf minuten later zag hij haar in een Ford-sedan langsrijden. Twee andere auto's, allebei Fords, bleven dicht bij haar in de buurt.

Hij reed achter hen aan. Schaduwen in Plano was zowel eenvoudig als uitdagend, de wegen waren kaarsrecht, maar het was druk op de weg – dit was een voorstad met een kwart miljoen mensen – en de automobilisten weken van de ene naar de andere rijbaan uit, ook al was dat maar een fractie sneller. De truc was om dicht in de buurt te blijven, maar niet te dicht, en ze niet in de snel veranderende achterlichten kwijt te raken. En jezelf niet te verraden.

De drie auto's reden naar een winkelcentrum en sloegen toen af naar een buurt aan de overkant van de straat. Pelgrim was verbaasd dat een landingsbaan de wijk in tweeën splitste, met een reeks hangars en een rij privévliegtuigen die zich onder de dunne daken verschool.

Bingo, dacht hij. Wat een interessante plek voor een schuilhuis, met aangebouwd vliegveld.

Bij het winkelcentrum zag hij een plek waar hij kon staan en tegelijk het huis in de gaten kon houden. Zij en haar collega's zouden naar binnen gaan, ze zou haar baas bellen, rapporteren dat het was mislukt en misschien smeken om nog een kans.

Interessant dat ze niet naar een kantoor teruggingen. Vochek, had Ben gezegd, was in Houston gestationeerd. Hij vroeg zich af of haar collega's hiervandaan kwamen. Als dat zo was, en ze zouden snel vertrekken...

Zijn telefoon zoemde. Hij herkende het nummer niet. Hij nam het aan. 'Ja.'

'Met Ben.'

'Ja.'

'Ik heb hulp nodig.'

'Leg uit.'

'Ik ben zes straten van het appartement. Ongelukje. Mijn voet bezeerd. Hector kwam erheen en ging uit zijn dak, je weet hoe hij is.'

'Ben je in orde? Heeft hij je te pakken?'

'Het gaat goed en nee, hij heeft me niet te pakken.'

Hij wist dat Ben hem niet zou verraden, zelfs al hield Hector op dit moment een pistool tegen zijn hoofd. Hij wist dat heel zeker ook al twijfelde hij een ogenblik. 'Ik zit in het Plano Palisades-winkelcentrum, tegenover het Plano Air Ranch Park. Heb je geld in je portemonnee?'

'Ja.'

'Pak een taxi.'

'In Dallas? Die schuimen niet bepaald de straten af op zoek naar een vrachtje.'

'Ben. Geef me je adres, dan bel ik een taxi voor je, ik betaal wel. Ik zit ten noorden van de Nordstrom, aan de rand van het terrein.'

'Oké.' Ben klonk alsof hij ging flauwvallen.

'Gaat het wel?'

'Ik ben de narigheid voorbij.' Angst klonk in Bens stem door. 'Je had helemaal gelijk.'

'Waarover?'

'Ik moet gaan, mijn tijd is...'

En de verbinding werd verbroken.

Nou ja. Als hij zich in Ben had vergist en Hector had nu ontdekt waar hij was, dan mocht Hector komen. Hij zou gewoon afwachten, Hector en Jackie in de knieën schieten en ze naar Vocheks huis sleuren als een kat die zijn verscheurde, dode vogels als een trofee gaat tonen.

Een uur later stopte de taxi naast hem. Pelgrim stapte uit de auto, betaalde de chauffer en stapte weer in zijn eigen auto. Ben stapte aan de passagierskant in en deed voorzichtig zijn schoen uit. Hij keek Pelgrim niet aan.

'Vertel me wat er is gebeurd.' Pelgrim bukte zich en inspecteerde de voet.

'Ik heb slecht nieuws,' zei Ben. Pelgrim leunde naar achteren. 'Teach is dood.'

Pelgrim zei: 'Vertel.' Zijn uitdrukking bleef als uit steen gehouwen terwijl Ben zijn relaas deed.

'Ze stierf terwijl ze me wilde helpen.'

Pelgrim vertrok zijn mond. Hij stapte uit de auto, bleef bij het portier staan en leunde met zijn hoofd tegen zijn arm op het dak van de wagen. Ben stapte aan de andere kant van de auto uit en keek hem over het dak aan.

'Pelgrim... man, ik vind het zo erg.'

Het verkeer zoemde voorbij en daardoor viel er een paar tellen durende stilte tussen hen. Pelgrim tilde zijn hoofd op. 'Hij heeft haar vermoord omdat hij haar niet meer nodig heeft. Hij heeft nu de Kelder volledig in handen. Hij heeft gewonnen.'

'Nee. Wij leven nog, wij kunnen het tegen hem opnemen. We moeten wel. Hij heeft Emily vermoord. Hij had foto's van haar. Foto's die vlak voor en vlak na haar dood zijn genomen.'

Pelgrims gezicht verbleekte, hij schudde zijn hoofd. Hij leek even te wachten voor zijn stem terugkwam. 'Ach, god, Ben.'

'Ik was een dwaas – ik verdedigde hem – ik heb verdomme een fortuin voor hem verdiend... en hij heeft mijn vrouw vermoord.'

'Waar zijn die foto's?'

'Dat weet ik niet. Ze lagen op de grond... ik betwijfel of Hector naar het appartement is teruggegaan om ze op te halen.'

Pelgrim streek met een hand over zijn mond. 'Dus de foto's zijn er nog. En Teach' lijk.'

'Wat doet dat er verdomme toe?'

'Het kan de politie op een dwaalspoor brengen.' Pelgrim haalde diep adem. 'We moeten verder. Ik zal eerst je voet verzorgen.'

'Het gaat wel.'

'Dan heb ik tenminste iets te doen, ja?'

Met spullen uit de verbanddoos verzorgde hij Bens voet, de kogel was aanzienlijk vertraagd door het nepleer en het compacte gaaswerk, was langs een akelige baan binnengedrongen en had een stuk vlees van de bovenvoet afgerukt. De kogel was in de bloederige sok blijven steken, tussen de voet en de schoen in. Pelgrim schoot de kogel met zijn duim op de vloer.

'En hier is er nog een.' Ben gaf hem het beschadigde schetsboek. 'Dat had ik in mijn zak gestopt, ik wilde niet dat je het kwijtraakte.'

Pelgrim plukte de kogel uit de bladzijden, deed het boekje zonder een woord te zeggen in zijn zak, zonder te kijken wat de schade aan de tekeningen was. 'Ik heb niets tegen de pijn, Ben.'

'Ik heb niets nodig. Wat nu?'

'We gaan met Vochek praten.' Hij knikte naar het huis. 'Er staat nog maar één auto, haar makkers zijn weg. Kom mee.'

34

Op de veranda van het schuilhuis hing een camera, en nadat de deurbel gegaan was keek Vochek met gefronst voorhoofd naar het scherm. Toen ze de deur opendeed had ze een pistool in haar hand.

Ben stak zijn handen op en zei: 'Ik ben ongewapend.'

Vochek gebaarde hem naar binnen en zei: 'Waar is Randall Choate?'

Ben haalde zijn schouders op en liep naar binnen. Ze hoorde een gedempte kreet en het geluid van een op de grond vallend gewicht. 'We willen je geen kwaad doen, maar hij wil alleen met je praten.'

Ze haastte zich naar de keuken. De piloot van de Veiligheidsdienst die aan het schuilhuis was toegewezen, lag bewusteloos op de grond. Pelgrim stak zijn neus in de koelkast. Hij pakte een cola en maakte de dop open. Op het fornuis pruttelde tomatensoep, op het snijblok lagen half afgemaakte broodjes ham. Pelgrim deed de vlam onder de soep uit.

'Vervelende gang van zaken,' zei hij.

Ze richtte haar pistool. 'Op de grond. Je hebt net een federaal agent aangevallen.'

'Jullie denken heel wat van jezelf, hè?' zei Pelgrim. 'Als hij zo'n federale klootzak is, was het me niet gelukt hem met twee trappen uit te schakelen. Richt je vuurwapen alsjeblieft ergens anders op. Als je wil praten, nou, hier ben ik. We staan nu quitte.'

'Op de grond, verdomme!' riep ze.

'Aan het eind van de avond ligt je carrière in het toilet of je staat aan het hoofd van Strategische Aangelegenheden. Zeg het maar.'

Ze hield het pistool op hem gericht.

'Luister naar hem,' zei Ben. 'We staan aan jouw kant. Wij hebben de informatie die je nodig hebt om je werk te doen en we zijn bereid die te geven. Maar in ruil daarvoor moet je ons helpen. Je weet al dat Pelgrim goed kan verdwijnen. Daag hem niet uit.'

'Hij zei tegen me dat jij onschuldig bent.' Ze hield haar blik op Pelgrim gericht. 'Maar ik weet niet of ik iemand moet geloven die liegt dat hij al tien jaar dood is.'

'Sam Hector is de reden dat Pelgrim is verdwenen. Al interesse?' zei Ben.

Na een paar seconden liet ze het pistool zakken. Ze knielde bij de bewusteloze piloot, controleerde zijn pols, streek met een hand over zijn hoofd.

'Hij zal er wel hoofdpijn aan overhouden, hij blijft nog een uur of zo onder zeil,' zei Pelgrim. 'Kom, dan leggen we hem op de bank.' Hij en Ben droegen de piloot de woonkamer in, legden hem op een zitkussen en propten een hoofdkussen onder zijn hoofd. Ben wachtte tot Vochek weer in de keuken was, groef in de zak van de piloot, haalde het mobieltje van de man eruit, stopte dat in zijn eigen zak en keerde naar de keuken terug.

'Praat.' Ze was weer gaan staan.

Pelgrim stak een lepel in de tomatensoep en trok een gezicht. 'Ik zal je elke smerige klus vertellen die ik in de afgelopen tien jaar heb opgeknapt. Elke klus waarvan ik weet dat die door de Kelder is uitgevoerd.'

'De Kelder.'

'Dat is de codenaam van de groep CIA-mislukkelingen en verschoppelingen waar je achteraan zit.'

'De Kelder.' Het kwam er enigszins verdwaasd uit, alsof ze zojuist uit een droom ontwaakte. Ben vermoedde dat ze niet eens de naam wist van de groep waar ze jacht op maakte. 'Oké. Ik heb met mijn baas gepraat en ik ben bevoegd om met je te onderhandelen, mits je bereid bent je over te geven.'

Pelgrim fronste zijn wenkbrauwen bij het woord 'overgeven', alsof het een onaangename geur met zich meebracht. 'Prima. Allereerst moet Ben volledige immuniteit krijgen. Hij is onschuldig.'

'Oké, ik zal mijn best doen.'

'Dat "best" van je moet wel van uitstekende kwaliteit zijn, agent Vochek, anders klap ik dichter dicht dan de vuist van een vrek.' Pelgrim vertelde haar in beknopte bewoordingen de gebeurtenissen van de afgelopen dagen, met de bijzondere details over hun ontsnapping uit het kantoor van de Veiligheidsdienst in Austin. Ben merkte op dat Pelgrim een cruciaal stukje informatie achterwege liet… de naam van het hotel in New Orleans waarmee Barker had gebeld. Hij nam aan dat Pelgrim het verstandiger vond om nog een troef achter de hand te houden voor verdere onderhandelingen, dus hij zei er niets van.

Vochek onderbrak hem niet en stelde ook geen vragen… ze fronste haar wenkbrauwen, schudde een paar keer haar hoofd.

Ten slotte zei ze: 'Kun je bevestigen dat Sam Hector een CIA-moordenaar was die als de Draak bekendstond?'

'Het is mijn woord tegen het zijne, tenzij de CIA een boekje over hem opendoet.'

'De CIA zal onder enorme politieke druk komen te staan om hun mond over Hector te houden. Hij heeft een hoop machtige vrienden gemaakt,' zei Ben. 'Maar dat is niet onze voornaamste zorg. Onze voornaamste zorg is New Orleans.'

'Ik begrijp nog altijd niet wat de dreiging is.'

Pelgrim leunde tegen het aanrecht en nam een gulzige slok cola. 'Hij heeft de Kelder gekaapt om een smerige klus te klaren. Werk dat hij niet door zijn normale beveiligingscontractanten kon laten doen, ofwel omdat ze er niet genoeg op getraind zijn, ofwel omdat het fatsoenlijke jongens zijn en ze zouden gaan zeuren of te veel vragen stellen. De Kelder-agenten geloven dat ze orders van Teach aannemen. Maar we weten niet wat de klus is. Ik durf alleen te wedden dat het om iets reusachtigs gaat, want hij neemt grote risico's om het voor elkaar te krijgen.' Hij schraapte zijn keel. 'Ik help je ervoor te zorgen dat de Kelder zijn werk niet kan doen.'

'Dat betekent dat je voorlopig vrij rondloopt,' zei ze zacht.

Ben zei: 'Maar we blijven bij jou. En we hebben je vliegtuig nodig.'

'Vliegtuig.' Ze knipperde een keer met haar ogen, alsof ze zijn lippen had zien bewegen maar de woorden niet waren aangekomen.

'Dit huis staat aan een landingsbaan,' zei Ben.

'Die is nu nutteloos,' zei ze. 'Je hebt de piloot knock-out geslagen.'

'Ik kan vliegen,' zei Pelgrim. 'We vertrekken onmiddellijk. Voor die vent wakker wordt.'

'Zomaar even naar New Orleans gaan?' Ze schudde haar hoofd. 'We moeten de CIA bellen, de Veiligheidsdienst…'

Ben schudde zijn hoofd. 'Hector is een aannemer. Hij doet dit voor geld. Jouw geheime kantoor binnen de Veiligheidsdienst betaalt hem om de Kelder op te sporen. Dat was hij aan het doen, maar jou heeft hij daar niets van verteld, hè?'

'Nee. Als dat zo is... dan heeft mijn baas het me niet verteld.'

'Maar nu is hij verdergegaan dan die opdracht, hij heeft de Kelder overgenomen, het heft van zijn missies in handen genomen. Hij heeft de macht over een team uitstekend getrainde agenten die denken dat ze het juiste doen door orders op te volgen. En als hij de macht over de Kelder heeft gegrepen, kan het zijn...' hij zweeg en liet de woorden inwerken, '... dat een andere klant hem ook heeft betaald. Niet je baas. Iemand anders heeft zijn eigen privé-CIA gekocht.'

De woorden hingen als een vloek tussen hen in.

'En hij heeft mijn vriendin en mentor vermoord,' zei Pelgrim. 'Hij heeft Bens vrouw vermoord. Hij zal sterven. Niet betalen, sterven.'

Vocheks gezicht verbleekte in de fluorescerende flakkeringen in de keuken. Ben raakte zachtjes haar arm aan. 'Hector wilde alleen mij en Pelgrim gebruiken omdat hij Pelgrim uit de weg moest ruimen – die hem uit zijn moordenaarsdagen kende – en mij omdat ik een makkelijke kapstok was waaraan hij een huurmoordenaar kon hangen omdat mijn vrouw dood is. Hij vermoordt Adam en Pelgrim, en omdat Pelgrim met Adam werkte, en omdat Pelgrim onder mijn naam met Adam zaken deed, leek het of ik met beiden een connectie had. Na zijn dood zou bekend worden dat Pelgrim een ex-CIA-moordenaar was, Hector zou er wel voor zorgen dat die informatie werd gelekt. Dan zou ik opdraaien voor de dood van mijn vrouw... en misschien ook voor die van Adam en Pelgrim. Zijn plan kwam onverwacht in een stroomversnelling toen Pelgrim mijn visitekaartje op het lichaam van de scherpschutter achterliet.'

'Ik begrijp nog steeds niet waarom hij jou als doelwit heeft gekozen, Ben, als je zijn vriend bent.'

'Twee vliegen in één klap. De kapstok lost de moord op mijn vrouw op,' zei Ben, 'en hij moest me ook uit de weg hebben als hij de Kelder ging overnemen, want ik ken zijn bedrijf als mijn broekzak.'

'En wij hebben hem werk gegeven.' Vochek sloot even haar ogen. 'Mijn baas is een cliënt van Hector. Margaret Pritchard. Zij houdt Hector al een week in de luwte.'

'Dan kunnen we haar niet vertrouwen,' zei Pelgrim. 'En jij kunt haar ook niet vertrouwen.'

'Ik kan niet toestaan dat jullie zomaar een vliegtuig pakken en naar New Orleans vliegen.'

'Agent Vochek,' zei Pelgrim, 'je wilt onze medewerking, en die moeten we ook geven. Neem een besluit. Anders nemen wij, met alle respect, het besluit voor je.'

35

Sam Hector taxiede met zijn Learjet over zijn privélandingsbaan. Het complex viel onder hem weg. Hij bracht het vliegtuig op koers en stemde de radio af op het luchtruim van Dallas. Toen betrachtte hij radiostilte, deed de koptelefoon af en belde een nummer met de boordtelefoon. Hij zei: 'Ik hoop dat je nog wat gumbo voor mij hebt overgelaten.'

'Nauwelijks. Ik had al eerder verwacht iets van je te horen...' zei Margaret Pritchard.

'Luister. Er zit een kink in de kabel.'

'Ik luister.'

'Voor in de middag heeft de politie van Dallas een lijk in een appartement aangetroffen. Ik heb een bron binnen het bureau. Dat lichaam is van een vrouw die volgens mij in verband staat met Randall Choate.'

'Hoe weet je wie ze is...'

'Dat weet ik niet. Maar het kan misschien de moeite waard zijn als jouw agent Choates foto naar de huisbaas stuurt, om te zien of iemand hem herkent. Kijk of je de foto van de vrouw aan een bekende ex-CIA'er kunt vastknopen, met inbegrip van degenen die tijdens een klus vermist zijn geraakt. Mijn bron bij de dienst stuurt je de complete info.' Hij schraapte zijn keel, hij hoefde niet op de details in te gaan op de bijkomende bevindingen in het politierapport: de verspreid liggende foto's van Emily Forsberg tijdens de momenten vlak voor haar dood en de beschrijving die de getuigen bij het busstation van Ben Forsberg hadden gegeven. Het enige wat hij uit het appartement had meegenomen, was de laptop, geen reden om de politie Bens gewiste verslag op de harde schijf terug te laten halen.

'Te veel doden,' zei ze. 'We kunnen dit niet onder onze pet houden.'

'Mis. Ze hebben zich jaren schuilgehouden, en dankzij Adams werk en mijn gegraaf heb ik drie van hen in de afgelopen dagen weten op te duikelen, deze vrouw kan de vierde zijn. Deze groep implodeert omdat ik ze onder druk zet,' loog hij. 'Ze weten dat ze nagenoeg ontdekt zijn. Choate wil wellicht iedereen uitschakelen die zijn mond open zou kunnen doen.'

'Ik heb geen zin in lijken. Ik heb levende mensen nodig die ons kunnen vertellen waar de rest van de groep uithangt.'

'Dat weet ik, Margaret,' zei hij. 'We zijn er bijna. Maar er is een probleem.'

'Wat dan?'

'Ze weten dat ik erachter zit. Ben Forsberg heeft me gebeld. Me bedreigd. Zei dat hij mijn reputatie en mijn bedrijf zou besmeuren en beschuldigde me van van alles en nog wat als ik me niet gedeisd zou houden. Wie weet wat hij gaat beweren, wat hij gaat zeggen? Er is niets van waar, maar ik wil dat je het verhaal zo stilhoudt als je kunt. Als je met de commissaris in Dallas praat, en ik weet dat je dat doet, over welke implicaties dit heeft voor de Binnenlandse Veiligheidsdienst, moet je je ervan verzekeren dat ze begrijpt dat ik jouw werk aan het doen ben en dat alle beschuldigingen aan mijn adres totaal ongegrond zijn.'

Ze aarzelde, alsof hij te veel van haar vroeg. 'Sam…'

'Zal ik de secretaris-generaal van de Veiligheidsdienst bellen? Is dat makkelijker?'

'Natuurlijk niet, Sam, wij regelen dit helemaal af. Kom je meteen na de landing hiernaartoe?'

'Nee. We moeten nog achter andere aanwijzingen aan. Maar ik bel je als ik op de grond ben.'

Ze bedankte hem en hing op.

Jackie zei: 'Misschien heb je nu je hand overspeeld.'

'Ben en Pelgrim kunnen ons nu niets doen. Ben is weggevlucht van een plaats delict waar een moord is gepleegd en heeft foto's van zijn overleden vrouw achtergelaten. Niemand gelooft een woord van wat ze te zeggen hebben.'

'Ze weten het van New Orleans. Hij heeft met Delia Moon gepraat…'

Hector wilde er niet aan denken dat Ben hem even van zijn stuk had gebracht. 'Ze wist geen details. En ze zijn er niet op tijd. We doen het vanavond.'

Hector navigeerde het vliegtuig vanuit het zuidoosten naar New Orleans. Het harde werken was nu bijna achter de rug. Binnen een dag, wist hij, was zijn toekomst verzekerd.

36

De piloot kwam met een schok bij. Stemmen in de keuken. Twee mannen. Vochek. Hadden het over... het vliegtuig meenemen. Hij rook de tomatensoep die hij aan het opwarmen was en dacht dat zijn neus het enige deel van zijn lichaam was dat normaal functioneerde. Zijn nek deed pijn, hij kon nauwelijks iets zien en zijn handen voelden zwaar aan, alsof zijn vlees in ijzer was veranderd. Hij greep in zijn zak naar zijn mobieltje... weg. Maar hij herinnerde zich dat er overal alarmknoppen in het schuilhuis zaten. Wanneer je op zo'n knop drukte, ging er een stil alarm naar het kantoor van de Veiligheidsdienst in Dallas en het politiebureau van Plano werd gewaarschuwd.

Hij hoorde de mensen uit de keuken vertrekken en hij werkte zich overeind, viel op zijn knieën en kroop naar de alarmknop in de boekenkast.

Het vliegtuig was al volgetankt en ingeladen, en Pelgrim liep de vluchtcheck door toen ze sirenes dichterbij hoorden komen.

'Pelgrim.' Ben wees over Pelgrims schouder. 'We moeten gaan. Snel.'

Bij de ingang van de luchthaven scheurde een politieauto piepend met loeiende sirenes door het hek.

'Ik leg het ze wel uit.' Vochek wilde naar de deur gaan.

'Ben, hou haar tegen.' Pelgrim startte de motoren en reed het vliegtuig snel de landingsbaan op. 'We kunnen niet riskeren dat je ze niet kunt overtuigen.'

De politieauto reed het gras om de landingsbaan op terwijl de jet over het beton koerste.

'Hij gaat je op de landingsbaan tot stilstand dwingen,' schreeuwde Vochek.

'Hij heeft heus geen zelfmoordneigingen.' Pelgrim lanceerde het vliegtuig.

Het vliegtuig denderde op de politiewagen af. Een andere patrouillewagen volgde de eerste, beide op de landingsbaan.

'O, christus,' zei Ben.

De jet schoot naar voren. Recht op de auto's af, die allebei ternauwernood weg wisten te komen. De vliegtuigwielen verhieven zich, de auto's vielen onder hen weg.

'De agenten stapten niet uit, dus ik wist dat ze niet bleven staan. Logisch nadenken,' zei Pelgrim.

'Jouw logische nadenken bezorgde me verdomme een hartaanval,' zei Ben.

De boordradio begon te kraken.

'Ze willen ons vast dwingen om te landen,' zei Ben.

'Leg uit dat we voor de Binnenlandse Veiligheidsdienst naar een noodgeval moeten. Heeft je baas enige invloed?' vroeg Pelgrim.

Vochek knikte. 'Zij kan de boel voor ons oplossen. Ze kan ons ook ter plekke tegenhouden.'

'Dan heeft ze de hele weg naar New Orleans om het voor ons op te lossen. Anders bestaat de kans dat we uit de lucht worden geschoten.'

Ze pakte de radio en vroeg de luchtverkeersleiding om een noodverbinding met de Binnenlandse Veiligheidsdienst. Drie minuten later was Margaret aan de lijn.

'Agent Vochek.'

'Ik ben hier. Met meneer Choate en meneer Forsberg.'

'Zeg dat nog eens.'

'Meneer Choate en meneer Forsberg bevinden zich voor hun eigen veiligheid onder mijn hoede.'

'Begrepen.'

'We willen een deal, mevrouw Pritchard,' zei Pelgrim. 'We kunnen uw kantoor alle informatie geven over de grootste clandestiene groep binnen de regering. Maar we moeten zonder problemen naar New Orleans kunnen vliegen. Dat wil Vochek, en dat willen wij.'

'Ik zal zorgen dat jullie geen obstakels op je weg naar New Orleans ondervinden,' zei Pritchard op afkeurende toon.

'Dank je wel, Margaret,' zei Vochek.

'Nog één ding,' zei Ben snel. 'Onderdeel van de afspraak. Zeg tegen Sam Hector dat we ons aan de Binnenlandse Veiligheidsdienst hebben overgegeven en dat we door u op een veilige plek worden ondervraagd. De media en de politie in Dallas weten er niets van.'

Er viel zo'n lange stilte dat ze dachten dat ze de verbinding verbroken had. 'Waarom moet ik tegen hem liegen?' vroeg Pritchard.

Ben keek Vochek smekend aan. 'We hebben bezwarende bewijzen tegen Hector,' zei Vochek. 'Voorlopig is het 't beste dat hij gelooft dat deze twee geen bedreiging voor hem vormen.'

'Ik begrijp het.' De verbinding met Pritchard werd verbroken en het enige geluid over de radio was luchtverkeergebabbel, aanwijzingen voor Pelgrim om naar een bepaalde hoogte te klimmen. 'Zal ze tegen hem liegen?' vroeg Ben.

'Het staat me niet aan dat ze ons daar geen uitsluitsel over gaf,' zei Vochek. Ben en Vochek gingen achter in het vliegtuig onderuitgezakt in hun stoel zitten. Onder hen rolde Texas zich traag voor hen uit terwijl het zonlicht langzaam wegstierf. De uitputting begon haar tol van Ben te eisen – zijn hele lichaam deed pijn – en hij sloot zijn ogen.

Hij hoorde Vochek zeggen: 'Waarom?'

'Waarom wat?' vroeg Pelgrim.

'Waarom de Kelder? Waarom is die in het leven geroepen?'

'Dat weet ik niet.'

'Je hebt je erbij aangesloten en dat heb je nooit gevraagd?'

'Onwetendheid heeft zo zijn voordelen. Ze hebben me niet ingehuurd vanwege mijn knappe kop.'

'Niet doen,' zei ze. 'Je hebt voor de CIA gemoord. En toen voor de Kelder.'

'Ja. Vaker gestolen en gespioneerd dan gemoord.'

Ze zweeg en het gedreun van de motoren was slaapverwekkend. Ben dacht aan Emily, ze had een bloedhekel aan vliegen, ze zette geen voet in een klein vliegtuig.

'Gemoord, gestolen, gespioneerd. Wat heb je het meest gedaan?' vroeg ze.

'Wat doet het ertoe?' zei Pelgrim.

'Jij hebt alleen de slechteriken gedood,' zei ze. Ben voelde hoe de spanning in golven van haar afsloeg. Normaal gesproken maakte je geen geintjes met een moordenaar.

'Ik heb gemoord,' zei Pelgrim, 'en dat is altijd verkeerd. Ik moest mezelf trainen om na een moord niet over te geven. Maar ik zal geen seconde spijt voelen als ik Hector heb gedood.'

'Als Hector schuldig is,' zei Vochek, 'en ik beweer trouwens niet dat hij dat is... dan mag je hem niet vermoorden. We hebben hem levend nodig.'

'Ik ben bepaald niet geïnteresseerd in jullie behoeften. Ik vertel je wat er gaat gebeuren.'

'Je werkt niet meer voor die Kelder.'

'Ik werk ook niet voor jou.'

Ze prikte met een vinger in Ben. 'Doe je ogen open. Vertel me waarom Hector deze overname van een clandestiene groep wil riskeren.'

Ben dacht erover na. 'Een man als Hector riskeert zijn bedrijf alleen om dat bedrijf te redden. Dus wat hij ook aan het doen is, het moet iets zijn waardoor hij zijn winst- en verliescijfers in balans kan houden. Hij heeft een hoop deals verloren, veel contracten zijn niet meer verlengd. Hij vertelde me een paar dagen geleden dat hij in een branche zat waarin hij angst verdreef. Dus misschien heeft hij angst nodig om op grote schaal terug te kunnen komen.'

Ze vervielen in stilte toen Texas onder hen passeerde en Louisiana in beeld kwam. Ben sloot uitgeput zijn ogen, doezelde weg. Hij droomde van Emily, van haar zachte handdruk in de zijne. Kalm en vredig. Hij werd met een schok wakker toen Pelgrim zei: 'Er zit een snel vliegtuig achter ons aan.'

37

Ben drukte zijn neus tegen het raam. 'Het is geen gevechtsvliegtuig,' zei hij. 'Het is een privétoestel, maar groter dan het onze.'

Vochek zei: 'Het komt te dichtbij.'

'Wacht eens even,' zei Pelgrim en hij trok de plug van de oortelefoon los zodat de radio in de cabine te horen was.

'Hier Pritchard. Dit vliegtuig zal jullie naar Lakefront Airport in New Orleans escorteren. Zodra jullie gearriveerd zijn, gooien jullie je wapens weg, verlaten het vliegtuig met de handen op het hoofd en gaan jullie plat op de landingsbaan liggen. Begrepen?'

'Begrepen,' zei Pelgrim. 'Bedankt voor de escorte.' Hij verbrak de verbinding.

'Dat is alleen maar een voorzorgsmaatregel,' zei Vochek. 'Je bent tien jaar lang een schurk geweest. Ze willen er alleen maar zeker van zijn dat je je gedraagt.'

'Of er zeker van zijn dat ze ons in de hand hebben,' zei Ben.

'Nadat ze me hebben vermoord,' zei Pelgrim, 'krijg je als beloning ofwel een promotie, of ze vermoorden jou ook omdat je te veel weet.' Vochek wilde haar hoofd schudden en Pelgrim stak een hand op. 'Wees op je hoede. In ieder geval tot de inkt van je promotie droog is.'

'Je bent paranoïde.'

'Vertel me eens,' zei Ben, 'waar zou het eigenlijk op uitdraaien als jullie al die clandestiene groepen zoals de Kelder hebben gevonden?'

'Ze oprollen. Ze leggen geen verantwoording af.'

'Juist. En dan? Worden alle betrokkenen voor het gerecht gesleept, evenals degenen die de bevelen hebben gegeven, als een publieksspektakel waarbij de smerigste was van onze regering breed uitgemeten voor de hele wereld wordt buiten gehangen? Of zou dat oprollen discreet in zijn werk gaan? Je zult toch een manier moeten zien te vinden om iedereen de mond te snoeren.'

'We zouden zeker geen mensen elimineren.'

'Maar je zou ze ook geen vrijbrief geven of gratie schenken,' zei Ben.

'Nee, vermoedelijk niet.'

'Sorry dat ik niet in het schootsveld van een vuurpeloton terecht wil komen,' zei Pelgrim.

De gloed van New Orleans, sinds de storm vervaagd, doemde onder hen op. De radio liet van zich horen, het Lakefront Airport – waar vliegtuigen als die van hen normaal gesproken landen – gaf Pelgrim aanvlieginstructies.

Nu schoten ze over de vlakte van Lake Pontchartrain, het reusachtige meer ten noorden van New Orleans, een van de oorzaken van de dodelijke vloedgolf waardoor de stad was ondergelopen. Ze naderden nu snel het stadscentrum.

De radio herhaalde de landingsinstructies.

Pelgrim bekeek de controlepanelen. Hij luisterde naar de meldingen over de positie van de vliegtuigen om hem heen, schatte afstand en snelheid, mat de afstand van hun vliegtuig tussen Lakefront en Louis Armstrong New Orleans International.

'Dit gaat lukken,' zei hij, half tegen zichzelf, en hij lanceerde het vliegtuig in een steile duikvlucht naar de oppervlakte van het meer.

Ben drukte zijn neus tegen het raam en terwijl zij op de aarde af snelden, draaide het vliegtuig van de Veiligheidsdienst mee omlaag en probeerde dicht bij hen te blijven.

'Hij is gek geworden, Ben, in hemelsnaam!' Vochek greep Pelgrim beet en met één hand schoof hij haar in haar stoel terug.

'Ben, geef me nu het pistool,' zei ze.

'Nee.' Hij richtte het pistool niet op haar, maar hield het dicht bij zich. 'Hij weet wat hij doet.'

'Jij bent al net zo gek als hij,' zei ze.

De luchtverkeersleiding van Lakefront Airport was niet blij, waarschuwde Pelgrim kalm dat hij geen toestemming had om die richting op te gaan. Hij vloog nu over het langgerekte bekken van Lake Pontchartrain, maar hij moest zijn afdaling vertragen, vloog zo'n zeventig meter boven het oppervlak door en hij scheerde laag over de stad. In de vlekken lantaarnlicht zag Ben de mensen op straat verbaasd en angstig naar het vliegtuig opkijken, misschien ervan overtuigd dat het vliegtuig op het punt van neerstorten stond, en dan was het in een mum weer voorbij.

Het vliegtuig van de Veiligheidsdienst was het enige andere luchtvaartuig dat in hun buurt was. Pelgrim zoefde over de Superdome, riskeerde dat hij rakelings langs de bovenkant zou scheren, en maakte boven het French Quarter een bocht naar rechts, snel langs de rivier de Mississippi vliegend in de richting van de Lower Ninth Ward. Onder de heldere gloed van de maan lag een spookachtig web van wegen, snelwegen en de puinhopen die Katrina had achtergelaten en die nu hun eigen treurige status-quo innamen. Ben gluurde naar de uitgestrekte landvlakten waar nog niets was herbouwd, veel huizen stonden nog op wankele en verwoeste doodsbedden. FEMA-trailers stonden her en der op grasvelden. Hij keek naar de hoogtemeter: hij zat op een kleine zeventig meter en scheurde als een speer over de verwoeste stad. De brullende motoren weerkaatsten oorverdovend tegen de grond.

Hij maakte een plotselinge, gierende bocht omlaag in de richting van de ruïnes.

Die achterlijke gladiool ging het vliegtuig aan de grond zetten. Op straat. Vochek keek omlaag en zag dat het krankzinnig was: elektriciteitslijnen, half omgevallen palen, voortuinen waar hekken uitstaken, verwoeste huizen, die uit de dood probeerden op te krabbelen.

Het pistool, Ben had het nog steeds vast, niet op iemand gericht, en zijn mond was in een zorgelijke, strakke streep vertrokken.

'Ben. Praat het hem uit zijn hoofd.'

'Hij weet wat hij doet.'

Ze was niet overtuigd. Ze greep naar het pistool en sloeg met haar elleboog hard tegen Bens borst. Ze klemde beide handen om het pistool en probeerde het uit zijn greep los te wrikken.

Pelgrim maakte opnieuw een scherpe bocht, helde over, minderde vaart, op zoek naar een brede straat.

Door de klap van de plotselinge bocht werd Vochek van Ben af gegooid. Hij legde het pistool buiten haar bereik. Toen sloeg ze met een kleine, maar snoeiharde vuist Ben tegen het achterhoofd en zijn hoofd werd tegen het raam geslagen. Zijn lip scheurde, bloed besmeurde zijn tanden.

Hij boog zich over het pistool. Ze mocht dat pistool niet in handen krijgen, ze zou hen dwingen om op Lakefront te landen. Het vliegtuig maakte nu een bocht naar bakboord, Pelgrim probeerde vaart te minderen voordat er te weinig ruimte was om te landen. De ramen helden naar voren en Ben zag de koplampen van een auto op een verlaten straat, zo dichtbij dat hij hem bijna kon aanraken.

Vochek landde op zijn rug, ze sloeg een arm om zijn keel, en met de vingers van de andere hand groef ze naar zijn ogen, en zei: 'Alsjeblieft, Ben, geef het aan mij voordat hij ons vermoordt.'

Pelgrim had asfalt nodig. In het licht van de maan, de auto's en huizen zag hij drie stroken asfalt, één was een drukke dwarsstraat aan de rand van de wijk, waar de wegen en het omliggende terrein waren vrijgemaakt. De twee andere opties waren minder drukke straten. Aan een stonden minder huizen, er stonden FEMA-trailers en draadhekken om de tuinen en de weg was recht. Er stonden de minste auto's uit de buurt geparkeerd. Geen spoor van het vliegtuig van de Veiligheidsdienst in de buurt, dat vloog veel hoger, cirkelde, keek, riep de plaatselijke politie op om Pelgrim te onderscheppen. Was hij werkelijk gek genoeg om te landen?

Nou, waarom ook niet? Hij had niets meer te verliezen. Maar dan ook niets. Voor het eerst in tien jaar moest hij orders opvolgen van iemand anders dan Teach, en zij was dood. Hij volgde geen bevelen meer op. Met dat besef bewoog hij zijn handen zekerder over de controlepanelen.

Hij landde snel, hoorde Vochek en Ben achter hem worstelen. Een pick-up schoof over een kruispunt naar een kruisarcering op de weg, ging de andere kant op, hemelsbreed misschien negen meter onder hen. Twijfel – normaal gesproken een onbekend gevoel voor hem – overviel hem, en plotseling kreeg hij een zure smaak in zijn mond. Misschien doodde hij wel iemand, en hij was nog wel de goeierik die de slechteriken uit de weg ruimde. Een minivan vol kinderen, een auto met een middelbareschoolmeisje aan het stuur of een motorfiets met een gewone leuke jongen die terugkomt van een lange dag hard werken aan de wederopbouw van de nagenoeg verloren stad... nee, dat zou hij niet laten gebeuren.

Hij dook met het vliegtuig naar het lege asfalt. Moest het precies goed timen, trok zonder manoeuvreerruimte op, bracht het toestel op drie punten omlaag en hield ruimte over om vaart te minderen...

Toen ging het pistool af.

Vochek wist hoe ze iemand pijn moest doen. De ogen, de liezen, en vinger achteroverduwen, wat verbazingwekkend veel pijn deed. Ze botvierde al die wrede magie op Ben, terwijl ze steeds maar weer zei: 'Ben, laat los.' Maar dat deed hij niet. Ze ging op zijn gewonde voet staan en hij jankte het uit. Ze kreeg het pistool te pakken. Hij hief het op en zij probeerde het los te wringen, voelde hoe zijn vinger de trekker indrukte. Het pistool blafte. Het raam ging aan splinters, een lichtflits op de vleugel.

'Godverdomme!' schreeuwde Pelgrim.

Ben schopte uit alle macht terug, zette Vochek vast tussen hem en het raam. Hij hield haar vastgepind, probeerde haar handen van het pistool te pellen.

'Bijna,' riep Pelgrim.

Wielen raakten het asfalt. Het toestel stuiterde hevig, Ben werd bijna tegen het plafond gegooid. Hij hield zijn ijzeren greep om het pistool. Hij landde weer op Vochek waardoor de lucht uit haar werd geperst. Vleugels krijsten toen Pelgrim de motoren uitzette en de flappen omhoog deed. Een gedonder weerklonk en er ging een rilling door het vliegtuig heen, vonken dansten langs het raam toen een vleugel metaal te pakken had – een brievenbus, straatnaambordje, een staaldraadhek – en het vliegtuig rolde voort. Nog een gierend protest van metaal, een sprong, en toen kwam het vliegtuig glijdend tot stilstand.

Pelgrim draaide zich om en trok het pistool uit hun beider handen. Hij zette het op Vocheks hoofd.

'De deal gaat niet door,' zei Pelgrim. 'Bedankt voor de lift.'

'Pelgrim...' begon Ben.

'De politie is hier waarschijnlijk over anderhalve minuut en de Veiligheidsdienst kunnen we niet vertrouwen. Kom mee.' Hij opende de deur, greep Ben vast, duwde hem het asfalt op.

'Doe dit niet,' bracht Vochek hijgend uit.

'Vochek, vertrouw niemand. Dat mooie gezichtje van je wil ik nooit meer zien.'

Pelgrim sprong op het asfalt. Achter het vliegtuig kwamen een pick-up en een minivan slippend tot stilstand. Pelgrim rende naar de truck, zijn pistool duidelijk zichtbaar in de aanslag, en gebaarde dat de twee vrouwen uit moesten stappen. De vrouwen staarden hem aan, perplex bij het zien van het vleugellamme vliegtuig op de weg en de krankzinnige vent die met een pistool stond te zwaaien. Ze gehoorzaamden, staken hun handen omhoog; een huilde.

'Spijt me heel erg, heb de truck nodig. Je krijgt hem terug.' Pelgrim schoof Ben naar de passagiersstoel en klom achter het stuur. Hij keerde de truck in een snelle bocht, scheurde om het vliegtuig heen over de grasberm van de weg en ging er met brullende motor vandoor. Door het open raam ademde de vochtige lucht van de buurt nattigheid en verval uit. De sirenes kwamen hun kant op, brandweerwagen, politie, ambulance.

Boven hen cirkelde het vliegtuig van de Veiligheidsdienst.

'Ben,' zei Pelgrim, 'ik had je de keus moeten laten om bij haar te blijven.'

'We zeiden dat we bij elkaar zouden blijven.' Hij dacht even een vleug opluchting op Pelgrims gezicht te zien. Zo was die er, zo was die weer weg. Hij moest het zich verbeeld hebben.

'Ze zullen als een bezetene achter ons aan komen. Ben je er klaar voor?'

'Ja.'

Pelgrim scheurde over een weg met huizen die uit een lappendeken van baksteen en hout bestonden, huizen die zich weer uit de modder probeerden op te richten, die gesloopt en opnieuw opgebouwd werden.

'Ik kan dat vliegtuig nog steeds horen.' Ben leunde uit het raampje. 'Het helt over, wil ons in het zicht houden.'

Pelgrim gaf een ruk aan het stuur, kreeg in zijn achteruitkijkspiegel een politieauto met gillende sirenes in het oog, en hij draaide de pick-up op twee wielen naar de verkeersader van St. Claude Avenue, in westelijke richting.

Een hulpsheriff pikte hen op en achtervolgde hen met loeiende sirene en zwaailichten.

Het was niet druk op de weg en Pelgrim zigzagde en versnelde langs auto's, schoot zijwegen op en toen weer op de St. Claude terug. Ben zette zich schrap voor de onvermijdelijke botsing wanneer Pel-

313

grim een situatie verkeerd inschatte en een bumper of vangrail zou rammen. Pelgrim nam bijna een werk-in-uitvoeringbord mee dat aangaf dat de straat werd gerepareerd, week scherp uit, reed over twee grasvelden en stuiterde een zijstraat in. Hij was buiten het zicht van de achtervolgende wagen van de hulpsheriff en hij stond boven op de rem, draaide een grasachtig parkeerterrein vol auto's en trucks op. Er hing een spandoek dat een revivalbijeenkomst op aanstaande zaterdag aankondigde, waarschijnlijk van de kerk die iets achteraf in de straat stond, een parel van rode bakstenen. Hij trapte op de remmen en schoof tussen twee grote vrachtwagens in die op het laadterrein voor de happening stonden. De jet vloog over hen heen.

Ze doken omlaag en Ben dacht: en zo zal het eindigen, ik word op een parkeerterrein van een kerk in gezelschap van een ex-spion gearresteerd. Het geraas van het vliegtuig verdween, de sirenes van de hulpsheriff stierven weg en ze stapten uit de truck. Pelgrim voelde onder bumpers naar een sleutelkastje en Ben probeerde of er portieren open konden.

Nog meer sirenes klonken op, patrouillewagens die reageerden op de oproepen over het gelande vliegtuig. De krachtige tonen van moderne kerkmuziek stegen uit de tent op die naast de kerk was opgezet. Toen stierven de sirenes opnieuw weg. Het gezoem van een helikopter kwam voor het hevige gejank van het Veiligheidsdienstvliegtuig in de plaats.

'Bingo,' zei Pelgrim en hij trok een sleutelkastje van een bumper los. 'Kom mee, voordat de helikopter ons in de gaten krijgt. Zij kunnen lager en langzamer vliegen, en als lijm op ons blijven plakken.'

Ze reden van het revivalterrein weg in een bezadigde blauwe Ford sedan.

'Ik hoop niet dat de auto van de predikant is,' zei Ben. 'Dan gaan we naar de hel.'

'Ik ben de enige die naar de hel gaat. We vinden voor jou wel een plekje waar je kunt onderduiken.' Ze hoorden hoe de helikopter grotere cirkels begon te maken. Pelgrim voegde op normale snelheid de sedan in het verkeer.

'Onderduiken. Vergeet het maar. Hij heeft Emily vermoord. Ik ga niet zitten duimendraaien.'

'Ben, Hector heeft voor deze enorme klus doelbewust de Kelder overgenomen. Dat betekent dat ik het tegen verschillende mensen van de Kelder moet opnemen. Dat betekent dat ik het moet opnemen tegen een hele groep mensen zoals ik. Jij hebt jouw aandeel geleverd. Je hoeft hier niet mee door te gaan…'

'Ik weet dat ik niet goed ben in schieten en vechten, maar ik kan je helpen.'

'Nu niet. Ik beloof je dat ik hem voor je zal vermoorden. Voor iedereen die hij kwaad heeft berokkend.' Pelgrim trok zijn mond in een dunne streep. 'Voor Teach en je vrouw. Je hoeft niet lang te wachten.'

'Goeie god. Je weet waar Hector en de Kelder op uit zijn.' Natuurlijk wist hij het en hij was niet van plan dat aan Vochek of de autoriteiten te vertellen tot hij wist wat voor ontvangst hem en Ben in New Orleans zou worden bereid.

'Ik heb een idee,' zei Pelgrim.

'De Kelder had hier een schuilhuis.'

'Goed geraden.'

'Als Hector ze kan laten geloven dat jij je tegen Teach hebt gekeerd – net zoals het geval was met Groen en De La Pena – dan vermoorden ze je,' zei Ben.

'Inderdaad. Ze kennen me niet. Hector heeft alle wachtwoorden en bankinformatie van Teach gekregen… in hun ogen is hij volkomen eerlijk. Ze zullen mij als de vijand zien.'

'Laat mij ze dan vanuit een andere hoek bestrijden. Barker heeft iemand gebeld in hotel Marquis de Lafayette. De laatste persoon die hij heeft gebeld voor hij dat huis verliet om jou en Teach te verraden.'

'Ja.'

'Ik wil weten wie die persoon is. We weten dat Hector door Vocheks baas voor de beveiliging is ingehuurd. Maar misschien werkt hij ook nog voor iemand anders.'

'Prima,' zei Pelgrim. 'Jij regelt de telefoongegevens, ik schiet mensen dood.'

'Je kunt je maar beter kalm houden,' zei Ben, 'of je begaat een fout en wordt vermoord.'

Pelgrim zette de sedan aan de kant van de weg. 'Sorry dat ik zo kwaad ben. Ik ben net als jij mijn leven kwijtgeraakt. Maar mij is het nu twee keer overkomen. Eerst zijn me mijn gezin en carrière afgenomen en nu ben ik Teach en de Kelder ook nog kwijt. Twee dagen geleden wilde ik ermee ophouden. Ik wilde eruit stappen en terugkeren in de echte wereld. Hij heeft mijn hoop de bodem ingeslagen.' Hij zweeg even, zijn handen samengeklemd boven het stuur. 'Maar nu is hier geen plaats meer voor me. Zolang ik bij de Kelder hoorde, kon ik hopen dat er nog een ander leven voor me was... dat er een echt leven voor me was weggelegd. Maar dat kan niet. Vochek en de Veiligheidsdienst, ze gaan me in een cel stoppen, houden me jaren en jaren aan de praat.'

'Je hebt Vochek dat zelf aangeboden.'

'Ik was wanhopig, Ben. Ik moest hier zien te komen. Want Hector mag niet winnen. Begrijp je dat?'

'Ja. Ik haat die klootzak net zo erg als jij. Daarom wil ik je zo graag helpen...'

'Bel me mobiel als je iets interessants tussen die telefoongegevens vindt. Ik bel jou als ik Hector heb vermoord.' Hij trok de gestolen telefoon van de piloot uit Bens handen, activeerde het scherm en leerde het nummer uit zijn hoofd.

'Stel dat het ons lukt, wat dan?'

'Dan verdwijn ik weer. Jij onderhandelt over je eigen immuniteit, je krijgt van mij meer dan genoeg info om aan de Veiligheidsdienst te vertellen, informatie die goud waard is voor ze. Daarmee kun je je leven terugkopen.'

'Koop je eigen leven terug. Je zult altijd op je hoede moeten zijn.'

'Nee. Dat is niet zo.' Pelgrim reed in stilte een paar minuten verder en draaide toen Poydras op. Toeristen groepten op de straten samen, niet zo veel als voor Katrina, maar meer dan Ben had verwacht. 'Hier.' Pelgrim haalde een paar honderd dollar tevoorschijn die hij uit zijn opslagplaats had meegenomen en gaf ze aan Ben. 'Die gegevens krijg je niet zonder dat je iemand moet omkopen. Je krijgt niets op een koopje. Het hotel is een paar straten verderop, die kant uit. Veel succes.'

'Je hoopt bijna dat ik gepakt word.'

'Je wilt niet in de vuurlinie staan, Ben.'

Ben stak zijn hand uit. Pelgrim schudde die. 'Sorry. Ben niet goed in afscheid nemen.'

'Vaarwel, Randall.' Ben stapte uit de auto. Hij had hem voor de eerste en enige keer bij zijn echte naam genoemd, de naam die Vochek had gebruikt.

'Dag, Ben. Het spijt me. Van alles.'

Ben sloot het portier en de auto racete de nacht in.

38

De Kelder. Ze arriveerden een voor een met een huurauto vanaf het Louis Armstrong International Airport. Het schuilhuis was een twee verdiepingen tellend eengezinshuis aan de rand van de voorstad Metairie, in een buurt die de vloedgolf van Katrina bespaard was gebleven. Toen ze aankwamen, voelde Hector zich als een magiër die de macht had geesten op te roepen en hij begroette ze bij de deur met het wachtwoord dat Teach hem had gegeven, en noemde ze bij hun echte naam.

In totaal zes. Twee vrouwen, vier mannen. Deze zes waren nog nooit in één vertrek bij elkaar geweest en hij zag dat ze elkaar aankeken, probeerden elkaar niet te onderzoekend aan te kijken. Probeerden niet herinnerd te worden of te herinneren.

Jackie stond achter in het vertrek met de armen over elkaar, hij droeg een zonnebril alsof hij een boef was.

'Ik heb helaas verdrietig nieuws voor jullie. Teach is dood,' zei Hector toen ze allemaal bij elkaar waren. Hij drukte op een knop op zijn laptop, die verbonden was met een projector. Een enigszins korrelige foto van Teach die dood op het kleed lag. Hij had de foto met zijn mobieltje gemaakt voordat hij uit het appartement was weggevlucht, wetend dat het nuttig kon zijn als hij bewees dat ze dood was.

Een van de mannen wreef in zijn ogen alsof hij moe was. Een van de vrouwen hield haar adem in. De rest hield zich stil.

'Maar ik verzeker jullie dat de Kelder gewoon als vanouds doorgaat. Ik neem de leiding zo naadloos mogelijk over. Ik ben net als jullie een ex-CIA-agent en heb als supergeheim agent geopereerd. Vandaag de dag run ik in mijn dagelijks leven een particuliere onderneming. Maar in de afgelopen jaren heb ik als partner van Teach voor de Kelder gewerkt.' Hij bedacht dat het maar het beste was om leugens en waarheid in elkaar te weven.

'Wie heeft haar vermoord?' vroeg een van de mannen.

Hij drukte op een andere knop. Pelgrims gezicht verscheen op het scherm. 'Ze werd dood aangetroffen in een appartement dat aan deze man was verhuurd. Hij is een agent van de Kelder en staat bekend als Pelgrim. Hij is ook verantwoordelijk voor de dood van drie andere Kelder-agenten.' Pelgrim liet een voor een de dossierfoto's van Barker, Groen en De La Pena zien en liet de woede in het vertrek zich opbouwen. 'Hij heeft er een in Austin en twee in Dallas vermoord. Dit is de ernstigste aanval op de Kelder in zijn geschiedenis, temeer omdat die van binnenuit is uitgevoerd.'

'Waarom heeft hij zich tegen ons gekeerd?' vroeg een van de vrouwen.

'Winstbejag. Hij werd door ons doelwit omgekocht.' Hector sprak de woorden minachtend uit. 'We kregen zojuist informatie over een terreurgroep, Bloed van Vuur genaamd, die ondergronds in New Orleans opereert. Ze hebben zich hier verzameld om een aanval uit te voeren. Wij gaan ze vermoorden.' Op het scherm was nu een gedetailleerde plattegrond te zien van een huis vlak bij de zuidelijke oever van Lake Pontchartrain, in de buurt van Lakeview. 'Vanavond. We moeten snel te werk gaan, want ze verlaten dat huis morgen weer. We geven die klootzakken geen enkele kans.' Hij deelde kopieën van de dossiers en foto's van de zes jongemannen uit.

'Waarom zit de Veiligheidsdienst hier niet op, waarom arresteren zij ze niet gewoon?' vroeg de andere vrouw.

'We hebben de Veiligheidsdienst niet op de hoogte gesteld. De terroristen hebben via Pelgrim van ons bestaan gehoord. We willen niet dat terroristen worden opgepakt en een boekje over ons gaan opendoen. Ze moeten de grond in. Allemaal.'

De telefoon ging. Hij keek naar de nummermelding. 'Neem me niet kwalijk. Bestudeer de kaarten van de buurt en het huis. Dit is een behoorlijke rechttoe, rechtaan operatie, maar ik sta open voor suggesties.' Hij zette tactische kaarten op het scherm, liep een andere kamer in, sloot de deur en beantwoordde de telefoon.

Het was Margaret Pritchard. 'Er is een probleem,' zei ze.

Hij wilde zeggen: los dat dan op, maar zij geloofde nog steeds dat alles alleen volgens haar agenda verliep. 'Ja, Margaret?'

'Twee mensen van de clandestiene groep – die schijnt de Kelder te heten – hebben een van mijn agenten en haar vliegtuig meegenomen en zitten nu in New Orleans. Een van hen, Choate, stelde een deal voor om ons alles te vertellen wat hij over de Kelder weet, maar hij en zijn partner namen de benen toen ze er eenmaal waren. Ze wilden dat ik jou vertelde dat ze voor ondervraging door de Veiligheidsdienst werden vastgehouden. Ik vraag me af waarom ze dat verzoek deden, waarom ze willen dat jij gelooft dat ze je niet meer voor de voeten lopen.'

Hector bleef kalm. Pelgrim wist niet waar het schuilhuis was, dat wist Teach alleen. Maar kende hij het doelwit, kon hij ingrijpen? Hij kon het niet weten. Dat kon gewoon niet.

'Je moet ook weten dat een van mijn agenten ernstige beschuldigingen aan jouw adres heeft geuit, Sam. Ik geloof dat je schitterend werk hebt geleverd door deze mensen uit te roken, maar we moeten de rest zien te vinden en ik wil met je praten over je werkwijze.'

'Gaat dat om agent Vochek? Is zij degene die ze… eh… ontvoerd hebben?' Hij herinnerde zich de naam van de vrouw die hem in Dallas had gebeld, hij had haar nooit teruggebeld. Zij had met Pelgrim en Forsberg in een vliegtuig gezeten. Hij vroeg zich af wat er gezegd was, welke deal ze met die vrouw Vochek hadden gesloten. Dit was een ramp voor hem.

Dit verdomde Nicky Lynch, dat hij Pelgrim had gemist terwijl hij de kans had om hem te vermoorden. Als hij hem gewoon had neergeschoten en Jackie de foto's had neergelegd… dan zou Pelgrim dood zijn, Ben Forsberg zou verdacht worden van het feit dat hij banden had met een dode schurkenagent van de CIA, samen met het bewijs dat op het lijk van de agent zou worden aangetroffen en dat terugverwees naar de moord op zijn vrouw. Op dit moment maakte een millimeter in zijn leven een wereld van verschil.

'Ja. Ze is nu bij me. Ik zal haar beschuldigingen niet aan anderen vertellen, en ik heb haar gevraagd voorlopig haar mond te houden. Maar, Sam, ik maak me ernstig zorgen…'

'Margaret. Ik weet dat het al laat is, maar ik kan nu naar je toe komen en dit uit de wereld helpen. Zit je in je normale suite?'

'Ja,' zei ze.

'Dan zie ik je zo.'

Hij liep naar de kamer terug, het team stond rondom een plattegrond. 'Nieuwe informatie. Ze komen misschien eerder in actie dan we dachten. We moeten nu gaan.' Hij legde het basisplan uit en hoe ze de situatie moesten benaderen, ze moesten elke bewaker omleggen en orderlijk het hele huis, kamer voor kamer, doorzoeken. 'Deze groep is in de verste verte niet tegen onze expertise opgewassen.'

'Een beetje overhaast,' zei een van de mannen op vertwijfelde toon.

'Het is een huis met twee verdiepingen. De meesten zullen slapen. Jullie hebben meer wapens. Zij niet. Er is geen sprake van een optelsommetje,' zei Hector. Hij dwong zichzelf om de stalen klank uit zijn stem te weren, want ze keken hem nu allemaal aan. Zij waren geen huurlingen, bracht hij zichzelf in herinnering. Dit was een ander slag mensen, ex-CIA, net als hij. 'Ik weet dat de dood van Teach verbijsterend is. Maar deze kerels hebben alle reden om ons te verraden als Pelgrim onze hele organisatie te grabbel gooit. Dus we moeten ze omleggen, voordat zij ons vermoorden.'

Hij liet ze over de kaarten praten, gedachten uitwisselen over hoe ze hun expertise en werkmethode het beste konden inzetten.

Hij wenkte Jackie door de gang naar de zitkamer.

Jackie sloot de deur en sloeg zijn armen over elkaar. 'Je hebt daar een mooi verhaal opgehangen.'

Hector realiseerde zich te laat dat hij Jackie ongewild een stukje macht in handen had gegeven door hem de bijeenkomst te laten bijwonen, waardoor hij zijn leugens had gehoord. Jackie kon verraden dat hij de boel belazerde.

'Het is niet allemaal verzonnen,' zei Hector.

Jackie sloeg zijn ogen ten hemel.

Hector boog zich dicht naar Jackies oor. 'Ik heb een klus voor je. Je moet twee mensen vermoorden.'

'Oké.'

'Ken je New Orleans?'

'Als ik een kaart heb, kom ik overal.'

'Gebruik de gps van de huurauto. Je moet twee vrouwen vermoorden. Een van achter in de vijftig, Margaret Pritchard, en de ander, Joanna Vochek, is jonger. Ze zitten in dit hotel, dit kamernummer. Het moet stil en snel gebeuren. Ze kunnen beiden gewapend zijn. Pritchard is achterlijk, maar Vochek niet. Ze verwachten mij, ze krijgen jou.'

Jackie bestudeerde het adres en stopte het in zijn zak.

'Pelgrim en Forsberg zitten in New Orleans. We weten niet waar.'

Jackie slaakte een geërgerde zucht. 'Stel dat Pelgrim en Ben weten wat we van plan zijn?'

Hector vertrok zijn mondhoek. 'Dat weten ze niet. Dat kan niet.'

'Zeg nooit kan niet.'

'Dan zullen mijn nieuwe collega's van de Kelder maar wát blij zijn om ze te vermoorden.'

Achter hen sloeg de klok middernacht.

Khaleds verslag: New Orleans

Ik kan niet slapen. Ik hoor gesnurk vanuit de andere kamers, maar ik kan mijn gedachten niet tot rust brengen. Mijn hoofd zit te vol met zorgen. Vandaag begin ik met mijn werk, en ik moet het perfect doen. Geen ruimte voor vergissingen of fouten. Het is raar om zo over een klus te denken.

Vanavond zag ik op het nieuws meer verslagen over de aanval op het kantoor van de Binnenlandse Veiligheidsdienst in Austin, dat officieel nog niet in gebruik is genomen, door een groep Libanese mannen. Ik voelde dat iedereen in de kamer naar me keek toen werd gemeld dat het om Libanese mannen ging, alsof ik met dommigheid was besmet. Misschien verbeeld ik me het maar, lees ik zo veel uit elke reactie omdat ik me bewust ben van de voortdurende leugen die mijn leven zal gaan worden.

Een leugen tot ik sterf. Het is een vreemd, onbehaaglijk gevoel dat tot in je botten doordringt. Ik heb het gevoel dat dit de laatste avond is van het leven dat ik ooit heb gekend. Voordat ik dacht dat mijn eigen identiteit – wie ik vanbinnen ben – veranderde toen ik werd ingelijfd. Dat er toen een einde kwam aan mijn nutteloosheid, en ik kreeg tegelijkertijd hoop en het gevoel dat ik ertoe deed. Maar vanavond komt er een werkelijk einde aan mijn oude leven, en begint er een ander leven voor me.

Ik lig wakker, en voel de verandering tot in mijn botten.

39

'Ik heb echt uw hulp nodig,' zei Ben met de onbeholpen grijns van een toerist. De nachtreceptionist van het Hotel Marquis de Lafayette plakte een automatische, klantvriendelijke glimlach op zijn gezicht. Maar na middernacht betekende welk gemompeld verzoek dan ook waarschijnlijk niet veel goeds. Ben zag dat de receptionist zich schrap zette voor een slinkse ondervraging over waar de betere hoeren wellicht te vinden waren.

'Ja, meneer?'

'Mijn vrouw heeft iemand gebeld die hier afgelopen maandag heeft gelogeerd. Ik wil graag weten wie dat is geweest.'

'Meneer, ik kan onze telefoongegevens niet vrijgeven.'

'Ik betaal je tweehonderd dollar.' Ben bleef vriendelijk glimlachen.

De receptionist knipperde met zijn ogen. 'Meneer, dan verlies ik mijn baan. Het spijt me, maar ik kan u niet helpen.'

'Dat begrijp ik. Vijfhonderd dollar.'

'Meneer, alstublieft.' De receptionist bloosde van verlegenheid.

'Contant,' zei Ben. 'Niemand komt het ooit te weten. Maar ik moet dat telefoonnummer hebben. Mijn kinderen. Mijn vrouw wil me mijn kinderen afnemen. Ik heb een avontuurtje gehad. Zij ook, maar zij heeft het lef niet om het toe te geven.'

'Meneer, met alle respect, ik wil niet weten…'

'Mijn kinderen. Ik wil best een gezamenlijk voogdijschap maar ik wil ze niet helemaal kwijtraken. Help me om de boel in evenwicht te brengen. Alsjeblieft. Zeshonderd dollar. Als jij het geld niet nodig hebt, heb je vast wel familie die het kan gebruiken. Ik weet hoe moeilijk het is sinds Katrina.'

'Meneer.' De receptionist bevochtigde zijn lippen. 'Ik weet niet zeker of ik u wel zo veel informatie kan geven waarmee u geholpen bent…'

'Ze belde om negen over elf 's ochtends. Is twaalf minuten aan de lijn geweest. Ergens moet dat inkomende telefoontje geregistreerd staan. Naar welke kamer het is doorverbonden en wie in die kamer zat. Meer heb ik niet nodig.'

'Meneer. Sorry dat ik het vraag, maar hoe weet ik dat u geen kwade bedoelingen hebt met degene die ze heeft gebeld?' De vraag volgde op een lange, van achter uit de keel komende zucht. Hij worstelde met waarden en normen. Berekende wat hij allemaal voor zeshonderd dollar kon kopen. De receptionist was misschien tweeëntwintig en droeg een eenvoudige trouwring.

'Ik zweer dat ik die niet heb.'

'Ik… ik…'

'Zeshonderd. Je doet niks verkeerds. Je helpt jezelf en je helpt mij, en geloof me, ik verdien op dit moment wel een beetje hulp.'

'Ik weet niet eens zeker of ik wel aan die informatie kan komen…' De receptionist keek achterom. 'Mijn baas…'

Ben schoof drie honderddollarbiljetten naar de receptionist toe. 'Hier heb je de helft. De rest krijg je als je me die gegevens levert.'

De receptionist keek niet naar de biljetten. Toen pakte hij ze op en stopte ze in zijn zak. Hij liep het kantoortje achter de receptie in, bleef een halve minuut weg, kwam terug en zei: 'Twintig minuten.'

Ben knikte en liep de bar in. Een paar mensen stonden te drinken en op gedempte toon te praten, het was geen luidruchtig congrespubliek. Hij had het gevoel dat hij een ruimte vol bureaucraten was binnengewandeld, die hier voor de wederopbouw waren, zichzelf ervan overtuigden dat het oké was om je met een biertje te ontspannen. De tv boven de bar toonde het nieuws van de noodlanding – zoals die werd omschreven – op Marais Street in het nog altijd verwoeste Lower Ninth Ward.

Hij bestelde een glas bronwater, dronk dat half leeg en leunde tegen de bar. Toen wendde hij zich snel van de deur af.

Hij zag Joanna Vochek door de lobby lopen en een in marineblauw gestoken, asblonde vrouw met een grote bril op, ze liepen in een diep gesprek verwikkeld naar de liften.

Goeie hemel. Hoe was het mogelijk! Van alle hotels in de stad...
maar toen bedacht hij dat het tijdens de wederopbouw in New Orleans een voortdurend komen en gaan was van een stroom mensen
van de federale diensten. Wellicht hielden ze permanent kamers beschikbaar, en hadden hotels afspraken met de diensten gemaakt om
hun zaken op peil te houden. Dat wist hij nog wel van zijn advieswerk.

Barkers contact hier kon heel goed iemand van de overheid zijn.

Ben wachtte tot de twee vrouwen in de lift waren gestapt en liep
toen de lobby weer in.

De receptionist stond aan de balie met gefronst voorhoofd naar het
computerscherm te kijken en hij zag eruit alsof hij zich aan verschillende overtredingen schuldig had gemaakt.

'Meneer,' zei hij op luide fluistertoon. 'Ik kan niet bij de informatie
komen. De baas zit op de computer en ik kan niet bij de telefoongegevens komen. Het gaat niet, hier hebt u uw geld terug...'

'Blijf het alsjeblieft proberen. Maar dit kun je me wel vertellen...
wordt hier vaak door de federale autoriteiten gebruikgemaakt van een
suite of een stel kamers?'

'Ja, meneer. Van verschillende diensten. FEMA, Handel, Binnenlandse Veiligheidsdienst, natuurlijk FEMA's onderdeel van de Veiligheidsdienst...'

'Ik wil de namen hebben van elke gast die in dienst is van de overheid die hier afgelopen maandag is geweest, evenals hun telefoontjes.
Kun je dat voor een extra honderd dollar doen?'

De receptionist fronste zijn wenkbrauwen, alsof hij zich ongemakkelijk voelde dat hem vragen over ambtenaren werden gesteld. 'Ik zal
kijken.'

'Ja. Maar doe het alsjeblieft snel.' Ben ging weer naar de bar, bleef
vlak bij de deur en vermeed oogcontact met wie dan ook.

Tien minuten later maakte de receptionist een hoofdbeweging naar
de achterkant van de lobby. Het voorhoofd van de man glinsterde alsof het zweet hem was uitgebroken, er lag een glans op zijn gezicht die
verraadde dat zijn zenuwen tot het uiterste gespannen waren.

Ben liep langs de balie regelrecht naar de trap. Hij keek achterom
en de receptionist gaf hem een kort, driftig knikje. Hij liep naar boven naar een tussenverdieping waar conferentieruimtes en balzalen
waren. De overloop was verlaten en de receptionist rende langs hem

heen alsof hij iets te doen had, en keek hem niet aan.

Ben liep achter de receptionist aan naar een afgesloten balzaal. De receptionist ging naar binnen en Ben ook. Het was donker in de lege balzaal, het rook er naar de bloemengeur van parketshampoo, als een goedkoop parfum.

De receptionist zei: 'Het geld, graag.'

Ben gaf hem de rest van het geld en de receptionist telde de biljetten. Toen duwde hij een envelop tegen Bens borst. Hij maakte hem open en vouwde de bladzijden open: de lijst van regeringsbeambten die afgelopen maandag in het hotel waren geweest telde vijftien namen. Bij elk ervan stonden de inkomende en uitgaande telefoongesprekken.

'We zijn klaar. We hebben elkaar nooit gezien.'

'Bedankt,' zei Ben maar de receptionist was al verdwenen.

Hij bleef in de verlaten balzaal staan en liep met een vinger langs de namen. Ze zeiden hem niets en er stond niet bij van welke dienst ze waren… behalve bij de laatste.

Margaret Pritchard in suite 1201. De receptionist had er in blokletters bij geschreven: HEEFT MAANDAG TELEFOONTJE ONTVANGEN OP HET DOOR U VERMELDE TIJDSTIP. De naam van Vocheks baas, die hen in het vliegtuig had gebeld.

Waarom had Barker haar gebeld? Barker werkte voor Teach, hij had Teach en Pelgrim aan Hector verraden, hoe stond hij in verband met Vocheks baas?'

Ben leunde tegen de muur. Hij bekeek de uitdraai onder de telefoontjes. Het volgende nummer dat vanuit Pritchards kamer was gebeld, had het kengetal van Austin: 512-555-3998. Hij had het nummer eerder gehoord, maar kon zich niet herinneren waar. Hij pijnigde zijn geheugen af. Toen herinnerde hij zich een nasale stem van een vreemde op zijn antwoordapparaat, die hem ten overstaan van Kidwell en Vochek vervloekte. 555-3998 was het nummer van Adam Reynolds' kantoor geweest.

Mijn god. Margaret Pritchard had rechtstreeks contact gehad met Adam Reynolds. Dat betekende dat ze wellicht af wist van zijn opsporingssoftware die een paar van de Kelder-leden aan het licht had gebracht. Dus voor wie hadden Reynolds en Barker gewerkt… voor Hector of Pritchard? Als Hector de broertjes Lynch had ingehuurd om

Adam te vermoorden, en Pritchard werkte voor Hector... zag ze Reynolds als bondgenoot of bedreiging? Zij had in elk geval contact gehad met Barker, die moordbrigades had ingehuurd.

Hector had iemand zijn eigen privé-cia aangeleverd. Misschien was Pritchard niet door Hector gebruikt, misschien was ze volkomen op de hoogte van zijn beestachtige praktijken.

Ben was een paar dagen geleden een dealtjessluiter geweest, het slimste zou nu zijn om met Vochek een deal te sluiten. Haar dit bewijs over haar baas te laten zien. Ervoor zorgen dat ze hem ging helpen achter de waarheid te komen.

Hij wist dat de kans dat Pelgrim zou overwinnen bepaald niet groot was. Hij was uitgeput, gewond en in zijn eentje. Dus mocht Hector onverhoopt aan de woede van Pelgrim ontsnappen, dan zou hem dat bij Ben niet lukken. Ben zou zijn complot blootleggen, zijn bedrijf uitkleden, zijn fortuin vernietigen. Dat idee schonk hem een koude rilling van plezier.

De wonden op zijn arm en voet klopten. Hij klapte het gestolen mobieltje van de piloot open. Hij zag dat Vocheks nummer op de lijst stond. Hij belde haar.

40

'Jij en ik staan lijnrecht tegenover elkaar,' zei Vochek. 'Dat is niet goed.'

Pritchard sloeg haar armen over elkaar en begon in gedachten en met gefronst voorhoofd door de hotelsuite te ijsberen.

Vochek tikte haar baas op de schouder en Pritchard bleef staan. 'Ik heb je al gezegd dat we Pelgrim en Ben moeten zien te vinden en ze aan het praten moeten krijgen.'

'Ze hebben je al een hoop verteld,' zei Pritchard. 'Je moet Choate opbellen door middel van die moordenaarscodenaam.'

'Wat Hector betreft zitten we er te diep in. Je moet hem en zijn mensen van dit project halen tot we zeker weten dat hij niet aan de haal gaat met wat wij aan het doen zijn. In elk geval tot we hebben uitgezocht of hij werkelijk in verband staat met de moord op Emily Forsberg.'

Pritchard drukte een hand op haar maag. 'Ik rammel. Heb jij gegeten?'

'Nee.'

Pritchard pakte de telefoon, belde roomservice en bestelde een pot cafeïnevrije koffie, twee omeletten en friet. Ze hing op. 'Wil je soms dat ik de woorden van een voortvluchtige CIA-man, die bovendien in verband staat met een moordenaar, serieuzer neem dan een van de meest gerespecteerde overheidscontractaannemers van het land?'

'Hoe helpt Hector ons eigenlijk?'

'Dat heb ik al verteld, hij levert de infrastructuur waarmee we de clandestiene agenten kunnen identificeren.'

'En als je die agenten dan hebt gevonden?'

'Dan worden ze gearresteerd. Je doet net alsof dit nieuws voor je is. Twijfel je aan mijn woorden?'

'Nee. Maar wel aan de zijne. Heeft hij je behalve die van Pelgrim één andere naam doorgespeeld?'

'Nee.'

'En toch is Adam Reynolds dood. Zijn vriendin is dood.'

'Omdat de Kelder hun de mond wilde snoeren.' Ze zei dit alsof het volkomen voor de hand lag.

'Adam Reynolds heeft ze toch gevonden? Hij heeft de namen aan Hector gegeven. Maar Hector heeft ze niet aan jou doorgegeven.'

'Dat is belachelijk.'

'Je hebt me zelfs niet verteld dat Reynolds' software langs financiële lijnen aliassen kon opsporen. Dat hebben Pelgrim en Ben tenminste nog wel gedaan. Waarom jij niet?'

Pritchard maakte een afwerend gebaar. 'We wisten niet eens of die software wel werkte.'

'Dat is de reden niet. De reden is dat, wilde Adam Reynolds bijvoorbeeld valse identiteiten opsporen, hij een reusachtige hoeveelheid databases moest doorspitten waar hij geen toegang toe had. Maar jij hebt hem die toegang verschaft. Illegaal.'

Geen ander geluid dan de zoem van de airconditioning. 'Ik heb je verteld dat we extra speelruimte hebben om deze mensen op te sporen.' Ze spuugde Vochek de woorden bijna toe.

Teleurstelling jegens Pritchard welde in Vocheks borst op. 'Als we elke wet overtreden om deze mensen te vinden, Margaret, dan zijn we geen haar beter dan zij. Wij maken ze zo.'

'Bespaar me een preek over burgerlijke vrijheden.'

En ik wilde dat mijn mam meer op jou leek? Nog giftiger, nog perfecter? 'We moeten Hectors dossier opvragen uit zijn CIA-tijd. Pelgrim beweert dat hij een moordenaar was.'

'Wat dan nog?' zei Pritchard. 'Dat heeft niets met ons huidige werk te maken.'

'Zijn cliënten konden daar wel eens anders over denken,' zei Vochek. Haar mobieltje ging. 'Ja?'

'Vochek? Met Ben Forsberg.'

'Waar zit je?'

'In de buurt. Sorry dat we zijn gevlucht.'

'Ik weet niet zeker of ik je dat kwalijk neem,' zei ze snel.

'Is je baas bij je?'

'Ja.' Ze keek naar Margaret die met haar armen over elkaar stond.

'Ik heb bewijs dat je baas aan Barker vastknoopt, die vent die de Kelder heeft verraden, en aan Adam Reynolds. Volgens mij kan zij deze situatie ophelderen, de stukjes in elkaar passen.'

Vochek keek niet naar Pritchard maar ze voelde hoe Pritchard verstrakte en vlak bij haar kwam staan. Vochek draaide zich om en liep naar het raam. Ze keek naar de donkere trottoirs omlaag alsof ze verwachtte dat Ben naar haar raam stond te kijken. 'Ik geloof dat je gelijk hebt.'

'Zijn jullie met zijn tweeën?'

'Ja.'

'Ik wil met jullie beiden praten. Samen. Want als zij haar carrière wil redden, kan ze maar beter meewerken om Hector voor de rechter te slepen. Ik wil een deal, dit onderling regelen.'

Bewijs. Dat zou of het einde van Margaret betekenen of ze kon het uitleggen, maar in beide gevallen zou Ben onder haar hoede zijn. 'Suite 1201,' zei ze.

Hij hing op en Vochek klapte haar telefoon dicht. Plotseling moest ze aan die verloren Afghaanse kinderen denken en ze vroeg zich af of ze voor een vrouw was gaan werken die niet de oplossing bood maar onderdeel van het probleem vormde.

'Wie was dat?' vroeg Pritchard.

Vochek sprak haar baas met kil gezag toe: 'Ga zitten, Margaret, we moeten praten.'

Vochek zei niets tegen Ben toen ze de deur opende en hij de kamer in kwam. Hij gaf haar de lijst met telefoonnummers en het pistool uit het vliegtuig waar ze zo om gevochten hadden. 'Een motie van vertrouwen dat je aan mijn kant staat,' zei hij.

Vochek pakte het pistool aan en bracht het naar de slaapkamer.

Margaret Pritchard keek toe, stond van de bank op en liep naar de telefoon.

Ben stapte tussen haar en de telefoon in, pakte die op en trok de stekker uit de muur.

'Je hebt nu wel genoeg getelefoneerd,' zei hij.

'Je hebt wel lef.'

'Sinds kort heb ik daar een hoop meer van gekregen. Jij hebt Hector ingehuurd om die clandestiene groepen op te sporen. Hij is nu zelf buiten zijn boekje gegaan.'

Ze keek over zijn schouder naar Vochek. 'Als je je baan wilt houden, Joanna, dan arresteer je deze man.'

Vochek maakte geen beweging. 'Ik denk dat we te veel zijn gaan lijken op de mensen die we najagen, Margaret. Laten we alle feiten op tafel leggen.'

'Kelder-agent Barker heeft je hier in deze kamer opgebeld. Als je niets van de Kelder af wist, hoe kende je Barker dan?' vroeg Ben. 'Hij is een computerhacker die liever ondergronds ging dan zijn tijd uitzat. Je was in het gezelschap van een voortvluchtige misdadiger. Verschrikkelijk als het Congres daarnaar gaat kijken.'

'Die telefoonlijst klopt niet.'

'Prima. Een van mijn klanten doet veel advieswerk voor het ministerie van Justitie en heeft daar fantastische connecties. Ik zal met alle liefde vanavond de minister thuis opbellen en dan mag jij alles aan haar uitleggen.'

Margaret Pritchard liep terug naar de bank en bleef daar met over elkaar geslagen armen staan. 'Ik hoorde dat je een deal wilt. Ik luister.' Ze zei het alsof ze hem een gunst verleende.

'Hector moet ten val komen. En hard ook. Hij is een moordenaar en hij heeft moordenaars ingehuurd om mensen voor hem te vermoorden.'

'Als ik Hector opgeef, komt dat in het nieuws, dan raakt onze operatie bekend. Om groepen als de Kelder op deze manier tegen te houden was het juist noodzakelijk dat ze uit de publiciteit bleven.'

'Het kan me niet schelen of de regering in verlegenheid wordt gebracht. Daar komt ze wel weer overheen.'

'We willen onze vijanden, of onze bondgenoten toch zeker niet de details van onze meest clandestiene operaties laten weten? En als we dit over hem bekendmaken, komt al het werk dat hij voor mij heeft gedaan ook in de publiciteit.'

'Dan lever je hem in het geheim aan ons uit.'

'Wil je dat ik toesta dat je hem vermoordt? Vergeet het maar.'

'Die talloze mensen die hij heeft vermoord, kunnen je zeker niets schelen.'

'Ik weet niet of hij iemand heeft vermoord!' schreeuwde Pritchard.

'Hij heeft me het bewijs laten zien dat hij mijn vrouw heeft omgebracht.' Ben legde zijn handen op Pritchards schouders en duwde haar in de stoel. Ze bood geen weerstand. 'Je beschermt hem, je beschermt een moordenaar. Hoe kende je Barker?'

Pritchard maakte bewegingen met haar mond alsof ze niet goed de woorden wist te vormen. Ten slotte zei ze: 'Barker was ex-CIA. Hij kwam naar de Veiligheidsdienst en werd door mij aangestuurd. Hij wilde de Kelder verraden, voor geld en voor vrijheid.'

'En toen heb je hem naar Hector gestuurd.'

Pritchard knikte. 'Barker was onze voet tussen de deur. Hij wist alleen van Teach af, maar niet waar ze precies zat, hij kon ons niemand van de andere Kelder-leden aanwijzen. Maar hij gaf ons een paar identiteiten die de Kelder had gebruikt – die hij voor agenten had gecreëerd – en liet ons toen Reynolds' software testen om nog meer door de Kelder gebruikte identiteiten op te sporen. Barker noemde me Maandag en liet me weten dat de operatie om Pelgrim en de rest van de Kelder uit te roken was begonnen, maar dat ze er lucht van hadden gekregen dat Adam Reynolds hun rekeningen en identiteiten probeerde te achterhalen. Maar ik had geen idee dat Hector vanuit een andere hoek aan het werk was, zoals het feit dat hij het op Pelgrim had voorzien, of op jou.'

'Behalve dat Barker jou ook heeft verraden, mevrouw Pritchard. Hij gaf jou slechts beperkte informatie terwijl hij wel alles aan Hector doorbriefde. Hij huurde de scherpschutter in die Reynolds heeft vermoord en Pelgrim wilde doden. Hij huurde de gewapende mannen in die Kidwell en Delia Moon hebben vermoord, en Teach hebben ontvoerd… en Hector heeft Teach nooit aan jou overgedragen, waarmee je onmiddellijk de hele Kelder in één keer in handen zou hebben gehad. Hij vermoordde haar pal voor mijn ogen. Niet bepaald wat jij had gewild, hè?'

Pritchard legde een hand op haar mond.

'Waarom zou hij Reynolds vermoorden?' Ben boog zich voorover en schreeuwde in Pritchards gezicht. 'Zeg op!'

'Ik weet het niet,' zei ze.

'Ik dacht…' Ben hield op. 'Adam Reynolds ontwierp zijn software oorspronkelijk om terroristen op te sporen. Noemde hij je Maandag omdat hij niet de Kelder had gevonden, maar daadwerkelijk de terroristen?'

Pritchard wreef over haar slapen, alsof ze een migraine wilde tegenhouden.

'Geef antwoord, Margaret,' zei Vochek.

'Hij vergiste zich,' zei ze. 'Hij ontdekte verdachte activiteit rondom een groep mannen die met een verdachte identiteit naar New Orleans reisden. Maar ze waren geen terroristen.'

'Wie zijn het dan?'

Pritchard leek hem niet te horen. 'Ik ging naar New Orleans om dat uit te zoeken. Daarom was ik hier. Het is geen probleem.'

'Op wie heeft Hector het voorzien?' vroeg Ben. 'Want om welke reden hij hier ook is, het is wel de reden waarom hij de Kelder heeft overgenomen.'

'Hij kan niet achter hen aan zitten,' zei Pritchard fluisterend. 'Er is geen reden om achter hen aan te gaan.'

Ben greep haar bij de schouders. 'Zeg op.'

'Reynolds stuitte op een groep Arabische mannen die volgens een bepaald patroon onder een valse naam reisden, ze kwamen een paar weken geleden het land in en gingen allemaal naar New Orleans. Maar dit zijn geen terroristen. Ze zijn in opleiding in een schuilhuis van de CIA.' Pritchard slikte.

'O, mijn hemel,' zei Ben.

'Het zijn Arabieren die worden opgeleid om in buitenlandse terroristische groeperingen te infiltreren en die te bespioneren. Op plekken als Beiroet, Bagdad en Damascus hebben we nog geen ogen en oren in de regio kunnen posteren. We hebben nooit echte, getrainde spionnen gehad die undercover diep binnen Hezbollah of Al Qaida of enig ander netwerk geïnfiltreerd waren. Onze beste hoop om terroristische netwerken te vernietigen is door dat van binnenuit te doen.'

Ben liet haar los. 'Waar is dit schuilhuis?'

'Geen idee… dat is geheim…'

'Maar Adam heeft Hector dezelfde informatie gegeven als jou,' zei Vochek. 'Hector gaat de Kelder gebruiken om een CIA-team te vermoorden. Waarom zou hij…'

'Omdat Hector de oorlog tegen terrorisme nodig heeft om het een tijd uit te kunnen houden,' zei Ben. 'Die levert hem geld op.' Hij dacht aan Pelgrims verhaal over Indonesië, dat hij Pelgrim erin had geluisd in ruil voor een veiligheidscontract voor zijn nieuwe bedrijf, dat hij profiteerde van angst en chaos.

Hector herhaalde zijn eigen geschiedenis, maar nu op een veel grotere en gevaarlijker schaal.

Er werd op de deur geklopt, een man van de roomservice.

De kelner, een vriendelijke, hardwerkende man die al twintig jaar in het hotel werkte en een van de eerste werknemers was die na Katrina waren teruggekomen, klopte op de deur en kondigde aan: 'Roomservice.' Hij was moe, zijn voeten deden pijn en zijn dienst zat er gelukkig bijna op. Hij knikte toen de jongeman door de gang kwam aankuieren, draaide zich weer naar de deur en voelde het koele metaal tegen zijn slaap. Hij bevroor.

'Je loopt naar binnen en je laat de deur openstaan. Als je dat doet, overkomt je niets. Als je tegenstribbelt ben je dood. Ik wil je geen kwaad doen. Knik als je me begrijpt.' De fluisterende stem had een licht accent.

De kelner, verstijfd van angst, knikte. De jongeman deed een stap naar achteren tegen de muur, waar hij buiten het zicht bleef.

De deur ging open.

41

Pelgrim zag de auto's vertrekken… het waren er twee. Een was een bestelbusje waarin de Kelder-agenten zaten, de andere was een sedan
met alleen Hector erin. Jackie was vijf minuten eerder met een andere
auto weggereden en Pelgrim had hem laten gaan. Hij moest bij Hector
blijven.

De twee wagens reden in oostelijke richting Veterans Boulevard op
en hielden toen het noorden aan naar Lake Pontchartrain. Het was
drukker dan anders – zaterdagavond in New Orleans – en hij liet zich
iets terugvallen, terwijl hij Hectors auto in de gaten hield. Ze verspilden
geen tijd, wat deze klus ook was, ze waren nu in beweging gekomen.

Hij wilde niemand van de Kelder doden. Zij hadden dezelfde keus
gemaakt als hij, hadden hun gebroken leven weer opgepakt en het
weer opgebouwd tot betekenisvol werk. Misschien waren hun redenen niet altijd even rechtschapen, hijzelf had gewoon geen zin om in
een Indonesische gevangenis weg te rotten. Ze hadden allemaal werk
gedaan dat niet werd toegejuicht en weinig beloning opbracht, behalve dan dat Teach hun had verzekerd dat ze Iets Goeds hadden gedaan.

Wat was er in New Orleans voor Hector zo interessant dat hij de
Kelder ervoor nodig had? Hector Global kon wel duizend getrainde
mannen waar ook ter wereld in actie laten komen. Maar die mannen
zouden niet zomaar een willekeurige moord willen plegen, zeker niet
buiten oorlogsgebied.

Dit moest een klus zijn die normale veiligheidstroepen zouden wei-
geren. Omdat er vragen zouden komen. Repercussies. Hector moest
het kunnen ontkennen.

Als hij Hector met een schot zou omleggen, dan zou de rest van de groep achter hem aan komen, misschien het doelwit laten voor wat het was als ze het verrassingselement kwijt waren.

Hij bleef dicht achter hen toen ze zich in de lappendeken van herbouwde en geteisterde buurten dicht bij het enorme meer begaven.

En als hij Hector miste en hijzelf werd door de Kelder in de kraag gevat... nou ja. Hij was dit leven door toedoen van Hector al in een rommeltje begonnen, en als hij eruit stapte zou dat Hector een hoop kosten. Hij zou ervoor zorgen dat de prijs hoog was.

42

De kelner, de mond in een dunne streep, duwde het roomservicewa-
gentje de kamer in. Ben zag de koffie, karaf en afgedekte schalen. Zijn
maag rommelde. Maar de kelner zei niets, geen hallo, hoe gaat het met
u, hield zijn hoofd gebogen alsof hij een klap verwachtte te krijgen.

Pritchard liep naar voren om de nota te tekenen. Twee scherpe
blaatgeluiden, de kelner viel over het wagentje heen, Pritchard draaide om haar as en viel op haar rug. Jackie Lynch stond in de deuropening, een pistool met geluiddemper in de aanslag, zijn ogen op zoek
naar een nieuw doelwit, terwijl hij de deur van de suite achter hem
dichtdeed.

Vochek wankelde achteruit naar de salontafel. Jackie hief het pistool.

'Nee!' schreeuwde Ben. 'Nee!'

Jackie zag Ben. Een vertrokken glimlachje speelde om zijn gehavende lippen en hij verplaatste de pistoolloop van Vochek naar Ben.

Maar in de seconde die hij nodig had om het pistool op Ben te richten, stormde Vochek op Jackie af en schopte hem op zijn plexus sola-
ris. Hij wankelde achteruit en ze gooide zichzelf tegen hem aan zodat
het pistool heel even alleen naar de grond wees.

Ben rende op hen af en gooide Jackie tegen de muur, wierp zijn hele
gewicht tegen de schouder van de jongere man, zette het pistool tussen hen vast en sloot zijn hand om het wapen. Woede gaf hem spier-
kracht. Hij kreeg Jackies pink te pakken en rukte er hard aan.

Jackie gilde het uit en vuurde, de kogel schoot in het tapijt.

Vochek greep Jackie bij zijn lange haar en sloeg zijn hoofd tegen de
muur. Een keer, twee keer, en hij brulde het uit van woede. Ben draai-

de het pistool om en richtte het op Jackie, hij probeerde te schieten, maar Jackie duwde met zijn gebroken, kromgebogen vinger de trekker tegen zijn wang, maar ook al deed dat nog zo pijn, Ben liet niet los. Jackie wist zich uit Vocheks greep los te wringen. Ben had zijn handen vastgeklemd, maar Jackie schopte Vochek hard tegen de borst en ze viel op de grond.

'En nou is het afgelopen!' schreeuwde Jackie. Hij sloeg Ben van zich af en Ben viel tegen het wagentje. De hitte van de koffiekan raakte zijn arm. Hij greep de kan beet en haalde er hard mee uit… geen tijd om de dop los te draaien want Jackie hief zijn pistool om een kogel tussen Bens ogen te schieten. Ben sloeg keihard tegen het pistool maar wist hem niet uit Jackies greep los te slaan. Ben zwaaide opnieuw met de kan, mikte op Jackies hoofd, maar miste. Jackie hief opnieuw het pistool om te vuren en Ben greep zijn hand beet en richtte het pistool naar het plafond.

'Ik vermoord je…' riep Ben.

Vochek stond op en rende naar de slaapkamer.

Jackie gromde woedend en begon zijn hand uit Bens greep los te wrikken.

Met de andere hand duwde Ben als een uitzinnige de dop van de hete kan en gooide koffie over Jackies lies. Jackie gilde het uit en probeerde door de muur achteruit te springen. Ben sloeg de kan in Jackies gezicht. Hete koffie spatte op Bens hand. Hij voelde de pijn niet.

Jackies gezicht was vertrokken van woede. Hij bukte zich en Ben greep het pistool, maar Jackie bleef vasthouden. Schreeuwend van woede sloeg hij met het pistool in Bens gezicht, een keer, twee keer, terwijl Ben vocht om greep op het pistool te houden.

Niet loslaten, niet loslaten, dacht hij.

Ben viel met bloedend voorhoofd en een snee in zijn wang op zijn knieën. Jackie wrong het pistool uit Bens greep en haalde ermee naar hem uit.

Het donderende geluid van het schot klonk en er verscheen een gat in Jackies hand, zo groot als een nikkelen munt, en toen schoot Vochek opnieuw op hem, in de buik, en Jackie sloeg dubbel en liet het pistool vallen.

Vochek stond over Pritchard gebogen met het pistool dat Ben aan haar had afgegeven. 'Pak zijn pistool,' riep ze.

Jackie deed een uitval naar het pistool terwijl Ben ernaar greep en Vochek schoot nogmaals, nu in de borst. Hij gilde het uit en rolde zich als een bal op. Ben zette het pistool tegen Jackies hoofd.

'Waar is Hector? Waar zit zijn doelwit?'

'Ah, god,' kermde Jackie. 'Zo'n pijn, zo'n pijn.'

'We halen er een dokter bij als je vertelt waar het doelwit is,' zei Ben.

'Nicky, Nicky,' snikte Jackie. Spuug en snot vlogen van zijn gezicht en hij kokhalsde, kronkelde op het tapijt. 'Nee, nee, nee...' en toen een gebroken kuch. Zijn ogen werden groter van de pijn en toen lag hij stil.

Ben ging staan. Het was alsof zijn geest was schoongeveegd, zijn lichaam trilde van de adrenaline. Nee. Het was nog niet voorbij. Hij doorzocht Jackies zak. Hij vond autosleutels, een toegangspas en een stukje papier met het hoteladres erop. Geen mobieltje. Hij pakte de sleutels.

Vochek knielde naast Pritchard, raakte haar keel aan. 'O, lieve god, Ben... bel de receptie.'

Ben controleerde de arme kelner die over het karretje heen lag. Die was ook dood. 'Dit is Hectors grote schoonmaak,' zei Ben. 'Hij wilde Pritchard en jou het zwijgen opleggen voordat jullie een grotere bedreiging voor hem gingen vormen, voor jullie vragen zouden gaan stellen over zijn tactiek en resultaten. Hij heeft je niet meer nodig. We moeten hem opsporen. Nu meteen. Bel de CIA. Vertel ze dat hun schuilhuis in gevaar is. Of de politie.'

'We kunnen de politie niet eens vertellen waar ze heen moeten. En wanneer ik de CIA bel, moeten ze eerst mijn identiteit bevestigen. Ik zal me door een hoop bureaucratie moeten worstelen.'

'Kijk in haar telefoon. Controleer dat vel papier met de telefoongegevens die ik over haar heb. Iemand van de CIA heeft haar over de operatie verteld zodat ze niet tussenbeide zou komen, er moet ergens iets opgeschreven staan.'

Vochek knikte.

'Ik heb nog een idee.' Hij sloot zijn hand om Jackies autosleutels. Hij stond op en haastte zich door de gang, langs een paar angstige gasten die het gevecht hadden gehoord. 'Ben zo terug,' loog hij.

'Ben!' riep Vochek hem achterna. 'Stop! Waar ga je naartoe?'

Buiten het hotel stond een vochtige, koele bries. Ben ademde de verkwikkende lucht in toen hij door de nooduitgang van het hotel

naar buiten ging en in een smalle bakstenen steeg belandde. Zwaailichten flakkerden op, de politie stopte al voor hotel Marquis de Lafayette, blauwe en rode lichten beschilderden de bakstenen in felle kleuren als van een kinderkamer.

Ben stopte Jackies pistool in zijn zak. Hij liep door de bakstenen
steeg langs het hotel naar het dichtstbijzijnde parkeerterrein. Hij
drukte op de afstandbediening van de sleutel, hield die ingedrukt tot
hij bij de derde rij auto's was en de lichten van een gehuurde Chevro-
let knipperden.

Hij doorzocht de stoelen en het dashboardkastje. Jackie kwam uit
Belfast, waarschijnlijk kende hij New Orleans niet goed. Er was vast
een papiertje met aanwijzingen, zodat Ben het spoor kon terugvoeren,
kijken waar Jackie vandaan was gekomen. Niets. Op het stukje papier
in zijn zak stond alleen het adres van het hotel, verder niets.

Toen zag hij het scherm van de gps. Hij raakte het scherm aan en de
gps kwam tot leven. Hij bestudeerde het bedieningspaneel, en drukte
op een knop waarmee de laatste bestemming tevoorschijn kwam. Dat
was hotel Marquis de Lafayette. Hij ging naar het adres daarvoor. Dat
was in Metairie.

Oké, naar Metairie dan maar.

Maar voorzichtigheid gebood hem even te wachten. Denk als Jackie. Waar zou Jackie geweest zijn voor hij de moordaanslag zou plegen? Misschien op een plek waar de Kelder bij elkaar was geweest, met
Hector, en daar zouden ze niet meer zijn. Nog een adres, naar een pakhuis in de buurt van Louis Armstrong International. Hij liep de lijst af
en het volgende adres was dat van het autoverhuurbedrijf.

Hij moest een keus maken. Hij probeerde als Hector te denken. Als
de zaken er slecht voor hem kwamen uit te zien, of de mensen van de
Kelder accepteerden of geloofden Hectors verhaal niet, dan zou Hector een schuilplaats nodig hebben. Misschien wel het pakhuis.

Of misschien waren deze aanwijzingen wel door de vorige huurder
van de auto ingegeven. Dan zou hij kostbare tijd verdoen met een zinloze rit.

Pakhuis. Hector Global had in de chaotische, treurige nasleep van
Katrina hier een veiligheidsmacht ingezet. Vlak bij het vliegveld. Hij
herinnerde zich de onderhandelingen nog en dat de contracten getekend werden, hoe moeilijk het was om de eigenaars van het onroerend

goed te achterhalen na de exodus vanwege de storm, toen Hector Global de ruimte wilde huren.

Het was het enige wat hij had.

Hij klikte weer op de kaart met het pakhuis, bestudeerde die en reed het terrein af. Hij deed de telefoon die hij van de piloot had gestolen aan. De accu liet zien dat die bijna op zijn eind was. Hij had geen oplader. Hij belde Pelgrim.

43

Het grootste deel van de wijk Lakeview was nog altijd een spookstad, heel weinig huizen waren weer opgebouwd, andere waren gesloopt maar het merendeel was verlaten. De lege hulzen hadden de aanblik van abstracte monumenten gekregen. Het was een mythe geweest dat alleen de arme buurten van New Orleans tijdens de verschrikkelijke Katrina waren verdronken: in dit district hadden leuke huizen van de midden- en hogere middenklasse gestaan. Pelgrim bedacht dat als hij in het maanlicht – dat zich nu achter zware wolken verschool – met zijn ogen zou knipperen hij kon zien hoe mooi de tuinen en huizen ooit waren geweest. In een paar achtertuinen van de puinhopen stonden nog beelden, armen en benen gebroken, torso scheefgezakt en voorovergebogen alsof ze voor hun eigen uit steen gehouwen god aan het bidden waren. Er stonden verstikte eiken en Japanse esdoorns, dood, genegeerd, wankelend als een herinnering aan de woede van de natuur.

Toen ze over West End Boulevard de oever van het meer naderden, moest Pelgrim afstand nemen van de auto's, hij draaide een terrein op, bleef in positie, haastte zich toen om hun achterlichten weer in het vizier te krijgen en viel terug. Ten slotte draaiden ze een straat in. Hij reed erlangs en keerde op Robert E. Lee meteen weer, cirkelde terug en draaide de wijk in, een paar straten ten zuiden van de straat die zij hadden genomen.

Zijn mobieltje ging over.

'De Kelder gaat een CIA-schuilhuis aanvallen.' Ben klonk uitzinnig. 'Het is een opleidingsplek voor een groep Arabische rekruten die als spionnen moeten infiltreren in terroristische netwerken.'

Die godverdomde verrader, dacht Pelgrim. Hij voelde de haat aan zijn hart likken. Nee, hou je hoofd koel, zei hij tegen zichzelf.

'Maar ik weet niet waar dat huis is…'

Pelgrim zei: 'Geen zorgen. Ik ben er al, Ben. Jezus, je hebt het geweldig gedaan.'

'Moet je horen. Ik denk dat ik weet waar Hector hier zijn basis heeft. Een pakhuis, naast het vliegveld.' Hij gaf Pelgrim het adres. 'Vochek probeert de cia te waarschuwen. Ik ga naar het pakhuis om te kijken of ik bewijzen tegen hem kan vinden. Of wil je dat ik je kom helpen?'

'Ik regel het wel.'

'Pelgrim…'

Pelgrim hing op. Niets meer te zeggen en geen tijd te verspillen. Verdomme, Ben, je hebt een enorme vis te pakken. Hij moest denken aan wat hij op akelige toon tegen Ben had gezegd: je hebt het niet in je. Hij had zich vergist.

Hij dacht: het is het toppunt van ironie dat ik de cia ga redden. Ik ga voor de cia vechten terwijl zij geen vinger hebben uitgestoken om me uit een Indonesische gevangenis te halen, tenzij ik me bij hun smerige clandestiene groep zou aansluiten.

De cirkel was rond. Dit was het eindresultaat van zijn leven. Zo anders dan hij had verwacht. Hij herinnerde zich hoe blij zijn stiefvader was geweest toen hij geslaagd was voor zijn eindexamen, hoe trots hij was toen hij tot de cia was toegelaten, de mengeling van schrik en ontzag toen zijn dochter werd geboren, de warmte van dat nieuwe leven toen hij dat in zijn nederige armen had. Toen was alles nog zo veelbelovend. Als hij toen niet achter Gumalar aan was gegaan om zijn gezin te beschermen – als hij dat schot op de Draak door dat raam niet had gemist – als hij niet was gepakt door de politie.

Als. Als. Als.

Geen alsen meer. Er was slechts nog wat geweest is, zijn verleden vervagend alsof het aan een andere man toebehoorde, en hoe het waarschijnlijk zou eindigen. Hij zat op ramkoers met de man die zijn leven had verwoest. Hij maakte zich geen illusies dat hij deze puinhoop zou overleven.

Pelgrim parkeerde op een leeg terrein en glipte de auto uit. Hij stak twee tuinen over tussen in aanbouw zijnde huizen door en zag een straat met voornamelijk met de grond gelijkgemaakte woonpercelen. Op twee terreinen groeide hoog gras en hij schoot gebukt tussen de begroeiing door.

Een halve straat verder hoorde hij iets knappen. Een straatlantaarn, waarschijnlijk na de storm neergezet, begaf het. Voor het licht uitdoofde, zag hij een groot huis, veel terrein eromheen, een pasgebouwde muur, een stukje bij de andere huizen en percelen vandaan.

Het doelwit.

Het Kelder-team zou snel te werk gaan. De deuren en ramen van het schuilhuis waren waarschijnlijk opnieuw versterkt, maar ze zouden de alarminstallaties onklaar maken en alles bij elkaar de moorden binnen een minuut hebben gepleegd. In het huis scheen op de eerste verdieping een gedempt licht, iemand die niet kon slapen of op wacht stond.

Tijdens zijn training sliep hij nooit goed, te gretig om te leren, de gegevens, technieken en analyses op te zuigen. Hij voelde onmiddellijk een geestverwantschap met de nachtuil in het beoogde huis.

Hij haastte zich naar de bestelbus. Hij schoot het slot eruit en rukte het portier open. Binnenin draaide een man met een koptelefoon zich naar hem toe. Hij greep naar zijn pistool en Pelgrim weerhield hem daarvan met een schop in zijn ingewanden. De kerel sloeg dubbel, hapte naar lucht. Pelgrim schakelde zorgvuldig de koptelefoon uit en wikkelde de kabel om de hals van de man. Hij trok hem stevig om de keel aan, maakte hem toen genadiglijk iets losser en trok hem weer aan toen hij zijn vraag stelde.

'Hoeveel aanvallers zijn er?'

De man worstelde en Pelgrim trok met een ruk het koord strakker aan. De man werd paars en hield zes vingers op. Hector en nog vijf Kelder-agenten, deze niet meegeteld.

'Pistolen? Explosieven?'

'Pistolen. Messen. Niets zwaarders.' De man stikte.

'Wat is je codewoord? Lieg niet tegen me. Als ik het verkeerde teken geef en ik moet vluchten, vermoord ik je onderweg als eerste. Voorlopig mag je nog blijven leven.' Hij liet de kabel iets vieren en de man zei: 'Alleen een cijfer. Ik ben nummer Zeven.'

'Trouwens, ik heb Teach niet vermoord. Als je hier levend uit komt en ik niet, vermoord Hector dan voor me.' Hij sloeg het hoofd van de man twee keer tegen de hoek van de installatietafel en de man zakte buiten westen in elkaar.

Pelgrim had geen geschikte kleren aan voor een nachtelijke achtervolging, hij droeg een kakibroek en een licht shirt. De bewusteloze man droeg een zwarte coltrui en broek. Pelgrim ontdeed hem van zijn donkere kleren, die strak om Pelgrims grote lijf zaten maar goed genoeg pasten.

Pelgrim nam het pistool en mes van de man, viste een oortje uit zijn oorschelp en stopte dat in zijn eigen oor. Hij deed hem aan en luisterde naar het gebabbel van de Kelder terwijl het team werd ingezet. Een en Twee hadden het beveiligingssysteem om het gebouw heen uitgeschakeld en naderden het huis om zich met het alarm bezig te houden. Dat betekende dat twee van hen vlak bij de lage stenen muur zouden zijn om de staart van de groep in de gaten te houden, klaar om zich bij de anderen te voegen als het alarmsysteem was uitgeschakeld.

Even overwoog Pelgrim om de bestelbus te starten en hard te gaan toeteren, zo'n onrust te stoken dat iedereen in het huis wakker zou worden. Maar dan zouden ze zich terugtrekken en zouden ze allemaal recht op hem afkomen. Hij was in de minderheid en had minder wapens. En als hij via het communicatienetwerk zou rondbazuinen dat Hector Teach had vermoord, bestond de kans dat ze hem niet geloofden. Hij had twee andere Kelder-agenten uit zelfverdediging vermoord, maar in het donker en een gespannen situatie kon je niet altijd een redelijk gesprek voeren met zwaarbewapende mensen.

Dus moest hij dit op de harde manier doen.

Hij glipte de bestelbus uit.

Je gaat dood. Hij wist redelijk zeker waarop dit zou uitdraaien. Zes tegen een, en als iemand in het schuilhuis van de CIA gewapend was – en dat waren ze ongetwijfeld – zouden ze hem zonder pardon neerschieten.

Doe wat nodig is. Hij deed dit al tien jaar en Ben had hem steeds verteld dat het prima was, en begrijpelijk. Ben was een van die mensen die van mening waren dat smerige klussen nu eenmaal in het raderwerk van de maatschappij thuishoorden, zolang er geen bloed aan zijn eigen handen zat, was het oké. Veel mensen dachten zo. Maar nu werd Pelgrim geconfronteerd met het feit dat hij zijn eigen collega's moest vermoorden om ze ervan te weerhouden iets te doen wat hun land ernstige schade kon toebrengen, en het was niet hun schuld.

Doe wat je moet doen.

Zijn hart woog als lood.

Hij luisterde naar de stilte. Niemand zei iets, wat betekende dat ze wachtten tot het alarmsysteem was uitgeschakeld. Hij kroop bij de bestelbus vandaan, alle straatlantaarns waren uit. Het was donker op de weg en de maan liet zich niet zien.

Hij bestudeerde de muur. Anderhalve meter hoog, dertig centimeter dik. Hij benaderde het huis tot dicht bij de oprijlaan. Het was aannemelijk dat iemand zich hier zou posteren met de opdracht zich op de achtergrond te houden, voldoende dekking te geven als degenen die zich met het alarm bezighielden zich moesten terugtrekken, ver genoeg in de achterhoede om naderend onheil te zien aankomen.

Hij bleef drie meter van de oprijlaan staan, luisterde. Na een minuut hoorde hij links van hem twee paar voeten, heel zacht geruis van een hiel die in het gras werd verplaatst.

Hij trok zich terug, hoorde een gefluisterd 'oké' toen iemand aankondigde dat ze de decodering van het alarm bijna hadden voltooid, en klom over de muur.

Pelgrim landde praktisch op een van hen, een vrouw, zijn voeten sloegen tegen haar rug en pinden haar in het gras vast. De ander was een man, klein van stuk en sterk gebouwd. Pelgrim greep hem bij het hoofd en sloeg hem met drie harde klappen tegen de stenen, de neus van de man brak en zijn wang raakte gewond. De man ging knock-out en Pelgrim liet hem vallen. Hij knielde bij de vrouw, ze was half bewusteloos en hij sloeg haar met zijn vlakke hand tegen de nek buiten westen.

Hij trok hun oortjes los. Drie neer, nog vier te gaan.

'Vijf, Vier, rapporteer.' Hectors bariton in zijn oortje. Het geluid dat hij er twee had uitgeschakeld trok zijn aandacht.

'Dit is Zeven,' fluisterde Pelgrim. 'Ik zie ze, ze gaan naar de bestelbus terug. Vier klopt op zijn oor. Ik zal hun oortjes controleren.'

Stilte, alsof zijn fluistering werd beoordeeld. 'Zeg dat ze als de donder moeten terugkomen.'

'Oké.' Pelgrim rende snel en gebukt naar een klein stenen bijgebouw waar een oprit doodliep. Hij moest het team neutraliseren, nog drie agenten en twee van hen waren met het alarm bezig.

En waar was Hector?

'We zijn gezien,' hoorde hij een vrouw zeggen, zowel in zijn oortje als in zijn oor, en hij kreeg een hamerende trap tegen zijn borst. Zij had zich achter het bijgebouw opgesteld en hij was onzorgvuldig geweest. Hij wankelde door de klap. Een zilveren flits danste door het schaarse maanlicht, ze had een mes, wilde het geluid van een pistool vermijden waardoor het huis wakker zou worden. Ze stak naar hem met het lemmet, sneed door de geleende coltrui en raakte zijn borst. Maar ze verkeek zich op de uithaal, probeerde zich te herstellen door met een volgende klap naar zijn gezicht uit te halen. Hij ving haar bij haar been op en gooide haar hard tegen het bakstenen gebouw waarachter ze zich had schuilgehouden. Plotseling gedempt gekwebbel van de anderen in zijn oortje.

Ze wisten dat hij er was.

'Alarm uitgeschakeld,' kondigde een man aan.

'Aanvallen, meteen.' beval Hector.

Bij de volgende klap brak Pelgrim de arm van zijn aanvaller, maar dat was beter dan haar te vermoorden, dacht hij. Ze liet haar mes vallen en hield een kreet in, moedig en goed getraind, om het doelwit niet te alarmeren. Hij sloeg haar twee keer hard, met respect en spijt, en ze ging neer, misschien niet bewusteloos maar wel zo ernstig gewond dat ze uitgeschakeld was.

Nog twee Kelder-agenten en Hector bleven over. Pelgrim was op de zijveranda van het huis en hij nam aan dat de aanval van achteren zou worden ingezet, uit het zicht van de straat.

Hij hoorde het gedempte geluid van een schot tegen staal, een deur die werd geforceerd. De gelegenheid om heimelijk te opereren was voorbij, hij was te laat. Hij zette zijn oortje aan. 'Hector heeft Teach vermoord. Ik niet. Je moet op hem schieten. Schiet op hém.'

Geen antwoord. Geen bevestiging. Nog twee schoten.

'Jullie zijn geen terroristen aan het vermoorden. Jullie vallen een schuilhuis van de CIA aan. Hij is een verrader,' zei Pelgrim. Hij zette het op een lopen. 'Vier zijn uitgeschakeld, niemand dood. Ik ben de leugenaar niet. Trek je terug.'

Niets. Ze negeerden hem, of Hector had het communicatienetwerk uitgeschakeld. Achter de ramen zag hij beweging.

Hector en de Kelder waren al binnen.

Ze wisten dat hij er was, een zou bij de deur hem staan opwachten terwijl de anderen de moorden voor hun rekening namen. De deur was een valstrik. Dus vuurde hij door een ruit aan de achterkant, de kogels sloegen tegen het beveiligingsglas. Hij sprong de verandatrappen op. Degenen die binnen waren zouden denken dat hij zo stom was om zich op het nagenoeg onbreekbare glas te richten en dat hij dat met zijn pistoolvuur zou willen verbrijzelen. Hij bleef op de ruiten vuren maar op het laatste moment sprong hij door de deuropening.

De afleidingsmanoeuvre werkte. Hij kwam op de grond terecht, rolde door de gang naar achteren de eetkamer in terwijl zijn pistool kogels spuwde, en hij raakte een Kelder-agent die dicht bij het raam op hem zat te wachten in de knieën. De agent vuurde terug en een kogel boorde zich in Pelgrims schouder. Hij rolde zich als een razende onder een tafel, schoot opnieuw en schreeuwde zonder na te denken: 'CIA! CIA!'

Dat was hij ooit geweest en zou hij altijd zijn, en nu was hij het weer.

Een van links afgevuurde kogel sloeg in de tafel waaronder hij zat. Hij zag iemand in T-shirt en pyjamabroek op de keukenvloer liggen. Ze hadden er al één vermoord. Hij schoot de agent die het dichtst bij het raam was opnieuw in het been en de gewonde agent wankelde de keuken in.

In de gang ging een telefoon. Bedankt, Vochek, nu heb je hun aandacht. Te laat.

Een tweede Kelder-agent had zich ook in de keuken teruggetrokken, schoot vanuit een lastige hoek op Pelgrim en hield hem daarmee op zijn plek. Kogels kraakten in de achterkant van de vurenhouten stoelen die om de eetttafel stonden.

'Trek je terug!' riep Pelgrim tussen twee schoten in. 'Hector heeft Teach vermoord!'

Stilte. De stilte hield aan en hij waagde het om van de tafel vandaan te gaan en de gang in te duiken.

Terwijl hij naar het einde van de gang rende, gingen de lichten aan.

Pelgrim zag op de trap een jongeman van niet ouder dan drieëntwintig, met zwart haar en een bril, de mond vertrokken van angst en in zijn trillende handen een Glock. Hector zat gehurkt onder aan de trap en richtte op de jongen.

Pelgrim schoot en de kogel sloeg hard in Hectors pistool in, door de impact vloog het wapen uit zijn hand. Hector struikelde een kamer achter de trap in, Pelgrim schoot, de rug van Hectors jas scheurde toen een kogel hem tussen nek en arm raakte. Maar Hector liep door de voordeur naar buiten.

De jonge Arabier verschoof zijn pistool naar Pelgrim en vuurde in blinde paniek.

Pelgrim trok zich door de gang naar de achterdeur terug en ging naar buiten. De twee overgebleven Kelder-agenten waren de keuken in gevlucht en renden nu door de tuin, de niet-gewonde man droeg de man op wie Pelgrim had geschoten.

Pelgrim kwam op het gras terecht en rende om het huis heen naar de stenen muur.

Een salvo pistoolvuur brak los uit de bovenste ramen van het huis. De CIA-rekruten waren wakker en woedend. Kogels ziedden rondom zijn voeten in het gras. Ze schoten in het donker op hem, dachten dat hij de vijand was.

In de plotselinge gloed van de koplampen van de bestelbus op straat zag Pelgrim dat Hector zich over de stenen muur werkte.

Lichten gingen in het schuilhuis aan. Boven, beneden.

Pelgrim kwam bij de stenen muur en sprong eroverheen. Pijn vlamde in zijn schouder op. De bestelbus van de Kelder kwam tot leven en in het toenemende licht vanuit het schuilhuis zag hij de technicus, en niet Hector aan het stuur van de bestelbus, die zo langzaam reed dat de vrouw met de gebroken arm zich naar binnen kon werken.

Waar was Hector?

De bestelbus stormde in volle vaart op hem af, kwam dichterbij en hij ontweek een botsing, sprong het hoge struikgewas in terwijl een kogel langs zijn hoofd over het gras scheerde. Hij bukte zich en rende terwijl de bestelbus vaart maakte en langs hem heen wegreed.

Vier percelen verderop werd op een gebarsten oprijlaan zonder huis een auto gestart. Geen lichten.

Hector. Pelgrim draaide zich om en vloog door de tuinen, de lege percelen, werkte zich over een pasgebouwd hek en was bij zijn eigen auto.

Hij schoot West End weer op en zag Hectors auto in de verte. Hector draaide in westelijke richting Veterans Boulevard op waar hij zijn koplampen aandeed. Pelgrim volgde hem net zo lang tot hij geloofde dat Hector niet naar het schuilhuis van de Kelder in Metairie ging, maar verder naar het westen reed, naar het vliegveld.

Naar de plek waar Ben dacht dat Hector een onderduikadres had.

Vlucht maar naar huis, pathetische klootzak die je bent, dacht Pelgrim. Zijn arm deed pijn. Hij stuurde met zijn elleboog, ging met één hand door de telefoonlijst naar het nummer van de gestolen telefoon van Ben en belde.

Geen antwoord.

Vlucht maar naar huis, zielige klerelijer, dacht hij. Vlucht naar huis zodat Ben en ik je kunnen vermoorden.

44

Ben sloeg een donkere straat in vlak bij Louis Armstrong Internation-al. Langs de straat stonden pakhuizen en opslagfaciliteiten. Hij zag borden van FEMA en een heel scala aan overheidscontractanten, van wie sommigen ooit klant van hem waren geweest.

Het adres dat hij had was van een heel complex pakhuizen, met een verduisterd, leeg wachthuisje. Maar de houten slagboom was dicht. Hij zag dat er een paslezer bij was. Hij stak de toegangspas die hij van Jackie had gepakt erin, de boom ging omhoog en hij reed het complex op.

Op de parkeerplaatsen van de verschillende pakhuizen stonden her en der auto's, er waren minstens vier grote pakhuizen. Waar hij moest zijn, B, lag in het donker en er stonden geen auto's bij in de buurt. Hij parkeerde Jackies huurauto bij de deur... laat Hector maar denken dat Jackie veilig en wel terug was. Het bord op de deur gaf aan dat het om MLS LIMITED ging. Zo heette een van Hectors lege bv's, hij moest de plek onder die naam gehuurd hebben en niet op naam van Hector Global. Ben pakte Jackies sleutelbos en probeerde de twee sleutels zonder naamplaatje van het verhuurbedrijf. De tweede paste. Met zijn hart in zijn keel opende hij voorzichtig de deur.

Duisternis. Hij sloot de deur achter zich, die met met een zachte klik in het slot viel. Hij hield het pistool in zijn hand. Ook al zou hij nu sterven, dan zou Vochek genoeg hebben om Hector de duimschroe-ven aan te draaien.

Maar hij ging niet zitten wachten op jury's, advocaten en rechtsza-ken om Emily te wreken.

Ben schuifelde met uitgestoken hand door het donker naar voren.

Hij raakte de muur, voelde het hengsel en een post van de deur. Hij streek met zijn vingers langs het koude staal en sloot ze om een deurkruk. Hij stapte een donkere gang in waar een lichtgloed de omtrek van een grote dubbele deur omlijstte. Hij liep erheen, terwijl zijn hart naar zijn idee zo hard bonsde dat het geluid tegen de muren weerkaatste.

Hij vond een lichtknopje en deed het aan. Hij probeerde nogmaals het mobieltje van de piloot, de accu was volkomen leeg. Waardeloos. Hij klapte het dicht en ging op onderzoek uit.

De helft van het pakhuis was een doolhof van werkhokjes, kennelijk in haast opgetrokken, de rest stond leeg. In de meeste hokjes stond niets, geen computer, geen stoel. Hij liep naar het grootste kantoor, in de veronderstelling dat dat van de senior manager moest zijn. Met een brandblusser brak hij de deur open.

De laptop die er stond had geen wachtwoord. Hij zocht door de bestanden op het netwerk.

Het grootste deel van MLS' zaken leek in verband te staan met contracten voor de bouw van regeringskantoren in New Orleans en aan de Mississippi Gulf Coast. Niets belangwekkends.

Hij zocht naar de naam 'Reynolds'. Vond spreadsheets met maandenlange betalingen voor softwareontwikkeling. Hij pakte de telefoon die op het bureau stond, belde Hotel Marquis de Lafayette en vroeg te worden doorverbonden met suite 1201.

'Vochek?'

'Godsamme, Ben, waar zit je, verdomme?' Ze klonk woedend.

Hij gaf haar het adres. 'Ik heb Hectors bestanden gevonden waarin staat dat hij Reynolds' onderzoek financieel ondersteunde. Hij heeft een hoop gefinancierd via een van die lege bv's. Je moet hierheen komen.' Hij gaf haar nogmaals het adres en ze hing op.

Wat was er nog meer? Hij dacht aan wat hij over MLS had gevonden toen hij de zakendatabases in de Blarney's-bar had doorzocht. Het bedrijf was rondom het tijdstip van Emily's dood opgericht. Hij opende de map met e-mails, zocht naar berichten van Hector in de periode dat het bedrijf was opgericht. Hij vond er een paar en keek ze door. Bij een was een spreadsheet meegestuurd waarbij Hector had opgemerkt: *deze betalingen moeten worden verricht, doe dat alsjeblieft louter elektronisch.* Hij klikte op het bestand. Het werd geopend.

Het bevatte een lijst financiële transacties voor zowel verleende als ontvangen diensten, in een periode van twee weken. Eén transactie was een dag na Emily's dood verricht. Op de transactie stond een samenraapsel aan opmerkingen: *voorschot, reis (twee bestemmingen, DFW), dienstbonus, afwerkingsbonus.*

Hij knipperde met zijn ogen. *Afwerkingsbonus.* Nee. Hij klikte om te kijken aan wie de betaling was gedaan.

Gal steeg in zijn keel op.

De deur sloeg open. Hij hoorde struikelende voetstappen op het beton. 'Jackie! Jackie, verdomme, ik ben geraakt... we moeten maken dat we wegkomen.'

Ben ging staan. Hector leunde tegen de verste muur. Trok voorzichtig een zwartleren jasje uit, zijn rug nat van het bloed, hij hijgde.

'Jackie is hier niet.' Ben richtte Jackies pistool op Hector. In zijn oren leek zijn stem wel van iemand anders. Koel. Kalm. Alsof zijn woede een niveau had bereikt waar geen boosheid, geschreeuw of verwarring meer nodig was als het ging om een tragedie die zijn leven had verwoest.

Nu bleef alleen over wat gedaan moest worden.

'Ben.' Hector hief zijn pistool en haalde de trekker over. Een lege klik. Hector sloot zijn ogen. 'Het is trouwens toch beschadigd.' Hij gooide het pistool kletterend weg. En met een duistere glimlach, alsof hij geen pistool nodig had. Ben kreeg er kippenvel van.

'Zelfs ik weet inmiddels dat ik mijn kogels moet tellen,' zei Ben. En hij had er nog twee over. Hij had het magazijn op zijn rit naar het pakhuis gecontroleerd.

'Ben. We zitten allebei in de penarie. Maar we hoeven niet...'

'Jij bent nooit de onderhandelaar geweest, ik wel. Je kunt mij niet paaien, Sam, je moet me alleen vertellen wat ik wil weten.'

Zelfs met een pistool op hem gericht maalde Sam Hector niet om orders. Hij kon de minachtende frons niet van zijn gezicht weren. 'Ben, je moet naar me luisteren...'

'Nee. Jij gaat me zeggen waar Pelgrim is.'

Hector bleef bij de muur. 'Vol CIA-kogels. Dood. Maar jij hoeft niet te sterven. De CIA wil jou ook dood, Ben. Ik kan je redden. We kunnen een deal afspreken...'

'Nee, dat kunnen we niet. Ik lever je, zielige, moorddadige klootzak die je d'r bent, uit aan de Binnenlandse Veiligheidsdienst, en agent Vochek gaat carrière maken door jou ten val te brengen.'

'Wees er maar niet zo zeker van...'

'Jackie heeft gefaald, klootzak. Vochek heeft hem uitgeschakeld.'

Ben kon bijna de omschakeling in Hectors hersens horen. 'Luister, Ben, hoeveel wetten heb je gebroken bij deze krankzinnige heksenjacht? Tientallen. Je hebt werkelijk hulp nodig, ik kan je helpen.' Hij ging langzamer praten alsof bij elk woord zijn overredingskracht groter werd. 'We kunnen elkaar helpen...'

Aan de andere kant van het pakhuis ging een raam aan diggelen.

'Je hebt me nooit verteld waarom je Emily hebt vermoord,' zei Ben. 'Ze heeft vast ontdekt dat je een serie bedrijven aan het oprichten was die niet op Hector Global teruggevoerd konden worden. Zodat je met je geld allerlei smerige klussen kon financieren.' Hij hoorde voetstappen achter zich. 'Je hebt me wat uit te leggen. Ik heb een betaling van een van je lege bv's gevonden, aan de financiële dekmantel van de Kelder, Sparta Consulting, op de dag na haar dood...'

'Ben?' Pelgrim. Zijn schouder bloedde, hij strompelde met een pistool in zijn hand het pakhuis in. Hij liep door tot hij vlak bij Ben was, nog geen anderhalve meter bij hem vandaan. Hij richtte zijn pistool op Hector.

'Heb je de aanval kunnen tegenhouden?' Bens stem klonk als staal.

'Ja. Wil je die klootzak alsjeblieft neerschieten? Dan kun je me misschien weer oplappen.' Pelgrim struikelde.

'Dat doe ik. Nadat hij me heeft verteld wie Emily heeft vermoord.'

'Dat heeft Hector gedaan...' zei Pelgrim.

'Nee.' Ben schudde zijn hoofd. 'Hectors maatjes van de CIA wilden haar dood omdat Hector schijnbedrijven voor ze opzette en zij daarachter kwam. Die smerige klus hebben ze aan Teach doorgespeeld. Ik heb de betaling gevonden. Ik moet weten wie van de Kelder haar heeft vermoord.'

'Maui,' zei Hector op behulpzame toon. 'Twee jaar geleden. Een enkel schot door een keukenraam. Ik heb foto's van een CIA-vriendje gekregen.'

Pelgrims gezicht, bleek van bloedverlies, kreeg nu een skeletachtige kleur. 'Wat?'

'Wie heeft haar vermoord, Pelgrim?' zei Ben.

'Ben, dat weet ik niet…'

'Volgens mij weet je het wel.' Hectors stem klonk staalhard. 'Op de betaling staat een vlucht naar Dallas vermeld, Ben. Ik denk dat je wel weet wie graag naar Dallas vliegt, want die wil wanneer hij maar kan zijn kind kunnen zien.'

Ben sperde zijn ogen open, het pistool trilde in zijn hand. De stilte in het pakhuis drukte op hen als de dode lucht in een afgesloten lijkkist.

'Ben…' bracht Pelgrim uit. 'Maui?'

'Heb jij twee jaar geleden in Maui een vrouw vermoord?' fluisterde Ben. 'Geef antwoord.'

Pelgrim opende zijn mond en sloot hem weer.

'Teach heeft een lijst met alle klussen voor me opgeschreven. Daardoor wist ik dat Emily door de Kelder was vermoord,' zei Hector. 'Ik heb geen opdracht voor haar moord gegeven, Ben, mijn vrienden van de CIA hebben dat gedaan. Ze hebben de beste gestuurd om het ergste te doen.'

In het appartement in Dallas was Hector over Emily begonnen en hij had gezegd: wie bedoel je? en hij had zijn pistool opgeheven om Ben neer te schieten, en daarop had Teach zichzelf boven op hem gegooid… voor hij het kon afmaken.

Ben sloot zijn ogen, een fractie van een seconde maar, en richtte toen het pistool op Pelgrim. 'Laat je wapen vallen. Ga naar de muur. Bij hem. Schiet op!'

'Ben, ik… ik…' Pelgrim zweeg. Hij liet het pistool vallen en legde een hand op zijn voorhoofd.

Hector begon met zachte stem te praten en het scheen Ben toe alsof hij botten hoorde kraken. 'Teach was door een van haar opdrachtgevers wijsgemaakt dat Emily geheime informatie aan China verkocht. Dat ze op Maui een Chinese agent zou ontmoeten om CIA-geheimen door te spelen die ze via mijn contracten met de dienst had ontdekt. Ze moest uit de weg geruimd worden.'

'Is dat zo?' schreeuwde Ben. Hij herinnerde zich Pelgrims opsomming van zijn zonden: een paar keer heb ik mensen vermoord die geheimen aan de Chinezen verkochten.

Pelgrim keek van het beton op en ontmoette zijn blik. 'Ja, Ben. Ik… ja. Ik heb haar vermoord.'

Ben dacht dat zijn hoofd in een golvende pijn explodeerde. 'Jij...
jij...'

'Ik had er geen idee van,' zei Pelgrim. 'Ze gaven me een adres en haar beschrijving. Verder niets over haarzelf.'

Ben dacht: hij wist haar naam niet eens.

'Hij heeft de trekker overgehaald, Ben, daar gaat het om,' zei Hector. Pelgrim slikte, probeerde iets te zeggen, dat lukte niet maar wist toen uit te brengen: 'Mij... mij was verteld dat ik op een telefoontje moest wachten. Daarna kon ik mijn gang gaan.'

Je moet hem vermoorden. Wat Ben ook in het heetst van de strijd met Jackie had gedacht, de gedachten hoopten zich als kanker in zijn hoofd op.

'Ben,' zei Hector, 'je enige hoop is dat je met mij een deal sluit. Wat wil je ervoor terug? Je krijgt het van me. Je krijgt Emily niet terug door mij ten val te brengen. Jouw carrière is voorbij, dat weet je. Wellicht draai je de gevangenis in. Mijn contacten bij de regering kunnen ervoor zorgen dat je op vrije voeten blijft. Ik heb de macht om je te redden, Ben, hij heeft niets. Jij hoeft je alleen maar gedeisd te houden.'

'Jij moet je gedeisd houden,' zei Ben. Hij had zijn blik nog altijd op Pelgrim gericht.

'Mijn handen zijn schoon, aan die van hem kleeft bloed.'

'Doe maar wat noodzakelijk is, Ben,' zei Pelgrim rustig.

Het woord 'noodzakelijk' schroeide in Bens brein als gloeiend heet ijzer op vlees. Jij doet het noodzakelijke werk, had hij in de afgelopen dagen meer dan eens geruststellend tegen Pelgrim gezegd. Zijn borst stak van de pijn.

Ben hield het pistool op Pelgrim gericht. 'Je hebt mijn vrouw doodgeschoten.' Elk woord was als ijs in Bens keel.

Pelgrim knikte, alsof er al een strop om zijn nek lag. Langzaam. Hij sloot zijn ogen en bewoog zijn mond.

'Ben, schiet hem neer,' zei Hector. 'Niets kan Emily terugbrengen. Maar je mag hem niet in leven laten. Als je hem neerschiet, ben je een held. Dan heb je een schurkenagent van de CIA gedood. De regering zal je dan van alle aanklachten vrijspreken.'

Pelgrim vormde met zijn vingers een vierkant op zijn hart. 'Je bent een slecht schutter. Als je hierop richt, is het zo gebeurd.'

Ben vuurde. De kogel raakte de borst precies, en Hector schokte en jammerde bij het zien van de zich verspreidende felrode bloesem op zijn overhemd.

'Pelgrim heeft haar vermoord,' zei Ben, 'maar jij hebt de opdracht gegeven.'

Hector zakte met een uitdrukkingsloos gezicht op de grond, nog één gorgelende ademstoot en toen was het gebeurd, de kogel precies in de borst.

Ben richtte het pistool op Pelgrim. Die had nog altijd het vierkant van de wraak op zijn hart.

Eén kogel over. Ben verstevigde zijn greep om het pistool. Neem een besluit.

'Doe je handen naar beneden,' zei Ben, 'ik ga je niet vermoorden. Ze hebben tegen je gelogen over haar.'

Pelgrim liet zijn handen zakken. Hij deed een stap naar Ben toe. 'Ik vind het zo erg. Want je bent mijn vriend.'

'Dat God je mag bijstaan.' Het pistool trilde in Bens hand. Toen liet hij het zakken en wendde zich van Pelgrim af.

'Ben…'

'Sodemieter een eind uit mijn buurt. Alsjeblieft. Ga gewoon.'

De deur sloeg naar binnen toe open. Vochek en vier mannen van de Binnenlandse Veiligheidsdienst stormden met wapens in de aanslag de ruimte binnen.

Ben en Pelgrim bleven anderhalve meter uit elkaar als aan de grond genageld staan. De pistolen zwaaiden naar Ben, de enige die duidelijk gewapend was.

'Ben, laat dat wapen vallen,' beval Vochek.

Ben gehoorzaamde. Het pistool viel kletterend op het beton.

'Ga bij het wapen vandaan,' beval een van de mannen en Ben deed een stap naar achteren.

'Pelgrim, op de grond, schiet op,' zei Vochek.

Pelgrim bewoog zich niet. Hij negeerde de man en Vochek. 'Ik dacht dat we gewonnen hadden. Ik dacht dat we eindelijk gewonnen hadden… Hoeveel kogels nog, Ben?'

'Eén,' zei Ben. 'Maar doe het niet.'

'Kop dicht en op de grond!' schreeuwde een van de agenten.

Pelgrim keek Ben recht in de ogen. 'Noodzakelijk,' zei hij en hij dook naar Bens pistool. Hij sloot zijn vingers eromheen, pakte het van de vloer. De schoten bulderden en echoden, een afschuwelijk saluut. Pelgrim wankelde tegen de muur en gleed naar omlaag terwijl het grijze beton achter hem met bloed besmeurd raakte.

Ben greep Pelgrim beet en ving hem op voor hij languit op de grond viel. Hij hield hem tijdens zijn laatste reutelende ademhalingen vast. En legde hem toen op de grond.

Khaleds verslag: Virginia

In geen vier maanden is me gevraagd om mijn gedachten op papier te zetten, niet sinds de aanval op het huis in New Orleans. Misschien moeten die lui in Langley nog een keer mijn handschrift analyseren, om te bepalen of ik de moed heb opgegeven en mijn werk niet kan blijven doen.

Aanvankelijk, toen ik me realiseerde dat het huis werd aangevallen, dacht ik dat het een test was. Maar daarvoor klonken de schoten veel te realistisch. Ik haastte me de trap af en zag een oudere man die een pistool op me richtte, en ik was als een dwaas verlamd. Die fout zal ik nooit meer maken. Toen schoot een andere man het pistool uit de hand van de oudere man, en ik schoot op de andere man omdat ik doodsbang was.

De man die me heeft gered… zijn gezicht zal ik nooit vergeten. Vastbesloten, moedig, maar hardvochtig. Onverzettelijk, als graniet. Zo'n gezicht probeer ik op te zetten als ik mijn werk doe.

Ik wist niet zeker of we met ons werk mochten beginnen… uiteraard bestond de angst dat we aangebrand waren, dat onze namen waren ontdekt, en we niet meer naar de terroristische netwerken konden om die te vernietigen. Maar toen verzekerden ze ons ervan dat iedereen die onze namen kende dood was. De mensen die ons hadden aangevallen, waren misleid. Ik weet niet wat er is gebeurd met de ontsnapte aanvallers, we werden die ochtend allemaal naar een ander huis overgeplaatst, dit keer in Atlanta. Daar wachtten we op ons lot.

Nu ben ik voor een kort bezoek terug. De concurrerende terroristen van Bloed van Vuur, het schorem dat Khaled Murad heeft betaald om mijn broers met een bom te vermoorden, hebben door heel Europa cellen. Ik ben in zo'n cel in Parijs geïnfiltreerd... en dat ging wel makkelijk, want ze geloven dat mijn broers door de Israëli's en Amerikanen zijn gedood en dat ik hun zaak heel erg toegewijd ben. De cel gelooft dat ik hun vuile zaakjes opknap door bomlocaties uit te kammen: ze willen een golf terreuraanslagen plegen op banken en aandelenmakelaars in Amerika, Saudi-Arabië en Frankrijk, om hun economieën te verzwakken en de kracht van bondgenootschappen te ondermijnen. Ik verwacht dat ik binnenkort de details krijg, en als ik mijn werk goed doe, zullen de aanvallen nooit plaatsvinden en zal het onderlinge netwerk tussen cellen van Parijs tot New York en nog verder worden opgerold en vernietigd. En geen enkel ander onschuldig gezin zal hoeven te lijden. Dat is mijn drijfveer, dat houdt me scherp, houdt me in leven tot mijn werk klaar is.

Ze hebben me verteld dat als mijn dekmantel en naam worden opgeblazen, ze me een nieuw leven zullen geven, ze me beschermen. Zou kunnen. Ze kunnen me net zo goed ergens anders te werk stellen. En dat vind ik prima, als je eenmaal van bedrog geproefd hebt, kun je je bijna niet voorstellen hoe het leven er zonder misleiding uitziet.

Ik moet weer aan het werk. Ik herinner me het gezicht van de man, en ik hoop dat ik net zo'n krachtig en vastberaden masker draag.

45

Een maand na New Orleans zat Ben Forsberg in een park op een bankje in de schaduw van een dennenboom in Tyler, Texas. Hij wachtte totdat het meisje en haar moeder zouden langslopen, hij had ze een paar dagen geschaduwd, voorzichtig, zodat ze niet in de gaten hadden dat hij hen gadesloeg. Hij wachtte het juiste moment af om hen aan te spreken.

Het was volop zomer in Oost-Texas, en de vochtigheid en hitte sloegen als een zweepslag in. Maar een stevige, grillige bries zorgde voor enige verkoeling. Het was vol in het park. Honden liepen naast hun baasjes, jongens gooiden frisbees door de lucht, picknickers ontspanden in de schaduw, stelletjes kuierden onder de bomen.

Daar kwamen moeder en dochter, ze hadden een vlieger bij zich. Ze lachten.

Hij liep naar ze toe en bleef voor hen staan. 'Mevrouw Choate?'

De vrouw verstijfde en het duurde ruim vijf seconden voor ze de stilte verbrak. 'Nou, dat ben ik wel geweest, maar nu heet ik Kimberly Dawson.'

Het meisje gaapte hem aan.

Ben glimlachte onbeholpen. 'Ik ben Ben Forsberg. Ik ken uw man Randall uit Indonesië.'

'O, lieve god,' zei de vrouw.

'Wat over uw man werd beweerd, was niet waar. Hij was geen drugsmokkelaar. Hij was erin geluisd. Ik dacht dat u de waarheid wel wilde weten.'

De twee vrouwen zwegen. De tiener trilde, alsof ze zich zo zou omdraaien en zou wegrennen.

'Is dit soms een misselijke grap?' zei mevrouw Dawson. 'Want het is allesbehalve grappig…'

'Geen grap. Alstublieft, hoor me een minuutje aan. Tamara, je lijkt op je vader.'

'Weet ik,' zei Tamara. 'Ik heb foto's gezien.'

Mevrouw Dawson deed een stap dichter naar het meisje toe. 'Wilt u soms iets, meneer Forsberg?' Ze legde een beschermende arm om het meisje, alsof ze niet blij was dat het verleden hen in het zonlicht van een schitterende dag weer inhaalde.

'Ik dacht dat Tamara misschien wel een aandenken aan haar vader wilde hebben.' Hij gaf het meisje het kleine, zwarte schetsboekje. In de rechteronderhoek zat een gat. 'Het spijt me dat het beschadigd is.'

Tamara opende het boekje en hield haar adem in bij het zien van de schetsen van haarzelf, van babytijd af aan, haar gezicht in perfecte details gevangen. Ze legde een hand op haar mond.

'Hoe wist hij hoe ik eruitzag?' Tamara bladerde door de bladzijden. 'Mijn god, mam, die tekeningen, ze zijn verbazingwekkend…' Ze stopte bij een tekening van zichzelf, zittend op een parkbankje, in de koele schaduw van de dennenbomen. Ze staarde naar het papier, en toen naar het park om zich heen, alsof het onmogelijk waar kon zijn. Ze realiseerde zich wat de tekening betekende, keek omhoog naar de heuvel om te kijken waar de man moest hebben staan kijken.

'Mooi verbeeld,' zei mevrouw Dawson en in haar stem klonk een vleug kilte door. 'Werkt u voor hetzelfde bedrijf als wijlen mijn man, meneer Forsberg?'

Hij merkte dat ze iets van zijn werk voor de CIA af wist. 'Nee… ik was een vriend van hem.' Hij bukte zich naar het meisje. 'Tamara, ik heb je vader niet heel lang gekend, maar ik weet dat hij heel veel van je hield. In zijn schetsen kun je zijn liefde voor je terugzien. En ik weet dat hij altijd het juiste heeft willen doen. Ik weet… dat hij het heerlijk had gevonden als hij zijn leven met jullie had kunnen delen. Ik wilde oprecht dat dat had gekund. Dan zou alles anders zijn geweest.' Alles. Pelgrims leven. Bens leven.

Tamara deed het boekje dicht en sloeg haar vingers eromheen. Ze leek te verbijsterd om te glimlachen of te huilen. 'Dank u wel.'

'Graag gedaan,' zei Ben tegen hen beiden en hij liep weg, uit de schaduwen van de dennenbomen het heldere zonlicht in, naar een nieuw begin.

Dankbetuiging

Veel dank gaat uit naar Ben Sevier, Brian Tart, Erika Imranyi en iedereen van Dutton; David Shelley, Ursula Mackenzie, Thalia Proctor, Nathalie Morse en iedereen bij Little, Brown, UK; Kara Welsh, Kristen Weber en iedereen van NAL; Peter Ginsberg, Shirley Stewart, Holly Frederick, Dave Barbor en Nathan Bransford; Joyce en Al Preisser; Madeira James; dr. Phil Hunt en Charlyne Cooper.

Speciale dank voor Christine Wiltz, een geweldige schrijfster en gids in New Orleans, en voor mijn moeder Elizabeth Norrid die me door de voorsteden van Dallas heeft geloodst.

En als altijd, innige dank aan Leslie, Charles en William.